Anna Johannsen

Enna Andersen und die verlorene Zeit

EDITION M

Das Buch

Vor über zwanzig Jahren wurden die Eltern der Hauptkommissarin Enna Andersen brutal ermordet. Der zu lebenslanger Haft verurteilte Ronald Grothe beteuert von Anfang an seine Unschuld und hofft nach seiner Freilassung auf eine Wiederaufnahme des Verfahrens.

Inzwischen zweifelt auch Enna an dem Urteil des Gerichts. Sie nimmt sich drei Wochen frei, um den wahren Täter auf eigene Faust zu suchen. Eine Spur führt sie in die ehemalige Hamburger Anwaltskanzlei ihres Vaters, eine andere zu zwei Mandanten, die Ennas Vater vor Gericht verteidigt hat.

Mit der Unterstützung ihrer Oldenburger Kollegen taucht Enna tief in die Vergangenheit ihrer Familie ein und bewegt sich dabei in einer für sie äußerst gefährlichen Umgebung.

Die Autorin

Anna Johannsen lebt seit ihrer Kindheit in Nordfriesland. Sie liebt die Landschaft und die Menschen der Region, besonders verbunden ist sie den Nordfriesischen Inseln, auf denen die Krimireihe »Die Inselkommissarin« spielt. Mit Begeisterung schreibt sie auch an ihrer Reihe um die alleinerziehende Kommissarin Enna Andersen. Beide Reihen werden parallel veröffentlicht.

A N N A
J O H A N N S E N

Enna Andersen und die verlorene Zeit

KRIMINALROMAN

EDITION M

Deutsche Erstveröffentlichung bei
Edition M, Amazon Media EU S.à r.l.
38, avenue John F. Kennedy, L-1855 Luxembourg
Februar 2023

Umschlaggestaltung: semper smile, München, www.sempersmile.de
Umschlagmotiv: © Lukrecja/Shutterstock; © baxys/Shutterstock;
© javarman/Shutterstock; © Stephen Rees/Shutterstock;
© caesart/Shutterstock
1. Lektorat: Lektorat Kanut Kirches
2. Lektorat und Korrektorat: Rotkel Textwerkstatt
Gedruckt durch:
Amazon Distribution GmbH, Amazonstraße 1, 04347 Leipzig /
Canon Deutschland Business Services GmbH, Ferdinand-Jühlke-Str. 7,
99095 Erfurt /
CPI books GmbH, Birkstraße 10, 25917 Leck

ISBN: 978-2-49671-212-4
e-ISBN: 978-2-49671-211-7

www.edition-m-verlag.de

Eins

Enna Andersen legte die Zusammenfassung der Prozessakten zurück in ihre Tasche und schaute hoch. Vor ihrem Tisch im Café stand die junge Frau, die ihr eine halbe Stunde zuvor den Latte macchiato serviert hatte.

»Darf ich Ihnen noch etwas bringen?«, fragte sie und griff nach dem leeren Kaffeeglas.

Enna lächelte. »Bitte noch einmal das Gleiche.«

Die Frau nickte und eilte zum nächsten Tisch, an dem sich eine alte Dame suchend umsah.

Ein Mann, Mitte vierzig, mit kurzen schwarzen Haaren, kam auf Enna zu. Sie kannte ihn von dem Foto, das Aaron ihr gezeigt hatte. Denis Adler war Privatdetektiv, der in Aarons Auftrag zum über vierundzwanzig Jahre zurückliegenden Mord an ihren Eltern ermittelt hatte.

Adler blieb vor ihrem Tisch stehen und warf ihr einen fragenden Blick zu. »Frau Andersen?« Als Enna nickte, reichte er ihr die Hand. »Denis Adler.« Er zog seine Jacke aus und hängte sie über den Stuhl, bevor er sich zu Enna setzte. »Entschuldigen Sie die Verspätung. Kurz hinter Frankfurt bin ich schon in den ersten Stau gekommen.«

Enna hatte für ihr Treffen Düsseldorf vorgeschlagen, da die Stadt auf halber Strecke zwischen Oldenburg und Frankfurt lag.

Die junge Kellnerin trat an ihren Tisch und servierte Enna den Latte macchiato.

»Können Sie mir das Gleiche bringen?«, fragte Denis Adler.

»Kommt sofort«, flötete die junge Frau und wandte sich ab.

»Herr Bernard hat Ihnen die Zusammenfassung meiner Berichte zur Verfügung gestellt?«, kam der Privatdetektiv direkt auf den Anlass ihres Treffens zu sprechen.

Aaron Bernard war Strafverteidiger, der an der Revision des Strafprozesses gegen den verurteilten Mörder von Ennas Eltern arbeitete. Im Jahr zuvor hatte Aaron Enna in Oldenburg aufgesucht, um ihre Unterstützung zu erbitten. Obwohl Enna zunächst schroff abweisend reagiert hatte, hatte Aaron nicht aufgegeben und war ein zweites Mal zu ihr nach Oldenburg gekommen.

»Ja, ich habe alles gelesen. Vielen Dank, dass Sie sich die Zeit für ein Treffen genommen haben.«

»Kein Problem. Das ist mein Job.« Er musterte sie. »Bernard meinte, Sie seien aus der Branche?«

Enna lächelte. »Sozusagen. Ich leite beim LKA Niedersachsen eine Abteilung, die sich mit alten unaufgeklärten Fällen beschäftigt.«

Denis Adler nickte anerkennend. »Interessant. Dann hat Bernard ja wohl etwas untertrieben.«

Enna musste unwillkürlich an Aaron denken. Er wohnte seit fast einem halben Jahr bei ihr und ihrem sechsjährigen Sohn Elias in Oldenburg. Die Kanzlei in Frankfurt hatte er verlassen und arbeitete inzwischen als Strafverteidiger in Hamburg.

»Ich bin privat hier«, sagte Enna. »Sie wissen, dass ich …«

»Ja, natürlich. Bernard hat mich darüber informiert.« Er hielt kurz inne. »Es muss schwer für Sie sein.«

»Ich kenne Ronald Grothe nicht persönlich und bin auch nicht für ihn und seine Geschichte verantwortlich. Wenn er aber tatsächlich zu Unrecht verurteilt wurde, gibt es jemanden, der seit vierundzwanzig Jahren mit einem brutalen Doppelmord davongekommen ist. Deshalb bin ich hier.«

»Verstehe.« Denis Adler griff in seine Umhängetasche, die er neben den Tisch auf den Boden gestellt hatte, und zog ein Notizbuch heraus. »Ich muss zu meiner Schande gestehen, dass ich nicht so weit gekommen bin, wie ich es gerne gehabt hätte.« Er schlug das Heft auf. »Ich habe ehrlich gesagt keine Chance mehr gesehen, Licht ins Dunkel zu bringen.« Er wiegte den Kopf hin und her. »Falls es überhaupt Licht in dieser Angelegenheit gibt. Ich bin mir nämlich nicht sicher, dass Grothe unschuldig ist.«

»Herr Bernard schon«, sagte Enna.

»Ich weiß. Auch deshalb habe ich ihn darum gebeten, aussteigen zu können.«

Enna wusste, dass Aaron große Hoffnungen in den Privatermittler gesetzt hatte. Dass Adler den Auftrag ohne weitreichende Ergebnisse abgeben wollte, hatte Aaron in seinen Bemühungen für eine Revision des Urteils weit zurückgeworfen.

Denis Adler schien in seinem Notizheft nach einer bestimmten Seite zu suchen. Schließlich sah er auf. »Sie haben sicher eine Menge Fragen an mich.«

In diesem Augenblick kam die junge Frau auf ihren Tisch zu und servierte den bestellten Latte macchiato. Adler bedankte sich und griff nach dem Glas, um einen Schluck zu trinken.

»Ich habe Ihre Berichte gelesen«, begann Enna. »Sie hatten ja zwei Schwerpunkte in den Ermittlungen: auf der einen Seite die Mandanten meines Vaters in den zehn Jahren vor seinem Tod und auf der anderen Seite das private Umfeld meiner Eltern inklusive Arbeitskollegen meines Vaters.«

Adler nickte und wischte sich mit der Serviette den Milchschaum vom Mund. »Richtig. Ich bin bei den Mandanten Ihres Vaters lediglich zehn Jahre zurückgegangen, weil mir das im ersten Schritt am sinnvollsten erschien. Im Grunde genommen ist das Spektrum natürlich erheblich größer. Es könnte durchaus ein Mandant infrage kommen, der erst nach vielen Jahren aus dem Knast entlassen wurde.« Er hob die Hand in Ennas Richtung. »Aber wem sage ich das.«

»Sie haben einige Mandanten aufgeführt, die, sagen wir mal, nicht mit der Arbeit meines Vaters zufrieden waren.«

»Ihr Vater hat nun mal, wie alle Strafverteidiger, nicht alle seine Prozesse gewonnen. Das liegt wohl in der Natur der Sache, weil die meisten Angeklagten sicher nicht zufällig in den Schlamassel geraten sind.«

»Er hatte eine extrem hohe Erfolgsquote«, warf Enna ein.

»Sicher, das ist mir bekannt. Allerdings zieht genau das auch die richtig schwierigen Fälle an. Organisierte Kriminalität, Drogengroßhändler, Geldwäscher im großen Stil. Das war schon eine illustre Gesellschaft, die Ihr Vater da verteidigt hat.«

Enna, die sich in den letzten Monaten einen ersten Überblick über die bekannten Fälle ihres Vaters verschafft hatte, war selbst erstaunt gewesen, mit welchen Größen des kriminellen Milieus ihr Vater Kontakt gehabt hatte.

»Um es kurz zu machen«, fuhr Denis Adler fort. »Ich bin allen Verdachtsfällen nachgegangen, habe aber niemanden gefunden, der nicht von der Arbeit Ihres Vaters profitiert hat. Also habe ich mir die Mandanten vorgenommen, die tatsächlich zu Haftstrafen verurteilt worden sind und mutmaßlich niedrigere Strafen oder sogar einen Freispruch erwartet haben.«

Enna nickte. »Ich wäre genauso vorgegangen.«

Der Privatermittler lächelte. »Danke für das Lob.« Er sah auf seine Notizen. »Zwei Männer sind letztlich dabei übrig geblieben. Milan Paunovic, Sohn eines Kölner Paten der serbischen Drogenmafia. Er ist zu sechs Jahren Freiheitsentzug verurteilt worden, was seinen Vater und vor allem ihn selbst nicht gefreut hat. Er ist ein Jahr vor dem Mord an Ihren Eltern aus dem Knast gekommen. Zu dem Zeitpunkt war sein Vater bereits seit drei Jahren nicht mehr am Leben. Die Albaner hatten ihn und seine Organisation aus dem Markt gedrängt und ihn, so zumindest die Vermutung in den informierten Kreisen, ermorden lassen. Sein Tod war das Ende der Serben im Kölner Drogenmilieu. Als Paunovic junior rauskam, stand er vor dem Nichts.«

»In den Akten habe ich gelesen, dass Sie ihn nicht gefunden haben.«

»Das war der Stand von vor vier Wochen. Inzwischen weiß ich, wo er steckt. Milan Paunovic ist heute dreiundfünfzig und lebt in Hamburg. Seinem Vater konnte er nie das Wasser reichen, aber in der Hansestadt ist er ins mittlere Management eines Drogenrings aufgestiegen. So weit, so schlecht. Sie wollen sicher wissen, weshalb ich ihm die Tat zutraue.«

Enna nickte.

»Das verwöhnte Söhnchen hatte doch tatsächlich damit gerechnet, freigesprochen zu werden, dabei hat Ihr Vater ihm mindestens weitere sechs Jahre erspart. Er ist im Gerichtssaal durchgedreht und hat Ihren Vater mit dem Tod bedroht.«

»Haben Sie mit Paunovic gesprochen?«

Denis Adler schüttelte den Kopf. »Nein, Gott bewahre. Das wäre sicher nicht so klug gewesen. Mir stehen ja nicht die Möglichkeiten der Polizei zur Verfügung. Mit mir muss niemand reden, im Gegenteil, wenn ich nicht aufpasse, kann ich schnell wegen Belästigung angezeigt werden oder ich bekomme eins auf die Nase.« Er atmete tief ein und wieder aus. »Aber ich war in Hamburg, nachdem ich vorher meine Quellen in Köln angezapft hatte. In Köln habe ich einige unschöne Dinge über ihn gehört. Nicht nur über seine Zeit vor dem Knast, sondern auch über Hamburg. Er ist extrem brutal – und genau das entspricht auch seiner Jobbeschreibung. In der Organisation ist er der Mann fürs Grobe. Aber gut, dachte ich mir, und bin nach Hamburg. Dort habe ich über einen Kollegen einen Kontakt in die Szene bekommen. Die Gerüchte aus Köln waren nicht übertrieben. Man munkelt, dass er über Leichen geht. Kein gutes Aushängeschild für Serbien und die Serben.«

»Schwarze Schafe gibt es überall«, warf Enna ein. »Ich bin mit einer serbischen Familie befreundet und habe bisher kaum etwas Herzlicheres erlebt.«

Adler zuckte mit den Schultern. »Mag sein. Aber Paunovic möchte ich nicht im Dunkeln über den Weg laufen. Und Sie können mir glauben, dass ich mich verteidigen kann. Aber gut, Ihr Vater wird viele solcher Mandanten gehabt haben. Weshalb ich Paunovic auf der Liste habe, hat noch einen weiteren Grund.« Denis Adler legte eine Kunstpause ein. »Mein Hamburger Informant hatte mit Paunovic Kontakt, als er nach Hamburg gekommen ist. Er hat seinerzeit damit geprahlt, dass er sich nie wieder über den Tisch ziehen lassen würde. Es ging dabei um seinen Prozess in Köln. In diesem Zusammenhang hat Paunovic verlauten lassen, dass jemand für seine Jahre im Knast bezahlt habe.«

Enna schluckte schwer. »Jetzt verstehe ich, warum Paunovic auf Platz eins Ihrer Liste steht.«

»Ich muss Sie allerdings warnen. Übertreibungen sind in dieser Szene an der Tagesordnung. Paunovic musste sicher in dem neuen Terrain auf dicke Hose machen. Sprich, möglicherweise ist da gar nichts dran.«

»Schon klar. Was ist mit der zweiten Person?«

Denis Adler sah sich um. »Macht es Ihnen etwas aus, wenn ich mir ein Stück Kuchen bestelle?« Er schlug die Karte auf und winkte der Bedienung zu. Sie kam auf ihren Tisch zugelaufen. »Möchten Sie auch etwas?«

»Nein, danke.«

Adler bestellte sich Apfelkuchen mit Sahne und einen weiteren Latte macchiato.

»Zur zweiten Person«, sagte er, als die junge Frau außer Hörweite war. »In dem Strafprozess ging es um Steuerhinterziehung und Geldwäsche im hohen zweistelligen Millionenbereich. Der Angeklagte Dr. Lars Koenig hatte über ein Geflecht von internationalen Scheinfirmen Einnahmen so geschickt verschoben, dass die Erträge seiner Immobilienfirmen auf ein Minimum reduziert wurden. Dr. Koenig beharrte darauf, dass er beziehungsweise seine engsten Mitarbeiter legal gehandelt hatten, was der Staatsanwalt naturgemäß anders sah. Hinzu kam, dass ein Großteil der Kapitalgeber nicht eindeutig identifiziert werden konnte. Der Staatsanwalt ging von Geldwäsche aus, konnte es aber im Prozess nicht nachweisen. So weit, so gut, Ihr Vater übernahm das Mandat und arbeitete sich in den Fall ein. Zwei Monate vor Prozessbeginn hat er allerdings sein Mandat an einen der jüngeren Anwälte in seiner Kanzlei übertragen, angeblich aus gesundheitlichen Gründen.«

»Angeblich?«, fragte Enna mit zusammengezogenen Augenbrauen.

»Ja, das war meine Interpretation. Ihr Vater hat in der fraglichen Zeit andere Mandate übernommen, die meiner Meinung nach in der gleichen Größenordnung waren wie das von Dr. Koenig.«

»Sie meinen, es muss andere Gründe gegeben haben?«

»Ja, das war mein Ansatz. Aber zurück zu dem Herrn Doktor der Wirtschaftswissenschaft. Er wurde selbstredend verurteilt, zu vier Jahren, und durfte ab sofort nur durch Gitter ins

Freie schauen. Da er bis zuletzt uneinsichtig war, war ihm die Staatsbewirtung bis zum letzten Tag sicher. Seine Firmen sind während seines unfreiwilligen Aufenthalts insolvent gegangen, ohne dass er Einfluss auf die Entwicklung nehmen konnte. Das Ende vom Lied war, dass Herr Doktor mit mehreren Millionen Schulden dasaß, als er entlassen wurde.«

»Ich habe von dem Fall gelesen. Ist Koenig nicht erst ein Jahr nach dem Tod meiner Eltern freigekommen?«

Denis Adler nickte. »Richtig, aber ich denke, ein Auftragsmord lässt sich auch aus der Haft organisieren.«

»Ist das jetzt eine reine Annahme?« Enna sah ihn fragend an.

»Nein, natürlich habe ich auch hier die Fühler ausgestreckt, was leider erheblich komplizierter war als bei dem Serben.«

»Ist Milan Paunovic nicht deutscher Staatsbürger?«, warf Enna ein, der die kleinen ausländerfeindlichen Seitenhiebe nicht gefielen.

»Selbstredend. Die Staatsbürgerschaft wird in unserem schönen Land ja regelrecht wie sauer Bier angeboten. Aber Sie haben recht, Paunovic ist offiziell Deutscher.« Adler räusperte sich leise und fuhr fort: »Dann komme ich noch einmal zu Dr. Koenig. In seinen edlen Kreisen bin ich nicht fündig geworden, aber ich habe mit jemandem gesprochen, der ein halbes Jahr mit ihm die Zelle geteilt hat.« Der Privatermittler grinste. »Sie ahnen es wahrscheinlich schon. Dr. Koenig hat sich außerordentlich abfällig über Ihren Vater geäußert und gedroht, dass er für sein Verhalten zur Rechenschaft gezogen würde.«

»Wie konkret waren die Drohungen?«

»Mein Informant meinte, dass es sehr ernst geklungen habe. Auch hier bitte ich um Vorsicht. Mein Informant war zu Beginn von Koenigs Haftzeit mit ihm zusammen. Es könnte durchaus sein, dass seine Wut mit der Zeit nachgelassen hat.«

»Oder durch die Haftbedingungen noch mehr angeheizt wurde.«

»Genau das habe ich mir auch gedacht und ihn deshalb auf Platz zwei meiner Liste gesetzt. Koenig selbst habe ich zwar gefunden, aber er hat sich geweigert, auch nur ein Wort mit mir zu sprechen.«

Zwei

Pia Sims schloss die schwere Holztür des Kommissariats auf. In dem weit über hundert Jahre alten Gebäude hatte die kleine LKA-Einheit ihren Sitz, die sich mit ungeklärten Altfällen beschäftigte. Als Kommissarin und jüngstes Mitglied der Gruppe war sie neben ihrer Chefin Enna und dem Oberkommissar Jan Paulsen seit Beginn dabei.

Pia lief in ihr Büro und öffnete das Fenster, das zum kleinen Garten des Hauses ging. Die frische Morgenluft roch nach den ersten Sommertagen und für Anfang Juni waren die Temperaturen um die zwanzig Grad für Oldenburg Spitzenwerte.

Jemand klopfte an ihre halb geöffnete Tür. »Moin!«

»Moin, Paulsen«, grüßte Pia ihren fünfzehn Jahre älteren Kollegen. »Schon so früh da?«

»Konnte nicht schlafen«, murmelte Paulsen. »Und du?«

Pia zuckte mit den Schultern. Sie hatten eine Woche zuvor einen größeren Fall abgeschlossen und bereiteten gerade die Akten für die Staatsanwaltschaft auf. Da Enna für drei Wochen in Urlaub gehen würde, hatten sie beschlossen, die Einheit auf Sparflamme laufen zu lassen und erst nach Ennas Rückkehr einen neuen ungeklärten Fall in Angriff zu nehmen.

»Ich wollte heute nur ein paar Stunden bleiben«, sagte Pia. »Und kurz mit dir über was sprechen.« Sie schloss das Fenster. »Kaffee in der Küche?«

Paulsen nickte. »Warum nicht.«

Sie gingen zusammen in die große Küche des Hauses, die das Team auch als Besprechungsraum nutzte. Pia setzte Kaffee auf und wartete, bis er durchgelaufen war. Mit zwei gefüllten Tassen setzte sie sich zu Paulsen an den langen Tisch.

»Weißt du, wo Enna heute ist?«, fragte Pia.

»Irgendein privater Termin«, murmelte Paulsen und trank einen Schluck Kaffee. »Warum? Weißt du mehr?«

»Alina hat es mehr oder weniger zufällig mitbekommen.«

Alina Jankowski hatte über ein Jahr bei Enna als Au-pair gearbeitet. Sie war Polin und hatte ursprünglich vorgehabt, nach dem Jahr wieder zurück in ihre Heimat zu gehen. Der Liebe wegen hatte sie ihre Pläne geändert und sich inzwischen an der Oldenburger Uni eingeschrieben. Kurz nach Aaron Bernards Einzug war Alina zu Pia gezogen und lebte seitdem mit ihr zusammen, betreute aber noch regelmäßig Ennas Sohn Elias.

Paulsen zog eine Augenbraue hoch. »Zufällig?«

»Ja, verdammt. Sie hat nicht gelauscht. Willst du jetzt wissen, wo Enna ist?«

»Rück schon raus damit.«

Pia zögerte kurz, entschloss sich dann aber, Paulsen voll ins Bild zu setzen. »Sie trifft sich mit diesem Privatschnüffler in Düsseldorf.«

»Mit wem, bitte?«

»Paulsen!«, fuhr Pia ihren Kollegen an. »Du weißt doch, dass Aaron Bernard einen Privatdetektiv engagiert hat, der den Mörder von Ennas Eltern entlasten soll. Der Prozess soll doch neu aufgerollt werden.«

»Und? Was geht uns das an? Wenn Enna sich mit ihm unterhalten will, dann soll sie das tun.«

Pia rollte mit den Augen. »Der Typ hat hingeschmissen. Und jetzt will Enna selbst ermitteln. Was meinst du, warum sie sich drei Wochen Urlaub genommen hat, während Elias mit seiner Großmutter auf Mallorca ist?«

»Wie ist sie denn auf die Schnapsidee gekommen?«, murmelte Paulsen.

»Keine Ahnung. Aber Alina ist sich sicher, dass Enna genau das vorhat. Als sie vor ein paar Tagen nach Hause gegangen ist, hat sie ein Gespräch zwischen Aaron und Enna mitbekommen. Aaron hat versucht, sie davon abzubringen, aber Enna ...« Pia seufzte leise. »Du kennst sie ja, wenn sie sich etwas in den Kopf gesetzt hat, zieht sie es auch durch.«

»Genau deshalb sollten wir die Nasen aus der Angelegenheit raushalten«, sagte Paulsen. Er stand auf und holte sich eine zweite Tasse Kaffee.

Pia starrte ihm fassungslos hinterher. »Was ist mit dir los, Paulsen? Willst du Enna mit dem ganzen Mist alleinlassen? Seit wann bist du so ein Leisetreter geworden? So kenne ich dich gar nicht.«

Paulsen setzte sich wieder zu Pia an den Tisch, nahm seine Tasse in beide Hände, als wolle er sich daran wärmen.

»Jetzt sag schon was!«, forderte ihn Pia auf.

»Was stellst du dir vor? Willst du dich an ihre Fersen heften, um sie vor den bösen Buben zu schützen? Das kannst du vergessen.«

»Quatsch!« Pia schüttelte augenrollend den Kopf, obwohl sie insgeheim Paulsen zustimmte. Sie kannte Enna gut genug, um zu wissen, dass sie keine ungebetene Hilfe annehmen würde. Sie würde wie selbstverständlich davon ausgehen, dass sie den wahren Mörder, sollte es nicht Ronald Grothe gewesen sein, alleine finden würde.

»Und? Was dann?«, fragte Paulsen.

»Du könntest mit Enna sprechen. Auf dich hört sie sicher.«

»Und was soll ich ihr vorschlagen? Dass wir gemeinsam in die Privatschnüffelei wechseln?«

»Paulsen, können wir vielleicht mal vernünftig darüber reden? Als Erstes könnten wir mit ihr über die bisherigen Ermittlungen des Privatdetektivs diskutieren und ihr so helfen, die richtigen Schlüsse zu ziehen. Zweitens sollte sie einen von uns beiden mitnehmen, wenn sie in heiklen Missionen unterwegs ist.«

»Und drittens?«, fragte Paulsen mit wenig Begeisterung in der Stimme.

»Wir haben hier im Büro Zugriff auf viele Daten. Enna wird das nicht nutzen wollen. Aber wir, die im Dienst sind, könnten durchaus die eine oder andere Abfrage machen. Das lässt sich alles irgendwie rechtfertigen. Unser Einsatzgebiet umfasst den ganzen Norden, da ist klar, dass wir auch zahlreiche Abfragen machen müssen, bevor wir uns für einen Cold Case entscheiden, den wir näher unter die Lupe nehmen.«

Paulsen zögerte so lange, dass Pia schon annahm, er würde ablehnen. Schließlich räusperte er sich hörbar und nickte. »Okay, ich spreche mit ihr. Was machen wir mit Jens?«

Jens Lange war als Verstärkung im Büro vor über einem Jahr zum Team gestoßen. Sie erwarteten ihn jeden Augenblick.

»Lass uns abwarten, was Enna sagt. Dann können wir immer noch entscheiden.«

Paulsen nickte. »Hast du eigentlich mehr Infos zu dem Fall?«

Pia schüttelte den Kopf. »Nein, immer wenn ich Enna darauf angesprochen habe, hat sie abgeblockt. Ich habe etwas im Netz recherchiert, aber der Mord liegt ja schon vierundzwanzig Jahre zurück. Viel habe ich nicht gefunden.«

»Kannst du mir das schicken? Ich brauche ein paar mehr Infos, bevor ich mit Enna rede.«

Drei

Enna setzte sich in ihren Passat-Kombi und fuhr aus dem Parkhaus. Eine halbe Stunde zuvor hatte sie sich von Denis Adler verabschiedet, nachdem sie über drei Stunden zusammengesessen und über Adlers Ermittlungen gesprochen hatten. Soweit sie es beurteilen konnte, hatte Adler gute und solide Ermittlungsarbeit abgeliefert. Und die würde ihren Preis gehabt haben, den letztlich Ronald Grothe aus seinem Erbe bezahlt haben dürfte. Aaron hatte Enna erzählt, dass Grothes Mutter während seiner Haftzeit gestorben war und ihm ein Haus hinterlassen hatte. Enna fand es bemerkenswert, dass er das Haus nach der Entlassung verkauft hatte, um eine mögliche Revision des Urteils zu finanzieren.

Nach dem heutigen Treffen mit Denis Adler sah sie noch weniger Chancen als zuvor, den wahren Täter, sollte es ihn denn geben, zu finden.

Auf der A3 wurde der Verkehr dichter. Enna fuhr langsamer und ließ noch einmal das Gespräch vor ihrem geistigen Auge ablaufen. Adler hatte ihr von weiteren Mandanten berichtet, die zwar mit der Arbeit ihres Vaters nicht zufrieden waren, bei denen sich aber keine Anhaltspunkte gefunden hatten, dass sie sich an ihm hatten rächen wollen.

Adlers zweiter Ermittlungsstrang umfasste das private Umfeld ihrer Eltern. Der Privatdetektiv hatte mit mehreren Personen gesprochen, die zum Freundeskreis von Ennas Eltern gehört hatten. Neben einem harmlosen Nachbarschaftsstreit an ihrem Wohnort in Lüneburg gab es keine ernsthaften Hinweise auf einen bisher Unbekannten, der ihre Eltern auch nur annähernd hinreichend gehasst hatte, um sie zu ermorden.

Interessanter fand Enna Adlers Recherchen zur Hamburger Kanzlei ihres Vaters. Nach zehn Jahren Tätigkeit als Staatsanwalt war ihr Vater, Albrecht Rothhardt, in eine große Hamburger Anwaltskanzlei gewechselt. Adler hatte alle Anwälte, die in dem fraglichen Zeitraum dort tätig gewesen waren, aufgelistet. Fünfundzwanzig Juristen, von denen sieben, wie ihr Vater auch, Seniorpartner waren, zwölf zählten zur Gruppe der Juniorpartner und sechs Anwälte waren in der Kanzlei angestellt.

Denis Adler hatte eine Anwältin getroffen, die in den Jahren vor dem Mord in der Kanzlei angestellt gewesen war. Inzwischen hatte sie ihre eigene Kanzlei in Berlin und besaß keinerlei Kontakte mehr nach Hamburg. Sie berichtete von einem angespannten Klima unter den Partnern der Kanzlei und von sexuellen Belästigungen aus der Chefetage. Svenja Kuske hatte nach eigenen Angaben ein gutes, fast väterliches Verhältnis zu Ennas Vater gehabt. Wenige Monate nach seinem Tod hatte sie die Arbeitsstelle gewechselt und war einige Jahre später nach Berlin gezogen.

Enna ging in Gedanken die Zeit in Lüneburg durch. Sie erinnerte sich an einen Mann im Alter ihres Vaters, der häufiger bei ihnen zu Hause zu Besuch gewesen war. Sein Vorname war Ullrich gewesen, der Nachname fing mit dem Buchstaben G an. Sollte Adlers Liste vollständig sein, würde sie ihn schnell dort finden. Der Freund ihres Vaters musste inzwischen um die achtzig Jahre alt sein. Enna hoffte, dass er noch lebte.

Ennas Handy klingelte, sie nahm das Gespräch über die Freisprechanlage an.

»Hallo, Mama«, hörte sie Elias sagen. »Oma und ich waren heute an einem ganz großen Strand. Das Wasser war richtig …« Er machte eine Pause und schien seine Großmutter nach der Farbe zu fragen. »… das war richtig türkis. Und ganz warm.«

»Das klingt ja super, mein Kleiner.«

»Ich bin nicht mehr klein, Mama.«

Enna lachte. »Das hätte ich beinahe vergessen. Seid ihr wieder zurück im Hotel?«

»Ja, wir machen gleich noch einen Spaziergang, hat Oma gesagt. Aber vorher gehen wir zum Essen. Man kann sich da alles an einem großen Tisch aussuchen.«

»Ja, Elias, das weiß ich. Dann iss mal gleich was Schönes und hör immer auf die Oma. Versprichst du mir das?«

»Ja, Mama.«

Enna unterhielt sich noch eine Weile mit ihrer Schwiegermutter und verabschiedete sich schließlich schweren Herzens von ihrem Sohn. Es war nicht das erste Mal, dass Greta mit ihrem Enkel in Urlaub fuhr, aber bisher waren sie immer in Deutschland geblieben und waren allenfalls zwei Wochen unterwegs gewesen. Ende August würde Elias in die Grundschule kommen und ab dem Zeitpunkt würden sie für den Urlaub auf die Schulferien beschränkt sein.

Enna seufzte leise und zwang sich, sich wieder auf Adlers Recherchen zu konzentrieren. Alles, was er gesagt hatte, hatte Hand und Fuß gehabt. Er hatte bessere Arbeit geleistet, als Enna es vermutet hatte. Nach den Berichten zu urteilen hatte er viel Zeit und Energie in die Ermittlungen gesteckt, trotzdem war er an einen Punkt gekommen, an dem er aufgegeben hatte. Wieso sollte sie in drei Wochen weiter kommen als der Privatdetektiv in vielen Monaten? Ja, sie konnte auf Adlers guter Vorarbeit aufbauen, würde sich aber entscheiden müssen, welchen der Ermittlungsstränge sie weiterverfolgen wollte. Ansonsten würde sie sich heillos verzetteln.

Als Enna in ihre Straße fuhr, sah sie Paulsens alten Mercedes vor ihrem Haus parken. Sie hielt hinter dem Auto, griff nach ihrer Tasche und stieg aus.

»Was machst du hier?«, fragte sie erstaunt, nachdem Paulsen die Seitenscheibe heruntergefahren und sie begrüßt hatte.

»Dich besuchen. Hast du ein paar Minuten für mich?« Als sie nickte, ließ er die Scheibe wieder hochgleiten und stieg aus.

»Ein Bier?«, fragte Enna, als Paulsen in ihrer Küche Platz genommen hatte.

»Gerne.«

Enna holte zwei Flaschen aus dem Kühlschrank, öffnete sie und reichte Paulsen eine. Sie stieß mit ihm an. »Wie lange hast du da draußen schon gewartet?«

»Nicht lange«, murmelte Paulsen und trank einen kräftigen Schluck.

»Nun spuck schon aus«, forderte ihn Enna auf. Sie vermutete, dass Paulsen einen privaten Rat von ihr wollte. Er war seit über einem halben Jahr in einer On-off-Beziehung mit einer Frau, die ihm mehr Probleme bereitete, als er sich selbst eingestand.

»Ich will nicht lange drum herumreden. Pia hat mich gedrängt, mit dir zu sprechen. Du kennst sie doch: Sie sieht Probleme, wo nicht unbedingt welche sind.«

»Kannst du etwas konkreter werden?« Enna ahnte, auf was das Gespräch hinauslaufen würde.

Paulsen stöhnte leise. »Ach, verdammt. Pia meint, du willst den Urlaub nutzen, um den Mord an deinen Eltern aufzuklären.«

Enna zog die Augenbrauen hoch. »Und was meint sie noch?«

»Dass es Wahnsinn wäre, wenn du das im Alleingang angehst.« Paulsen hob schützend die Hände. »Ich bin nur der Bote.«

Enna atmete tief ein und wieder aus. Wie hatte sie annehmen können, dass ihren Kollegen ihre Pläne verborgen bleiben würden? Pia und Paulsen waren in der Zeit ihrer Zusammenarbeit zu ihren Freunden geworden. Seit Pia mit Alina zusammen war, war Ennas Verbindung zu der jungen Kollegin noch enger geworden.

»Und was ist euer Plan?«, fragte sie.

Paulsen zuckte mit den Schultern. »Frag mich nicht. Ich weiß ja nicht einmal, ob Pia richtigliegt mit ihren Vermutungen.«

Enna zögerte. Sollte sie das Angebot – und als solches verstand sie es – ablehnen oder darüber nachdenken, ob sie Hilfe gebrauchen könnte? Auf keinen Fall wollte sie die Kollegen in etwas hineinziehen, was ihnen am Schluss Schwierigkeiten bereiten könnte. Gerade Paulsen, der von Osnabrück nach Oldenburg strafversetzt worden war und dabei seinen Rang als Hauptkommissar eingebüßt hatte, wollte sie nicht mit ihren privaten Ermittlungen belasten. Auf der anderen Seite waren die beiden erwachsen und brauchten ihren Schutz nicht.

»Ich habe mich mit dem Privatermittler getroffen, den Aaron in Grothes Auftrag engagiert hat.«

»Und?«

»Er hat gute Arbeit geleistet, sieht aber kein Land in Sicht.«

»Er hat hingeschmissen?«

Enna nickte.

»Und du willst da jetzt einsteigen? Alleine?«

»Grothe war vielleicht nicht der Täter.«

»Wie sicher bist du dir?«, fragte Paulsen.

»Ich habe die Prozessakten gelesen und mir die Ermittlungen der Kollegen in Lüneburg genau angesehen. Das war alles zu glatt, zu schnell, zu sauber. Der SoKo-Leiter, Horst Michaelis, ist übrigens zehn Jahre später suspendiert worden, weil in einem Mordfall Beweise manipuliert worden waren. Es konnte nicht nachgewiesen werden, wer daran beteiligt war, aber Michaelis ist anschließend kaltgestellt worden und hat sich dann vorzeitig pensionieren lassen.«

»Zehn Jahre sind eine lange Zeit. Da kann viel mit einem Menschen passieren. Du hast mit ihm gesprochen?«

Enna nickte. »Hat eine Weile gedauert, bis er sich mit mir getroffen hat. Dass ich die Tochter bin, hat wohl den Ausschlag gegeben.«

»Hat er es zugegeben?«

»Hättest du das an seiner Stelle gemacht? Klar, das wäre inzwischen alles verjährt, aber der Medienrummel bei einer Revision, die sich darauf stützt, dass der SoKo-Leiter Beweise untergeschoben hat, wäre riesengroß. Seine Pension würde im Nachhinein gestrichen werden, von einer möglichen Zivilklage seitens Grothe einmal ganz abgesehen.«

Enna sah Horst Michaelis vor ihrem geistigen Auge. Der ehemalige Kriminalrat war inzwischen Anfang siebzig und lebte zurückgezogen in Neu Darchau, einem kleinen Ort an der Elbe, dreißig Kilometer von Lüneburg entfernt. Der alte Mann war wortkarg gewesen und hatte lediglich Andeutungen gemacht, dass es im Fall Grothe Unregelmäßigkeiten gegeben haben könnte. Selbst damit war er erst nach einem zweistündigen Gespräch herausgerückt, in dem Enna alle Register gezogen hatte.

»Hat er oder hat er nicht?«, bohrte Paulsen nach.

»Zugegeben hat er es nicht, aber wenn ich richtig zwischen den Zeilen gelesen habe, ist bei den Beweisen manipuliert worden. Nicht unbedingt von ihm persönlich oder in alleiniger Verantwortung. Und in welchem Umfang, kann ich natürlich nicht sagen. Wer es war oder wer das in Auftrag gegeben hat, habe ich auch nicht erfahren.«

Paulsen stieß einen Pfiff aus. »Was ist das für ein verdammter Mist?« Er schüttelte mit verärgerter Miene den Kopf. »Kollegen, die Beweise unterschieben, kann ich nicht ausstehen.« Er hielt kurz inne. »Dir ist schon klar, dass du ihn gewarnt hast?«

»Das ließ sich nicht vermeiden. Horst Michaelis ist ein alter gebrochener Mann. Ich glaube kaum, dass er gefährlich ist.«

Paulsen wiegte den Kopf. »Solche Typen sind oder waren meistens hervorragend vernetzt. Selbst wenn er schon über zehn Jahre nicht mehr im Dienst ist, wird er noch reichlich Kontakte haben. Schon gar, wenn er richtig Dreck am Stecken hat. Du kannst doch gar nicht wissen, wer damals die Fäden gezogen hat.«

Enna winkte ab. »Paulsen, jetzt lass mal die Kirche im Dorf. An eine große Verschwörung glaube ich nicht.«

»Mag ja sein. Trotzdem …«

Sie musterte Paulsen. »Du hast mir immer noch nicht verraten, was Pia und du genau von mir wollt.«

»Erst mal wollte ich Klarheit. Die habe ich jetzt.«

Enna sah ihn fragend an.

»Pia und ich wollen dich damit nicht alleinlassen«, fuhr Paulsen fort. »Wir können vom Büro aus die Recherchen unterstützen und wenn es heikel wird, kommt entweder Pia oder ich mit. Hast du eine private Waffe?«

»Habe ich.« Nach dem Fall, in dem Enna und ihre Familie bedroht worden waren, hatte sie einen Waffenschein beantragt und sich eine Glock 26 zugelegt.

»Okay, wenigstens das.« Paulsen schien erleichtert. »Also abgemacht?«

»Ich will euch nicht in etwas hineinziehen, das spät…«

»Unsinn!«, fiel Paulsen ihr ins Wort. »Das ist einzig und allein unsere Entscheidung. Und die haben wir getroffen.«

Vier

Enna war froh, bereits um sechs Uhr morgens in Oldenburg losgefahren zu sein. Auf dem Navi sah sie, dass sich an der Stelle in Bremen, die sie vor einer halben Stunde passiert hatte, ein längerer Stau entwickelte. In einer guten halben Stunde würde sie ihr Ziel erreichen. Ullrich Geers, den sie auf Adlers Liste gefunden und als Freund ihres Vaters identifiziert hatte, lebte in Winsen an der Luhe, einem Ort, der nur zwanzig Kilometer von Lüneburg entfernt lag. Nach Paulsens Besuch hatte sie Geers angerufen und sich für den nächsten Morgen mit ihm zum Frühstück verabredet. Für den frühen Nachmittag hatte sie sich bei einer LKA-Kollegin in Hamburg angemeldet, von der sie sich Informationen zu Milan Paunovic erhoffte.

Aaron hatte sich am Abend noch gemeldet. Er hielt sich in München auf, wo er in etwa zwei Stunden vor dem Landgericht einen Mandanten verteidigen würde. Enna hatte ihn über das Gespräch mit Denis Adler informiert und mit ihm diskutiert, welche nächsten Schritte sinnvoll seien. Sosehr Aaron die Wiederaufnahme des Verfahrens anstrebte, so wenig war er begeistert davon, dass Enna sich direkt in private Ermittlungen stürzen wollte. Sie wusste, dass er Angst um sie hatte, und hatte ihm versprochen, vorsichtig vorzugehen.

Während Enna an Aaron dachte, musste sie unwillkürlich lächeln. Sie hatte seinem Werben lange widerstanden, weil sie sich nicht vorstellen konnte, nach dem Unfalltod ihres geliebten Mannes und Elias' Vater je wieder eine Beziehung einzugehen. Inzwischen war sie froh, dass Aaron sich durch ihre schroffe Art nicht hatte abschrecken lassen.

Sie fuhr von der A1 bei Seevetal auf die A39. In einer Viertelstunde würde sie den Mann wiedertreffen, der der beste Freund ihres Vaters gewesen war und an den sie sich kaum erinnern konnte. Am Telefon hatte Ullrich Geers erfreut reagiert, von Enna zu hören, und hatte sich sofort bereit erklärt, sich mit ihr zu treffen. Sie erhoffte sich von ihm Auskunft über die damaligen Verhältnisse in der Kanzlei.

Das kleine Einfamilienhaus aus den Siebzigerjahren des letzten Jahrhunderts wirkte einladend auf Enna. Der Vorgarten schien von einem Landschaftsgärtner angelegt worden zu sein – oder Ullrich Geers selbst hatte einen grünen Daumen. Überall blühten farblich aufeinander abgestimmte Stauden, unterbrochen von einzelnen Gräsern unterschiedlicher Größe. Enna war, nachdem sie die Gartenpforte geöffnet hatte, stehen geblieben und bewunderte das Farben- und Formenspiel, als sich die Haustür öffnete und ein älterer Herr nach draußen trat. Enna ging auf ihn zu und reichte ihm die Hand.

»Herr Geers?«

Der alte Herr nickte lächelnd. »Hallo, Enna.« Er stutzte. »Ich darf dich doch noch so nennen?«

»Selbstverständlich, Herr Geers.«

Ullrich Geers trat zur Seite. »Dann komm doch rein in die gute Stube. Ich habe schon Kaffee aufgesetzt und frische Brötchen gibt es auch.«

Enna half dem alten Herrn, den Tisch zu decken, und ließ sich schließlich von ihm Kaffee einschenken. Sie frühstückten, während Enna ihm erzählte, wie es ihr ergangen war, seit sie bei ihren Großeltern in Oldenburg gelebt hatte.

»Es tut mir so leid, was dir damals passiert ist«, sagte Ullrich Geers. »Ich konnte an dem Tag nicht einmal bei dir sein. Ich hatte eine Verhandlung in Nürnberg und war bereits seit zwei Tagen vor Ort. Als ich zurückkam, warst du schon nicht mehr da.« Er nickte nachdenklich. »Wahrscheinlich erinnerst du dich gar nicht mehr an mich?«

»Es ist lange her und ich brauchte damals mehrere Monate, um überhaupt zu verstehen, was passiert war«, antwortete Enna. »In Oldenburg hat mich eine Psychologin betreut, zweimal in der Woche war ich bei ihr. Und meine Großeltern haben sich viel Mühe gegeben.«

»Das war sicher eine schwere Zeit für dich«, sagte Ullrich Geers leise. »Ich habe monatelang überlegt, ob ich dich in Oldenburg besuchen komme, habe sogar mit deiner Großmutter telefoniert. Sie meinte damals, es wäre besser, wenn du erst mal mit niemandem aus der Lüneburger Vergangenheit in Kontakt kämest.« Er lächelte matt. »Daran habe ich mich natürlich gehalten.«

»Haben Sie den Prozess gegen Grothe damals verfolgt?«

Ullrich Geers warf Enna einen irritierten Blick zu. Schließlich schluckte er. »Bist du deshalb zu mir gekommen?«

»Ronald Grothe hat die ganze Zeit seine Unschuld beteuert. Er versucht schon eine Weile, das Urteil anzufechten.«

Ullrich Geers nickte. »Ich habe davon gehört.« Er sah sie ungläubig an. »Und du willst ihm helfen?«

»Nein, darum geht es nicht.«

»Ich verstehe. Du suchst den wirklichen Mörder deiner Eltern.« Er hatte leise gesprochen.

»Ja. Das bin ich ihnen schuldig.«

»Und wenn er es war?«

»Damit muss ich rechnen.« Enna hielt kurz inne. »Hatten Sie denn keinerlei Zweifel an Grothes Schuld?«

»Niemand hatte das. Es gab Beweise, stichhaltige Beweise.«

»Die vielleicht gefälscht waren.«

Ullrich Geers seufzte leise und schien inzwischen zu ahnen, welche Fragen Enna hatte. »Ich weiß nicht, wie ich dir helfen kann, Enna.«

»Hat Papa jemals davon gesprochen, dass er sich bedroht fühlte?«

Ullrich Geers stand auf, ging zur Kaffeemaschine und holte die noch halb gefüllte Kanne. Zurück am Tisch schenkte er Enna und sich nach und brachte die Kanne zurück auf die Wärmeplatte. Als er wieder bei Enna saß, trank er einen Schluck und hielt die Tasse in beiden Händen. »Dein Vater war Strafverteidiger. Da kam es schon vor, dass er angefeindet wurde.«

In Enna begann es zu brodeln. War das der beste Freund ihres Vaters gewesen? Er schien nicht das geringste Interesse daran zu haben, ihr zu helfen. Mit Allgemeinplätzen kam sie sicher nicht weiter. Sie zwang sich, ruhig zu reagieren.

»Wie lange waren Sie mit meinem Vater befreundet?«

Ullrich Geers schloss die Augen und verharrte eine Weile in der Position, immer noch mit der Tasse in der Hand. Schließlich sah er auf. »Willst du mich nicht duzen? Das hast du früher auch gemacht.«

»Gerne. Wie lange warst du mit Papa befreundet?«

»Wir haben zusammen Abitur gemacht und dann gemeinsam studiert.«

»In München?«

Ullrich Geers nickte. »Ja. Albrecht hat dann bei der Staatsanwaltschaft in Hamburg eine Stelle bekommen, ich bin nach Berlin gegangen. Aber wir sind in Kontakt geblieben.«

»Du hast vor Papa in der Kanzlei in Hamburg angefangen, oder?«

»Ja, ich habe Albrecht dann überredet, zu uns zu kommen.«

»Das hat er mir nie erzählt«, sagte Enna. »Oder ich erinnere mich nicht daran. Wie lange warst du in Berlin?«

»Ein paar Jahre. Ich habe mich da nicht wohlgefühlt. Dann kam das Angebot aus Hamburg.«

»Es hatte also nichts damit zu tun, dass Papa in Hamburg arbeitete?«

Ullrich Geers zögerte zu lange, als dass Enna mit ihrem geschulten Auge es nicht mitbekommen hätte. »Doch, das hat auch eine Rolle gespielt. Ich habe meinen Schachpartner vermisst. Damals gab es ja noch nicht das Internet.« Er lächelte in sich hinein. »Wir haben uns eine Zeit lang per Telefon die Züge durchgegeben. Jeder hatte ein Brett zu Hause und ...« Er brach ab. »Das ist lange her.« Er sah auf. »Aber wie kann ich dir helfen? Albrecht hatte keine Feinde, die ihm den Tod wünschten. Zumindest hat er mir nichts davon erzählt. Und ich denke, das hätte er getan.«

»Gab es denn in der Kanzlei Konflikte?«

»Wie meinst du das? Suchst du etwa dort nach einem Mörder?«

»Ich bin ganz am Anfang meiner Recherchen. Da ist es normal, dass man keinen Bereich ausschließt. Es gab also keine Konflikte in der Kanzlei?«

»Natürlich, wie überall, wo viele Menschen zusammenarbeiten. Auch Juristen ist Eitelkeit nicht fremd. Nein, ganz sicher nicht.« Er atmete tief durch. »Albrecht war nicht auf den Mund gefallen und hielt sich mit seiner Meinung nicht zurück. Dem einen oder anderen Kollegen hat das nicht gefallen. Aber deshalb ...« Ullrich Geers schüttelte den Kopf. »Enna, in der Kanzlei wirst du nichts finden.«

»Wer war Papas Gegenspieler?« Enna hatte sich für den Schuss ins Blaue entschlossen, um den alten Herrn wachzurütteln. »Reinhardt Hansen?«

Ullrich Geers sah erschrocken auf. »Woher weißt du das?«

»Ich bin nicht die Erste, die an dem Fall arbeitet. Grothes Anwalt hat einen Privatdetektiv engagiert, der bereits viele Monate recherchiert hat.«

»Ja, man könnte Reinhardt Hansen so bezeichnen.«

»Er war einer der Seniorpartner der Kanzlei.«

»Ist es immer noch. Woher kennst du ihn?«

»Der Privatdetektiv hat gute Arbeit geleistet. Wie alt ist Herr Hansen?«

»Er dürfte so Anfang siebzig sein.«

»Papa und er waren zerstritten?« Enna fragte sich, warum der beste Freund ihres Vaters so zurückhaltend war. Wusste er mehr und war gezwungen zu schweigen? Aber warum?

»Ich weiß nicht, ob man das so sagen kann. Hansen ist alter Hamburger Juristenadel. Sein Vater hat die Kanzlei gegründet. In den Dreißigerjahren. Also vor fast hundert Jahren. Alexander Friedrich Hansen. Er wurde nur ›Der Alte‹ genannt. Unter der Hand natürlich. Offen hätte das niemand gewagt. Hansen war noch bis weit in die Achtzigerjahre aktiv. Bis dahin hatte sein Sohn nicht viel zu melden, genauso wenig wie wir anderen. Nach einem Schlaganfall war die große Zeit von Alexander Friedrich von einem Tag auf den anderen vorbei. Da war sein Sohn erst Mitte dreißig und stand plötzlich ohne die schützende Hand seines Vaters da. Dass das nicht konfliktfrei abgelaufen ist, kannst du dir sicher vorstellen.«

»Papa und er sind aneinandergeraten?«, fragte Enna.

Ullrich Geers nickte. »Zunächst ging es eine Weile gut. Wir haben uns mit der Situation arrangiert. Aber später wurde es, wie soll ich das sagen, es wurde komplizierter. Und das hat sich bis zum Schluss nicht geändert.«

»Hatte Reinhardt Hansen denn größeren Einfluss auf die Kanzlei? Ich dachte, die Seniorpartner wären alle gleichberechtigt gewesen.«

»Er hatte das Vetorecht quasi von seinem Vater geerbt. Das war im Vertrag festgelegt. Ohne Reinhardts Zustimmung konnten und können wohl immer noch keine wichtigen Entscheidungen getroffen werden.«

»Würde Reinhardt Hansen mit mir sprechen?«

Ullrich Geers schüttelte den Kopf. »Das kann ich mir nicht vorstellen. Aber wer weiß, ich bin schon lange Jahre aus der Kanzlei raus. Vielleicht ist er ja altersmilde geworden.«

»Gab es denn vor …« Enna schluckte. Es fiel ihr nicht leicht, den Tod ihrer Eltern als Fall zu bezeichnen. »… also vor der Tat eine größere Auseinandersetzung zwischen den beiden?«

»Ich weiß es nicht genau. Albrecht hatte da etwas zugespielt bekommen.«

Enna horchte auf. »Um was ging es?«

»Angeblich sollte ›Der Alte‹ in der Nazizeit Kollegen angeschwärzt haben. Bei der Gestapo. Jüdische Kollegen und Kommunisten und Sozialdemokraten. Und so weiter.«

»Er war in der NSDAP?«

»Das weiß ich nicht. ›Der Alte‹ war ja auch schon lange tot, als Albrecht davon erfahren hat.«

»War das der Anlass für den Bruch zwischen Reinhardt Hansen und Papa?«

»Von Bruch würde ich nicht sprechen wollen. Ich glaube auch nicht, dass Albrecht schon so weit war, Hansen damit zu konfrontieren. Wo hätte das Ganze auch hinführen sollen?«

»Du hast Papa nicht unterstützt?«

»Im Prinzip schon, aber er war so eifrig dabei und da habe ich ihn etwas gebremst.«

»Ihr habt euch gestritten?«

Ullrich Geers wiegte den Kopf hin und her. »Gestritten ist wohl nicht der richtige Ausdruck. Ich war anderer Meinung. Die ganze Sache hätte der Kanzlei geschadet. ›Der Alte‹ war tot und sonst war niemand mehr in der Kanzlei, der etwas mit der Zeit zu tun hatte.«

Enna nickte. »Wieso war Papa da so hinterher? Das war doch gar nicht sein Thema. Ich erinnere mich, dass wir in der Schule den Nationalsozialismus durchgenommen haben und ich Papa darauf angesprochen habe. Er hat nur gesagt, dass er erst fünf Jahre alt war, als der Spuk vorbei war.«

Ullrich Geers schwieg.

»Du weißt es nicht?«, hakte Enna nach.

»Nein.«

»Hätte eine solche Enthüllung denn der Kanzlei wirklich geschadet? Sagtest du nicht, dass es zu der Zeit niemanden interessiert hat?«

Der alte Herr stand auf. »Möchtest du noch einen Kaffee?« Ohne Ennas Antwort abzuwarten, ging er auf die Kaffeemaschine zu, füllte sie neu mit Wasser und holte einen Filter und das Kaffeepulver aus dem Schrank.

»Der Kanzlei ging es zu der Zeit finanziell nicht so gut. Mandanten waren abgesprungen oder abgeworben worden. Wir hatten bereits Mitarbeiter entlassen, aber das ging auch nur bis zu einem bestimmten Punkt. Wenn dann noch ein Skandal hinzugekommen wäre, hätte das der Kanzlei vielleicht den Rest gegeben.«

»Und Papa war das egal?«

»Nein, sicher nicht, deshalb wollte er ja auch erst mal wissen, ob die Anschuldigungen überhaupt zutrafen, und hat es nicht gleich an die große Glocke gehängt.«

»Wie lange vorher war das?«, fragte Enna.

»Ein paar Monate, vielleicht auch ein halbes Jahr. So genau erinnere ich mich nicht. Ich war davon ausgegangen, dass sich die ganze Angelegenheit erledigt hatte. Deshalb habe ich der Polizei auch nichts davon erzählt.«

»Und die Unterlagen? Weißt du, wo die geblieben sind?«

»Nein.« Ullrich Geers war anzusehen, dass ihm Ennas Fragen unangenehm waren. Enna vermutete, dass er inzwischen erkannt hatte, dass die Angelegenheit, wie er es nannte, doch relevanter gewesen sein könnte, als er gedacht hatte. Enna beschloss, das Thema zu wechseln. Sie glaubte nicht, dass der Freund ihres Vaters ihr mehr verraten würde.

»Papa hat die Verteidigung eines Mandanten niedergelegt beziehungsweise abgegeben an einen Kollegen. Es ging da um Steuerhinterziehung im großen Maßstab. Dr. Lars Koenig. Der Mann ist später zu einer längeren Haftstrafe verurteilt worden. Er soll Papa gedroht haben. Weißt du etwas darüber?«

Wieder stand Ullrich Geers auf. Dieses Mal holte er den durchgelaufenen Kaffee, schenkte Enna und sich ein und brachte die Kanne anschließend wieder zurück.

»Koenig? Ja, ich erinnere mich. Und er hat Albrecht gedroht? War er nicht noch in Haft, als …«

»Das ist kein Hindernis, wenn man die richtigen Leute kennt.«

»Und du willst jetzt wissen, warum Albrecht das Mandat abgegeben hat?«

»Weißt du es?«

»Nein, er wollte mit mir nicht darüber sprechen. Offiziell war er krank, aber das kann nicht den Ausschlag gegeben haben.«

»Er war krankgeschrieben?«

»Zwei Wochen, wenn ich mich richtig entsinne. Ich hatte zu der Zeit viel im Süden Deutschlands zu tun, deshalb habe ich auch nur mit Albrecht telefoniert. Vielleicht war er einfach erschöpft. Wie nennt man das noch heute?«

»Burn-out.«

»Genau. Albrecht hat viel gearbeitet. Und deiner Mutter ging es zu der Zeit auch nicht so gut. Mehr weiß ich wirklich nicht.«

»Wann bist du aus der Kanzlei ausgeschieden?«

Ullrich Geers seufzte. »Zwei Monate später. Zwei Monate nach … dem Tod deiner Eltern.«

Fünf

Ullrich Geers begleitete Enna bis zur Haustür. Einen Augenblick wirkte es, als ob er sie zum Abschied umarmen wollte, dann reichte er ihr aber die Hand. »Vielleicht sehen wir uns ja noch einmal wieder?«

Enna nickte. »Wenn ich in der Gegend sein sollte, schaue ich gern wieder rein.« Sie lächelte. »Vielen Dank für deine Zeit und die vielen Informationen.«

»Ich bin mir nicht sicher, ob ich dir weitergeholfen habe. Trotzdem, es war schön, dich zu sehen. Ich muss dir danken, dass du vorbeigekommen bist.«

»Ich melde mich, falls ich noch Fragen habe.« Enna warf dem alten Herrn einen letzten Blick zu und wandte sich ab.

Kurz bevor sie die Gartenpforte erreichte, drehte sie sich noch einmal um. Ullrich Geers stand immer noch in der Tür und schaute ihr hinterher. Sie hob die Hand, winkte und lief weiter.

Das merkwürdige Gefühl, weit zurück in ihre eigene Vergangenheit gereist zu sein, ließ mit jedem Kilometer, den sie sich von Ullrich Geers' Haus entfernte, nach. Kurz bevor sie die Autobahn erreichte, fuhr sie auf einen Parkplatz und stellte den Motor ab.

Hatte Ullrich ihr die ganze Wahrheit gesagt? War ihr Blick auf den alten Herrn getrübt, weil er sie mit jedem seiner Worte an ihren Vater erinnerte? Welche Fragen hätte sie gestellt, wenn er ein Zeuge gewesen wäre, der keine besondere Beziehung zu ihrer Familie hatte?

Sie ging in Gedanken die letzten zwei Stunden durch. Ullrich hatte immer wieder gezögert, hatte eine Antwort hinausgeschoben oder sie allgemein formuliert. Warum war er so zurückhaltend gewesen? Die Verbindung zur Kanzlei war schon kurz nach dem Tod ihrer Eltern abgebrochen, seine Äußerungen deuteten darauf hin, dass er Reinhardt Hansen durchaus kritisch gegenübergestanden hatte. War es eine lang eingeübte Loyalität gegenüber der Kanzlei, die ihn davon abgehalten hatte, offen über die Zeit zu reden?

Enna griff nach dem Handy und suchte nach der Kurzwahltaste von Paulsen. Sie zögerte, legte das Handy zurück, nahm es wieder in die Hand und wählte schließlich.

»Enna! Wo bist du?«, fragte Paulsen.

»Kurz hinter Winsen auf einem Parkplatz. Ich habe lange mit dem besten Freund meines Vaters gesprochen. Sie kannten sich seit Schultagen, haben zusammen studiert und waren später viele Jahre in der gleichen Hamburger Kanzlei.«

»Okay. Hast du etwas erfahren?«

»Ja und nein. Ich bin mir noch nicht so ganz klar darüber, was das Gespräch gebracht hat.«

»Was kann ich tun?«

»Alexander Friedrich Hansen. Er hat die Kanzlei in den Dreißigerjahren gegründet. Reinhardt Hansen hat nach dem Schlaganfall des Vaters übernommen. Angeblich soll Hansen senior Kollegen an die Gestapo verraten haben. Davon soll mein Vater einige Monate vor seinem Tod erfahren haben.« Enna nannte Paulsen den Namen der Kanzlei sowie die Straße und Hausnummer.

»Das wird nicht einfach. Kann ich Pia und Jens einweihen?«

»Das musst du entscheiden, Paulsen.«

»Okay. Fährst du zurück nach Oldenburg?«

»Nein, ich habe eine Verabredung mit Jutta Erichsen.«

»Die Kollegin vom LKA, die uns im Fall Thaysen geholfen hat?«

»Genau die. Ich melde mich, Paulsen.« Sie beendete das Gespräch, startete den Motor und fuhr zurück auf die Straße.

Enna ging auf den sternförmig angeordneten Gebäudekomplex des Hamburger Polizeipräsidiums zu, in dem auch das LKA untergebracht war. Sie kannte Jutta Erichsen aus Oldenburger Zeiten bei der Kriminalpolizei. Inzwischen arbeitete Jutta seit vielen Jahren in Hamburg, wohin sie wegen ihres damaligen Lebensgefährten und jetzigen Mannes gezogen war.

Nachdem Enna ihren Ausweis gezeigt hatte, wurde ihre ehemalige Kollegin informiert. Kurz darauf holte Jutta Erichsen sie am Empfang ab und führte sie in ihr Büro.

»Schick«, sagte Enna, als sie an dem kleinen Besprechungstisch saßen. »Bist du die Karriereleiter nach oben gepurzelt?«

»Nicht einfach als Frau, aber es hat geklappt. Lass dich durch mein Büro nicht täuschen. Dafür musste ich hart arbeiten. Ehrlich gesagt bin ich mir manchmal nicht sicher, ob es das wert war.«

Enna wusste, dass Jutta jahrelang versucht hatte, ein Kind zu bekommen, und es irgendwann aufgegeben hatte. Bei ihrem letzten Treffen hatte sie darüber nachgedacht, welchen Anteil die stressige Arbeit an den drei Fehlgeburten gehabt hatte.

»Ich weiß, was du meinst«, sagte Enna. »Hast du deinen Kinderwunsch denn jetzt vollkommen abgeschrieben?«

Jutta Erichsen wiegte den Kopf hin und her. »Im Moment lassen wir es ganz locker angehen und warten ab, ob es nicht doch noch einmal klappt.«

»Ich drück dir beide Daumen. Es gibt genügend Beispiele, wo Frauen schwanger geworden sind, als sie die Hoffnung schon längst aufgegeben hatten.«

»Ich weiß. Wenn nicht, ist es auch gut.« Sie warf Enna einen fragenden Blick zu. »Du hast am Telefon nicht viel verraten. Um welchen Cold Case geht es denn dieses Mal?«

»Es ist schwierig, Jutta. Ich bin nämlich nicht dienstlich hier. Es handelt sich um eine private Ermittlung sozusagen.«

Jutta Erichsen zog die Augenbrauen zusammen. »Bist du unter die Privatschnüffler gegangen? Nicht dein Ernst, oder?«

»Es geht um meine Eltern.«

»Oh!« Enna hatte Jutta schon zu Oldenburger Zeiten von dem Mord an ihren Eltern erzählt. »Aber …«

»Es gibt einige Anhaltspunkte, dass Ronald Grothe nicht der Täter war.«

»Grothe ist …«

»Er hat für den Mord an meinen Eltern fast vierundzwanzig Jahre in Haft beziehungsweise Sicherheitsverwahrung gesessen. Sein Anwalt ist … wir leben seit über einem halben Jahr zusammen.«

»Oh!«, entfuhr es Jutta Erichsen zum zweiten Mal.

»Nein, es geht nicht um ihn. Er möchte am liebsten, dass ich meine Finger von den Ermittlungen lasse.«

»Was du natürlich nicht kannst«, sagte Jutta Erichsen. »So wie ich dich kenne, wirst du keine Ruhe geben, bevor du nicht den tatsächlichen Mörder deiner Eltern gefunden hast.«

Enna nickte. »Hilfst du mir?«

»Was brauchst du?«

Enna gab Jutta Erichsen einen schnellen Überblick über die bisherigen Ermittlungen des Frankfurter Privatdetektivs und erklärte ihr, dass Milan Paunovic auf Platz eins der Verdächtigenliste stand.

Jutta Erichsen stöhnte leise. »Ich arbeite seit drei Jahren im LKA 6.«

»Organisierte Kriminalität und Rauschgiftkriminalität.«

»Richtig. Und jetzt kannst du mal raten, wie häufig ich mit Paunovic zu tun hatte. Kleiner Tipp: An einer Hand kannst du es nicht abzählen.«

»Dann bin ich bei dir ja goldrichtig.«

»Ich fürchte, da kann selbst ich dir wenig helfen. Der Typ ist nicht nur ein klassischer Schläger, er passt auch höllisch auf, dass es entweder keine Zeugen gibt oder die Zeugen schweigen.«

»Habe ich schon gehört.«

»Und an was dachtest du? Soll ich dir ein Rendezvous mit einem der gefährlichsten Kriminellen Hamburgs organisieren? Ein schickes italienisches Restaurant, wo ihr euch nett unterhalten könnt und du ihm ein Geständnis entlockst, das ihn für den Rest seines Lebens hinter Gitter bringen wird?«

»Jutta, schalt mal einen Gang runter. Ich habe keinen Plan, erst mal geht es mir um Informationen. Und die hast du ja sicher.«

»Und dann?«

»Sehe ich weiter. Also, was weißt du?«

Jutta Erichsen zögerte, schüttelte aber schließlich verzagt den Kopf und drückte ihren Rücken durch. »Milan Paunovic kam vor etwa fünfzehn Jahren nach Hamburg. Er fing ganz unten wieder an – von seinem Karriereknick in Köln weißt du ja –, war Türsteher auf St. Pauli, Bodyguard von aufstrebenden Drogendealern, holte das Gift aus Holland oder schmuggelte es aus der damals noch bestehenden Freihandelszone am Hafen. Schließlich wurde ein libanesischer Clan auf ihn aufmerksam und hat ihn trotz seines serbischen Hintergrunds aufgenommen.«

»Libanesen? Ich dachte, deren große Zeit sei in Hamburg vorbei.«

»Richtig, aber das macht die versprengten Reste der ehemals dominierenden Clans nicht ungefährlicher. Im Gegenteil, sie stehen in ständigen Auseinandersetzungen mit den«, Jutta Erichsen malte Anführungszeichen in die Luft, »Mitbewerbern auf dem inzwischen ziemlich überlaufenen Drogenmarkt. Paunovics Aufgabe ist es, Gefahren abzuwehren und im richtigen Augenblick zuzuschlagen. Es geht darum, Duftmarken zu setzen, Reviere abzustecken und deutlich zu machen, was passiert, wenn jemand den Libanesen in ihre übrig gebliebenen Geschäftsbereiche hineinpfuscht.«

»Klasse. Viel besser hätte ich es ja wohl kaum treffen können.«

»Meine Rede. Und du bekommst noch einen kostenlosen Rat dazu: Halt dich von diesem Mann fern, wenn du nicht gerade auf eine SEK-Einheit zurückgreifen kannst.«

»Keine Schwächen? Familie? Frau? Kinder? Nimmt er selbst Drogen? Spielt er? Betrügt er seine Frau? Komm schon, Jutta. Da muss es doch mehr geben.«

»Keine Ehefrau, keine Kinder, keine Beziehung, keine Schwächen, die mir bekannt sind. Ein einsamer Wolf, sehr bissig, sehr wachsam und vor allem sehr aggressiv.«

»Ist er schwul?«

Jutta Erichsen lachte. »Das glaube ich nicht. Selbst wenn, wird er es kaum wagen, das auch nur ansatzweise öffentlich auszuleben.«

Enna beugte sich vor und legte die Hand auf den Arm von Jutta Erichsen. »Hast du keinen Informanten, der mir weiterhelfen könnte?«

Die Hamburger LKA-Beamtin rollte mit den Augen. »Enna Andersen, wie sie leibt und lebt. Ich dachte, du wärst etwas ruhiger geworden.«

»Hast du einen?«

»Kann sein. Und dann?«

»Spreche ich mit ihm oder ihr. Nicht mehr und nicht weniger.«

»Das geht nicht von jetzt auf gleich. Wenn überhaupt. Ich muss das vorbereiten. Und ob er direkt mit dir spricht, wage ich auch noch zu bezweifeln. Du weißt doch selbst, wie vorsichtig ein Informant sein muss, wenn er überleben will.«

»Kann ich ihn anrufen?«

»Nein, keine Chance. Ich kann höchstens dafür sorgen, dass er ein sauberes Handy von uns hat, von dem er dich dann anrufen kann.«

»Das ist doch ein Anfang.«

»Das führt alles zu nichts, Enna. Lass die Finger davon.«

Enna reagierte nicht auf die wiederholten Mahnungen. »Wie viel wird er haben wollen?«

»Fünfhundert ist der Tarif. Ich kann ihn vielleicht runterhandeln, wenn es nur per Telefon ist und er anonym bleibt.«

»Wie viel?«

»Dreihundert. Weniger brauche ich gar nicht zu versuchen.«

Enna nickte, zog ihr Portemonnaie aus der Tasche und reichte Jutta Erichsen sechs Fünfzigeuroscheine. »Wenn es nicht klappt, hole ich es irgendwann wieder ab.«

Jutta Erichsen starrte einen Moment auf die Scheine, schien zu zögern, griff dann aber danach. »Ob er dir weiterhilft, kann ich dir nicht garantieren. Du weißt selbst, dass diese Typen dir manchmal nur heiße Luft andrehen wollen, um an das Geld zu kommen.«

»Ja, natürlich. Gib ihm erst nur die Hälfte der Summe und mach ihm klar, dass es nicht gut aussieht, wenn er mich verarschen will.«

Jutta Erichsen nickte.

»Und ich brauche eine Handynummer von Paunovic.«

Jutta Erichsen stöhnte theatralisch. »Ich versuch's. Mehr kann ich dir nicht versprechen.«

Sechs

Paulsen wartete, bis Pia und Jens sich Kaffee eingeschenkt und zu ihm an den Tisch gesetzt hatten.

»Es gibt da etwas, das wir besprechen müssen.« Er sah Jens direkt an. »Pia weiß im Prinzip schon Bescheid und ich habe mich jetzt entschlossen, dich auch mit ins Boot zu holen. Aber um es gleich vorab klarzustellen: Es ist deine Entscheidung, Jens.«

»Mach es nicht so spannend, Paulsen«, warf Pia ein. »Es geht um die Chefin und ihren ganz persönlichen Fall. Davon habe ich dir doch schon mal erzählt, Jens. Ihre Eltern sind vor über zwanzig Jahren ermordet worden.«

Jens Lange nickte. »Ja, logisch, aber ist da nicht jemand verurteilt worden? Lebenslänglich und dann no…«

»Schon«, unterbrach Pia ihn. »Aber das könnte ein Fehlurteil gewesen sein. Meinen zumindest Enna und Aaron Bernard.«

»Nach so langer Zeit?« Jens sah zwischen Pia und Paulsen hin und her. »Ungewöhnlich, oder?«

»Ja, durchaus«, sagte Paulsen. »Die angedachte Revision ist allerdings noch nicht beantragt. Die Beweise reichen wohl nicht – oder noch nicht.«

»Welche Beweise?«

»Die Kollegen könnten Grothe, das ist der verurteilte Mörder, damals etwas untergeschoben haben. Aber darum geht es im Moment gar nicht. Die Sache zu beweisen ist wohl ziemlich schwer nach dieser Zeit. Alle Beteiligten, soweit sie überhaupt noch leben, werden schweigen.«

»Und worum geht es? Ich verstehe nur Bahnhof.«

Pia verdrehte die Augen. »Jens, wenn Grothe es nicht war, war es jemand anders. Und es gab dann andere Gründe für den Doppelmord, andere Hintermänner. Darum geht es.«

»Okay, ich hab's ja verstanden. Und jetzt wollen wir …« Jens ließ den Satz in der Luft hängen.

»Genau«, nahm Paulsen den Faden auf. »Enna will den wahren Mörder finden. Dafür hat sie sich die nächsten drei Wochen freigenommen.«

Jens nickte und schien allmählich zu verstehen, auf was das Gespräch hinauslief.

»Pia und ich sind von ihrem Alleingang nicht so begeistert. Okay, Lüneburg, wo ihre Eltern gelebt haben, läge theoretisch noch in unserem Einzugsgebiet. Aber der Fall ist abgeschlossen, verhandelt und der Verurteilte nach der Haft und der Sicherheitsverwahrung wieder auf freiem Fuß. Und offiziell würde Enna nicht an einem Fall arbeiten können, der ihre Eltern betrifft.«

»Logisch.« Jens griff nach seiner Kaffeetasse, hob sie an, als ob er etwas trinken wollte, setzte sie aber gleich wieder ab. »Ihr wollt also eine Art Privatermittlung machen?« Er hielt inne. »Oder besser gesagt, wir wollen.«

»Richtig«, sagte Pia leicht genervt. »Machst du mit oder nicht? Wenn wir alle dichthalten, kann uns nichts passieren.«

»Es geht erst mal nur um Hintergrundinformationen«, erklärte Paulsen. »Wenn jemand Enna begleiten muss, dann mach ich das.«

Pia warf ihm einen grimmigen Blick zu. Paulsen ahnte, dass sie die Erste war, die Enna auch außerhalb des Büros beispringen wollen würde.

Jens nickte. »Wir haben ja noch so einiges an Papierkram auf den Tischen, zumindest ich.« Er sah Paulsen und Pia an. »Ihr doch sicher auch, oder?«

Pia deutete ein Augenrollen an. »Himmel, Jens, wir wollen uns jetzt nicht den ganzen Tag mit den Recherchen herumschlagen. Ein paar Stunden werden sicher reichen.«

Jens zuckte mit den Schultern. »Na denn, warum nicht? Enna ist im Urlaub und wenn wir Hinweise bekommen haben, dass da was faul war damals, ist es doch unsere Aufgabe, da mal einen Blick drauf zu werfen, oder?« Er grinste und sah in die Runde.

»Okay, dann wäre das ja geklärt«, sagte Paulsen und berichtete von dem Gespräch mit Enna, dem Telefonat und ihrer Bitte.

Jens fuhr sich mit der Hand durch die dichten Haare. »Wo setzen wir an?«

Paulsen stand am geöffneten Fenster und schaute in den Garten des Hauses. Der Gärtner lief über den Rasen und schien etwas zu kontrollieren. Er kam alle zwei Wochen, mähte den Rasen und kümmerte sich um die Büsche und Sträucher, pflanzte Stauden und entfernte das Herbstlaub. Paulsen beobachtete ihn eine Weile, während er an Katja dachte. Wie lange waren sie ein Paar? Oder würde man das bei dem ewigen Hin und Her zwischen ihnen anders bezeichnen? On-off-Beziehung hatte Enna das genannt, als er vor Monaten Rat bei ihr gesucht hatte. Ein liebloser Begriff, aber vielleicht treffend. Das Licht in der Beziehung ging aus und an. Das Problem war wohl in den meisten Fällen, dass nicht beide an den Lichtschalter herankamen. Im Moment kam es Paulsen vor, als sei er für ihn unerreichbar.

Er hatte im Netz über toxische Beziehungen gelesen und lange darüber nachgedacht, was besser wäre. Endgültig einen Schlussstrich zu ziehen oder einen wirklichen Neuanfang einzufordern, Katja klar zu sagen, dass er kein weiteres Mal die Prozedur der Trennung und des erneuten Zusammenkommens durchstehen würde. Aber hatte er sich das nicht schon lange vorgenommen, immer wieder, und war jedes Mal gescheitert?

Paulsen schloss das Fenster und zog seinen Schreibtischstuhl vor. Im Moment gab es Wichtigeres als seine privaten Probleme. Sie hatten die Aufgaben verteilt, Jens würde sich an die Internetrecherche machen, Pia war zur Landesbibliothek aufgebrochen, um dort nach Literatur und Dokumenten aus der Zeit zu suchen. Er selbst wollte seine Kontakte nutzen, um die Kanzlei Hansen und Partner zu durchleuchten. Paulsen griff nach seinem alten abgewetzten Telefonverzeichnis, ein Heftchen mit Lederumschlag, das er seit über zwanzig Jahren mit sich herumschleppte. Er blätterte es durch und fand schnell die Nummer von Dirk Lager. Wie lange hatte er nicht mehr mit Dirk telefoniert? War es bereits fünf Jahre her? War die Handynummer noch aktuell? Er wählte und wartete. Erst beim sechsten Klingelton nahm jemand das Gespräch an.

»Ja?«

»Paulsen hier. Wie geht es dir?« Paulsen hatte Dirk Lager an der tiefen, rauchigen Stimme erkannt.

»Lebst du noch? Wie lange ist das jetzt her, Polizist? Du bist doch noch in diesem Scheißverein, oder?«

»Nicht mehr in Osnabrück. Die wollten mich nicht mehr.«

Dirk Lager lachte. »Hast es zu wild getrieben. Wer musste diesmal dran glauben?«

»Schnee von vorgestern. Ich bin jetzt in Oldenburg. LKA. Cold Cases.«

»Aktenablage? Was willst du denn da?«

Paulsen lachte. »Nein, so ruhig ist es hier nicht.« Er zählte ihm einige ihrer geklärten Fälle auf, die überregional mediale Beachtung gefunden hatten.

»Verdammt, das warst du? Respekt!«

»Nicht alleine. Wir sind ein kleines, eingeschworenes Team.«

»Das hört sich an, als hättest du dein Leben endlich in den Griff bekommen. Gratulation!«

Noch nicht so ganz, fuhr es Paulsen durch den Kopf. »Kann sein«, sagte er.

»Aber um mit mir zu plauschen, hast du mich wohl kaum angerufen. Spuck schon aus, Alter.«

Paulsen musste unwillkürlich schmunzeln. Dirk Lager war über zwanzig Jahre älter als er und musste inzwischen im Rentenalter sein. Als freiberuflicher Privatermittler, der kaum mehr verdiente, als er zum Leben brauchte, würde er keine großen Rücklagen gebildet haben – und dass Lager in eine private Altersvorsorge Geld eingezahlt hatte, konnte sich Paulsen nicht vorstellen.

»Seit wann hast du eigentlich dein Büro in Hamburg?«, fragte Paulsen.

»Lustig. Ich war schon immer hier. Wo auch sonst? Fünfundvierzig Jahre werden es bald sein. Scheiße, wer hätte das am Anfang gedacht?«

»Kanzlei Hansen, hast du mal für die gearbeitet?«

»In meinen Glanzzeiten habe ich für viele der großen Kanzleien gearbeitet. Ich hatte sogar sechs Mitarbeiter. Und eine Frau im Büro. Das waren noch Zeiten.«

»Alexander Friedrich Hansen?«

»Der ist doch schon lange unter der Erde. Was willst du von dem?«

»Hast du für die gearbeitet oder nicht?«, fragte Paulsen. Wie lange kannte er den Privatermittler? Zwanzig Jahre? Der Kontakt war über einen älteren Kollegen gekommen, als er als junger Kriminalbeamter vier Jahre in Buxtehude, das nur wenige Kilometer von der Hansestadt entfernt lag, gearbeitet hatte.

»Kann sein. Wie soll ich mich daran noch erinnern? Um was geht es? Komm mal auf den Punkt und quatsch nicht um den heißen Brei herum.«

»Es geht um die Dreißigerjahre. Hansen soll Kollegen an die Gestapo verraten haben. Vielleicht auch noch mehr.«

»Junge, da war ich noch nicht mal geplant, geschweige denn auf dieser schönen Welt. Lass die alten Zeiten ruhen, das ist alles Geschichte. Wenn auch die schlimmste unseres Landes.«

»Hilfst du mir oder nicht?«

»Werd doch nicht gleich fuchsig. Ja, ich habe für den alten Knochen gearbeitet. Aber das hatte wohl kaum etwas mit dem zu tun, was du da gerade angesprochen hast.« Er lachte. »Obwohl es zu ihm passen würde. Stockkonservativ und autoritär. Aber jetzt erzähl mir mal schleunigst, um was es wirklich geht …«

»Vor vierundzwanzig Jahren sind ein Anwalt der Kanzlei und seine Frau brutal ermordet worden. Sie lebten in Lüneburg.«

»Ich erinnere mich. Die haben auch einen dafür verknackt. Und jetzt?« Dirk Lager stieß einen Pfiff aus. »Darum geht es. Er war es gar nicht. Und was soll der alte Hansen damit zu tun haben? Der war doch längst …« Er brach ab. »Es geht um seinen Sohn, oder?«

»Kannst du dich umhören? Die Gestapo-Sache könnte beim Mord an dem Anwalt eine wichtige Rolle gespielt haben. Du kennst doch Gott und die Welt in Hamburg. Da wird es …«

»Ist das jetzt eine offizielle Anfrage?«, unterbrach Lager Paulsen. »Vom LKA? Oder deine Privatermittlung?«

»Privat.«

»Verstehe. Umsonst ist aber nicht drin. Du bekommst einen Freundschaftspreis. Ich muss auch leben.«

»Wie lange wirst du brauchen?«

»Ein paar Tagessätze wirst du wohl anlegen müssen.«

»Sagen wir vier Tage.«

»Du hörst von mir. Und dann will ich wissen, was dieser ganze Mist mit dir zu tun hat. Hast du verstanden?«

Sieben

»Haben Sie einen Termin mit Herrn Hansen?«, fragte die adrett gekleidete junge Frau hinter dem Tresen der ehemaligen Kanzlei von Ennas Vater.

»Nein, sagen Sie Herrn Hansen bitte, dass die Tochter von Albrecht Rothhardt ihn sprechen möchte.« Enna hatte sich spontan entschlossen, unangemeldet in die Höhle des Löwen zu gehen.

»Ich glaube kaum, dass Herr Hansen heute noch einen Termin frei hat.« Die junge Frau blätterte in einem Kalender. »Wie wäre es mit dem Donnerstag in drei Wochen. Da ist gerade ein …«

»Albrecht Rothhardt.« Enna zeigte auf das Telefon, das vor der Empfangsdame stand. »Bitte!«

Die Frau warf Enna einen verunsicherten Blick zu und schien zu überlegen, was sie machen sollte. Schließlich räusperte sie sich, stand auf und zeigte auf eine Tür. »Warten Sie bitte dort. Ich werde sehen, was sich machen lässt.«

Enna nickte und ging auf die Tür des Wartezimmers zu, wandte sich aber wieder um, als sie hörte, wie sich die Schritte der jungen Frau entfernten, und ging zurück zum Tresen.

Minuten später kam die Frau zurück, nickte Enna zu und bat sie, ihr zu folgen.

In der Tür kam ihr ein untersetzter Mann im dunklen Anzug entgegen und reichte ihr die Hand. »Frau …«

»Enna Andersen.«

»Frau Andersen. Kommen Sie doch in mein Büro.« Er trat zur Seite und wartete, bis Enna den Raum betreten hatte. »Setzen Sie sich doch bitte. Möchten Sie etwas trinken? Kaffee, Tee?«

»Einen Milchkaffee oder Latte macchiato.«

»Gerne.« Er wandte sich zu der jungen Dame um. »Bitte einen Latte macchiato und für mich das Übliche.«

Enna zog einen Stuhl vor, wartete, bis Reinhardt Hansen zu ihr trat, und setzte sich.

»Das ist wirklich eine Überraschung, Frau Andersen. Sie werden sich sicher nicht mehr an mich erinnern, aber als Sie noch ein Kind waren, hat Ihr Vater Sie hin und wieder mit ins Büro gebracht.«

»Nein, ich erinnere mich nicht.« Sie sah sich im Raum um. »An die Kanzlei schon.«

»Was führt Sie zu uns?«

»Ich ermittle zum Mord meiner Eltern.« Enna hatte sich entschlossen, nicht um den heißen Brei herumzureden und gleich zur Sache zu kommen.

Reinhardt Hansen warf ihr einen erstaunten Blick zu. »Wie darf ich das verstehen?«

»Wie ich es gesagt habe. Ich gehe davon aus, dass seinerzeit der falsche Mann verurteilt wurde.«

Reinhardt Hansen räusperte sich leise. »Ja, ich habe von den Bemühungen des Herrn gehört. Und Sie glauben …«

»Ich kenne den Mann nicht und habe auch nichts mit der Wiederaufnahme des Verfahrens zu tun. Mich interessiert lediglich, wer meine Eltern getötet hat – und vor allem, warum.«

Reinhardt Hansen lehnte sich auf dem Stuhl zurück. »Verstehe. Aber wie kann die Kanzlei Ihnen helfen? Ich wüsste nicht …« Hansen sah zur Tür, die sich gerade geöffnet hatte. Die junge Frau kam mit einem Tablett in der Hand herein, stellte es auf den Tisch und wandte sich wieder ab, als Hansen ihr zugenickt hatte.

»Bitte!«, sagte Hansen und wartete, bis Enna nach dem Glas mit dem Latte macchiato gegriffen hatte, bevor er die Tasse mit dem schwarzen Kaffee zu sich zog. »Was kann ich in der Sache für Sie tun?« Seine Stimme klang nach einem Vater, der sein Kind besänftigen wollte.

In diesem Augenblick kam die Empfangsdame ein zweites Mal ins Büro und legte Hansen eine dünne Mappe auf den Tisch. Als die Tür wieder geschlossen war, blätterte Hansen durch die Seiten der Akte und schloss sie wieder. Obwohl der Anwalt die Mappe etwas angehoben hatte, konnte Enna einen kurzen Blick auf den Inhalt werfen. Sie erkannte einen Artikel einer überregionalen Zeitung, die über einen ihrer großen Fälle berichtet hatte.

»Entschuldigung, ein wichtiger Mandant«, sagte Reinhardt Hansen. »Wo waren wir stehen geblieben?«

»Mein Vater hatte kurz vor seinem Tod Unterlagen mit Hinweisen erhalten, dass Ihr Vater in … ich nenne es jetzt einmal Unregelmäßigkeiten in der Zeit des NS-Regimes verwickelt gewesen war.«

»Das wäre mir neu«, sagte Reinhardt Hansen. Der Anwalt war vollkommen ruhig geblieben und schien über die Frage weder überrascht noch verärgert zu sein. »Mir war und ist nicht bekannt, dass es irgendwelche Anschuldigungen gegen meinen Vater gegeben hat. Ich kann mir auch nicht im Entferntesten vorstellen, um was es sich da gehandelt haben sollte.«

»Mein Vater hat Sie also nicht darauf angesprochen?«

»Nein. Ich sagte ja gerade schon, dass ich keine Kenntnis davon habe.« Seine Stimme klang jetzt leicht gereizt.

»Sollte es diese Unterlagen gegeben haben, werde ich sie finden«, sagte Enna und sah Reinhardt Hansen dabei direkt an.

Hansen lächelte kalt. »Mein Vater war weder Mitglied der NSDAP noch als Soldat im Krieg. Ich wäre der Erste, der an solchen Unterlagen Interesse hätte. Unabhängig davon sprechen wir hier gerade von Zeiten, die achtzig Jahre zurückliegen.«

»Warum hat mein Vater das Mandat für Dr. Lars Koenig abgegeben? Sie erinnern sich doch sicher an den Fall, oder?«

Reinhardt Hansen schien erstaunt über den plötzlichen Themenwechsel zu sein und zögerte zunächst die Antwort hinaus. »Vage. Ging es da nicht um Steuerhinterziehung?«

»Unter anderem. Mein Vater hat den Fall zwei Monate vor Prozessbeginn an einen Kollegen hier in der Kanzlei abgegeben.«

»Das mag sein. So aus dem Stegreif kann ich dazu nichts sagen. Ich wüsste auch nicht, was das mit dem Mord an Ihren Eltern zu tun haben sollte.«

»Gab es in dem Jahr vor dem Tod meiner Eltern größere Konflikte innerhalb der Kanzlei?«, fragte Enna unbeirrt weiter.

Reinhardt Hansen räusperte sich. »Es gibt in jeder Kanzlei Diskussionen über den richtigen Weg. Wir sind Anwälte und keine Sozialpädagogen. Um es noch einmal klar zu sagen: Ich schließe aus, dass der Mord an Ihren Eltern etwas mit unserer Kanzlei zu tun hat. Die Kriminalpolizei hat damals ausgesprochen gründlich recherchiert und ja auch den Mörder gefunden. Natürlich war Herr Grothe ein Mandant Ihres Vaters und insofern besteht ein gewisser Zusammenhang zu unserer Kanzlei. Sie wollen aber etwas ganz anderes andeuten. Habe ich Sie diesbezüglich richtig verstanden?«

»Ich bin ganz am Anfang der Recherche und habe schon mit einer Reihe weiterer Personen gesprochen«, sagte Enna. »Mehr kann ich noch nicht sagen. Sie wissen ja inzwischen, dass ich Kriminalpolizistin bin und bei meiner Arbeit ständig mit alten unaufgeklärten Fällen zu tun habe. Sie können sich also darauf verlassen, dass ich gründlich recherchieren werde. Nicht nur zu dieser Kanzlei.«

Einen Augenblick schien es Reinhardt Hansen die Sprache verschlagen zu haben. Dann richtete er sich auf und schob die halb volle Kaffeetasse zur Seite. »Der gute Ruf der Kanzlei ist unser wichtigstes Kapital. Das werden Sie sicher verstehen. Ich kann Sie nur bitten, ausgesprochen vorsichtig mit Beschuldigungen jeglicher Art zu sein.«

Enna hob ihre Mundwinkel leicht und deutete ein Lächeln an. »Mein Beruf bringt es mit sich, dass ich immer ausgesprochen vorsichtig bin.« Die letzten drei Worte hatte sie besonders betont.

Sie stand auf und griff nach dem Handy. Dabei stellte sie sich so ungeschickt an, dass das Gerät auf den Boden fiel. Sie bückte sich unter den Tisch und stieß sich beim Hochkommen den Kopf an der Platte.

»Haben Sie sich verletzt?«, fragte Hansen, der auch aufgestanden war.

Enna richtete sich auf und lächelte. »Es ist nichts passiert.« Sie reichte Hansen die Hand. »Vielen Dank für Ihre Zeit. Sie hören von mir.«

Im Auto, das sie in unmittelbarer Nähe der Kanzlei geparkt hatte, aktivierte Enna eine App auf ihrem Handy und kontrollierte, ob die Verbindung stand.

Sie hörte, wie sich jemand räusperte. »Ich bin's«, sagte Reinhardt Hansen. »Die Kleine von Albrecht Rothhardt war hier.« Es entstand eine Pause, in der Hansen seinem Gesprächspartner am Telefon zuzuhören schien. »Ja, weshalb sonst? Ich habe keine Ahnung, wer ihr davon erzählt hat. Vermutlich der Geers. Die waren doch dick befreundet.« Wieder entstand eine Pause. »Nein, natürlich nicht«, sagte Hansen. »Und ja, ich bleibe ruhig. Trotzdem, sie machte einen ziemlich entschlossenen Eindruck. Sie arbeitet beim LKA Niedersachsen. In Oldenburg. Ausgerechnet im Bereich Cold Cases.« Hansen schwieg wieder. »Nein, das ist kein Witz. Natürlich war sie privat hier. Wir müssen sie im Auge behalten, das ist dir doch klar, oder?« Hansen schien einen Moment zuzuhören und stöhnte dann. »Verdammt, ich reagiere nicht über. Ich weiß, was ich sage. Also, kümmerst du dich darum?«

Enna hätte viel darum gegeben, Hansens Gesprächspartner oder -partnerin zu kennen. Bisher hatte Hansen nicht einmal einen Vornamen genannt.

»Du solltest die Angelegenheit etwas ernster nehmen. Wir müssen uns treffen. Wann hast du Zeit?« Wieder eine längere Pause. »Gut, ich komme. Also bis morgen.«

Enna hörte, wie ein Hörer aufgelegt und ein Stuhl zurückgeschoben wurde. Kurz darauf wurde eine Tür geöffnet und wieder geschlossen.

Sie hatte also Hansen nervös gemacht. Schon im Gespräch mit ihm hatte Enna gewusst, dass er ihr nicht die Wahrheit sagte. Die Unterlagen, die ihr Vater zugespielt bekommen hatte, schienen selbst nach so vielen Jahren noch relevant zu sein. Warum sollte Hansen ansonsten direkt nach ihrem Gespräch telefonieren und seinen Gesprächspartner oder seine Gesprächspartnerin um Hilfe bitten?

Enna suchte in ihrer Kurzwahlliste nach Paulsens Nummer. Er nahm das Gespräch direkt an. Enna erklärte ihm, was sie inzwischen erfahren hatte.

»Woher weißt du …«, fragte Paulsen, brach aber mitten im Satz ab.

»Ich weiß es halt. Die Frage ist jetzt, wann ungefähr das Treffen geplant ist. Ansonsten bleibt mir nichts anderes übrig, als den ganzen Tag hier vor der Kanzlei zu warten.«

»Was soll ich machen?«

»Du hast doch ein zweites Handy?«

»Ja, mit einer Prepaidkarte. Warum?«

»Du rufst in der Kanzlei an und versuchst, morgen einen Termin mit Hansen auszumachen. Sag einfach, du bist nur morgen in Hamburg und hast am Abend einen Flug nach New York. Du vertrittst wichtige amerikanische Firmen, die auf der Suche nach einer weiteren Anwaltskanzlei in Hamburg sind. Die Dame wird schon anbeißen.«

»Und wenn sie mich zu Hansen durchstellt? Dem kann ich so eine Geschichte nicht auftischen.«

»Das ist kein Problem. Ich sehe gerade, dass er die Kanzlei verlässt. Ich folge ihm und rufe dich an, falls er umkehren sollte.«

Enna stieg bereits aus dem Auto und eilte Hansen hinterher.

»Alles klar«, sagte Paulsen. »Bis später.«

Reinhardt Hansen überquerte etwa dreißig Meter vor ihr die Straße, blieb vor einem Restaurant stehen und zog sein Handy aus der Tasche. Er schien angerufen worden zu sein, da er nur kurz aufs Display schaute und dann das Gespräch annahm. Hansen trat zur Seite und sprach offensichtlich aufgeregt ins Handy. Kurz darauf betrat er das Restaurant. Enna wartete zehn Minuten und war sich sicher, dass Hansen nicht nur einen Tisch für den Abend bestellen wollte, sondern zum Essen gekommen war.

Kurz bevor Enna ihr Auto erreichte, rief Paulsen zurück.

»Und?«

»Hansen ist morgen ab neun Uhr bei einer Verhandlung vor Gericht. Die dauert wahrscheinlich bis in den Nachmittag hinein. Die Dame meinte, sie könnte mich vielleicht gegen fünfzehn Uhr einschieben, allerdings hat Hansen dann nur eine Stunde Zeit.«

»Warum?«

»Er hat anschließend einen Termin, der sich kurzfristig ergeben hat. Also gehe ich mal davon aus, dass er sich am späten Nachmittag mit der Person trifft.«

»Danke, Paulsen. Alleine hätte ich das nicht geschafft.«

»Kein Thema. Ruf an, wenn du Hilfe brauchst. Wir arbeiten im Moment zügig den Papierkram weg, haben aber Zeit, die Recherchen oder was auch immer für dich zu machen. Morgen Mittag wollen wir uns zu dritt zusammensetzen und sehen, wie es weitergeht.«

Enna schluckte und wusste nicht, was sie sagen sollte. »Das ist ...«

»Schon gut, Enna«, sagte Paulsen. »Jens ist übrigens auch voll dabei. Wir können uns auf ihn verlassen.«

»Danke! Sag das auch den beiden anderen. Ich bleibe heute in Hamburg.« Sie vermied es, über ihren Kontakt zu dem Informanten zu sprechen, um Paulsen nicht zu beunruhigen.

»Du weißt, ich kann in zwei Stunden vor Ort sein. Ruf mich an, egal zu welcher Zeit.«

»Noch mal danke. Ich melde mich morgen.«

Enna schloss den Wagen auf und setzte sich auf den Fahrersitz. Die kleine Abhöreinrichtung, die sie unter dem Tisch platziert hatte, würde nicht länger als sechzig Stunden senden können, bevor der Akku neu aufgeladen werden musste. Die Reichweite betrug je nach Bebauung lediglich zwei bis vier Kilometer. Außerhalb dieses Radius konnte Enna nicht auf die Wanze zugreifen.

Enna suchte im Handy nach einer Unterkunft in der Nähe und telefonierte mit fünf Hotels, bevor sie ein Zimmer buchte. Kurz darauf parkte sie in der Tiefgarage des Hauses und checkte ein.

Kaum hatte sie sich auf dem Bett ausgestreckt, klingelte ihr Handy.

»Hallo, Jutta, hast du schon etwas erreicht?«

»Ja. Der Informant ruft dich in einer halben Stunde auf deinem Handy an. Ist das in Ordnung?«

»Selbstverständlich. Ich bin im Hotel und warte auf den Anruf. Wie ist sein Name?«

»Es gibt keinen und frag ihn bitte auch nicht danach. Er wird sich nicht mit dir persönlich treffen, egal wie viel Geld du ihm bietest. Er kennt die Szene in- und auswendig, wird dir aber sicher nicht wirklich brisante Details verraten. Das ist dir klar?«

»Habe ich eine andere Chance?«

»Die hat man immer«, sagte Jutta Erichsen. »Ehrlich gesagt weiß ich nicht genau, was du erreichen willst.«

Ich auch nicht, fügte Enna in Gedanken hinzu. *Aber ich muss irgendwo ansetzen oder kann gleich aufgeben.*

»Bist du noch in der Leitung?«

»Ja, natürlich. Eine genaue Strategie habe ich auch noch nicht. Wie lange wird er mit mir sprechen?«

»Das kommt darauf an, wie du dich anstellst. Ich habe schon erlebt, dass er nach zwei Minuten aufgelegt hat, weil ich ein falsches Wort gesagt habe.«

»Okay. Ich geb dir Bescheid, was beim Gespräch herausgekommen ist.«

»Und Enna, du machst um Milan Paunovic einen großen Bogen, versprichst du mir das?«

»Sollte es sich ergeben, dass ich direkt mit Paunovic sprechen muss, erfährst du es als Erste.«

Jutta Erichsen stöhnte leise. »Aber bitte vorher und nicht nachher. Mein Handy ist die ganze Zeit an.«

Enna lief in ihrem Hotelzimmer auf und ab und überlegte fieberhaft, wie sie das Gespräch anpacken sollte. Weder durfte sie zu zurückhaltend noch zu fordernd sein. Juttas Informant schien ihre einzige Chance zu sein, näher an Paunovic heranzukommen.

Als ihr Handy klingelte, nahm sie nach einem letzten Durchatmen das Gespräch an.

»Hallo!«

»Und?«, fragte eine männliche Stimme.

»Wird es morgen in Hamburg regnen?« Das war die vereinbarte Losung, die dem Informanten die Sicherheit geben sollte, dass er mit der richtigen Person sprach.

»Die Wettervorhersage sagt Nein. Es könnte aber schneien.«

»Hallo!«, sagte Enna ein zweites Mal.

»Was wollen Sie wissen?«

»Meine Eltern wurden vor vierundzwanzig Jahren brutal ermordet. Ein Mann ist dafür verurteilt worden und saß lange im Gefängnis. Inzwischen gibt es erhebliche Zweifel, dass er tatsächlich der Täter war. Ich suche jetzt den wahren Mörder.«

Schweigen in der Leitung. Enna hielt die Luft an. Hatte sie den richtigen Ton getroffen?

»Verständlich«, sagte der Informant. »Würde ich auch tun.«

»Es gibt eine Spur zu Milan Paunovic.«

»Nicht so gut.«

»Das weiß ich inzwischen. Ich suche nach etwas, womit ich ihn unter Druck setzen kann.«

Der Informant lachte kurz und trocken. »Gibt es nicht. Er ist zu vorsichtig.«

»Seit wann vertrauen die Libanesen einem Serben?«

»Gute Frage. Vielleicht lassen sie lieber andere die Kohlen aus dem Feuer holen, anstatt sich selbst die Finger zu verbrennen.«

»Klingt nach einem Ritt auf der Rasierklinge für Paunovic.«

Der Informant lachte. »Gut erkannt. Fehler sollte er lieber nicht machen, wenn er nicht mit einem Zementfuß auf dem Grund der Elbe landen will.«

»Hat Paunovic keine Feinde, die den Namen wert sind? Macht er nie Fehler? Was sind seine Schwachpunkte?«

»Ich dachte, du suchst einen Mörder? Wenn du ihn umlegen willst, brauchst du meine Hilfe nicht.«

Enna schluckte. War sie zu weit gegangen? »Will ich nicht. Ich suche nach Antworten. Ich war dreizehn, als meine Eltern ermordet wurden.«

»Nicht gut. Aber Paunovic ist eine harte Nuss. Such dir einen anderen Täter. Ist besser für dich.«

»Es gibt viele, die das sagen. Aber ich habe keine Angst. Schon lange nicht mehr. Also?«

»Feinde hat er wie Sand am Meer. Sie sind aber entweder tot oder weit weg von Hamburg.«

»Aber?«, fragte Enna.

»Auch solche Menschen haben Angehörige. Bruder, Vater, Sohn, Neffe. Familie halt. Die vergessen nicht so schnell.« Er machte eine kurze Pause. »Das solltest du doch am besten wissen.«

»Wer?«

Es entstand eine lange Pause und Enna befürchtete schon, dass der Informant das Gespräch abbrechen würde.

»Weil du's bist. Tarek Karam.«

»Und?«

»Sein Bruder ist spurlos verschwunden. Wenn du weißt, was ich meine.«

»Libanese?«

»Ja, sein Bruder war in Ungnade gefallen. Hörte man so. Er wollte aussteigen. Das volle Programm. Du weißt ja, was das heißt.«

»Paunovic hat das verhindert?«

»Könnte sein. Wie gesagt, der Bruder ist verschwunden.«

»Wo finde ich Karam?«

»Kein Problem. Er ist Anwalt.«

»In Hamburg?«

»Du wirst ihn schon finden.« Der Informant räusperte sich. »Fragestunde vorbei.« Die Verbindung wurde unterbrochen.

Enna atmete tief durch und schloss die Augen. Was machte sie hier? Hatte sie auch nur die geringste Chance, näher an Paunovic heranzukommen? Und dann? Warum sollte er ihr einen über zwanzig Jahre zurückliegenden Mord gestehen?

Acht

Paulsen schloss die Tür seiner Wohnung auf. Gleich im ersten Moment roch er den Duft ihres Parfüms. Er stöhnte innerlich auf. Warum hatte er Katja nicht schon längst den Schlüssel abgenommen? Oder das Schloss ausgetauscht?

Er schaute in Wohn- und Esszimmer seiner Wohnung. Katja war nicht zu sehen. War sie nur kurz hier gewesen und hatte ihre Sachen geholt? Als Paulsen die Badezimmertür öffnete, kam ihm warme, feuchte Luft entgegen. Nach einem kurzen Blick schloss er die Tür und ging ins Schlafzimmer.

»Da bist du ja endlich«, empfing Katja ihn mit einem verführerischen Lächeln. Sie richtete sich im Bett auf und breitete ihre Arme aus. »Ich warte schon eine Weile auf dich.«

Paulsen trat aufs Bett zu, zögerte kurz, zog dann seine Jacke aus und setzte sich auf den Bettrand. »Wir müssen reden.«

»Jetzt?« Katja zog langsam die Bettdecke zur Seite und blieb mit leicht gespreizten Beinen vor ihm sitzen.

Paulsen beugte sich vor, zog die Decke zurück über ihren nackten Körper und schüttelte fast unmerklich den Kopf. »Nicht jetzt.«

»Du willst es doch auch.« Katja griff nach seiner Hand und führte sie vorsichtig zu ihrer linken Brust. Sie stöhnte leise, als

Paulsens Hand ihre Brustwarze berührte. »Komm bitte zu mir ins Bett«, flüsterte sie. »Ich brauche dich.«

Paulsen spürte, dass sein Widerstand mit jeder Sekunde weiter in sich zusammenbrach. Sie führte seine Hand langsam weiter nach unten, stöhnte laut auf, als seine Finger über ihren Bauchnabel glitten, und zog ihn zu sich ins Bett.

»Wir müssen reden«, sagte Paulsen. »Ich kann so nicht weitermachen.«

Er hatte sich im Bett aufgerichtet und war ein wenig von Katja abgerückt.

»Jetzt? Ich habe Hunger. Lass uns ausgehen. Ich habe uns einen Tisch beim Italiener reserviert.« Sie warf einen Blick auf den Wecker neben dem Bett und lächelte. »Wir hätten allerdings noch Zeit für eine zweite Ru…«

»Es ist mein Ernst, Katja«, fiel Paulsen ihr ins Wort. »Ich liebe dich, aber ich kann nicht mehr.«

»Ich verspreche dir, dass …«

»Nein, das tust du nicht. Deine Beteuerungen klingen inzwischen wie auswendig gelernt. Spätestens in einer Woche zerfleischen wir uns wieder.«

Katja setzte sich auf und zog die Bettdecke hoch. »Und was war das eben? Oder habe ich geträumt und du sitzt nur zufällig nackt neben mir im Bett?«

Paulsen stöhnte. Er hätte stark bleiben und sich mit ihr ins Wohnzimmer setzen sollen. Warum war ihm das wieder nicht gelungen, obwohl er es sich fest vorgenommen hatte? »Katja, du weißt doch auch, dass guter Sex allein auf Dauer nicht reicht. Sobald wir das Bett verlassen, streiten wir oder betrinken uns.«

»Du siehst das zu schwarz. Ja, manchmal geht es hoch her bei uns. Und wenn schon. Ist das nicht das Salz in der Suppe? Ich kenne Paare, die können sich nach zehn Jahren nicht einmal mehr in die Augen schauen. Alles tot. Willst du das?«

»Nein, aber das, was wir haben, will ich noch weniger.«

»Und jetzt?«

»Ich habe mich erkundigt. Eine Paartherapie ist die einzi…«

»Nicht mit mir«, fiel Katja ihm ins Wort, sprang aus dem Bett und griff im Gehen nach ihren Sachen. »Ich bin dann mal weg. Du kannst dich ja melden, wenn du dich beruhigt hast.«

Paulsen stand auf und zog sich an. Als Katja aus dem Bad kam, stand er an der Wohnungstür und wartete auf sie. Katja kam spöttisch lächelnd auf ihn zu. »Lass mich raten. Du willst den Schlüssel.«

Paulsen nickte, sie rollte mit den Augen, zog einen Schlüssel aus der Tasche und hielt ihn hoch. »Sicher?« Als Paulsen zum zweiten Mal nickte, ließ sie den Schlüssel auf den Boden fallen, schubste Paulsen leicht zur Seite und verließ die Wohnung.

Pia kuschelte sich auf dem Sofa an Alina und küsste sie zärtlich auf den Mund. »Wie war dein Tag?«

»Zwei Vorlesungen und ein Seminar. Anschließend habe ich noch mit ein paar Kommilitonen zusammengesessen. Wir wollen gemeinsam an einem Projekt arbeiten.« Alina hatte sich im letzten Herbst für Psychologie eingeschrieben und inzwischen fast zwei Semester absolviert.

»Fällt dir das Lernen auf Deutsch schwer?«

»Nicht mehr so wie am Anfang. Du musst dir keine Sorgen machen. Es ist alles gut.«

Pia lächelte matt. »Ich weiß, ich habe das gefühlt schon hundert Mal gefragt. Wahrscheinlich ist das meine Angst, dass du wieder nach Polen zurückwillst.«

»Und ich antworte dir zum hundertsten Mal. Nein, das ist nicht so. Ich bleibe hier und studiere bis zum Ende.«

Pia richtete sich auf. »Gehen wir noch was trinken?«

Alina schüttelte den Kopf. »Sei mir nicht böse. Ich bin müde. Vielleicht morgen. Aber ein Glas Wein wäre nicht schlecht. Haben wir noch was?«

Pia sprang auf. »Ich schau nach.« Sie lief in die Küche und durchsuchte die Schränke, fand eine Flasche Weißwein und holte dazu Eiswürfel aus dem Gefrierfach. Mit zwei Gläsern in der Hand kam sie zurück in das kleine Wohnzimmer. Alina hatte darauf bestanden, dass Pia keine größere Wohnung mieten würde, weil sie selbst nur einen geringen Anteil der Miete übernehmen konnte.

Alina nahm das Weinglas entgegen. »Danke.«

»Die Flasche war nicht kalt gestellt. Ich musste leider auf die Eiswürfel zurückgreifen.« Pia hob das Glas. »Auf was trinken wir?«

»Ich weiß nicht.«

»Auf die Liebe und auf die Zukunft.«

Alina nickte und trank einen kleinen Schluck. »Warum hast du immerzu Angst?«

Pia zuckte mit den Schultern. »Wenn ich sehe, wie dich manche Männer anschauen, wird mir ganz schwindelig.«

»Vertraust du mir so wenig?«

»Nein, das ist es nicht.«

»Was denn?«, fragte Alina.

»Ich habe Angst, dass du deine Entscheidung bereust, mit einer Frau zusammen zu sein. Du hast von einer Familie geträumt, von einem Kind.«

»Du meinst, du hättest mich sozusagen verführt, Frauen zu lieben?«

Pia schüttelte den Kopf. »Nein, so doch nicht.«

»Bist du dir sicher?«, fragte Alina.

»Na gut, vielleicht spielt diese blöde Idee ein klein bisschen eine Rolle. Keine Ahnung, warum mir das immer mal wieder durch den Kopf geistert.«

»Ich stehe auf Frauen. Und ja, es war ein langer Weg. Und noch einmal ja, du hast mir dabei geholfen. Es war für mich einfacher, mich dazu zu bekennen, als ich mich in dich verliebt habe. Du wirst mir da schon vertrauen müssen.«

Pia trank einen kräftigen Schluck Wein. »Idiotisch, oder? Da habe ich die Liebe meines Lebens gefunden und habe nichts Besseres zu tun, als nach einem verdammten Haken zu suchen.« Sie hob zwei Finger zum Schwur. »Ich gelobe, mich zu bessern.«

Alina schmunzelte. »Ich liebe dich auch so, wie du bist. Und das mit dem eigenen Kind ist doch nicht aus der Welt.«

Pia sah sie erstaunt an. »Du meinst ...«

»Ja, natürlich. Ich habe mich schon mal erkundigt. Ja, wir müssen das selbst bezahlen, aber der Rest ist durchaus einfach und erprobt.«

»Ein eigenes Kind ...« Pia schluckte. Sie hatte nicht damit gerechnet, dass Alina so weit in die Zukunft dachte.

»Nicht gut?«

Pia lächelte. »Doch. Sehr gut sogar. Ich habe nur nicht damit gerechnet.«

»Aber vorher heiraten wir. Ich will eine große Hochzeit mit allen Freunden und Bekannten. Und ein weißes Kleid.«

Pia strahlte übers ganze Gesicht. »Wow! War das gerade so eine Art Heiratsantrag?«

»Soll ich etwa noch auf die Knie gehen?«

Pia zog Alina an sich und küsste sie. »Nein, ganz bestimmt nicht.«

Alina sah sie fragend an. »Ist das jetzt ein Ja oder ein Nein?«

Pia atmete tief durch und sah ihrer Freundin direkt in die Augen. »Alina Jankowski, ich kann mir nichts Schöneres vorstellen, als dich zu heiraten. Mit allem Drum und Dran. Das ist ein Ja, ein riesengroßes Ja.«

Neun

»Du musst dir keine Sorgen machen, Aaron«, sagte Enna. Sie saß in ihrem Hotelzimmer und hatte ihm gerade erzählt, was sich am Tag ereignet hatte.

»Du nimmst quasi Kontakt zu einem der brutalsten Verbrecher Hamburgs auf, um ihn zu fragen, ob er …« Aaron schien es die Sprache verschlagen zu haben. »Ja, was eigentlich? Ob er der Mörder deiner Eltern ist?«

»Aaron, so naiv bin ich nicht. Aber ich weiß auch nicht, wohin meine Recherchen mich führen werden. Und ja, es sieht manchmal so aus, als seien sie ein Schuss ins Blaue. Diese Phasen haben wir bei unseren Cold Cases immer wieder. Ich muss Staub aufwirbeln und abwarten, ob sich nach und nach ein klareres Bild zeigt.«

»Solange du diesem Menschen nicht direkt gegenüberstehst …«

»Das habe ich nicht vor.« *Zumindest nicht so, wie du es dir vorstellst*, fügte sie im Stillen hinzu.

»Versprochen?«

»Ja, Aaron.« Sie hielt kurz inne. »Ich habe mich übrigens dazu durchgerungen, mit Ronald Grothe zu sprechen. Kannst du mir seine Telefonnummer schicken und mich ankündigen?«

Aaron schwieg. Er wusste, was dieser Schritt für Enna bedeutete. Grothe war für sie seit über zwanzig Jahren zum Inbegriff des Bösen geworden. Enna hatte Monate gebraucht, um überhaupt die Prozessakte in die Hand zu nehmen.

»Ja, ich schicke sie dir gleich und rufe ihn heute noch an.«

»Ich habe übrigens vorhin mit Elias gesprochen. Er hat nach dir gefragt. Das Hotel mit dem nahen Strand war eine gute Wahl. Und die hohen Temperaturen scheinen ihm auch nichts auszumachen.«

Wieder schwieg Aaron. Enna ahnte, was er dachte, aber nicht wagte auszusprechen. Seit Elias auf der Welt war, war Enna gefährlichen Situationen so weit wie möglich aus dem Weg gegangen.

»Es geht dem Kleinen gut und ich bin vorsichtig«, sagte Enna in die entstandene Stille.

»Sagt man nicht eigentlich, dass die Männer die Mutigen sind und die Frauen beschützen? Bei uns ist das wohl umgekehrt.«

»Rede nicht so. Du bist mutig, wenn auch auf eine andere Weise. Und jetzt erzählst du mir, wie es um deinen Prozess steht.«

Enna stand vor einem vierstöckigen Mietshaus im Hamburger Stadtteil Bramfeld und schaute nach oben. Ihrer Recherche zufolge musste Tarek Karam hier wohnen. Sie trat näher und suchte die Klingelleiste ab.

»Ja bitte?«, fragte eine männliche Stimme.

»Enna Andersen. Ich würde Sie gerne sprechen, Herr Karam.«

»In welcher Angelegenheit?«

»In einer privaten. Es geht um Milan Paunovic.«

Tarek Karam antwortete nicht und Enna vermutete schon, dass er die Gegensprechanlage ausgestellt hatte, als sie ein

Räuspern hörte. »Ich würde Sie bitten, einen offiziellen Termin in meiner Kanzlei zu machen.«

»Ich muss persönlich mit Ihnen sprechen. Privat.«

Nach einer gefühlten Ewigkeit summte der Türöffner. »Fahren Sie bitte in den vierten Stock.«

Ein Mann Anfang vierzig stand in der Tür des Penthouse und wartete auf Enna, als sie aus dem Aufzug trat. Sie ging auf ihn zu und reichte ihm die Hand. »Enna Andersen. Ich komme aus Oldenburg und suche nach dem Mörder meiner Eltern.« Enna hatte sich auf dem Weg nach oben dazu entschlossen, gleich auf den Punkt zu kommen.

Der Mann griff nach Ennas Hand. »Tarek Karam. Ich verstehe nicht ganz, wie ich Ihnen dabei helfen kann.«

»Ich bin Kriminalpolizistin, im Moment aber im Urlaub. Mein Vater, der vor vierundzwanzig Jahren brutal ermordet wurde, war Strafverteidiger in Hamburg und hat seinerzeit Milan Paunovic vertreten.«

Tarek Karam warf ihr einen misstrauischen Blick zu. »Kann ich Ihren Polizeiausweis sehen?«

Enna zog den Ausweis aus der Tasche und hob ihn hoch. »Wie gesagt, ich bin privat hier und nicht im Dienst.«

Karam trat zur Seite. »Gehen wir doch in mein Büro. Gleich hier links und dann die zweite Tür rechts.«

In dem geräumigen Büro stand neben einem großen Schreibtisch ein Besuchertisch mit vier Stühlen. Tarek Karam bot Enna einen Platz an und fragte, ob sie etwas trinken wolle. Enna lehnte dankend ab.

»Wie sind Sie auf mich gekommen?«

»Ein Informant hier aus Hamburg. Er sagte mir, dass Ihr Bruder spurlos verschwunden ist und die Vermutung naheliegt, dass Milan Paunovic etwas damit zu tun hat.«

»Weiter«, forderte sie der Anwalt auf.

»Ich gehe davon aus, dass wir ähnliche Interessen haben und uns eventuell zusammenschließen könnten.«

»An was haben Sie dabei gedacht?«

»Ich will Ihnen nichts vormachen. Ich stehe quasi allein vor der Aufgabe, den Mord an meinen Eltern aufzu…«

»Sie sind beide ermordet worden?«

Enna nickte. »Ich habe in der Nacht bei einer Freundin übernachtet. Vermutlich wäre ich sonst auch tot.«

Tarek Karam nickte nachdenklich. »Paunovic ist Ihr einziger Verdächtiger?«

»Nein, aber er steht ganz oben auf der Liste.«

Tarek Karam stand auf, ging zu einem kleinen Beistelltisch und holte eine Flasche Mineralwasser und zwei Gläser. Zurück am Tisch schenkte er ein und reichte Enna ein Glas, bevor er selbst trank.

»Wenn Sie sich informiert haben, wissen Sie, wie schwer es ist, an Paunovic ranzukommen. Selbst Ihre Kollegen in Hamburg scheinen es aufgegeben zu haben.«

Enna sah ihn fragend an. »Sie aber nicht, oder?«

»Wir beide haben etwas gemeinsam. Sie haben Ihre Eltern durch ein Gewaltverbrechen verloren und ich meinen geliebten Bruder. Ja, Nael war auf die dunkle Seite der Macht gewechselt. Ich habe ihn angefleht, sich nicht auf die Geschäfte seiner Freunde einzulassen. Er hat nicht auf mich gehört. Und irgendwann war es zu spät. Als er endlich zur Vernunft gekommen war und aussteigen wollte, war er so tief verstrickt, dass er zu einer Gefahr für die Organisation geworden war. Ich habe ihm gesagt, dass er ins Zeugenschutzprogramm gehen soll, aber er hat wieder einmal nicht auf mich gehört. So ist das wohl mit den kleinen Brüdern, die immer alles besser wissen.« Seine Augen waren feucht geworden, er schluckte schwer und senkte den Kopf.

»Es gibt keine Hoffnung mehr?«, fragte Enna.

Tarek Karam schüttelte den Kopf. »Nein, Nael ist inzwischen seit fast sechs Monaten verschwunden. Die Polizei unternimmt nichts, solange seine Leiche nicht gefunden wurde. Der Täter läuft weiterhin frei herum.«

»Sie haben einen Plan?«

»Und wenn? Wieso sollte ich Ihnen vertrauen?«

»Weil wir etwas gemeinsam haben?«

Tarek Karam trank sein Glas leer und stand auf. »Haben Sie eine Visitenkarte für mich?«

Enna war klar, dass für Karam das Gespräch beendet war. Seine Frage nach der Visitenkarte ließ aber hoffen, dass er über ihr Angebot nachdenken würde. Sie stand auf und reichte ihm die Karte.

Auf dem Weg zurück ins Hotel machte sich zum ersten Mal seit ihrem Frühstück bei Ullrich Geers Ennas Magen bemerkbar. Bis auf Kaffee und Mineralwasser hatte sie während des Tages nichts zu sich genommen. Bei der nächsten Gelegenheit hielt sie vor einem italienischen Restaurant. Sie suchte sich einen ruhigen Platz und bestellte.

Das Handy, das auf dem Tisch lag, vibrierte und auf dem Display erschien Pias Name.

»Hallo, Pia«, begrüßte sie Enna. »Alles gut bei dir?«

»Sollte ich das nicht lieber dich fragen?«

»Ich komme voran und lebe noch.«

Pia stöhnte leise. »Enna, das ist nicht lustig. Wir machen uns ernsthaft Sorgen.«

»Müsst ihr wirklich nicht. Mein Spielraum ist begrenzt. Ich bewundere inzwischen alle Privatermittler, die ohne unsere polizeilichen Möglichkeiten etwas erreichen. Im Übrigen weiß ich mich zu schützen.«

»Gut, lassen wir das Thema. Ich war heute in der Landesbibliothek und habe mich nach Literatur umgeschaut. Schwerpunkt Denunziation. Entnazifizierung von Rechtsanwälten und ihre Verstrickung in den NS-Unterdrückungsapparat.«

»Sicher keine leichte Lektüre«, warf Enna ein.

»Nein, das stimmt. Interessant waren vor allem die Betroffenenberichte. Denunziert wurde aus vielerlei Motiven. Jüdische Mitbürger waren ja in aller Regel schon registriert. Da ging es wohl mehr darum, dass sie aus den Rechtsanwaltskammern ausgeschlossen oder im Vorfeld benachteiligt wurden. Wer mit einem jüdischen Anwalt in einer Kanzlei zusammengearbeitet hat, musste sich frühzeitig von ihm trennen oder bekam selbst Schwierigkeiten.«

»Hast du denn Hinweise auf Hansen senior gefunden?«

»So konkret auf eine einzelne Person bezogen findet man nur selten etwas in der Literatur. Allenfalls von richtigen NS-Größen, zu denen Hansen vermutlich nicht gehört hat.« Pia machte eine kurze Pause. »Dann gab es natürlich Denunziationen im politischen Bereich. Nach und nach sind ja alle politischen Strömungen außerhalb der Nazipartei unter die Räder gekommen. Angefangen bei den Kommunisten über die Sozialdemokraten und Liberalen bis hin zu den Konservativen, die nicht in die NSDAP übergelaufen sind. Das war sicher ein großes Feld für Denunzianten. Ich habe aus wissenschaftlichen Studien zwei Namen von Professoren, die zu dem Thema gearbeitet haben. Morgen versuche ich, mit ihnen Kontakt aufzunehmen.«

»Gute Arbeit. Hoffentlich hat es sich gelohnt und du findest kompetente Ansprechpartner.«

»Wenn nicht, suche ich weiter. So, wo waren wir stehen geblieben? Juden, politisch Verfolgte und alle, die sich irgendwie negativ zum Staat äußerten, waren von Denunziation bedroht. Eine Gruppe wird ja häufig vergessen. Homosexuelle Männer. Vielleicht weißt du, dass die Nazis den Paragrafen 175 verschärft haben und jeglicher intime Kontakt unter Männern mit Gefängnis und später sogar ›Schutzhaft‹ bedroht war.«

Enna nickte. »Im Groben weiß ich darum.«

»›Schutzhaft‹ bedeutete letztendlich KZ. Hier haben sie einen rosa Winkel aufgenäht bekommen und waren selbst unter den Gefangenen der letzte Abschaum. Und der Riesenskandal ist, dass dieses NS-Gesetz nach 1945 nicht wieder aufgehoben wurde. Erst Ende der Sechzigerjahre hat die Justiz damit aufgehört, Menschen zu verfolgen, die nichts anderes gemacht haben, als sich ineinander zu verlieben. Wirklich gestrichen wurde das Gesetz erst Anfang der Neunzigerjahre.«

Enna hatte Pia in ihrem Redeschwall nicht unterbrochen, weil sie ahnte, dass ihrer Kollegin das Thema sehr naheging.

»In Hamburg ging es übrigens mithilfe des Gestapo-Sonderkommandos und der SS ziemlich hoch her. Hier gab es viele Fälle.« Pia atmete hörbar aus. »Entschuldige, das Thema hat mich ziemlich mitgenommen.«

»Hast du denn eine Verbindung zu Hansen oder der Kanzlei gefunden?«

»Nein, so weit bin ich noch nicht. Wie gesagt, morgen bin ich auf der Suche nach Experten in Hamburg. Vielleicht kommt ja etwas dabei heraus.« Pias Stimme klang nicht sehr hoffnungsvoll. Die berühmte Nadel im Heuhaufen. Enna überlegte, ob sie Pia raten sollte, die Ermittlungen einzustellen und sich auf andere Punkte zu konzentrieren, entschied sich aber dann dagegen. Ein oder zwei Tage weiterer Recherche würden sicher schnell Klarheit bringen, ob sich weitere Arbeit lohnte.

»Okay. Klingt nach einem Riesenberg Arbeit. Du musst entscheiden, ob und wie lange es Sinn macht, in dieser Richtung zu recherchieren.«

»Ich weiß. Im Moment bekomme ich alles gut zusammen hin, die noch anstehende Arbeit und deine Recherchen. Wir setzen uns morgen erst mal zusammen und gehen alles durch.«

»Das hat Paulsen schon erwähnt.«

»Ach, ihr habt schon telefoniert. Dann weißt du ja Bescheid. Ich will dich dann mal nicht länger aufhalten. Bis morgen, Enna.«

»Mach's gut. Und danke, dass du mir hilfst.«

Sie beendeten das Gespräch, als der Kellner auf Ennas Tisch zukam, um ihr das Nudelgericht zu servieren.

Zehn

Paulsen betrat das Kommissariat und schloss die schwere Holztür, bevor er in sein Büro eilte. Im Vorbeigehen sah er Pia an ihrem Schreibtisch sitzen und rief ihr zu, dass sie sich in zehn Minuten zusammensetzen würden.

Nach einer unruhigen Nacht war Paulsen früh aufgewacht, hatte sich Kaffee gemacht und war anschließend eine große Runde im nahen Wäldchen spazieren gegangen. Seine Gedanken kreisten um Katja und den gestrigen Abend. Hätte er anders reagieren sollen? War das das Ende der Beziehung, die sich nur selten wie eine angefühlt hatte? Sollte er einen neuen Versuch starten und warten, bis sie sich wieder meldete?

Pia schaute in sein Büro. »Wollen wir loslegen?«

Paulsen schreckte aus seinen Gedanken auf und sah sie einen Moment erstaunt an. Schließlich schüttelte er sich leicht und nickte. »Bin sofort da. Habt ihr schon Kaffee aufgesetzt?«

Die geräumige Küche diente ihrer kleinen Einheit als Besprechungsraum. Als Paulsen sich an den großen Holztisch setzte, stand bereits ein Becher mit schwarzem, dampfendem Kaffee auf dem Tisch.

»Okay, dann erst mal einen guten Morgen«, sagte er und griff nach der Tasse. »Wer fängt an?«

Pia berichtete von ihren Recherchen und gab einen Ausblick, in welcher Richtung sie weitersuchen wollte.

»Gute Arbeit«, sagte Paulsen und wandte sich an Jens. »Bist du vorangekommen?«

»Ich habe in jeder freien Minute das Internet durchsucht. Zunächst ging es um allgemeine Informationen zur Anwaltskanzlei, in der Ennas Vater gearbeitet hat.« Jens reichte Paulsen und Pia mehrere zusammengeheftete Seiten. »Ich habe da eine kurze Zusammenfassung, die ich später Enna schicken kann.«

Paulsen blätterte die Seiten durch. »Kannst du uns kurz ins Bild setzen?«

Jens nickte. »Die Kanzlei hat seit 1932 den Sitz in Hamburg-Mitte in der Nähe der Außenalster in einem inzwischen über hundertachtzig Jahre alten Gebäude. In den Anfangszeiten arbeiteten dort zwei Anwälte und vier Mitarbeiter in einem Teil des Erdgeschosses. 1938 hat Alexander Hansen die Kanzlei alleine übernommen. Im gleichen Jahr hat er das ganze Haus gekauft und nach und nach die Kanzlei auf die vier Etagen des Gebäudes erweitert.«

»Das ging aber schnell«, warf Pia ein.

»Ja. Merkwürdigerweise gibt es nur wenig bis gar nichts über diese Zeit. Auch in der Festschrift zum fünfzigjährigen Jubiläum 1982 wird darüber quasi hinweggegangen. Wie über die ganze Zeit bis 1945. Es ist da lediglich vom Aufbau der Kanzlei die Rede. Erst ab der Nachkriegszeit gibt es umfangreiches Material.«

»Von wem hat er das Haus gekauft?«, fragte Paulsen.

»Auch das wird nirgendwo erwähnt, was vermuten lässt, dass es nichts ist, was man an die große Glocke hängen möchte. Ich lehne mich mal weit aus dem Fenster: Vielleicht hat es einer jüdischen Familie gehört und ist günstig von Hansen erworben worden. Aber das ist eine reine Vermutung.«

»Auch damals muss so ein Haus einiges wert gewesen sein«, warf Pia ein. »Hatte Hansen reiche Eltern? Erbschaft?«

»Nein. Ganz im Gegenteil. Er ist in einem, wie man es damals nannte, Waisenhaus aufgewachsen. Eltern unbekannt. Der Pastor der Gemeinde hat ihn gefördert und eine Art Stipendium für ein katholisches Internat erwirkt. Später hat er ihn finanziell unterstützt, als er Jura studiert hat. Ich kann mir nicht vorstellen, woher er 1938 die Mittel gehabt haben sollte, um so ein Gebäude zu kaufen. Aber gut, das sind alles nur Vermutungen, die ich so nicht belegen kann.«

»Das klingt auf jeden Fall interessant«, sagte Paulsen. »Was hast du weiter?«

»Die Kanzlei konnte ziemlich schnell nach Kriegsende wieder arbeiten. Das lag erstens daran, dass das Gebäude nicht zerstört worden war, und zweitens – das ist wieder eine Vermutung – wird Hansen wohl gute Verbindungen gehabt haben. Ich habe nichts darüber gefunden, dass Hansen in der NSDAP war, aber mit diesen Informationen geht man ja auch nicht gerade hausieren.«

»Ist er nicht zur Wehrmacht eingezogen worden?«

»Nein, wieder ein Punkt, der dafürspricht, dass er gute Kontakte gehabt hat, die ihn davor bewahrt haben. Diese Kontakte können ja nach dem Krieg durchaus dieselben gewesen sein wie vorher. Gerade in Juristenkreisen gab es eine starke Kontinuität im nationalsozialistischen Lager. Aber auch das ist ja inzwischen kein Geheimnis mehr.«

»Wie ging es weiter mit der Kanzlei?«, fragte Pia.

»Immerzu bergauf. Zunächst war ein Großteil des Hauses belegt mit Menschen, die ausgebombt oder geflüchtet waren. Das hat sich aber wohl schnell klären lassen – hier auch wieder die Frage, wie Hansen das so schnell geschafft hat – und die Kanzlei ist von Jahr zu Jahr größer geworden. In der Blütezeit während der Siebzigerjahre haben dort bis zu dreißig Personen gearbeitet. Mit dem Tod des Seniors ging die Anzahl der Mitarbeiter beziehungsweise Partner stetig nach unten. Jetzt muss ich wieder spekulieren: Zu der Zeit, als Ennas Eltern ermordet wurden, stand die Kanzlei quasi auf der Kippe. Auch solche Informationen stehen ja nicht öffentlich im Netz. Ich habe aber eins und eins zusammengezählt und bin zu dieser Einschätzung gekommen.«

»Und heute?«

»Die Kanzlei scheint sich auf einem halbwegs akzeptablen Niveau eingepegelt zu haben. Aber die Altersstruktur der Anwälte ist gelinde gesagt ungesund. Es gibt ja kein Alterslimit für freiberufliche Anwälte, aber doch sozusagen natürliche Grenzen. Es könnte also sein, dass die Kanzlei Nachwuchssorgen hat und in einer solchen Phase sicher kein Interesse daran haben wird, dass Enna dunkle Kapitel der Vergangenheit ans Licht bringt.«

Pia grinste. »Nett formuliert.«

»Du hast also keine konkreten Informationen gefunden, dass Hansen senior während des NS-Regimes oder meinetwegen auch später noch in unschöne Sachen verwickelt war?«, fragte Paulsen.

»Ein ganz klares Nein. Ich werde aber gleich weitersuchen. Das Netz ist groß, wie ihr wisst. Irgendwo muss etwas zu finden sein.«

Paulsen zeigte auf die Ausdrucke, die Jens ihm gegeben hatte. »Schick das auf jeden Fall Enna. Damit hat sie schon mal einen guten Überblick.« Er räusperte sich leise. »So, dann zu meinen Aktivitäten. Ich habe eine Quelle in Hamburg aktiviert und hoffe, dass ich da in den nächsten Tagen Informationen bekomme.«

»Quelle?«, fragte Pia.

»Ein Privatdetektiv, der schon seit Jahrzehnten in Hamburg tätig ist und zu früheren Zeiten auch für die Kanzlei gearbeitet hat. Einen Versuch ist es wert.«

Pia nickte. »Klar, wir nähern uns langsam, aber sicher der Kanzlei. Wenn es da etwas zu vertuschen gab, werden wir es finden.«

»Wollen wir's hoffen.« Paulsen blätterte in seinem Notizbuch. »Ich habe mich gestern mit Dr. Lars Koenig beschäftigt. Das ist die Nummer zwei auf der Liste von Aarons Privatdetektiv. Er lebt in Lübeck. Nachdem er aus der Haft entlassen wurde, musste er in die Privatinsolvenz gehen und ist nun seit etwa zwölf Jahren wieder im Geschäft. Nicht direkt, das war wohl bei seiner Karriere nicht so klug, sondern als Angestellter bei der Firma seiner zweiten Frau. Sie vermitteln Baufinanzierungen im Kleinen wie im Großen. Sprich, für Privatleute und für gewerbliche Projekte.«

»Er wird kaum Interesse haben, mit Enna zu sprechen«, warf Pia ein. »Zwingen kann sie ihn ja in keiner Weise.«

»Nein, deshalb habe ich mich auch auf die Suche gemacht nach dem Mann, der mit ihm zusammen in Haft saß. Olaf Haider. Ein Kleinkrimineller, der insgesamt schon zehn Jahre inhaftiert war. Er wurde mehrfach zu kleineren und mittleren Strafen verurteilt, ist allerdings inzwischen seit zehn Jahren nicht mehr auffällig geworden. Haider wohnt in Rotenburg an der Wümme. Ich werde mit Enna sprechen, ob sie bei ihm vorbeifährt oder ob ich das mache. Über Koenig und Haider habe ich Enna jeweils eine Zusammenfassung geschickt.«

»Okay, sind wir dann so weit durch?«, fragte Pia.

Paulsen nickte. »Gehen wir wieder an die Arbeit. Ich telefoniere gleich mit Enna und spreche mit ihr die weiteren Schritte ab.«

Elf

»Warum sollte ich Ihnen helfen?«, fragte Lars Koenig, der Enna in seinem Büro gegenübersaß.

Enna hatte sich nach dem Gespräch mit Paulsen kurzfristig entschlossen, nach Lübeck zu fahren. Nach knapp einer Stunde hatte sie die siebzig Kilometer zurückgelegt und am Rande der Altstadt das Büro von Lars Koenig betreten.

»Sie stehen auf meiner Liste der Personen, die für den Tod meiner Eltern verantwortlich sein könnten.«

Koenig, ein schlanker großer Mann Mitte sechzig, lachte kurz auf. »Das wäre aber eher ein Grund, Sie hochkant hinauszuwerfen.«

»Das steht Ihnen frei. Sie haben hier Hausrecht.«

»Und Sie sind Polizistin?«, fragte Koenig mit amüsierter Miene.

»Wie gesagt, ich bin privat hier. Sie können mit mir sprechen oder mich rauswerfen. Es ändert aber nichts daran, dass ich weiterermitteln werde.«

»Dürfen Sie das überhaupt?«

»Solange man sich an die Gesetze hält, darf das jeder Bürger unseres Landes. Haben Sie denn etwas zu verbergen?«

Lars Koenig rollte mit den Augen. »Jetzt fragen Sie schon, was Sie fragen wollen. Oder soll ich Ihnen gleich die Antwort geben?« Er sah sie kalt lächelnd an. »Okay. Ja, ich hätte Ihren Vater liebend gerne in der Luft zerrissen, aber erstens war ich in Haft, als er ermordet wurde, und zweitens hatte ich keinerlei Mittel zur Verfügung, um einen Mordauftrag zu erteilen. Weder finanziell noch logistisch. Sie sollten eigentlich wissen, wie die Bedingungen in unseren Haftanstalten aussehen.«

»Warum hat mein Vater zwei Monate vor Ihrem Prozess das Mandat an jemand anderen übertragen?«

»Fragen Sie mich etwas Leichteres. Ich saß in U-Haft und mir waren die Hände gebunden. Er hat weder persönlich mit mir gesprochen noch mir jemals einen Grund genannt. Als ich ihn hätte fragen können, war er schon nicht mehr am Leben.«

»Nach allem, was ich bisher über die Arbeit meines Vaters weiß, wäre es ganz und gar nicht seine Art gewesen, grundlos ein Mandat abzugeben. Er muss gewusst haben, was das für Sie bedeuten kann.«

»Ja, das hat er ganz gewiss gewusst. Er hat sich gründlich auf den Prozess vorbereitet und hatte eine ausgezeichnete Strategie. Natürlich hat seine Vertretung versucht, danach zu handeln, aber ein Profi wie Ihr Vater war nicht einfach mal so zu ersetzen.«

»Es muss einen Grund gegeben haben. Definitiv. Ich weiß nicht, ob das etwas mit dem Tod meiner Eltern zu tun hat, ich weiß auch nicht, ob Sie etwas damit zu tun haben, aber ich werde es herausbekommen. Denken Sie nach, was genau ist damals passiert? Wie hat mein Vater Sie informiert?«

Lars Koenig warf Enna einen abschätzenden Blick zu. »Sie sind hartnäckig, das muss ich Ihnen lassen. Wenn ich Sie richtig verstehe, vermuten Sie jemand anders hinter seiner Entscheidung. Dass er sozusagen dazu genötigt wurde.«

»Das wäre eine Möglichkeit.«

Lars Koenig schmunzelte. »Klingt nach einer raffinierten Strategie. Wir beide suchen jemanden, der uns übel mitgespielt hat. Sollte ich trotzdem den Mord an Ihren Eltern in Auftrag gegeben haben, kommen Sie mir so nahe, dass Sie mich auf die eine oder andere Weise überführen können. Clever!«

»Haben Sie etwas mit dem Mord zu tun?«

»Ehrlich gesagt, wenn ich die Möglichkeit gehabt hätte, wäre ich sicher in Versuchung gekommen. Hatte ich aber nicht. Und als ich aus der Haft entlassen wurde, hatte ich etwas anderes vor mit meinem Leben. Hätte Ihr Vater noch gelebt, hätte er keine Angst vor mir haben müssen. Ich hatte zu dem Zeitpunkt schon mit meiner Vergangenheit abgeschlossen.«

»Wie haben Sie genau erfahren, dass mein Vater nicht mehr Ihr Verteidiger sein würde?«, fragte Enna.

»Ich habe einen Brief von ihm bekommen.« Lars Koenig schüttelte den Kopf, als sei es ihm immer noch unverständlich, wie Ennas Vater sich so hatte verhalten können. »Einen schlichten Brief.«

»Haben Sie ihn noch?«

»Nein, den habe ich schon am nächsten Tag zerrissen. In klitzekleine Stücke, die ich dann die Toilette hinuntergespült habe.«

»Was genau stand in dem Brief?«, fragte Enna weiter.

Lars Koenig sah sie verwundert an. »Sie wissen schon, wie lange das her ist?«

»Gab es eine Begründung?«

»Ihr Vater hatte angeblich gesundheitliche Probleme, die ihn dazu zwingen würden, eine längere Pause einzulegen. Nicht mehr, kein persönliches Wort, gar nichts.«

»Ungewöhnlich! Wie war Ihr Verhältnis zu meinem Vater?«

Koenig zuckte mit den Schultern. »Professionell, wie Ihr Vater eben war. Aber ich habe nie eine persönliche Abneigung gespürt, eher im Gegenteil. Er wusste, wie ich in die ganze Sache reingerutscht war und wer mich damals unter Druck gesetzt hat.«

»Wer war das? Wer hat Sie unter Druck gesetzt?«

Koenig schüttelte langsam den Kopf. »Kein Kommentar. Dafür ist mir mein Leben zu lieb. Diese Leute haben damals vor nichts zurückgeschreckt und werden es heute auch nicht tun.«

Enna schlug mit der flachen Hand auf das Armaturenbrett und ließ sich auf dem Fahrersitz nach hinten fallen. Sie hatte noch eine Weile auf Lars Koenig eingeredet, aber er war nicht bereit gewesen, ihr etwas über die Hintermänner seiner damaligen Geschäfte zu verraten.

Warum hatte ihr Vater das Mandat abgegeben? Laut Denis Adler hatte er normal weitergearbeitet, auch Enna konnte sich nicht daran erinnern, dass ihr Vater für längere Zeit krank gewesen war.

Koenig hatte auf Enna den Eindruck gemacht, als sage er die Wahrheit. Er hätte nicht mit ihr sprechen müssen und nach Ennas bisherigen Erkenntnissen war er tatsächlich von ihrem Vater im Stich gelassen worden. Wer hatte ihren Vater so weit unter Druck setzen können, dass er ohne Grund einen Mandanten fallen gelassen hatte? Lag hier eine Spur, die zu dem Täter oder den Auftraggebern des Mordes führen würde?

Zum Zeitpunkt des Mordes lag der Koenig-Fall bereits drei Jahre zurück. Wie realistisch war es da, dass die Mandatsniederlegung etwas mit dem Mord zu tun hatte? Reinhardt Hansen musste um die Zusammenhänge wissen. Er hatte sie angelogen. War er aus diesem Grund so nervös geworden und hatte sein hektisches Telefongespräch gar nichts mit dem Mord an ihren Eltern zu tun?

Enna startete den Motor und fuhr zurück zur Autobahn Richtung Hamburg.

»Kommen wir irgendwie an die Prozessunterlagen heran?«, fragte Enna, die Aaron auf dem Handy erreicht hatte.

»Nein. Keine Chance.« Enna hatte Aaron zuvor erzählt, was sie von Lars Koenig erfahren hatte. »Meinst du wirklich, dass sich hier die Lösung des Falles findet?«

»Ich fische im Trüben. Ohne die polizeilichen Möglichkeiten sind mir weitgehend die Hände gebunden.«

»Ich kann mir anschauen, wer der Staatsanwalt und der Richter waren. Vielleicht kenne ich sie und kann mit ihnen sprechen.«

»Wenn das geht.« Enna gab ihm die Daten zum Koenig-Prozess durch. »Wie lange musst du noch in München bleiben?«

»Heute läuft der weitere Verhandlungstag. Wenn ich früh genug rauskomme, fahre ich noch heute, sonst morgen Vormittag.«

»Ich weiß noch nicht, ob und wann ich heute Abend zu Hause bin. Aus dem Hotel habe ich noch nicht ausgecheckt.«

»Aber morgen sehen wir uns?«, fragte Aaron nach kurzem Zögern.

»Ich hoffe.«

»Lass uns einfach später noch einmal telefonieren«, schlug Aaron vor. »Die Pause ist gleich vorbei. Ich muss wieder in den Verhandlungssaal.«

Sie verabschiedeten sich und Enna wählte die Nummer von Paulsen, der sich gleich meldete.

»Auch im Auto?«, fragte er.

»Ja, auf der Rückfahrt von Lübeck.« Sie berichtete Paulsen mit wenigen Worten von dem Gespräch mit Lars Koenig. »Hast du Olaf Haider angetroffen?«

»Ja, wir haben bis vor zehn Minuten miteinander gesprochen. Er hat mir noch einmal bestätigt, dass Koenig eine Riesenwut auf deinen Vater gehabt hat. Er sprach sogar davon, dass Koenig konkrete Rachepläne geschmiedet hat.«

»So weit, so bekannt. Wie schätzt Haider Koenig als Mensch ein?«

»Sehr gesprächig war Haider nicht. Einen ›feinen Pinkel‹ hat er Koenig genannt und er hat ihm nicht wirklich über den Weg getraut. Große Worte und nicht viel dahinter. Allerdings habe Koenig sich mit der Zeit gewandelt, vom Weichei zum Kämpfer. Laut Haider hat Koenig nie seinen Plan aufgegeben, sich an deinem Vater zu rächen.«

»War er noch bei ihm, als die Morde geschahen?«

»Nein, zu dem Zeitpunkt war Haider bereits vor einem halben Jahr aus der Haft entlassen worden. Er konnte mir also nichts über Koenigs Reaktionen sagen.«

»Hältst du Haider für glaubwürdig?«, fragte Enna weiter.

»Er hat freiwillig mit mir gesprochen und ohne dass er Geld gefordert hat. Vorteile hat er also von seiner Aussage nicht, Kontakt zu Koenig hatte er nach dessen Haftentlassung auch nicht mehr. Ja, ich halte seine Aussage für glaubwürdig.«

»Ich brauche den Namen des Anwalts, der seinerzeit den Fall von meinem Vater übernommen hat.«

»Ich rufe gleich Jens an. Der Name muss ja in der Presse zu finden sein. Sobald ich die Daten habe, bekommst du sie.«

»Danke, Paulsen. Ihr seid eine große Hilfe.«

»Das ist für uns alle selbstverständlich.«

»Ihr geht aber ein Risiko damit ein. Ich möch…«

»Das wissen wir und wir passen auf. Mach dir darüber keinen Kopf.«

Kurz bevor Enna das Hotel erreichte, erhielt sie eine Nachricht von Paulsen. Sie suchte sich einen Parkplatz und las. Jens Lange hatte den Anwalt gefunden. Er führte inzwischen mit einem Partner eine eigene kleine Kanzlei in Ahrensburg. Jens hatte dort unter einem Vorwand angerufen und erfahren, dass Hendrik Rahn heute den ganzen Tag in der Kanzlei sein würde.

Enna gab die Adresse ins Navi ein. In einer guten halben Stunde konnte sie in Ahrensburg sein. Sie wendete und fuhr zurück auf die Autobahn.

Eine Dreiviertelstunde später saß Enna im Wartezimmer der Kanzlei und hoffte, dass Hendrik Rahn sich zwischen zwei Terminen Zeit für sie nehmen würde.

»Frau Andersen?« Enna sah auf, die junge Dame aus dem Empfangsbereich stand in der Tür. »Herr Rahn würde jetzt kurz mit Ihnen sprechen können.«

Enna wurde in ein modernes großes Büro geführt. Hinter einem Schreibtisch aus Glas saß ein Mann Mitte fünfzig und sah auf den Bildschirm vor sich. Als er Enna bemerkte, stand er auf, ging ihr entgegen und reichte ihr die Hand. »Hendrik Rahn. Sie sind die Tochter von Albrecht Rothhardt. Habe ich das richtig verstanden?«

»Ja. Enna Andersen.«

Der Anwalt zeigte auf einen Besprechungstisch, sie setzten sich.

»Was kann ich für Sie tun? Ich habe Ihren Vater sehr geschätzt. Leider war unsere gemeinsame Zeit in der Kanzlei Hansen relativ kurz.«

»Ich bin auf der Suche nach dem Mörder meiner Eltern.«

Hendrik Rahn sah sie erstaunt an. »Aber es ist damals doch …«

»Es gibt erhebliche Zweifel, ob seinerzeit der richtige Mann verurteilt wurde. Mit einer eventuellen Wiederaufnahme des Verfahrens habe ich nichts zu tun. Mir geht es ausschließlich um den wahren Täter.«

»Aber wie kann ich da helfen?«

»Ich habe heute mit Dr. Lars Koenig gesprochen. Sie haben das Mandat für Herrn Koenig von meinem Vater übernommen und den Prozess …«

»… haushoch verloren«, beendete Hendrik Rahn den Satz.

»Können Sie mir sagen, wie es zu dem Wechsel kam?«

Hendrik Rahn schüttelte den Kopf. »Nein, das ist mir bis heute nicht klar. Ihr Vater hatte, so wurde es mir gesagt, gesundheitliche Probleme. Nach einer ausgesprochen kurzen Übergabe habe ich dann keinen Kontakt mehr zu Ihrem Vater gehabt. Das Ergebnis kennen Sie ja offensichtlich, wenn Sie mit Dr. Koenig gesprochen haben.«

»Mein Vater hat den Kontakt zwischen Ihnen abgebrochen?«

Hendrik Rahn wiegte den Kopf hin und her. »Wir haben anschließend noch einige Male telefoniert, aber letztlich stand ich vollkommen alleine da. Ich war damals jung und fühlte mich geschmeichelt, als mir das Mandat angetragen wurde. Aus heutiger Sicht ist mir klar, dass ich hätte ablehnen müssen. Egal welche beruflichen Konsequenzen das für mich gehabt hätte.«

»Ich glaube nicht, dass mein Vater gesundheitliche Probleme gehabt hat. Jemand muss ihn oder die Kanzlei unter Druck gesetzt haben.«

»Davon ist mir nichts bekannt, Frau Andersen.«

»Dr. Koenig ist wegen Steuerhinterziehung und Geldwäsche verurteilt worden. Sind seine Hintermänner im Prozess benannt worden?«

»Ich war der Anwalt von Dr. Koenig. Sie verstehen sicher, dass ich dazu selbst nach dieser langen Zeit nichts sagen darf.«

»Das verstehe ich, aber vielleicht können Sie mir allgemein antworten.« Hendrik Rahn widersprach nicht. »Wenn es um Geldwäsche im großen Stil geht, liegt es doch nahe, dass eine Kronzeugenregelung angestrebt wird.«

»Ja, das wäre durchaus möglich. Es müssen allerdings beide Seiten mitspielen. Staatsanwaltschaft und der Angeklagte.«

»In den meisten Fällen hat eine solche Regelung doch nur Vorteile für einen Angeklagten. Keine Haftstrafe, eine neue Identität im Zeugenschutzprogramm.«

»Das ist richtig. Auf der anderen Seite besteht immer die Gefahr, dass die von der Aussage betroffenen Personen Gegenmaßnahmen erwägen. Es gibt eine ganze Reihe von Möglichkeiten, die aussagewillige Person unter Druck zu setzen.«

Enna nickte. »Bis zum Prozess werden die Personen bewacht und anschließend gehen sie in den Zeugenschutz. Normalerweise geht das gut aus, solange sich alle an die Regeln halten. Warum also nicht dieser Weg?«

Hendrik Rahn nickte. »Ja, das ist alles richtig. Allerdings könnten auch Angehörige bedroht werden, die wiederum nicht ins Zeugenschutzprogramm aufgenommen werden können.«

»Sie meinen Verwandte wie zum Beispiel die Mutter oder Großmutter?«

»Da gibt es sicher viele Möglichkeiten, um jemanden unter Druck zu setzen.«

»Würde in einem solchen Fall die Staatsanwaltschaft nicht dazu übergehen, auch diesen bedrohten Personen Schutz anzubieten?«, fragte Enna weiter.

»Ich bin Strafverteidiger und nie in der Staatsanwaltschaft tätig gewesen«, wich Hendrik Rahn aus.

»Ich überlege gerade, wie viele kriminelle Organisationen tatsächlich so viel Macht haben, um einen solchen Druck auszuüben.«

»Auch da bin ich überfragt.«

»Was ich nicht verstehe: Diese, ich nenne sie einfachheitshalber Organisation, also diese Organisation würde ja eigentlich ein hohes Interesse daran haben, dass der beste Verteidiger des Landes für den Angeklagten arbeitet. Wie konnte es dann dazu kom…«

»Frau Andersen«, unterbrach Hendrik Rahn Enna. »Ich kann Ihnen dazu nichts sagen – und zwar aus einem einfachen Grund: Ich weiß nichts darüber. Selbst wenn ich es wüsste, müsste ich in fast allen Punkten schweigen. Und das nicht, weil ich Angst habe vor jemandem.«

»Okay. Sagen Sie, so ganz allgemein natürlich, rechnet ein Angeklagter nicht immer mit dem Schlimmsten?«

Hendrik Rahn schien zu überlegen, ob und wie er Enna antworten sollte. Schließlich atmete er tief durch und wiegte den Kopf leicht hin und her. »Nein, es gibt da ganz unterschiedliche Typen. Die einen sind ängstlich, die anderen vollkommen davon überzeugt, dass sie freigesprochen werden. Und das ganz unabhängig davon, ob jemand sich tatsächlich etwas zuschulden hat kommen lassen oder nicht. Sogenannte Siegertypen wachen erst in Haft auf. Selbst Untersuchungshaft nehmen sie nicht immer ernst. Dabei sollten sie das sehr wohl tun.«

Zwölf

Auf der Rückfahrt fuhr Enna am Ahrensburger Wasserschloss vorbei, einem großen weißen Gebäude mit vier Türmen. Ein oder zwei Jahre vor dem Tod ihrer Eltern hatte sie es zusammen mit ihnen besucht und damals kitschig gefunden. Sie erinnerte sich, wie sie schlecht gelaunt der Schlossführerin hinterhergetrottet war und erst nach einer Ermahnung ihrer Mutter zu der kleinen Gruppe aufgeschlossen hatte.

Die Erinnerungen waren mit den Jahren verblasst. Nur die Fotos hielten den einen oder anderen Moment aus ihrem anderen Leben fest. Hin und wieder sah sie die Schachtel durch, in der sie die unterschiedlich großen Aufnahmen aufbewahrte. Jedes dieser Fotos versetzte ihr beim Betrachten einen Stich. Bevor sie in die Schachtel griff, mischte Enna die Fotos jedes Mal durch, weil sie wusste, dass sie sich spätestens beim zehnten Bild mit feuchten Augen abwenden und aus dem Zimmer laufen würde. Irgendwann würde sie Elias erklären müssen, was damals passiert war, warum er seine Großeltern nie kennenlernen konnte und Enna nicht über sie sprach.

Sie bog von der Hauptstraße ab und hielt vor einem Imbiss. Nachdem sie einige Minuten mit geschlossenen Augen am Steuer gesessen hatte, stieg sie aus, kaufte sich einen Hamburger und setzte sich auf eine Bank in die Sonne. Nach einer Weile griff sie nach ihrem Handy und rief Paulsen an.

»Hallo, Enna!«, begrüßte Paulsen sie. »Wo bist du?«

»In Ahrensburg. Ich habe mit dem Anwalt gesprochen, der meinen Vater seinerzeit beim Koenig-Prozess abgelöst hat.« Sie berichtete kurz von dem Gespräch.

»Kommen wir irgendwie an die Prozessunterlagen?«, fragte Paulsen als Erstes.

»Aaron versucht, etwas herauszubekommen.«

»Die ganze Sache scheint fürchterlich zu stinken. Wer hat da wen warum unter Druck gesetzt? Das ergibt doch alles keinen Sinn.«

»Sehe ich auch so«, sagte Enna. »Ich wollte nur kurz deine Meinung hören.« Sie hoffte, dass Aaron mehr Licht ins Dunkel bringen konnte. Juristen unter sich sprachen offener miteinander. Schon gar, wo es sich hier um einen weit zurückliegenden Prozess handelte.

»Okay, dann arbeiten wir hier mal weiter. Viel Glück bei der Observation von Hansen. Hast du deine Kamera dabei?«

»Ja, natürlich. Ich melde mich, Paulsen.«

Zurück im Hotelzimmer ging Enna noch einmal ihre Aufzeichnungen durch, blätterte in dem Bericht des Privatermittlers Denis Adler und stieß auf den Namen Svenja Kuske. Adler hatte die Anwältin befragt, die in den Jahren vor dem Mord in der Kanzlei Hansen angestellt gewesen und später nach Berlin gewechselt war. Enna suchte die Telefonnummer der Anwältin heraus und rief sie an. Nachdem sie der Vorzimmerdame ihr Anliegen erklärt hatte, wurde sie nach einigen Minuten Wartezeit zu Svenja Kuske durchgestellt. Enna stellte sich vor und nahm Bezug auf den Privatermittler.

»Sie sind die Tochter von Albrecht?«

»Ja, mein Vater war Albrecht Rothhardt.«

»Ich erinnere mich natürlich an das Gespräch mit Herrn Adler«, sagte die Anwältin. »Ehrlich gesagt habe ich es nicht sehr ernst genommen. Viele Verurteilte versuchen, ein Verfahren wieder aufzurollen. Und Sie sind Polizistin?«

»Ja, aber privat unterwegs. Ich suche nach dem Mörder meiner Eltern. Es gibt so viele Ungereimtheiten bei den damaligen Ermittlungen, dass ich nicht mehr daran glaube, dass der Richtige verurteilt wurde.«

»Ich helfe Ihnen gerne, habe aber nur eine Viertelstunde Zeit, bevor mein nächster Mandant vor der Tür steht.«

»Das ist kein Problem, ich fasse mich kurz. Ich habe den Bericht von Herrn Adler gelesen. Was mich besonders interessiert: Wie war damals das Verhältnis der Partner untereinander?«

»Ich war jung und froh, den Job bekommen zu haben. Natürlich hält man sich da erst mal aus Konflikten heraus. Allerdings habe ich eng mit Ihrem Vater zusammengearbeitet und bekam dann in den zwei Jahren, in denen ich in der Kanzlei war, einiges mit.« Svenja Kuske hielt kurz inne. »Ist Hansen junior noch aktiv dabei?«

»Ja, ich habe auch mit ihm gesprochen, aber bis auf Allgemeinplätze nicht viel von ihm erfahren.«

»Das kann ich mir denken. Ein typischer Sohn, habe ich immer gesagt. Ohne Hansen in Schutz nehmen zu wollen, aber er hatte es wohl schwer gegen seinen allmächtigen Vater. Ich habe Hansen senior zwar nicht mehr kennengelernt, aber auch zu meiner Zeit geisterte er sozusagen noch durch die Kanzlei. Aber gut, das haben Sie sicher schon mehrfach gehört.« Sie atmete hörbar ein. »Wie war die Stimmung unter den Partnern? Schlecht, manchmal sogar explosiv. Ihr Vater schien in ständigem Streit mit Hansen zu liegen. Das war nicht der große ultimative Streit, sondern es gab viele kleine Reibereien. Von beiden Seiten übrigens. Ihr Vater wusste sich zu wehren und nutzte jede Gelegenheit, um Hansen eins auszuwischen. Entschuldigung, wenn ich das so offen sage. Ich denke, Sie sind an der ungeschönten Variante interessiert.«

»Auf jeden Fall. Erzählen Sie weiter.«

»Es muss etwas passiert sein, bevor ich in der Kanzlei anfing. Ich habe davon auch nur gehört. Ihr Vater hat ein Mandat kurz vor Prozessbeginn an einen Kollegen abgegeben. Sein Name war …«

»Hendrik Rahn«, half Enna ihr aus.

»Richtig. Kollege Rahn. Er war nicht viel älter als ich.«

»Ich habe heute mit ihm gesprochen. Leider ist für mich immer noch nicht klar, warum mein Vater das Mandat abgegeben hat. Haben Sie damals etwas mitbekommen?«

»Da wurde nur unter vorgehaltener Hand drüber gesprochen. Es gab Gerüchte, aber die waren zum Teil so wild, dass ich sie hier nicht wiedergeben will.«

»Ich habe da keine Probleme mit«, sagte Enna. »Erzählen Sie ruhig.«

»Nun gut. Da waren auf der einen Seite die Hansen-Jünger.« Svenja Kuske lachte kurz auf. »So habe ich sie immer genannt. Hier wurde gemunkelt, dass Ihr Vater im Streit mit Hansen hingeworfen habe. Die Schlimmsten sprachen von Bestechung, konnten aber gleichzeitig nicht sagen, wer wen warum bestochen haben sollte. Auf der anderen Seite hieß es, Ihr Vater sei erpresst worden und musste sich selbst schützen. Auch hier gab es keine Namen. Es wurde auch behauptet, dass der Angeklagte Ihren Vater schwer beleidigt und selbst verlangt habe, dass ihn jemand anders vertritt. Aber da hapert es ja auch an der Logik. Warum sollte Hansen dann nicht selbst das Mandat übernommen haben?« Svenja Kuske stöhnte leiste. »Und so ging es weiter. Ich glaube, niemand hatte wirklich eine Ahnung, was passiert war.«

»Danke für Ihre Offenheit. Denis Adler sprach davon, dass es sexuelle Belästigungen gegeben hat?«

Svenja Kuske räusperte sich. »Das hatte ich allerdings nur angedeutet. Dass er das jetzt als gegeben hingestellt hat, ist nicht gerade seriös.«

»Gab es denn Übergriffe?«

»Vonseiten Ihres Vaters auf jeden Fall nicht. Da kann ich Sie beruhigen.«

»Aber von anderen Kollegen?«, hakte Enna nach.

»Manches, was heute mit einem absoluten Tabu belegt ist und sogar strafrechtlich verfolgt werden kann, wurde vor fünfundzwanzig Jahren noch anders … gehandhabt. Angefangen bei bestimmten Bemerkungen bis hin zu eindeutigen Avancen. Ja, selbst Berührungen, die heute Konsequenzen nach sich ziehen würden, waren zu der Zeit nicht selten.«

»Reinhardt Hansen?«

»Ich habe mich schon damals deutlich positioniert und bin vom Schlimmsten verschont geblieben. Auch mithilfe Ihres Vaters. Es gab tatsächlich Gerüchte, dass es karrierefördernd sei, wenn man sich mit Hansen gut stellte. Sie verstehen sicher, was ich damit meine.«

»Durchaus. Mein Vater hat das nicht gerne gesehen?«

»Nein, ganz sicher nicht.«

»Haben Sie auch deshalb die Kanzlei verlassen?«

»Ja. Als Ihr Vater … also, nach dem Mord an Ihren Eltern habe ich mich nach einer Alternative umgesehen und nach der Beerdigung direkt gekündigt.«

»Waren es wirklich nur Gerüchte oder gab es konkrete Vorfälle?«

»Nur Gerüchte.«

»Aber?«, fragte Enna, die ahnte, dass Svenja Kuske mehr wusste, als sie bisher gesagt hatte.

»Wäre das denn wichtig für Ihre Ermittlungen?«

»Im Moment stochere ich im Nebel herum. Welche Informationen später wirklich wichtig sein könnten, lässt sich in dieser Phase nicht sagen. Glauben Sie mir, das habe ich bei meiner Arbeit als Polizistin schon Hunderte Male erlebt.«

Svenja Kuske schwieg eine Weile. »Nun gut, ich weiß nichts Genaues, aber während meiner Zeit ist eine Auszubildende von heute auf morgen nicht mehr zur Arbeit gekommen. Sie wissen ja vielleicht, dass es nach der Probezeit nicht so einfach ist, ein Ausbildungsverhältnis zu beenden. Es gab auch keinerlei Klagen über die junge Frau. Es wurde gemunkelt, dass Hansen etwas damit zu tun hatte und sie eine hohe Abfindung bekommen hat.«

»Mehr als ungewöhnlich. Eine Abfindung bei der Beendigung des Ausbildungsverhältnisses?«

»Das haben sich damals einige gedacht und eins und eins zusammengezählt.«

»Sie erinnern sich an den Namen der jungen Frau?«

»Der Vorname war Julia, da bin ich mir sehr sicher. Den Nachnamen weiß ich im Moment nicht. Sollte er mir wieder einfallen, melde ich mich bei Ihnen.« Svenja Kuske hielt kurz inne. »Ich habe nur noch fünf Minuten, Frau Andersen. Haben Sie noch eine Frage?«

»Ja. Wie hat Herr Hansen auf den Mord an meinen Eltern reagiert?«

»Wir alle waren geschockt, egal wie jeder Einzelne zu Ihrem Vater gestanden hatte.« Svenja Kuske räusperte sich. »Hansen? Er wurde natürlich von der Polizei befragt. Direkt in der Kanzlei. Anschließend war er zwei Tage nicht im Büro und als er wiederkam, sah er ausgesprochen mitgenommen aus. So als hätte er zwei Nächte nicht geschlafen.«

»Hat er sich kanzleiintern geäußert?«

»Nein. Es gab eine Todesanzeige, die wir alle unterzeichnet haben. Die hat er entworfen und da auch die richtigen Worte gefunden. Ansonsten nichts. Die reinste Führungsschwäche, wenn Sie mich fragen. In einer solchen Situation ist es wichtig, dass die Leitung Einfluss nimmt, positiven Einfluss. Damals kam es mir so vor, als wäre das der Anfang vom Ende der Kanzlei.«

Dreizehn

»So ungeduldig?«, sagte Dirk Lager, als Paulsen ihn telefonisch erreichte. »Ich melde mich schon, wenn es was zu berichten gibt.«

»Seit wann redest du so geschwollen?«, fragte Paulsen. »Also?«

»Verdammt, ich bin noch nicht so weit.«

»Ich kann auch mit wenig was anfangen. Hast du was? Oder pokerst du nur, um …«

»Paulsen! Das ist nicht dein Ernst, oder? Ich arbeite immer für mein Geld und bin es auch wert.«

»Lass hören!«

Dirk Lager stöhnte theatralisch. »Erinnere mich daran, dass ich nie wieder einen Auftrag von dir annehme.« Paulsen horchte ins Telefon und befürchtete schon, er habe seinen alten Freund ernsthaft verärgert, als dieser sich räusperte. »Wie gesagt, ich bin dabei. Ein Vögelchen hat mir gezwitschert, dass der alte Hansen einige krumme Dinger in der Nazizeit laufen hatte. Und danach auch noch.«

»Bedeutet?«

»Er soll mit dem SS-Typen Kontakt gehabt haben, der hier in Hamburg so eine Sonderabteilung bei der Kripo geleitet hat.

Da ging es wohl um diesen Mist, wo sie Homos verfolgt und in den Knast gesteckt haben.«

»Homosexuelle, meinst du.«

»Ja, habe ich doch gerade gesagt. Der alte Hansen soll ganz dicke mit diesem Nazi gewesen sein und hat dadurch wohl einige Vorteile genossen.«

»Das ist alles?«

»Mann, dir ist schon klar, dass das fast ein Jahrhundert her ist und die meisten, die das miterlebt haben, schon lange unter der Erde liegen? Also halt mal den Ball flach und lass mich in Ruhe arbeiten.«

»Sorry, dass ich etwas drängle. Ich höre von dir?«

»Darauf wird es wohl hinauslaufen, Junge.«

Sie verabschiedeten sich, Paulsen legte den Hörer auf und ließ sich in seinem Bürostuhl zurückfallen. Er hasste es, untätig zu sein. Paulsen war nicht derjenige im Team, der tagelang im Internet recherchieren konnte, auf der Suche nach dem Schlüssel für den nächsten Ermittlungsschritt. Liebend gerne wäre er jetzt in Hamburg bei Enna gewesen, um Hansen zu observieren. Sein Gefühl sagte ihm, dass ihre Ermittlungen in Oldenburg, die sie ausschließlich unter der Hand und mit großer Vorsicht führten, nicht viel bringen würden. Der Fall lag zu weit zurück und war viel zu kompliziert, als dass sie ohne polizeiliche Maßnahmen weiterkommen würden.

Seufzend stand er auf und drehte eine Runde durch sein Büro. Katja hatte sich bisher nicht wieder gemeldet. Letztlich hatte Paulsen auch nicht damit gerechnet, da ein Streit üblicherweise eine Zwangspause nach sich zog. Zwei bis drei Tage würde er Ruhe haben. Ungewöhnlich war, dass Katja ihren Schlüssel abgegeben hatte. Sie liebte es, ihn zu überraschen. Nicht selten war sie mitten in der Nacht zu ihm in die Wohnung gekommen und hatte sich im Bett nackt an ihn geschmiegt. Beim ersten

Mal fand er es aufregend, beim zweiten Mal bat er sie, am Tag zu kommen. Sie hatte seine Bitte ignoriert.

Jemand klopfte an die Tür und im nächsten Augenblick stand Jens vor Paulsen. »Darf ich?«

»Komm rein.«

»Ich sollte doch nach einer Julia suchen, die in der Kanzlei Hansen Auszubildende war.«

Paulsen nickte, zeigte auf den Stuhl vor seinem Schreibtisch und setzte sich auf die andere Seite. »Und?«

»Schwierig. Ich bin davon ausgegangen, dass ihr Ausbildungsverhältnis mindestens fünfundzwanzig Jahre zurückliegt.«

»Das könnte passen.«

»Da wird Julia ungefähr siebzehn oder achtzehn Jahre alt gewesen sein. Heute wäre sie dann also Anfang vierzig.«

Paulsen nickte.

»Mit dem Internet war das zu der Zeit leider noch nicht so weit, dass ich zum Beispiel auf der Homepage der Rechtsanwaltskammer Abschlussklassen der Rechtsanwaltsfachangestellten suchen konnte.«

»Heißt das heute so?«

Jens nickte. »Um es kurz zu machen: Ich habe eine Facebook-Seite von ehemaligen Berufsschülern gefunden, die in Hamburger Kanzleien ihre Ausbildung gemacht haben.«

Paulsen stöhnte. »Und wie viele Julias gibt es da? Das war damals doch ein sehr beliebter Name.«

»Leider. Es sind fünf Frauen, die diesen Vornamen tragen. Und dabei ist ja gar nicht gesagt, dass unsere Julia in dieser Gruppe ist und dass sie überhaupt ihre Ausbildung fortgesetzt hat.«

Paulsen nickte.

»Soll ich weitersuchen? Oder soll ich Enna die Nachnamen schicken und sie fragt noch einmal bei der Zeugin nach, ob sie eine der fünf Frauen kennt?«

»Schick Enna die Namen.« Paulsen sah seinen jungen Kollegen an. »Wie willst du das sonst auch machen?«

»Kein Problem. Ich erstelle einen neuen Account mit einem Fake-Foto und trete der Gruppe bei. Dann schreibe ich die fünf Julias an und tue so, als wenn ich mich an sie erinnere. Die meisten fangen dann von alleine an, etwas von sich zu erzählen.«

»Wie groß ist der Aufwand?«

»Ein paar Stunden dauert es schon.«

»Dann mach beides.«

Jens nickte und stand auf. In der Tür drehte er sich noch einmal um. »Geht es dir gut, Paulsen? Du siehst etwas angespannt aus.«

Paulsen rollte mit den Augen. »Ist das nicht Pias Aufgabe, solche Fragen zu stellen?«

Jens hob entschuldigend beide Hände und verließ das Büro.

»Verdammt«, murmelte Paulsen. Er musste sich mehr zusammenreißen. Jens hatte es nur freundlich gemeint und konnte nicht wissen, dass er die halbe Nacht nicht geschlafen hatte. Von der Flasche Rotwein einmal ganz abgesehen. Er griff nach seinem Handy, rief Enna an und erzählte ihr von Jens' Recherchen.

Sie bedankte sich. »Ich melde mich später noch mal.«

»Stehst du vor der Kanzlei?«

»Ja.«

»Pass auf dich auf.«

Vierzehn

Enna legte das Handy auf den Beifahrersitz. Sie saß seit einer Stunde im Auto, das sie in Sichtweite der Kanzlei geparkt hatte.

Seit sie wartete, war sie die bisherigen Ermittlungsergebnisse immer wieder durchgegangen. Wie wahrscheinlich war es, dass sie auf dem richtigen Weg war? Sie hatte auf den Vorermittlungen von Denis Adler aufgebaut und würde darauf vertrauen müssen, dass er gründlich gearbeitet hatte.

Tarek Karam, der Anwalt, dessen Bruder vermisst wurde, hatte sich nicht wieder bei ihr gemeldet. In ihm sah sie die einzige Chance, Milan Paunovic näher zu kommen. Ihre Intuition sagte ihr, dass Tarek Karam Paunovic nicht ungestraft davonkommen lassen würde. Die Frage war nur, ob Enna es geschafft hatte, sein Vertrauen zu gewinnen. Ohne ihren Polizeiausweis hätte Karam vermutlich gar nicht mit ihr gesprochen. Sie konnte nur abwarten, ob er sich in den nächsten Tagen melden würde. Ihn noch einmal zu kontaktieren war sicher der falsche Weg.

Enttäuscht war Enna von Ullrich Geers, dem langjährigen Freund ihres Vaters. Was verband ihn noch mit der Kanzlei, dass er so zurückhaltend geblieben war? Oder hatte er andere Gründe?

Die Tür der Kanzlei öffnete sich zum wiederholten Male. Reinhardt Hansen trat auf die Straße. Er sah sich nach beiden Seiten um, als wartete er auf etwas. Im Rückspiegel sah Enna ein Taxi die Straße hinunterfahren. Es hielt vor der Kanzlei, Hansen stieg ein, das Taxi fuhr weiter. Enna wartete einen Augenblick, bevor sie dem Wagen folgte.

Der beige Mercedes fuhr Richtung Binnenalster. Enna stöhnte auf, als das Taxi am Jungfernstieg an einer Haltestelle stehen blieb. Sie verlangsamte die Geschwindigkeit und konnte im Rückspiegel sehen, wie Hansen ausstieg und zu Fuß weiterging.

Genau diese Situation hatte Enna befürchtet. Ein Taxi, keine Möglichkeit, ihr Fahrzeug abzustellen, und Hansen, der in der Menge verschwand. Beim Einkaufszentrum Europapassage fuhr sie rechts ab und erreichte innerhalb von zwei Minuten die dazugehörige Tiefgarage. Nach einer zermürbenden Parkplatzsuche sprang sie aus dem Auto und rannte zum Fahrstuhl. Knapp fünfzehn Minuten, nachdem Hansen aus dem Taxi gestiegen war, stand Enna neben dem Halteplatz und sah sich um. Hansen war in Richtung der Europapassage gegangen und kurz darauf nach rechts zum Rathaus abgebogen. Fußläufig gab es hier zahlreiche Cafés und Restaurants, in denen Hansen mit seinem Gast sprechen konnte. Oder fand das Treffen in einem Hotel statt? Darüber hinaus gab es noch unzählige andere Möglichkeiten, wo Hansen sich aufhalten konnte. Enna wusste, dass ihre Chancen, Hansen wiederzufinden, eins zu tausend standen, aber aufgeben war für sie keine Option. Er musste hier irgendwo stecken. Die Gefahr war nur, dass sie beim Betreten einer Lokalität Hansen direkt in die Arme lief. Ihre roten Haare waren nicht gerade dafür geeignet, in der Masse unterzutauchen. Was blieb, waren die oftmals großen Fenster zur Straße, durch die Enna einen Blick werfen konnte.

Als sie an einer Boutique vorbeikam, die Sommermützen im Fenster ausgestellt hatte, drehte sie um und betrat das Geschäft. Sie kaufte die erstbeste Mütze, unter der sie ihre langen Haare verstecken konnte, und eilte zurück auf die Straße.

Nach einer halben Stunde und gefühlte Hunderte von Cafés, Bars und Restaurants später, die Enna fast alle kurz betreten hatte, stand sie vor einem spanischen Restaurant. Da sie durch die kleinen Fenster keinen der Gäste erkennen konnte, öffnete sie die Tür und betrat den Vorraum. Als sie den schweren Stoffvorhang zur Seite geschoben hatte und einen Schritt ins Restaurant machte, kam ein Kellner auf sie zu und fragte, ob sie reserviert habe.

Als Enna verneinte, schaute er in ein aufgeschlagenes Buch an einem Stehpult und sah auf. »Tut mir leid. Im Moment kann ich Ihnen keinen Platz anbieten. Möchten Sie vielleicht …«

»Ich bin eigentlich auf der Suche nach einem Freund. Wir haben uns hier verabredet und ich hatte gehofft, dass er bereits in Ihrem Restaurant auf mich wartet. Darf ich vielleicht einen kurzen Blick …« Sie sah den Kellner flehend an. »Bitte!«

»Wie ist der Name Ihres Freundes? Ich kann gerne schauen, ob der Herr einen Tisch reserviert hat.«

»Hansen.«

Der Kellner sah sie misstrauisch an. »Herr Reinhardt Hansen? Der ist zwar …« Er verschluckte den Rest des Satzes, als er zu merken schien, dass er kurz davor war, eine Indiskretion zu begehen.

»Nein, den Herrn kenne ich nicht«, sagte Enna schnell. »Hugo Hansen. Ein großer kräftiger Mann mit Vollbart.«

»Tut mir leid, der Herr ist mir nicht bekannt. Lassen Sie gerne Ihre Visitenkarte hier. Sollte Ihr Freund kommen, könnte ich …«

»Ist in Ordnung«, unterbrach Enna ihn. »Ich warte einfach draußen.«

Bevor der Kellner etwas sagen konnte, hatte sie sich umgedreht und war hinter dem Vorhang verschwunden.

Reinhardt Hansen kam aus dem Restaurant heraus, dicht gefolgt von einem großen schlanken Mann Ende sechzig im schwarzen Trenchcoat. Der Mann scannte mit einer schnellen Kopfbewegung die Umgebung und trat zu Hansen. Enna, die fast dreißig Meter entfernt im Eingang eines Bürogebäudes verdeckt wartete, hob ihre Kamera und schoss eine Reihe von Fotos. Der Mann reichte Hansen die Hand, der ergriff sie und sprach weiter aufgeregt auf seinen Gesprächspartner ein. Erst als dieser ihm die Hand auf die Schulter legte, verstummte Hansen und schien zuzuhören. Schließlich nickte der Mann Hansen zu und wandte sich ab.

Enna wartete, bis Reinhardt Hansen ein Stück in die entgegengesetzte Richtung gegangen war, und folgte dann dem unbekannten Mann. Nachdem sie das Nikolaifleet überquert hatten, wandte er sich nach rechts und lief zügig weiter. Enna hielt so viel Abstand wie möglich zu ihm, da sie vermutete, dass der Mann Erfahrung mit Observationen hatte. Bereits als er das Restaurant verlassen hatte, war ihr sein Verhalten aufgefallen. Sein schneller Blick über die Straße, sein Wechsel der Position, sodass er ein Gebäude in seinem Rücken hatte, die Art, wie er ging. Alles deutete darauf hin, dass er entweder Polizist oder Soldat war oder gewesen war.

Jetzt blieb der Mann vor einem Schaufenster stehen und schien sich einige Sekunden die Auslagen anzuschauen, bevor er die Richtung wechselte und schnellen Schrittes in eine Straße einbog. Kurz darauf wiederholte er die Aktion und betrat dann ein großes Hotel.

Enna eilte ihm nach und konnte gerade noch sehen, dass er an der Rezeption stand und mit dem Hotelangestellten sprach. Sie wartete, bis er sich auf den Weg zu den Aufzügen machte, und lief, als sich die automatische Tür hinter ihm schloss, zur Treppe. Immer drei Stufen auf einmal nehmend hastete sie hinauf. Im ersten Stock wartete sie kurz an der Glastür, um sicherzugehen, dass der Mann nicht ausstieg, und lief weiter in den nächsten Stock. Als sie auf der vierten Etage ankam, schloss sich gerade die Aufzugstür. Enna lugte in den Flur und sah, wie der Mann mit seiner Schlüsselkarte eine Tür öffnete und im Hotelzimmer verschwand.

Nach fast zwanzig Minuten Wartezeit trat der Mann wieder auf den Flur und lief in Richtung der Aufzüge. Enna folgte ihm auf die gleiche Weise wie zuvor. Im Erdgeschoss wandte sich der Mann nicht zum Haupteingang, sondern schlug den Weg zur Hotelbar ein.

Kurz entschlossen fuhr Enna in den vierten Stock und ging den langen Gang entlang, auf der Suche nach einer Servicekraft, die sie bitten konnte, das Hotelzimmer des Mannes zu öffnen. Fieberhaft überlegte sie, ob sie das Risiko, abgewiesen und der Hotelleitung gemeldet zu werden, eingehen sollte.

Als sie einen Seitengang betrat, kamen ihr zwei Frauen entgegen, beide in weißen Kitteln und mit den üblichen kleinen Wagen der Reinigungskräfte ausgestattet. Die Frauen unterhielten sich in einer Enna unbekannten Sprache, sie eilte an ihnen vorbei und tat so, als wartete sie vor einem Aufzug. Als eine der Frauen mit ihrem Wagen in die entgegengesetzte Richtung weiterging und die andere ein Zimmer betrat, lief Enna zurück. Schon einige Meter bevor sie den Servicewagen erreichte, bemerkte sie die Türkarte, die auf dem Wagen lag. Im Vorbeilaufen griff sie danach und eilte weiter den Gang entlang.

Die Zimmertür ließ sich problemlos öffnen. Enna schlüpfte hinein. Auf dem Flur hatte sie sich bereits Latexhandschuhe übergestreift und anschließend die Karte sorgfältig abgewischt, um keine Spuren zu hinterlassen.

Die Hotelsuite umfasste ein großes Schlafzimmer, ein geräumiges Bad und ein Wohnzimmer. Enna sah sich kurz im Bad um und wechselte schließlich in den Schlafraum. Der Mann schien erst heute angekommen zu sein. Außer einem kleinen Koffer, der neben dem Schrank stand, war alles unberührt. Enna griff nach dem Koffer und legte ihn aufs Bett. Das Schloss hatte sie in wenigen Sekunden mit einem der Werkzeuge aus dem Dietrichset geöffnet. Neben der Kulturtasche fand sie Wechselkleidung und Unterwäsche. Sie schloss den Deckel und stellte den Koffer an die gleiche Stelle zurück, an der er gestanden hatte.

Das Wohnzimmer war mit einem Sofa, einem Sekretär und einer kleinen Sitzecke ausgestattet. Enna durchsuchte den Raum, fand aber keine persönlichen Gegenstände. Der Hotelsafe war verschlossen. Enna tastete den Safe nach einem Akkufach ab, fand aber nichts. Vermutlich lag der Akku hinter dem Eingabefeld und war nur mit Spezialwerkzeug zu knacken. Schließlich berührte sie zweimal den Lock-Button und gab anschließend viermal die Neun ein. Der Safe blieb verschlossen. Sie wiederholte die Prozedur mit der Sechserreihe und anschließend mit der Eingabe der Einserreihe. Mit einem metallischen Klicken öffnete sich der Safe. Das Hotel hatte vergessen, den Herstellercode zurückzusetzen. Sie griff nach der Mappe, die im Inneren des Eisenschranks lag, und blätterte sie kurz durch. Es schien sich um einen Bericht zu handeln. Enna zog ihr Handy aus der Tasche und begann, die Seiten zu fotografieren. Kurz nachdem sie die ersten fünf erfasst hatte, hörte sie ein Geräusch und erstarrte. Die Suitetür wurde geöffnet. Enna hielt die Luft an und horchte. Schritte, die Tür fiel wieder zu. Hastig legte Enna die Mappe zurück, verschloss den Safe und versteckte sich hinter der Wohnzimmertür. Als die Toilettenspülung betätigt wurde, huschte Enna in den kleinen Flur und lief auf den Ausgang zu. Langsam zog sie die Tür auf und schlich sich aus dem Zimmer.

Enna fuhr in die Parkgarage ihres Hotels und stieg aus. Sie hatte beschlossen, eine weitere Nacht in Hamburg zu bleiben und Ullrich Geers ein zweites Mal zu besuchen, bevor sie wieder nach Oldenburg fuhr.

Im Hotelzimmer lud sie die Fotos auf ihren Laptop und sah sich die gescannten Seiten aus dem Safe an. Es schien sich um eine Analyse zu einem neu entwickelten Softwareprogramm zu handeln. Die einleitenden Worte, die auf den fotografierten Seiten standen, gaben nur wenig preis über den Inhalt des restlichen Berichts. Hatte jemand anders das Manuskript dort vergessen? Sollte Ennas Eindruck richtig gewesen sein und es sich bei dem Mann um einen Polizisten handeln, konnte sie sich nicht vorstellen, dass er ein wichtiges Dokument im Hotelsafe aufbewahren würde, ohne vorab zu kontrollieren, ob der Mastercode des Herstellers verändert worden war.

Enna schreckte auf, als ihr Handy klingelte. Nach einem Blick aufs Display nahm sie das Gespräch an.

»Hallo, Aaron. Bist du schon in Oldenburg?«

»In einer Stunde ist der Zug da. Und du?«

»Ich bleibe hier. Morgen will ich noch mal mit Ullrich Geers sprechen. Er hat mir etwas verschwiegen.«

»Das war der Freund deines Vaters?«

»Ja. Ein langjähriger und guter Freund. Ich habe mehr von Außenstehenden über die Kanzlei erfahren als von ihm.«

»Soll ich nach Hamburg weiterfahren? Ich könnte in Bremen umsteigen und wäre dann in gut zwei Stunden bei dir. Morgen muss ich sowieso in die Kanzlei.«

Enna schloss die Augen. Ein warmes Gefühl durchflutete sie. »Wenn das geht. Ich bin hier. Und das Bett sollte auch für uns beide reichen.«

»Dann lege ich jetzt auf. Bremen kommt jeden Augenblick. Ich melde mich, wenn ich im Taxi sitze. Vielleicht können wir noch eine Kleinigkeit essen?«

»Gute Idee. Ich suche was raus.«

Enna schmiegte sich bei Aaron an. Vor einer halben Stunde hatten sie das kleine indische Restaurant verlassen und lagen jetzt im Hotelbett.

»Danke, dass du hergekommen bist«, flüsterte Enna Aaron ins Ohr. »Hast du morgen wirklich etwas in der Kanzlei zu arbeiten?«

»Es gibt immer was zu tun, das weißt du doch.«

»Also nein.« Enna seufzte leise.

»Ist das so schlimm?«

»Nein, ganz im Gegenteil.«

»Gut, dann sind wir uns ja ausnahmsweise einig.«

Aarons Bemerkung spielte auf ihre Diskussion im Restaurant an. Sie hatten sich über Ennas Recherchen unterhalten und Aaron hatte zum wiederholten Mal seine Bedenken geäußert, woraufhin Enna ihm versucht hatte zu erklären, wie wichtig die Frage für sie persönlich sei, ob der Täter noch frei herumliefe.

»Daran wirst du dich gewöhnen müssen«, sagte Enna. »Einfach wird das mit mir nicht.«

Aaron strich ihr liebevoll mit der Hand über die Wange. »Ja, das weiß ich. Bisher hat mich das nicht abgehalten, dich zu lieben, und das wird es auch weiterhin nicht.«

Enna küsste ihn. »Das war die schönste Liebeserklärung, die ich je bekommen habe.«

Fünfzehn

»Bist du mit Julia weitergekommen?«, fragte Pia, als sie am nächsten Morgen mit Jens und Paulsen in der Küche zur Besprechung zusammensaß. »Enna hat mir geschrieben, dass ihre Informantin, die Anwältin aus Berlin, sich trotz deiner Nachnamenauswahl nicht an den Namen erinnern konnte.«

»Diese Facebook-Sache?«, fragte Paulsen.

Jens nickte. »Ich glaube, ich habe sie gefunden. Julia Rosenbaum, dreiundvierzig. Sie lebt und arbeitet in Delmenhorst bei Bremen. Offensichtlich ist sie nach dem Ausscheiden aus der Kanzlei Hansen dort hingezogen. Auf jeden Fall ist sie seit der Zeit dort gemeldet.«

»Ist das sicher?«, fragte Paulsen.

»Sie hat mir geschrieben, dass sie das letzte Jahr ihrer Ausbildung in Bremen absolviert hat. Als ich gefragt habe, wo sie vorher war, hat sie das Thema gewechselt. Ich habe dann nicht weiter nachgebohrt, weil ich Angst hatte, dass sie etwas merkt.«

Paulsen beugte sich vor. »Adresse und Telefonnummer hast du?«

»Ja. Wie geht es weiter? Spricht Enna mit ihr?«

»Das kann ich machen.« Pia zog den Zettel mit den Daten zu sich. »Arbeitet sie heute?«

Jens schüttelte den Kopf. »Nein, sie hat diese Woche frei. Zumindest das habe ich herausbekommen.«

Pia warf Paulsen einen Blick zu. »Was meinst du?«

»Ich werde es ganz sicher nicht machen«, sagte Paulsen. »Bei dem Thema muss schon eine Frau ran. Die Frage ist nur, wie willst du das Gespräch aufziehen?«

Pia zuckte mit den Schultern. »Von Frau zu Frau.«

Paulsen fuhr sich mehrfach mit dem Finger über den Nasenrücken. »Klingt nicht gerade nach einer brauchbaren Strategie.«

»Dann komme ich halt als Polizistin und frage ganz offiziell.«

»In welchen Ermittlungen? So ganz offiziell.«

Pia rollte mit den Augen. »Da fällt mir schon was ein.« Sie tippte mit dem Finger rhythmisch auf den Tisch. »Ich komme im Auftrag der Hamburger Kollegen, die gegen Hansen ermitteln. Delmenhorst gehört zu unserem Gebiet. Da ist es doch nicht abwegig, dass ich da auftauche.«

»Sie arbeitet in einer Kanzlei?«, fragte Paulsen mit Blick auf Jens.

»Ja, aber kein Strafrecht, falls du das meinst. Familienrecht und Erbschaftsangelegenheiten. Sie arbeitet für eine Anwältin. Kleine Kanzlei.«

»Dann ist sie nicht unbedingt mit Polizeistrukturen vertraut«, sagte Paulsen. »Ruf Enna an und frag sie, ob du das übernehmen sollst.«

»Okay. Mache ich gleich nach unserer Besprechung.«

Paulsen legte drei Fotos auf den Tisch. »Die hat Enna mir gestern Abend noch geschickt. Der Mann hat sich mit Reinhardt Hansen getroffen. Wir müssen rausbekommen, wer das ist.«

»Getroffen?«, fragte Jens. »Treffen sich Anwälte nicht ständig mit jemandem?«

Paulsen zögerte. Er wollte Ennas Abhöraktion auch im Team nicht weitergeben. Es war für beide Seiten zu gefährlich und würde Jens Lange nur in Gewissenskonflikte bringen. »Enna hat einen Tipp bekommen, dass das Treffen mit dem ... also Ennas Fall zu tun hat. Kannst du dich darum kümmern?« Er schob Jens die Fotos zu.

»Kriminalpolizei?«, fragte Julia Rosenbaum, als Pia ihr ihren Ausweis zeigte und fragte, ob sie ein paar Minuten für sie Zeit hätte.

»Es geht um die Kanzlei Hansen. Sie haben dort ...«

»Kommen Sie herein«, unterbrach Julia Rosenbaum Pia und trat zur Seite. »Gehen wir doch in die Küche. Möchten Sie einen Kaffee?«

»Gerne«, sagte Pia und folgte Julia Rosenbaum. Die Frau war ihr auf Anhieb sympathisch gewesen. Sie strahlte Ruhe und Sicherheit aus, war schlank, mit sportlicher Figur, halblange schwarze Haare umrahmten das ausgesprochen feminine Gesicht. Hätte Pia nicht ihr Alter gekannt, hätte sie sie auf fünfunddreißig geschätzt.

»Bitte«, sagte Julia Rosenbaum, als sie Pia eine Tasse mit Milchkaffee reichte. »Brauchen Sie Zucker?«

»Nein danke.« Sie saßen in einer angenehm wohnlichen Küche an einem alten Holztisch, zu dem Julia Rosenbaum moderne Stühle gestellt hatte.

»Es geht um Reinhardt Hansen?«

»Ja. Nach unseren Unterlagen haben Sie in seiner Kanzlei eine Ausbildung gemacht.«

Julia Rosenbaum nickte. »Wie sicher viele vor und nach mir. Befragen Sie die alle?«

»Nein«, sagte Pia, der schlagartig klar wurde, dass sie ihre Strategie ändern musste. Diese Frau würde sich nicht mit halbherzigen Erklärungen abspeisen lassen.

»Aber? Warum kommen Sie zu mir?«

»Ich will ehrlich sein. Wir stochern etwas im Nebel herum. Das ist häufig so bei Fällen, die nach vielen Jahren wieder aufgerollt werden.«

»Cold Cases?«

»Wir benutzen diesen Begriff nicht häufig«, sagte Pia lächelnd.

»Weshalb ermitteln Sie gegen Reinhardt Hansen?«

»Es geht um den Mord an einem Partner der Kanzlei und seiner Frau.«

»Albrecht Rothhardt«, sagte Julia Rosenbaum. »Ich war zu der Zeit nicht mehr in der Kanzlei, habe den Fall aber in der Zeitung verfolgt. Ich kannte Herrn Rothhardt natürlich persönlich. Ein ausgesprochen zuvorkommender Mann.« Sie warf Pia einen fragenden Blick zu. »Und Herr Hansen soll mit dem Mord etwas zu tun haben? Es ist doch damals jemand dafür verurteilt worden.«

Pia musste sich zwingen, ruhig zu bleiben. Ihr Plan, für die Hamburger Kollegen eine Routinebefragung durchzuführen, war vollends ins Wasser gefallen. Inwieweit konnte sie der Frau vertrauen?

»Nein, darum geht es nicht. Wir sind noch in einer frühen Phase der Ermittlungen. Im Moment geht es mehr darum, das Umfeld von Herrn Rothhardts Arbeitsplatz zu beleuchten.«

Julia Rosenbaum sah sie mit zusammengezogenen Augenbrauen an. Ihr schien Pias Erklärung nicht ausreichend zu sein. »Sie sind doch nicht zufällig hier, Frau Sims. Ich weiß natürlich, dass es damals Gerüchte gab, dass Reinhardt mich … wie soll ich das jetzt formulieren.« Sie lächelte. »Wir sind ja hier unter uns Frauen. Es ging das Gerücht um, er habe mich sexuell belästigt und habe sogar vor einer Vergewaltigung nicht zurückgeschreckt. Ist es das, was Ihnen erzählt wurde?«

»Nicht so konkret, aber in der Tendenz schon.«

»Ja, Gerüchte. Wenn sie erst mal in der Welt sind, kann man sie kaum stoppen. Die schlimmsten sind die, die ein Körnchen Wahrheit beinhalten.«

Pia schwieg. Ihr war klar, wenn sie weitere Fragen stellen würde, wäre das Gespräch schnell beendet. Entweder würde Julia Rosenbaum ihr erzählen, was tatsächlich passiert war, oder Pia würde mit leeren Händen wieder nach Oldenburg fahren müssen.

Julia Rosenbaum sah Pia nicht mehr direkt an. Sie senkte den Kopf und schien für einen Augenblick in sich zu versinken. »Ja, ich hatte ein Verhältnis mit Reinhardt Hansen. Und nein, er ist nicht übergriffig geworden. Ich war jung und fühlte mich mehr als geschmeichelt. Vielleicht war ich sogar etwas verliebt in ihn.« Julia Rosenbaum hing für einen Moment ihren Gedanken nach. Dann sah sie auf und lächelte. »Natürlich war es keine Liebe, die Bestand haben konnte. Aber das wollte ich nicht sehen und Reinhardt vermutlich auch nicht.«

»Sie haben sich dann aber getrennt?«

»Ja. Er war ausgesprochen großzügig. Finanziell und auch bei der Suche nach einem neuen Ausbildungsplatz.« Sie atmete tief durch. »Das ist alles lange vorbei und Geschichte.«

»Sie haben sich also im beiderseitigen Einverständnis getrennt?«

Julia Rosenbaum zögerte einen Moment zu lange, als dass Pia es nicht aufgefallen wäre. »Eine schöne Formulierung. Im echten Leben sind solche Entscheidungen nicht immer so glasklar. Es gibt viele Grautöne.« Julia Rosenbaum schwieg eine Weile, seufzte schließlich leise. »Der Altersabstand zwischen uns beiden war absurd groß. Wäre ich bei klarem Verstand gewesen, hätte ich mich nie darauf eingelassen. Und Reinhardt vermutlich auch nicht.« Sie lächelte. »Obwohl, bei Männern werden solche Entscheidungen ja doch häufig von einem anderen Körperteil gesteuert.«

»In dem Bereich kenne ich mich nicht so gut aus. Ich lebe mit einer Frau zusammen.« Pia biss sich auf die Lippe. Sie hatte spontan geantwortet. Dabei war das Erste, was man auf der Polizeihochschule lernte, sich nicht persönlich in einen Fall hineinziehen zu lassen.

Julia Rosenbaum lächelte. »Ja, da ist Ihnen sicher viel erspart geblieben.«

»Warum sind Sie nach Bremen gewechselt?«, fragte Pia, die das Gefühl hatte, allmählich einen persönlichen Draht zu Julia Rosenbaum aufzubauen.

»Es war besser so.«

»Haben Sie denn noch Kontakt zu Herrn Hansen?«

»Nein, wir sind uns nach der Trennung nie wieder begegnet.« Julia Rosenbaum stand auf und stellte das Fenster auf Kipp. »Oder ist Ihnen zu kalt, wenn ich …«

»Das ist vollkommen in Ordnung«, sagte Pia. Sie wartete, bis Julia Rosenbaum sich wieder zu ihr gesetzt hatte. »Können Sie mir etwas zum Verhältnis von Herrn Hansen zu Herrn Rothhardt sagen?«

»Nicht wirklich. Ich weiß nicht mehr als alle anderen, die damals in der Kanzlei gearbeitet haben. Es gab Spannungen, das konnte jeder sehen.«

»Hing das damit zusammen, dass Herr Rothhardt das Mandat beim Prozess von Dr. Lars Koenig abgegeben hatte?«

»Kann sein. Ich weiß es nicht.«

»Sie haben sich nie mit Herrn Hansen darüber unterhalten?«

»Ich kann mich zumindest nicht daran erinnern. Ich war eine kleine Auszubildende und hatte mit der Angelegenheit auch ansonsten nichts zu tun.«

»Ihre Trennung von Herrn Hansen fand aber kurz nach dem Prozess statt.«

Julia Rosenbaum zuckte mit den Schultern. »Das mag sein. Ich kann Ihnen dazu wirklich nicht mehr sagen.«

»Wie ist es gelaufen?«, fragte Paulsen, als Pia ihn auf dem Rückweg nach Oldenburg telefonisch erreicht hatte.

»Im Prinzip gut. Angeblich hatte sie eine Beziehung mit Hansen.«

»Glaubhaft?«

»Sie hätte gar nicht mit mir reden müssen. Julia Rosenbaum scheint mir eine sehr selbstbewusste und starke Frau zu sein. Ja, es klang glaubhaft. Allerdings verstehe ich nicht, warum sie gleich nach Bremen gewechselt ist.«

»Also doch ein großes Aber?«

»Ja. Ich muss darüber nachdenken. Vielleicht hat sie mir doch etwas verschwiegen. Sehen wir uns gleich im Büro?«

»Ich mache kurz eine Pause, komme aber dann zurück.«

Pia wunderte sich. Paulsen war nicht der Typ, der eine längere Mittagspause machte, um zum Beispiel in der Stadt etwas zu essen. »Okay, bis später.«

Paulsen lief Richtung Fußgängerzone. Katja hatte ihm eine Nachricht geschrieben, dass sie ihn treffen wolle, um über ihren Streit zu reden. Den halben Vormittag hatte er standgehalten und Katja nicht geantwortet. Schließlich hatte er ihr zurückgeschrieben, dass ein Treffen nichts bringen würde, solange sie nicht bereit sei, etwas zu ändern. Ihre Antwort kam sofort: »Ich will etwas ändern.«

Das große Caféhaus war nur mäßig besucht. Paulsen, der eine Viertelstunde vor der vereinbarten Zeit gekommen war, suchte sich im zweiten Stock einen ruhigen Platz und bestellte sich eine Tasse Kaffee.

Kurz darauf kam Katja die Treppe hoch, zog ihre Jacke aus und setzte sich zu Paulsen an den Tisch.

»Wie geht es dir?«, fragte sie.

»Halbwegs«, murmelte Paulsen.

»Mir geht es nicht gut.«

Eine junge Frau trat an ihren Tisch und servierte Katja einen Latte macchiato.

»Ich hatte ihn schon unten bestellt«, erklärte Katja, als die Frau außer Hörweite war.

Paulsen nickte.

»Ich wollte mich entschuldigen«, sagte Katja leise. »Du hast recht, es geht so nicht weiter. Wir drehen uns ständig im Kreis und machen uns gegenseitig das Leben schwer.«

Paulsen sah auf. Waren das wirklich Katjas Worte? Oder versuchte sie nur, ihn milde zu stimmen, und hatte sich dafür eine Strategie zurechtgelegt?

»Ich meine es ernst«, fuhr sie fort. »Vielleicht ist wirklich eine …« Sie schluckte. »… also eine Therapie die einzige Möglichkeit. Wenn du überhaupt noch willst …« Sie sah ihn flehend an. »Jetzt sag doch was.«

»Ich weiß es nicht genau, Katja. Es ist so verdammt schwer. Mit dir …« Er senkte den Kopf und fügte leise hinzu: »… und auch ohne dich.«

Katja zog ein Blatt Papier aus ihrer Handtasche, faltete es auseinander und schob es Paulsen über den Tisch. »Ich habe schon mal ein paar Adressen herausgesucht. Bei den beiden ersten habe ich angerufen. Beide hätten im nächsten Monat Zeit für uns.«

Paulsen warf einen Blick auf die Liste. Er kannte alle fünf Namen, die er bereits vor Monaten im Internet recherchiert hatte. »Wann genau?«

»Ein Vorgespräch können wir jederzeit machen. Bei beiden. Soll ich die anderen auch noch anrufen?«

Paulsen zeigte auf den zweiten Namen. »Die ist mir empfohlen worden. Wenn, dann gehen wir dahin.«

Katja nickte. »Gut. Soll ich einen Termin ausmachen? Wann wäre es dir am liebsten?«

»Am späten Nachmittag.«

»Ich rufe da an«, sagte Katja. Sie schien erleichtert zu sein und wirkte gleichzeitig erschöpft, als habe sie in der Nacht kaum geschlafen.

»Bis dahin keine Treffen mehr bei mir oder bei dir«, sagte Paulsen. »Kein Alkohol. Wenn wir uns treffen, dann wie heute. Im Café oder Restaurant oder wir gehen spazieren.«

Katja schluckte schwer. »Ja, vielleicht ist das besser so.«

Paulsen beugte sich vor und legte seine Hand auf ihre. »Du weißt aber, dass das keine Garantie ist, dass wir es schaffen?«

»Wir schaffen das, Jan. Ganz bestimmt.«

Sechzehn

Enna reichte Aaron die Butter über den Tisch. Sie saßen im Frühstücksraum des Hotels und hatten kurz zuvor die Getränke bestellt.

»Ich gehe gleich noch in die Kanzlei«, sagte Aaron. »Ist das wirklich kein Problem, dass du mich abholst? Ich kann auch mit dem Zug fahren. Da bin ich sogar noch schneller als mit dem Auto.«

»Nein, wir haben so wenig in den letzten Wochen zusammen gemacht. Ich will mit dir gemeinsam zurückfahren.« Enna legte sich Rührei auf die Brötchenhälfte und biss hinein.

Aaron lächelte. »Gestern du, heute ich. Das ist die schönste Liebeserklärung, die ich je bekommen habe.«

Enna warf Aaron eine Kusshand zu. »Ich liebe dich, Aaron Bernard.«

Enna ging auf Ullrich Geers' Haus zu. Sie hatte sich dagegen entschieden, ihn zuvor anzurufen, und hoffte, dass er zu Hause sein würde. Als Enna gerade auf die Klingel drücken wollte, bemerkte sie, dass die Haustür einen Spalt offen stand. Sie trat in den Flur und horchte ins Haus hinein, bevor sie laut rief: »Hallo, Herr Geers, Enna Andersen hier. Sind Sie im Haus?«

Als niemand antwortete, rief sie ein zweites Mal, zog anschließend ihre Waffe aus dem Holster und entsicherte sie. Vorsichtig ging sie Schritt für Schritt den Flur entlang, blieb an der Treppe stehen und betrat schließlich die Küche.

Das Bild, das sich ihr hier bot, ließ sie erstarren. Sämtliche Schränke und Schubladen waren ausgeräumt und ihr Inhalt großflächig auf den Fliesen verteilt: Scherben von Tellern und Tassen, vermischt mit Lebensmitteln, Nudeln, Reis, Mehl. Alles schien wie in einem Topf durchgerührt und in der Küche verteilt worden zu sein.

Enna wandte sich ab und ging vorsichtig mit dem Rücken zur Wand weiter den Flur entlang. Sie durchsuchte Zimmer für Zimmer im Erdgeschoss. Überall das gleiche Chaos. Im Haus sah es aus, als hätte ein Sturm durch die Räume geweht und alles mehrfach durcheinandergewirbelt.

Von Ullrich Geers war keine Spur zu finden. Enna betrat die Treppe und lief mit gezogener Waffe in den ersten Stock. Auch hier setzte sich das Durcheinander fort. Als sie alle Zimmer nach dem alten Freund ihres Vaters abgesucht hatte, verließ sie das Haus und rief bei den Kollegen vor Ort an.

Zehn Minuten später hielt der erste Streifenwagen vor dem Haus. Enna wies sich aus und bat darum, die Kriminalpolizei hinzuzuziehen. Nach einer weiteren halben Stunde fuhr eine Limousine vor, ein Mann in Ennas Alter stieg aus und sprach kurz mit dem uniformierten Beamten, bevor er auf Enna zuging.

»Oberkommissar Marcus Holm«, sagte der große schlanke Mann. »Sie haben uns informiert?«

Enna zeigte Holm ihren Polizeiausweis und erklärte, dass sie einen alten Freund ihres Vaters besuchen wollte und dabei die offene Tür und das verwüstete Haus vorgefunden habe.

Marcus Holm nickte und bat sie, vor dem Haus zu warten. Er zog sich Schutzkleidung an und betrat den Flur. Zehn Minuten später stand er wieder vor Enna.

»Ich habe die Kollegen der Kriminaltechnik informiert. Das wird einen Augenblick dauern, da sie aus Lüneburg kommen.« Er zog den Schutzanzug aus und reichte ihn dem uniformierten Beamten, den er zu sich gerufen hatte. »Was genau haben Sie hier gemacht? Dienstlich ist der Besuch nicht gewesen, oder?«

»Nein, Herr Geers ist der Freund meines verstorbenen Vaters Albrecht Rothhardt.«

Marcus Holm sah auf. »Sie sind die Tochter von …« Er schluckte.

»Ja, meine Eltern wurden vor vierundzwanzig Jahren in Lüneburg in ihrem Haus getötet.« Enna entschloss sich, den Grund ihres Besuches offenzulegen. »Ich ermittle privat in dem Fall.«

Holm warf ihr einen erstaunten Blick zu. »Ich war damals noch in der Schule, aber ich weiß natürlich, was passiert ist. Es gab doch einen Prozess und eine Verurteilung. Warum … ermitteln Sie?«

»Ich bin nicht so überzeugt, dass damals der richtige Täter verurteilt wurde.«

Marcus Holm sog geräuschvoll die Luft ein. »Dieser Gedanke wird manch einem Kollegen sicher nicht gefallen.«

»Das ist mir bewusst.«

»Aber gut, lassen wir das. Haben Sie schon versucht, Herrn Geers zu erreichen?«

Enna nickte. »Sein Handy scheint ausgestellt zu sein. Ob er ein Auto hat, weiß ich nicht. Die Garage«, sie wandte sich um und zeigte auf das Holztor, »ist verschlossen. Soweit ich das durch einen Spalt im Holz sehen konnte, ist sie leer.«

»Sie vermuten, dass der Einbruch – oder was immer das war – mit Ihren Recherchen zu tun hat?«

»Ich war vorgestern schon einmal hier und habe in der Zwischenzeit mit einigen Personen gesprochen, die seinerzeit mit meinem Vater in Verbindung standen.«

»Wie lange, sagten Sie, ist die Tat her?«

»Vierundzwanzig Jahre.«

Marcus Holm rieb sich mit der flachen Hand über Mund und Kinn. Er schien seine Optionen abzuwägen. Schließlich rief er einen der uniformierten Beamten zu sich und gab ihm seine Handynummer. »Ich suche in der Nachbarschaft nach Zeugen. Sagen Sie mir Bescheid, wenn die Kollegen der Spurensicherung hier sind.«

Der Beamte nickte und ging wieder zu seinem Kollegen, mit dem er vor der Haustür gestanden hatte.

»Kommen Sie mit?«, fragte Holm mit Blick auf Enna. »Dann können Sie mir noch mehr über Ihre Ermittlungen erzählen.«

Zwanzig Minuten später hatten sie bei sechs Nachbarhäusern geklingelt und mit drei Frauen und einem älteren Mann gesprochen. Keiner der Nachbarn hatte in der Nacht oder am frühen Morgen den Einbruch bemerkt. Ullrich Geers besaß kein Auto, er lebte sehr zurückgezogen und hatte kaum Kontakt zu den Nachbarn. Nur der ältere Herr – von den angetroffenen Nachbarn wohnte er am weitesten von Ullrich Geers' Haus entfernt – traf sich hin und wieder zu Kaffee und Kuchen mit ihm. Keiner der Nachbarn hatte bemerkt, dass Ullrich Geers das Haus verlassen hatte. Zum letzten Mal war er am Vormittag des vergangenen Tages gesehen worden, als er mit einer gefüllten Tragetasche die Straße entlangging.

»Nicht viel«, sagte Marcus Holm. Sie befanden sich auf dem Rückweg, um mit den Kriminaltechnikern zu sprechen. »Vielleicht ist Herr Geers für ein paar Tage verreist und niemand hat es bemerkt.«

»Oder er ist entführt worden«, warf Enna ein. »Sie sollten vielleicht sein Handy orten.«

Holm schwieg und winkte einer in Weiß gekleideten Person zu, die vor Geers' Haus stand.

»Moin, Thomas. Bist du allein hier?«, begrüßte Holm den Kriminaltechniker.

»Die Kollegin ist schon im Haus. Was gibt es?«

»Einbruch. Ich kann den Eigentümer nicht erreichen. Die Frage ist, ob Spuren eines Kampfes im Haus zu finden sind.«

»Entführung?«

»Das kann sich schnell alles auflösen. Aber sicher ist sicher.«

Der Kriminaltechniker nickte. »Ich melde mich bei dir, wenn wir durch sind.« Er wandte sich ab und ging ins Haus.

»Ich würde gerne Ihre Aussage protokollieren und von Ihnen unterschreiben lassen«, sagte Marcus Holm zu Enna. »Haben Sie Zeit, mit mir ins Kommissariat zu fahren?«

»Ja, natürlich.«

»Es wird etwas später«, sagte Enna, als sie Aaron am Handy erreicht hatte. »Bei Ullrich Geers ist eingebrochen worden. Und er ist nicht auffindbar.«

»Das klingt nicht gut.«

»Nein, ich fürchte, das ist kein Zufall.«

»Soll ich mit dem Zug fahren?«

»Nein, ich kann hier ohnehin nicht viel ausrichten. Ich bin gleich beim Kommissariat in Winsen, unterschreibe ein Protokoll und fahre dann zurück nach Hamburg. Ich hole dich vorher in der Kanzlei ab.«

Marcus Holm hatte den Blinker gesetzt und fuhr von der Hauptstraße ab. Enna fuhr ihm hinterher.

»Wir sind jetzt bald da. Ich melde mich.«

Holm bot Enna einen Platz in seinem Büro an und setzte sich hinter seinen Schreibtisch. »Geben Sie mir fünf Minuten.« Er begann zu tippen, während Enna die Augen schloss. Wo war

Ullrich Geers? Was hatte die Verwüstung in seinem Haus zu bedeuten? Konnte es unter Umständen sogar sein, dass Geers das selbst gemacht hatte? Enna glaubte nicht an einen Zufall. Aber was sollte der Einbruch mit ihren Ermittlungen zu tun haben? Hatte Reinhardt Hansen so schnell reagieren können? Aber warum sollten er oder seine Hintermänner es auf Ullrich Geers abgesehen haben? Das ergab alles keinen Sinn.

»So, ich wäre so weit«, holte Marcus Holm Enna aus ihren Gedanken zurück. »Wenn Sie nur noch hier unterschreiben würden.«

Enna las das kurz gefasste Protokoll durch und unterschrieb.

Marcus Holm legte das Blatt auf seinen Schreibtisch und setzte sich zu Enna an den kleinen Besprechungstisch. »Sie haben sich vielleicht gewundert, dass ich sofort den Namen Ihres Vaters kannte.«

Enna nickte.

»Auf der Polizeihochschule habe ich eine Studienarbeit über den Fall verfasst. Er hat mich interessiert, weil es in Lüneburg passiert ist.«

»Sie kennen also die Akten?«

Marcus Holm nickte. »Ja, soweit sie für mich zugänglich waren.«

»Und?«

»Ich weiß, worauf Sie anspielen. Horst Michaelis hatte nicht gerade den besten Ruf, um es einmal nett auszudrücken.« Hauptkommissar Michaelis hatte die SoKo geleitet, die den Mord an Ennas Eltern untersuchte. »Sie wissen sicher, dass er inzwischen aus dem Dienst ausgeschieden ist.«

»Ich war bei ihm«, sagte Enna.

Marcus Holm warf ihr einen erstaunten Blick zu. »Tatsächlich? Er hat mit Ihnen gesprochen?«

»Sie kennen ihn?«

»Als Kommissaranwärter war ich ein Jahr in Lüneburg in seinem Kommissariat. Es hat mir gereicht. ›Harter Hund‹ wurde er genannt, aber es gab auch andere Bezeichnungen, die ich jetzt hier nicht wiedergeben möchte.« Holm warf Enna einen fragenden Blick zu. »Verstehe ich das jetzt richtig? Sie verdächtigen Michaelis, dass er, ich nenne es jetzt mal: ›nicht ganz sauber‹ gearbeitet hat?«

»Ich glaube nicht, dass Michaelis auf eigene Rechnung manipuliert hat. Vielleicht wusste er aber davon und hat es durchgehen lassen, weil er dazu gezwungen wurde.«

»Die große Verschwörung? Unwahrscheinlich, oder?«

»Habe ich am Anfang auch gedacht. Ich weiß nicht, wo Ullrich Geers steckt, aber ich halte es nicht für ausgeschlossen, dass er gegen seinen Willen festgehalten wird.«

»Warten wir's ab.«

»Worauf wollen Sie warten? Dass Sie seine Leiche finden? Das waren keine Amateure. Sollten sie Geers getötet haben, wird er nie wieder auftauchen.«

»Starker Tobak, Kollegin«, sagte Marcus Holm mit leicht genervtem Unterton. »Ich bin bei solchen Annahmen immer sehr vorsichtig. Und bevor Sie fragen, ich bin noch nicht sehr lange wieder in der alten Heimat. Ich war für zehn Jahre in Braunschweig und habe durchaus Erfahrung in Tötungsdelikten.«

»Ich wollte keinesfalls Ihre Qualifikation anzweifeln. Mir geht es um Herrn Geers, ich habe Angst um ihn. Unter Umständen trage ich eine Mitschuld, weil ich den Fall wieder aufgerollt habe.«

Der Oberkommissar seufzte. »Ich kann Ihnen nichts versprechen. Wir werden weiter nach Ullrich Geers Ausschau halten. Wenn er sich in den nächsten zwei Tagen nicht meldet, spreche ich mit dem Staatsanwalt.« Er hielt inne und schien zu überlegen. »Trotzdem spricht nichts dagegen, wenn Sie mich auf dem Laufenden halten über Ihre privaten Ermittlungen.« Das Wort »privaten« hatte Holm besonders betont. »Möglichst umfassend. Bisher haben Sie sich ja sehr bedeckt gehalten.«

Enna stand auf. »Warten wir's ab.« Sie reichte ihm die Hand. »Sie lassen von sich hören?«

Siebzehn

Paulsen trat hinter Jens' Schreibtisch und sah ihm über die Schulter. »Hast du was gefunden?«

»Ich habe eine Gesichtserkennungssoftware eingesetzt, die das Internet nach dem Mann durchsucht hat.«

»Ist das legal?«

Jens rollte mit den Augen. »Das solltest du als Gesetzeshüter eigentlich wissen. Also frag nicht.«

»Und? Ist etwas dabei herausgekommen?«

»Sonst hätte ich dich nicht gerufen. Ennas Fotos sind leider fast alle leicht verwackelt. Was die Suche nicht unbedingt einfacher macht. Auf den Punkt gebracht: Ich habe sechs Männer gefunden, die passen könnten.«

»Sechs verschiedene Männer?«, fragte Paulsen.

»Ja. Vier habe ich bereits überprüft. Zumindest soweit das im Netz möglich ist. Zwei Männer passen nicht vom Alter, das Enna geschätzt hat.« Jens zeigte auf den Bildschirm. Auf der rechten Seite stand Ennas Foto, auf der linken eine Aufnahme einer männlichen Person, die auf den ersten Blick ähnlich aussah. »Schau dir mal die Kinnpartie an. Die passt nicht.« Er klickte ein zweites Mal und eine weitere Gegenüberstellung erschien. »Hier sind es die Ohren. Kannst du es erkennen?«

Paulsen nickte.

»Also waren es nur noch vier«, sagte Jens schmunzelnd. »Zwei weitere habe ich ausgeschlossen, weil es Ausländer sind. Der eine aus Neuseeland. Wenn ich das richtig verstanden habe, ist er Schafzüchter.«

»Sehe ich auch so«, warf Paulsen ein.

»Nummer vier ist Spanier. Ein Winzer aus Andalusien. Den habe ich vorerst auch mal ausgeschlossen.«

»Okay. Und die beiden anderen?«

»Die sind interessanter. Beides offensichtlich Deutsche. Nummer fünf ist ein Vorstandsvorsitzender einer regionalen Bank aus Sachsen. Alter stimmt, Gesichtsform ist nahezu identisch.« Jens zog ein Blatt aus dem Drucker und reichte es Paulsen. »Johannes Hains, wohnhaft in Dresden. Adresse und Telefon habe ich dir aufgeschrieben.«

»Okay. Ich gebe das an Enna weiter. Und der sechste Mann?«

»Bei dem ist es schwieriger.« Jens rief ein weiteres Foto auf, auf dem mehrere Männer und Frauen zu sehen waren. »Die Aufnahme ist von einem Empfang des Innenministeriums vor ungefähr sechs Jahren.« Jens zeigte auf einen Mann im Hintergrund. »Der könnte passen. Leider reicht die Auflösung nicht, um das eindeutig beurteilen zu können. Aber wenn du mich fragst, ist das ein heißer Kandidat.«

»Bundesinnenministerium?«

»Ja, ein Zufallsfund. Das muss einer der Teilnehmer gemacht haben und dann wurde es einer Zeitung weitergeleitet.« Jens zeigte auf die kleine Bildunterschrift: »Foto: privat.«

»Und jetzt? Wir können ja wohl kaum da anrufen und nachfragen.«

»Nein, das wäre keine so gute Idee«, bestätigte Jens. »Ich muss weitersuchen. Der Mann kann ja nicht unsichtbar sein. Dafür müsste ich aber meine Recherche zur Kanzlei Hansen zurückstellen. Ist das in Ordnung?«

Paulsen nickte. »Super Arbeit, Jens. Wenn du den Typ jetzt noch identifizieren kannst, bekommst du von mir einen Kuss auf die Wange.«

Jens lachte. »Was ist mit dir los, Paulsen? Seit wann machst du solche Scherze?«

Paulsen grinste. »Das war kein Scherz.«

»Wie sieht es bei dir aus?«, fragte Paulsen, als er sich zu Pia vor den Schreibtisch gesetzt hatte. »Jens muss leider noch weiter nach dem Fototypen suchen. Er fällt noch eine Weile aus.«

»Hat er eine Spur?«

»Sieht ganz vielversprechend aus. Bundesinnenministerium. Klingelt da etwas bei dir?«

Pia schüttelte den Kopf. »Nein, überhaupt nichts.«

»Bei mir auch nicht.«

»Ich habe mit zwei Professoren gesprochen, oder genauer, mit einer Professorin und einem Professor. Es geht da um die NS-Zeit in Hamburg. Zunächst mal habe ich gelernt, dass die Berufsgruppe der Anwälte mit am härtesten vom nationalsozialistischen Terror getroffen wurde. Berufsverbot, Vertreibung ins Exil, im schlimmsten Fall KZ oder Ermordung. Letztlich war mehr als ein Fünftel davon betroffen.«

»Nachvollziehbar. Die Justiz hielt Verteidiger oftmals für überflüssig und wollte reine Platzhalter.«

Pia nickte. »Genau so. Insofern ist es auch nicht verwunderlich, dass Anwälte vermehrt Opfer von Denunziationen waren. Nicht selten kamen die miesen Attacken von konkurrierenden Kollegen. Dabei spielte es keine große Rolle, ob die Anschuldigungen der Wahrheit entsprachen oder aus anderen Gründen erhoben wurden. Wenn man erst mal in den Fokus der Gestapo geriet, war es nur eine Frage der Zeit, bis diese Schlächter etwas fanden.«

»Kanzlei Hansen?«

»Der Professor hat sich bedeckt gehalten, seine Kollegin nicht so. Die Kanzlei galt laut ihren Informationen als ausgesprochen linientreu. Hier konnte sich die politische Justiz darauf verlassen, dass kein großer Widerstand seitens der Verteidigung zu erwarten war. Die Kanzlei Hansen, sprich Alexander Friedrich Hansen, war nicht nur während der NS-Zeit voll dabei, sondern auch in der Nachkriegszeit. Die alten Seilschaften funktionierten weiter und gerade in der Justiz gab es da eine große Kontinuität.«

»Aber das muss doch bekannt gewesen ein. Ennas Vater hat Material zugespielt bekommen, das ja wohl hochbrisant war.«

»Die Professorin meint, Hansen senior hat sich persönlich und die Kanzlei immer im Hintergrund halten können. Es gibt nur wenig Offizielles, im Grunde genommen lediglich Berichte aus zweiter Hand. Die Kanzlei selbst stand in der Nachkriegszeit als sauber da. Einmal ganz davon abgesehen, dass die Justiz damals fast übergangslos vom Terrorregime in die dann gegründete Bundesrepublik übergegangen ist. Sprich: Unglaublich viele hatten eine dunkle Vergangenheit und kaum jemanden hat es interessiert. Die Zeiten kamen erst später.«

»Also nichts wirklich Verwertbares?«

»Bis jetzt nicht, aber ich gebe genauso wenig wie Jens auf. Morgen ist auch noch ein Tag.«

Paulsen nickte. Er erzählte Pia von Ullrich Geers' Verschwinden und dem Einbruch in dessen Haus. »Da scheint gerade reichlich etwas in Bewegung zu kommen.«

Paulsen klingelte an Ennas Haustür. Nach ihrer Rückkehr aus Hamburg hatte sie ihn angerufen und vorgeschlagen, sich bei ihr zu Hause zu treffen. Als sie ihm die Haustür öffnete, nickte Paulsen ihr zu und trat ein.

»Hallo, Paulsen, gehen wir doch in die Küche«, sagte Enna. »Möchtest du etwas trinken?«

»Wenn du einen Kaffee für mich hast.« Er setzte sich an den Tisch und schaute Enna zu, die Wasser in die Kaffeemaschine goss. »Gibt es Neuigkeiten von dem Freund deines Vaters?«

»Nein, ich habe gerade noch einmal mit dem Kollegen in Winsen gesprochen. Ullrich Geers ist bisher nicht wiederaufgetaucht.«

»Merkwürdig.«

Enna setzte sich zu Paulsen, während das Wasser durch den Filter lief. »Ja. Ich mache mir schon Vorwürfe, was ich da ins Rollen gebracht habe.«

Paulsen nickte und begann, von Jens' und Pias Recherchen zu berichten. Schließlich reichte er ihr die Fotos der beiden Männer, die am ehesten zu Ennas Fotos passen würden.

»Ein Banker und ein … ja, was denn?«

»Jens ist weiter auf der Suche. Sollen wir Johannes Hains näher unter die Lupe nehmen?«

Enna studierte das Foto. »Sieht ihm tatsächlich ähnlich. Aber sicher sagen könnte ich es auch nicht. Wenn ihr ihn durchleuchtet, bitte vorsichtig. Das ist alles dünnes Eis, Paulsen.«

»Ist mir klar.«

»Lange kann ich eure Unterstützung nicht mehr in Anspruch nehmen. Es wird irgendwann auffallen und dann wird es Fragen geben.«

»Wir passen auf. Mit den restlichen Berichten, die noch zu überarbeiten sind, sind wir in ein paar Tagen durch. Außerdem dachte ich mir, ich suche morgen einen der alten Fälle heraus und starte die ersten Ermittlungen. Es gibt da einen Fall in Lüneburg vor etwa zehn Jahren. Eine tote Frau, deren Identität erst nach einem Dreivierteljahr geklärt werden konnte. Eine Sexarbeiterin aus Frankreich mit sicher vielen Kontakten zu Männern.«

»Schwierig, Paulsen. Aber wenn du meinst.«

»Ein bis zwei Wochen brauchen wir doch immer, um uns in den Fall einzuarbeiten. Eventuell muss ich auch vor Ort recherchieren. So weit ist Lüneburg ja nicht entfernt.«

Enna stand auf, goss Kaffee in zwei Becher und kam zurück zum Tisch. »Ich komme nicht so richtig weiter. Ich habe zwar etwas Staub aufgewirbelt, aber das scheint die Sicht auf die Dinge eher noch schwieriger gemacht zu haben.«

»Was hast du erwartet? Sagst du nicht selbst immer, ein Schritt nach dem anderen?«

Enna trank einen Schluck Kaffee. »In der Kanzlei liegt etwas im Argen. Ob das tatsächlich etwas mit dem Mord an meinen Eltern zu tun hat, wage ich fast zu bezweifeln. Aber wenn es ein Auftragsmord war, muss es dafür mehr als schwerwiegende Gründe gegeben haben.«

»Oder es war ein Rachemord, der mit der Arbeit deines Vaters zusammenhängt. Bist du Milan Paunovic jetzt näher gekommen? Hat sich dieser Anwalt, der Bruder eines Opfers, bei dir gemeldet?«

»Nein. Er war ausgesprochen misstrauisch. Was ich auch verstehe. Aber wenn mich meine Intuition nicht täuscht, plant er irgendetwas. Ich werde dabei wohl keine Rolle spielen.«

»Und diesen Geldwäscher und Steuerhinterzieher hast du vollkommen abgeschrieben? Wie war noch sein Name?«

»Lars Koenig. Abgeschrieben nicht, aber der Verdacht des Privatermittlers hat sich auch nicht weiter bestätigt. Doch die Frage, warum mein Vater so kurz vor dem Prozess das Mandat abgegeben hat, scheint mir wichtig zu sein.«

»Wer könnte da mehr zu wissen?«

Enna zuckte mit den Schultern. »Aaron telefoniert gerade mit dem damaligen Staatsanwalt. Vielleicht kommt etwas dabei heraus.«

»Okay, ich habe übrigens noch eine Quelle in Hamburg angezapft. Ein Privatschnüffler, der schon seit Ewigkeiten im

Job ist. Er hat auch für die Kanzlei Hansen gearbeitet und sogar für den alten Hansen.«

»Und der arbeitet ohne Bezahlung für dich?«

»Er ist mir noch etwas schuldig. Er hört sich um und schaut, ob er was rausbekommen kann.« Paulsen verschwieg, dass er Dirk Lager bezahlen musste. Enna würde darauf bestehen, die Rechnung selbst zu übernehmen, oder ihn bitten, die Recherche abzubrechen.

Enna sah ihn an, als zweifele sie, ob Paulsen ihr die ganze Wahrheit sagte. »Geht er diskret vor?«

»Ich kenne ihn schon über zwanzig Jahre – und vertraue ihm voll.«

Enna nickte. »Gut.«

»Willst du noch einmal mit der ehemaligen Auszubildenden sprechen? Julia Rosenbaum in Delmenhorst?«

»Pia hat mir einen kurzen Bericht geschrieben. Es ist wohl besser, wenn sie das weiterverfolgt. Pia glaubt nicht daran, dass sie noch mehr sagt.«

Paulsen trank den letzten Schluck Kaffee und war im Begriff aufzustehen. Nach kurzem Zögern ließ er sich wieder auf den Stuhl zurückfallen. »Hast du noch eine Minute für mich?«

»Natürlich.«

Paulsen überlegte, wie viel er Enna über seine Beziehung anvertrauen wollte. »Ich hatte dir ja von Katja erzählt. Nicht viel, aber du hast dir wahrscheinlich den Rest zusammengereimt.«

»Habt ihr euch wieder getrennt?«

»Ja. Ich habe Katja sozusagen rausgeworfen. Sie ist – wie immer – wiedergekommen. Dieses Mal hat sie aber einer Partnerberatung zugestimmt.«

»Okay.«

»Ich habe das zwar vorgeschlagen, aber inzwischen bin ich mir nicht mehr sicher, ob das der richtige Weg ist oder wir die endgültige Trennung nur hinausschieben.«

Enna zuckte mit den Schultern. »Das wird dir niemand voraussagen können. Will Katja die Gesprächstherapie wirklich oder … wie soll ich das jetzt sagen? Will sie wirklich was ändern oder eigentlich so weitermachen wie bisher?«

»Katjas Einlenken kam ziemlich schnell. Ehrlich gesagt, mir kam es zu schnell vor.«

»Was hast du zu verlieren?«, fragte Enna. »Frag dich, ob Katja dir wichtig ist, so wichtig, dass du dafür auch einige Hürden in Kauf nimmst. Und auch schmerzliche Rückschläge. Trefft ihr euch noch?«

»Nein. Das will ich nicht. Sie hat das erst mal so akzeptiert und da sie keinen Schlüssel mehr für meine Wohnung hat, kann sie auch nicht mehr so einfach unverhofft mitten in der Nacht bei mir auftauchen.«

»War dieser Schritt schwer für dich?«, fragte Enna.

Paulsen nickte.

»Aber du hast es geschafft, konsequent zu bleiben. Vielleicht hat Katja das so beeindruckt, dass sie verstanden hat, wie es dir bei eurem Auf und Ab geht. Macht Katja den Termin?«

»Ja, sie wollte sich darum kümmern.«

»Auch das klingt gut, Paulsen. Wenn du meinen Rat willst: Versuche es, wenn dir Katja wirklich wichtig ist.«

»Sehr wichtig sogar.«

»Dann lass dich darauf ein. Es wird vermutlich nicht leicht, aber das hast du dir sicher selbst schon gedacht.«

Paulsen nickte und stand auf. »Danke, Enna. Es tut gut, mit jemandem darüber reden zu können.«

Achtzehn

»Ist Paulsen schon wieder gegangen?«, fragte Aaron, als Enna zu ihm ins Wohnzimmer kam. »Ich wollte ihn eigentlich noch begrüßen.«

»Du hast noch telefoniert, als er sich auf den Weg gemacht hat.« Sie setzte sich zu Aaron aufs Sofa und lehnte den Kopf an seine Schulter. »Verrückte Tage. Es kommt so viel von früher wieder hoch. Eigentlich wollte ich auch in Lüneburg bei meinem Elternhaus vorbeifahren.«

»Keine Zeit oder …«

»Zeit hätte ich schon gehabt, aber nicht den Mut.«

»Ein anderes Mal. Vielleicht nimmst du mich dann ja mit. Und Elias würde vielleicht auch gerne sehen, wo du aufgewachsen bist.«

»Später«, sagte Enna. »Zuerst muss ich mit etwas anderem abschließen.«

Aaron seufzte. »Das lässt dir keine Ruhe, oder? Und ich bin dafür ver…«

»Nein, bist du nicht«, unterbrach Enna ihn. »Der Mord an meinen Eltern beherrschte all die Jahre meine Gedanken. So als hätte ich nie geglaubt, dass alles ans Licht gekommen ist. Die ganzen Umstände, unabhängig davon, wer geschossen hat.«

»Soll ich dir noch von dem Gespräch mit dem Staatsanwalt erzählen oder lieber morgen?«

Enna richtete sich auf. »Wenn du noch die Energie hast, kannst du es gerne jetzt machen. Hast du denn etwas erfahren?«

»Ich denke doch.« Aaron schenkte sich Wasser nach und trank einen Schluck. »Ich kenne Jasper Kollbau von einer Juristentagung. Er ist zwar zwanzig Jahre älter, aber wir haben uns seinerzeit, es ist wohl schon fünf oder sechs Jahre her, sehr intensiv über einen seiner Vorträge unterhalten. Nun gut, dadurch hatte ich sicher einen schnelleren Zugang zu ihm, als ich auf den Koenig-Prozess zu sprechen kam.«

Enna nickte. »Zumindest habe ich da einmal Glück.«

»Er war damals nicht der leitende Staatsanwalt, sondern ging dem Oberstaatsanwalt zur Hand, sprich, er hat die ganze aufwendige Arbeit gemacht und Strategien ausgearbeitet. Also durchaus der richtige Mann für das Gespräch.«

»Hat er sich damals auch gewundert, dass mein Vater kurz vor Beginn das Mandat niedergelegt hat?«

»Definitiv. Noch mehr hat er sich gewundert, dass ein Frischling, so nannte Kollbau Hendrik Rahn, das Mandat übernommen hat. Aber gut, das haben wir ja auch schon so eingeschätzt. Interessanter ist noch etwas anderes. Der Oberstaatsanwalt war eigentlich nur bedingt an Koenig interessiert. Er wollte an die Hintermänner der Geldwäsche.«

»Hat er Koenig etwas angeboten?«

»Etwas ist gut. Er hat ihm quasi den roten Teppich ausgerollt.«

»Aber?«

»Koenig hat kein Interesse gezeigt und darauf beharrt, dass er unschuldig sei – beziehungsweise, dass er unverschuldet in die Sache hineingezogen wurde. Jasper meinte, Koenig sei sich sehr sicher gewesen, dass er mit einer Bewährungsstrafe davonkommen würde. Und Jasper war davon überzeugt, dass Koenig panische Angst hatte, dass seine Auftraggeber ihn liquidieren würden, sollte er als Kronzeuge fungieren.«

»Um welche Organisation handelte es sich?«

»Italienische Mafia. Darauf wiesen zumindest alle Indizien hin. Aber ohne einen Insider, der bereit war, die Strukturen offenzulegen und zumindest gegen die Beteiligten in Deutschland auszusagen, waren der Staatsanwaltschaft die Hände gebunden. Das war jetzt O-Ton Jasper Kollbau. Der Oberstaatsanwalt hat schließlich sehr viel Hoffnung in den Mandatswechsel von Koenig gesetzt. Jasper meinte, Koenig habe eine Weile geschwankt und sie seien kurz davor gewesen, ihn zu knacken. Auch wieder O-Ton. Aber wie du weißt, ist es anders gekommen. Koenig hat sich nicht als Kronzeuge zur Verfügung gestellt.«

Enna nickte nachdenklich. »Du vermutest, dass es da einen Zusammenhang gibt zwischen dem Mandatsverzicht meines Vaters und der angebotenen Kronzeugenregelung?«

»Wäre das nicht naheliegend? Dein Vater galt als exzellenter Strafverteidiger und Jasper erwähnte in einem Nebensatz, dass er gute Chancen gehabt hätte, eine Bewährungsstrafe zu erreichen. Sprich, so wasserdicht war die Beweisführung der Staatsanwaltschaft dann wohl doch nicht.«

»Das hieße aber, dass von offizieller Seite dafür gesorgt wurde, dass mein Vater …« Enna schluckte. War das die Spur, auf die sie so lange gehofft hatte? Aber welche Verbindung hatte der Koenig-Prozess mit den Morden? Beides lag drei Jahre auseinander. Ihr Vater hatte das Mandat abgegeben. Zwar war es nicht zu der erhofften Kronzeugenregelung gekommen, aber Koenig war immerhin zu einer vierjährigen Haftzeit verurteilt worden. Welchen Grund sollte es gegeben haben, ihren Vater zu ermorden? Hatte ihr Vater herausbekommen, von wem er zum Mandatsverzicht gezwungen worden war, und hatte er dagegen vorgehen wollen?

»Das klingt alles sehr abenteuerlich, findest du nicht?«, fragte Enna. »Und dein Bekannter wäre wohl kaum so unvorsichtig, mit dir so ausführlich über den Prozess zu reden, wenn er …« Sie schüttelte den Kopf.

»Jasper hat sicher nichts damit zu tun. Er ist durch und durch Jurist und würde niemals etwas tun, was gesetzeswidrig ist. So habe ich ihn zumindest kennengelernt und so ist auch sein Ruf.«

»Was ist mit dem Oberstaatsanwalt?«

»Lebt nicht mehr. Das war einer seiner letzten Fälle, fünf Jahre später ist er in Pension gegangen und vor drei Jahren wenige Monate nach einem schweren Herzinfarkt gestorben.«

»Mein Vater hätte da nicht mitgespielt. Wie hätte man ihn so unter Druck setzen können, dass er seinen Mandanten verrät? Der Mandatsverzicht unter solchen Umständen wäre für ihn nichts anderes als Verrat gewesen.«

Aaron zuckte mit den Schultern. »Das weiß ich nicht. Wenn dein Vater sich nicht bestechen lassen hat – und davon gehe ich mal fest aus –, kann es nur eine Erpressung gewesen sein. Mit guten Worten wäre dein Vater ja wohl kaum umzustimmen gewesen, oder?«

Enna schüttelte den Kopf. »Ganz sicher nicht. Er war durch und durch Strafverteidiger. Niemals hätte er so einem krummen Deal zugestimmt.« Sie hielt eine Weile inne. »Aber was bedeutet das jetzt alles? Ist das die heiße Spur, die ich gesucht habe?«

Enna schreckte aus einem Traum auf. Ihre Eltern waren darin vorgekommen und sie selbst, wie sie in der Nacht auf ihr Elternhaus zuging. Hinter den Fenstern durchfuhr das Licht einer Taschenlampe die Dunkelheit. Enna war starr vor Angst stehen geblieben und beim ersten lauten Geräusch aus dem Haus weggelaufen. Als sie sich am Morgen ins Haus getraut hatte, fand sie ihre toten Eltern mit Kopfschüssen vor.

Vorsichtig, um Aaron nicht zu wecken, stieg Enna aus dem Bett und schlich in die Küche. Sie hatte schon lange keine Albträume mehr gehabt. Kehrten sie jetzt wieder zurück? Würde ihr ganzes Leben unter der neuen Last leiden oder gar zusammenbrechen? Nein, das durfte sie nicht zulassen. Weder Elias noch Aaron hatten das verdient. Sollten diese Recherchen ihr zu sehr zusetzen, würde sie sie abbrechen und mit dem Tod ihrer Eltern endgültig abschließen. Aber konnte sie das?

Enna schüttelte sich leicht, goss sich ein Glas Mineralwasser ein und trank in kräftigen Schlucken. Sie setzte das leere Glas ab und atmete tief durch, als ihr Blick aufs Handy fiel, das sie mit dem Glas berührt haben musste. Das Display leuchtete auf und zeigte, dass eine E-Mail eingegangen war. Enna öffnete ihren Account. Die Adresse sah aus, als wäre die Mail eine der üblichen Spamnachrichten. Als sie bemerkte, dass jemand sie persönlich ansprach, las sie weiter.

> Sehr geehrte Frau Andersen!
>
> Ich möchte Sie darüber informieren, dass die Organisation, für die Milan Paunovic arbeitet, morgen eine große Lieferung Kokain erwartet. Paunovic wird bei der Übergabe zugegen sein. Sollten Sie Interesse daran haben, den Mann festzunehmen, wäre die Gelegenheit ausgesprochen günstig. Die Übergabe ist für morgen Nacht um ein Uhr geplant. Sie findet in einer leer stehenden Lagerhalle in Hamburg-Wilhelmsburg, Leutnerstraße 12, statt. Milan Paunovic ist mit einer Kalaschnikow bewaffnet und dafür zuständig, die Übergabe abzusichern.
>
> Ich hoffe, wir haben Ihnen mit der Information weitergeholfen.

Enna starrte auf die Nachricht. Nur wenige Menschen wussten, dass sie auf der Suche nach Informationen zu Milan Paunovic war. Jutta Erichsens Informant kannte nicht einmal ihren Namen, aber sie hatte Tarek Karam ihre Daten gegeben. War er es, der ihr anonym die Nachricht geschickt hatte? Konnte sie darauf vertrauen oder war das eine Finte?

»Kannst du nicht schlafen?«

Enna drehte sich zu Aaron um. »Ich habe eine anonyme Mail bekommen. Schau mal.«

»Mitten in der Nacht?« Aaron setzte sich zu ihr, rieb sich die Augen und las. »Kann das zutreffen?«

»Keine Angst, ich gehe da nicht allein hin. Aber Jutta Erichsen arbeitet in dem zuständigen Referat und würde sich sicher freuen, wenn die Angaben stimmen.«

»Und wenn nicht?«

Enna zuckte mit den Achseln. »Dann habe ich ein Problem. Aber Jutta wird es schon richten.«

Aaron stand auf und hielt ihr die Hand entgegen. »Kommst du? Mitten in der Nacht kannst du doch sowieso nichts unternehmen.«

Enna schaltete ihr Handy aus und folgte Aaron ins Schlafzimmer.

»Heute Nacht?«, fragte Jutta Erichsen, als Enna sie gegen sieben Uhr morgens auf dem Handy erreichte und ihr von der E-Mail erzählte. »Wie glaubwürdig ist das?«

»Jutta, das kann ich nicht einschätzen. Im besten Fall will mir jemand helfen, der oder die noch eine Rechnung mit Paunovic oder der Organisation, für die er arbeitet, offen hat.«

»Kannst du mir die Mail schicken? Ich bespreche das gleich mit meinem Chef. Ich weiß nur nicht, was ich ihm sagen soll, woher ich die E-Mail habe.«

»Von einer Oldenburger LKA-Einheit. Ich bin ab sofort wieder offiziell im Dienst. Meine privaten Ermittlungen allein bringen mich nicht weiter. Wenn du nichts dagegen hast, komme ich heute nach Hamburg.«

»Warum habt ausgerechnet ihr diese E-Mail bekommen?«

»Wir sind bei einem unserer Cold Cases auf Paunovic gestoßen und haben dazu recherchiert.«

»Welcher Fall?«

»Eine tote Frau, deren Identität erst nach einem Dreivierteljahr geklärt werden konnte. In Lüneburg. Wir arbeiten uns gerade in den zehn Jahre alten Fall ein.«

Jutta Erichsen räusperte sich. »Ja, ich habe davon gehört. Und du meinst, dass …«

»Ich nehme es auf meine Kappe, Jutta. Spricht etwas dagegen, dass ich am Nachmittag bei dir im Präsidium bin?«

»Ich kann dir nicht versprechen, dass wir heute Nacht den Einsatz in Wilhelmsburg fahren. Ich muss das erst abklären.«

»Bis später, Jutta. Die E-Mail schicke ich dir gleich weiter.«

Enna saß in der Küche ihrer Einheit und besprach mit Paulsen den Fall der toten Frau, die erst später hatte identifiziert werden können.

»Und die Akten hast du schon hier?«, fragte Enna.

»Ist alles digitalisiert abrufbar. Ich habe seit gestern einen Zugang. Etwas eingelesen habe ich mich schon. Ich kann in den nächsten zwei Stunden eine Zusammenfassung schreiben und sie dir dann schicken.«

»Ja, das sollte reichen, falls in Hamburg Fragen aufkommen. Wie stellen wir den Zusammenhang zu Milan Paunovic her?«

»Ein Informant hat uns den Tipp gegeben, wir haben uns weiter umgehört und dabei Staub aufgewirbelt. Mehr wissen wir auch nicht darüber.«

»Okay, halte Pia und Jens da raus. Sollte etwas schiefgehen, müssen sie da nicht mit reingezogen werden.«

Paulsen wiegte den Kopf hin und her. »Besser, wir schenken ihnen reinen Wein ein. Wir sind hier ein Team. Sagst du das nicht immer?«

»Entscheide du.« Enna stand auf. »Ich melde mich aus Hamburg, ob die Aktion heute Abend läuft.«

»Wenn nicht, hältst du dich von Wilhelmsburg fern. Sind wir uns da einig?«

»Ich bin nicht lebensmüde, Paulsen.«

Neunzehn

»Es könnte ziemlich langweilig für dich werden«, sagte Enna.

Neben ihr im Dienstwagen saß Aaron, der darauf bestanden hatte, mit nach Hamburg zu fahren.

»Ich habe einen dicken Roman dabei«, sagte er. »Du brauchst dir um mich keine Sorgen zu machen. Ich kann mich beschäftigen.« Er zeigte nach hinten auf den Rücksitz. »Die nächsten zwei Prozesstage muss ich auch noch vorbereiten.«

»Okay, ich bin ja schon ruhig.« Sie waren soeben an Bremen vorbeigefahren und fuhren jetzt auf der A1 Richtung Hamburg.

»Hast du irgendeine Idee, wie diese ganze Angelegenheit mit der Kanzlei Hansen zusammenhängt?«

Enna schüttelte den Kopf. »Nicht wirklich. Es fehlen noch zu viele Puzzleteile. Wir haben gerade mal den Rahmen. Die Randstücke sind nun mal die einfachsten.«

»Mit dem Mann, den Hansen junior getroffen hat, seid ihr noch nicht weitergekommen?«

»Nein, aber das kann nur eine Frage der Zeit sein. Jens ist da dran. Wenn er auf einem Empfang des Innenministeriums war, ist er entweder ein privater Personenschützer oder ein Beamter. Etwas anderes kann ich mir im Moment nicht vorstellen.«

Enna musste an das Dokument aus dem Hotelsafe denken. Sie hatte die Aufnahmen der einzelnen Seiten in richtiger

Reihenfolge in eine Datei zusammengefügt und ausgedruckt. Soweit Enna es verstanden hatte, wurde eine Software beschrieben, die noch in der Testphase war. Der Bericht oder das Gutachten war voll mit technischen Fachausdrücken, mit denen Enna nichts anfangen konnte. Zudem hatte sie nur die ersten fünf Seiten fotografieren können, zu denen auch noch die Titelseite und Inhaltsangabe gehörten. Sie hatte das Dokument an Paulsen weitergeschickt und gefragt, ob er oder Jens sich das anschauen könnte.

»Bist du denn sicher, dass Hansens Gesprächspartner überhaupt etwas mit dem Fall zu tun hat?«

Enna hatte Aaron weder von ihrer Abhöraktion noch von Paulsens Anruf erzählt.

»Vertrau mir, das Gespräch der beiden hing mit meinem Besuch in der Kanzlei zusammen.«

Aaron schwieg.

»Du brauchst dir wirklich keine Sorgen zu machen. Ich bin vorsichtig.«

Aaron nickte. »Ich fürchte nur, wir beide verstehen unter ›vorsichtig sein‹ nicht dasselbe.«

»Mag sein. Trotzdem kannst du dich darauf verlassen, dass ich mich im Hintergrund halte. Schon allein wegen Elias. Wenn ich in der nächsten Woche nicht weiterkomme, stelle ich die Ermittlungen ein. Versprochen.«

Enna sah aus dem Augenwinkel, wie Aaron erleichtert aufatmete. Enna hatte spontan geantwortet. Schon die drei Wochen, die sie ursprünglich eingeplant hatte, waren letztlich zu kurz, um einen so lange zurückliegenden Fall wieder aufzurollen. Und im Moment sah alles danach aus, als würden sich die Recherchen hinziehen. Vielleicht konnte sie zumindest den ersten entscheidenden Schritt machen, der dann später zu weiteren, dann offiziellen Ermittlungen führen würde.

»Erzähl mir von dem Prozess in München«, fragte Enna, um das Thema zu wechseln. »Wirst du ihn gewinnen?«

Enna sah hoch auf den monströsen Gebäudekomplex des Hamburger Polizeipräsidiums, in dem auch das LKA untergebracht war. Er musste auf den Durchschnittsbürger bedrohlich wirken, wie eine Art Festung, hinter der sich die Staatsgewalt verbarg.

Jutta Erichsen holte sie am Empfang ab und fuhr mit ihr im Aufzug hoch. Erst in ihrem Büro fragte Enna danach, wie Juttas Vorgesetzte auf die Mail reagiert hatten.

»Nimm doch Platz«, sagte Jutta und zeigte auf einen der Stühle am Besprechungstisch. »Möchtest du etwas trinken?«

»Im Moment nicht.«

Jutta setzte sich zu Enna. »Es war ein hartes Stück Arbeit, meinen Chef und die Kollegen zu überzeugen. Ich habe letztlich die ganze Verantwortung für die Information auf deine Einheit geschoben.«

»Das hatte ich ja auch vorgeschlagen. Mach dir deshalb keine Gedanken. Wir haben einen guten Stand in Oldenburg und können auch mit Gegenwind umgehen, wenn die Sache hier schiefläuft.«

»Wie du meinst.«

»Kann ich heute Nacht dabei sein?«

Jutta nickte. »Aber nur als Beobachterin. Du hältst dich im Hintergrund.« Sie schenkte sich ein Glas Mineralwasser ein und trank. »Mir ist noch nicht klar, was du dir von der ganzen Sache versprichst. Selbst wenn wir Paunovic festnehmen, kann ich ihn nicht zu dem Mord an deinen Eltern vernehmen.«

»Ich weiß. Aber hätte ich die Mail ignorieren sollen?«

»Nein, natürlich nicht. Die IT-Abteilung konnte übrigens den Absender nicht ermitteln. Da hat sich wohl jemand Mühe gegeben, anonym zu bleiben. Ich erspare dir mal die technischen Einzelheiten.«

»Das habe ich mir schon gedacht.« Enna wusste nur nicht, ob das eher auf Tarek Karam hinwies oder auf jemanden, der ein falsches Spiel mit ihr trieb.

Jutta Erichsen legte die Hand auf Ennas Arm. »Du weißt mehr, als du mir gesagt hast, oder?«

Enna wiegte den Kopf hin und her. »Jutta, ich weiß nicht, wer mir die Mail geschrieben hat. Ich habe vielleicht eine Ahnung, aber das bringt uns nicht weiter.«

»Wer?«

Enna zögerte, entschied sich dann aber, ihrer Kollegin die ganze Wahrheit zu sagen. »Tarek Karam. Kennst du ihn?«

Jutta nickte. »Du warst bei ihm?«

»Ja, sein Bruder ist seit einem halben Jahr verschwunden und er geht davon aus, dass Milan Paunovic dafür verantwortlich ist.«

»Sein Bruder? Nael Karam?«

»Ja, dein Informant hat mir den Tipp gegeben. Ich war bei Karam und habe mit ihm gesprochen. Er war ausgesprochen zurückhaltend und ich bin mir eigentlich fast sicher, dass er mir nicht traut.«

»Du hast noch mehr, oder?«

»Aber nichts Handfestes. Jutta, ich kann dir nicht garantieren, dass der Tipp nicht eine Finte ist.«

»Okay, lassen wir das. In einer Stunde wird eine kleine SEK-Einheit das Gelände checken. Das wird ein paar Stunden dauern. Bei Einbruch der Dunkelheit werden wir mit der ganzen Mannschaft in Stellung gehen. Wir treffen uns gegen zwanzig Uhr und gehen die Aktion durch.«

Enna nickte. »Ich bin rechtzeitig hier.«

»Du bist nervös?«, fragte Aaron.

Nachdem Enna aus dem Polizeipräsidium zurück ins Hotel gekommen war, hatten sie einen Bummel durch die Fußgängerzone in der Hamburger Innenstadt gemacht, mit Abstecher in zwei Boutiquen, wo Enna sich eine Hose und einen Rock gekauft hatte. Jetzt saßen sie in einem kleinen indischen Restaurant und warteten auf das Essen.

»Etwas nervös«, sagte Enna. »Aber das ist normal vor so einem Einsatz. Außerdem leite ich ihn ja nicht.«

Ihr Handy vibrierte. Sie sah aufs Display. »Das ist Paulsen. Soll ich …«

»Kein Problem. Geh ruhig ran.«

Enna nahm das Gespräch an. »Hallo, Paulsen. Gibt es Neuigkeiten?«

»Das könnte sein. Wir haben vermutlich den Mann identifiziert, der sich mit Hansen junior getroffen hat. Siegfried Röder.«

»Nie gehört.«

»Neunundsechzig Jahre. Das Foto ist zehn Jahre alt. Zu der Zeit war er noch Kriminalrat beim BKA. Er ist allerdings seit neun Jahren pensioniert. Wo er heute arbeitet und ob überhaupt, wissen wir nicht.« Paulsen legte eine kurze Pause ein. »Noch nicht.«

»BKA?« Enna schloss die Augen und massierte sich mit einer Hand ihre schmerzende Stirn. »Was macht ein ehemaliger BKA-Beamter bei Hansen junior?«

»Ja. Du hattest doch schon so eine Ahnung, dass es sich um einen Polizisten handeln könnte. Röder würde besser passen als der Banker aus Dresden. Der ist übrigens im Urlaub, wie mir bei einem Anruf bei der Bank gesagt wurde.«

»Wo?«

»Die Dame, die ich am Telefon hatte, hat nur Andeutungen gemacht. Es klang aber danach, als sei er im Ausland.«

»Okay. Ihr sucht weiter nach Röder?«

»Ja. Mit Hochdruck. Sobald wir was haben, erfährst du es.«

»Danke, Paulsen. Bis später.«

Enna legte das Handy auf den Tisch. »Entschuldige.«

»BKA?«, fragte Aaron. »Was ist passiert?«

»Der Mann, den ich mit Hansen beobachtet habe, hat bis vor neun Jahren beim BKA gearbeitet. Siegfried Röder. Hast du schon mal von dem gehört?«

Aaron schüttelte den Kopf. »Nein. Kenne ich nicht. Soll ich Jasper Kollbau nach ihm fragen?«

»Nein, das könnte zu viel Staub aufwirbeln. Diese Leute sind häufig stark vernetzt.« Enna deutete ins Lokal hinein. »Da scheint gerade unser Essen zu kommen.«

Die Runde umfasste knapp zwanzig Beamte. Enna saß neben Jutta Erichsen hinten im Raum, vorne stand der SEK-Einsatzleiter und erklärte anhand eines Luftbilds die Örtlichkeiten.

»Wir haben die Lagerhalle und die umliegenden Industriebauten heute mit einer Drohne erkundet«, sagte der Einsatzleiter und klickte das Foto weg. Auf der Leinwand hinter ihm erschien ein Film. Die Drohne sank langsam auf ein Gebäude zu, der Beamte hielt den Film an und zeigte mit dem Laserpointer nacheinander auf vier Stellen.

»Die Lagerhalle hat zwei große Tore. Hier und hier. Des Weiteren gibt es zwei Hinterausgänge und natürlich diverse Fenster, die theoretisch als Fluchtweg genutzt werden können. Die meisten von ihnen sind allerdings vergittert, kommen also nur bedingt infrage. Wir haben mehrere Kameras in und außerhalb der Halle installiert und sollten so jegliche Aktivität innerhalb der Halle kontrollieren können.«

Er ließ den Film weiterlaufen. Die Drohne überflog jetzt die umliegenden Gebäude entlang der Straße.

»Die Halle, in der das Treffen stattfinden soll, steht seit einem Jahr leer. Wir haben in der Kürze nicht herausbekommen, wer sie im Moment gemietet hat beziehungsweise ob sie überhaupt vermietet ist. Um nicht zu viel Staub aufzuwirbeln, müssen wir es wohl dabei belassen.«

Jutta Erichsen stand auf und ergriff das Wort. »Die Halle ist in Besitz einer Gesellschaft, die in Großbritannien ihren Sitz hat. Als Makler fungiert eine Hamburger Firma, deren Geschäftsführer in verschiedenen Ermittlungsverfahren eine Rolle gespielt hat, dem aber bisher nie etwas nachgewiesen werden konnte.«

»Danke, Kollegin«, sagte der Einsatzleiter, der den Film angehalten hatte und jetzt wieder weiterlaufen ließ. »Die Nachbargebäude zur Rechten werden von einer Spedition genutzt. Die Arbeitszeit endet hier um neunzehn Uhr.« Die Drohne flog eine Runde, der Beamte hielt erneut den Film an. »Zur linken Seite liegt eine Kfz-Werkstatt, die offiziell um achtzehn Uhr ihre Tore schließt. Es könnte allerdings sein, dass hier Mitarbeiter noch länger arbeiten. Privat sozusagen. Allerdings gehen wir davon aus, dass sich zum Zeitpunkt der geplanten Übergabe weder in dem einen noch im anderen Gebäude Personen aufhalten werden. Wir sind früh genug vor Ort. Sollten gegen Mitternacht noch Menschen in einem der Gebäude sein, müssen wir entsprechend vorsichtiger agieren.«

Der Einsatzleiter ließ den Film wieder weiterlaufen, die Drohne flog höher und umrundete einmal das Gewerbegebiet.

»Es gibt drei Zufahrtstraßen. Unsere Strategie ist darauf ausgerichtet, dass wir alle Beteiligten der Übergabe in der Halle festsetzen. Sollten sich Personen außerhalb der Halle aufhalten, müssen sie parallel zum Zugriff festgenommen werden.«

Als Nächstes zeigte der Einsatzleiter einen Plan der Halle und ging die Positionen der einzelnen Beamten durch und beschrieb ihre Aufgaben. Als Letztes warf er ein Foto von Milan Paunovic an die Wand.

»Dieser Mann soll dem anonymen Hinweis nach mit einem Schnellfeuergewehr bewaffnet sein. Das Foto ist fünf Jahre alt.« Das nächste Bild erschien. »Hier habe ich ein weiteres, was allerdings unscharf ist. Auch die Gruppe der Abholer wird entsprechend bewaffnet sein. Wir müssen davon ausgehen, dass es zu einem Schusswechsel kommen kann.«

Er schaute in die Runde. »Fragen?«

Zwanzig

»Der muss doch irgendwo zu finden sein?«, sagte Paulsen.

Pia schüttelte den Kopf. »Siegfried Röder wohnt nicht mehr in Deutschland. Er ist laut Datenlage vor acht Jahren nach Spanien ausgewandert.«

»Und wie konnte er so schnell in Hamburg sein?«, sagte Paulsen.

»Woher weißt du, wann sie den Termin ausgemacht haben?«, fragte Jens. »Das kann ja schon lange geplant gewesen sein.«

»Nein. Das war am Dienstagnachmittag.« Paulsen ärgerte sich, dass er nicht vorsichtig genug gewesen war. »Enna hat da absolut vertrauenswürdige Informationen.«

»Selbst wenn er erst Mittwochfrüh ins Flugzeug gestiegen ist, konnte er doch problemlos am späten Nachmittag in Hamburg sein«, warf Pia ein.

Paulsen stöhnte leise. Pia hatte natürlich recht. Im Grunde genommen hätte Röder aus ganz Europa anreisen können. Hamburg hatte den fünftgrößten Flughafen in Deutschland und wurde von vielen internationalen Airlines sogar direkt angeflogen. »Glaubt jemand hier im Raum, dass der tatsächlich in Rente gegangen ist?«

»Wenn er in Deutschland keine Steuern bezahlt – und davon gehe ich mal aus –, werden wir das nicht so einfach herausbekommen«, sagte Jens. »Ich kann natürlich eine offizielle Anfrage an die spanischen Behörden stel…«

Paulsen winkte ab. »Schon gut. Also haben wir es mit einem Phantom zu tun?«

Jens grinste. »Er hat sich ja schon sehr real mit Reinhardt Hansen getroffen. Enna wird sich das kaum eingebildet haben.«

Paulsen rollte mit den Augen. »Etwas mehr Disziplin, bitte!«

Pia richtete sich auf. »Okay. Röder war also beim BKA. In welcher Abteilung?«

Jens blätterte in seinen Unterlagen. »Zunächst im Bereich Organisierte Kriminalität und später beim Polizeilichen Staatsschutz.«

»Später?«, fragte Paulsen.

»Ja, die letzten zwölf Jahre. Warum?«

»Also war er vor vierundzwanzig Jahren in der Abteilung OK. Weißt du auch, welches Referat?«

Jens suchte wieder in seinen Unterlagen. »Referat SO32. Sagt dir das was?«

Paulsen nickte. »Geldwäsche, Korruption und Finanzermittlungsgruppe. Würde passen.«

Pia beugte sich vor. »Klar, Lars Koenig stand wegen Geldwäsche und Steuerhinterziehung vor Gericht. Hat Enna dir nicht erzählt, dass die Staatsanwaltschaft einen Deal wollte und Koenig das abgelehnt hat?«

Paulsen fuhr sich mit der Hand durch die Haare. »Ja. Das könnte tatsächlich die Verbindung sein.«

»Ist Ennas Vater vom BKA unter Druck gesetzt worden, damit er das Mandat abgibt?«, fragte Pia. »Sollte Koenig klargemacht werden, dass er eine lange Haftstrafe zu erwarten hat und es besser ist, wenn er in den Deal einwilligt?«

»Klingt abenteuerlich. Die BKA-Kollegen sind auch Polizeibeamte und ans Gesetz gebunden«, sagte Paulsen. »Einer meiner Freunde ist dort gelandet. Wir telefonieren hin und wieder. Er ist in dem gleichen Referat wie seinerzeit Röder. Deshalb kannte ich auch die Bezeichnung.«

»Schwarze Schafe gibt es überall«, warf Pia ein. »Sag mal, kannst du deinen Freund nicht mal fragen, ob er Röder kennt beziehungsweise kannte?«

»Das ist ein großer Laden und wenn ich gerade richtig gerechnet habe, ist Siegfried Röder schon über zwanzig Jahre nicht mehr in dem Referat.«

Jens nickte. »So ist es. Exakt einundzwanzig Jahre sollte das her sein.«

»Trotzdem, ruf ihn an«, schlug Pia vor.

»Jan Paulsen! Schön, von dir zu hören. Wie lange ist das jetzt her?«

Paulsen hatte nicht mehr mit Robert Fehn gesprochen, seit er in Oldenburg die neue Stelle angenommen hatte. »Über zwei Jahre. Wie geht es dir?«

»Alles bestens. Die Zwillinge sind jetzt auf dem Gymnasium und Lisa ist wieder halbtags bei ihrer alten Firma eingestiegen. Und ich? Du weißt ja, ich bin genügsam. Und du, alter Kumpel? Das ist doch keine Osnabrücker Nummer? Von wo rufst du an?«

»Oldenburg. Ich bin hier seit einiger Zeit in einer kleinen LKA-Einheit, die sich um Cold Cases kümmert.«

»Freiwillig?« Roberts Stimme klang erstaunt. »Du bist aus Osnabrück weg. Nicht wahr.«

»Nicht ganz so freiwillig. Aber letztendlich die richtige Wahl. Ich bin sozusagen etwas zur Ruhe gekommen.«

»Echt jetzt?« Robert lachte. »So mit Frau, Kind und Haus?«

»Nicht ganz, aber der erste Schritt ist gemacht.«

»Wie heißt sie?«, wollte Robert wissen.

»Katja. Wir wohnen aber noch nicht zusammen.« Paulsen wunderte sich, wie er über seine Beziehung zu Katja sprach, obwohl er wusste, dass sie auf Messers Schneide stand.

»Gratulation, Paulsen. Ich glaube, ich muss dich da mal besuchen kommen. Oldenburg ist doch eine schöne Stadt, oder?«

»Doch, nicht zu klein und nicht zu groß.« Paulsen hielt kurz inne. »Ich rufe auch an, weil wir bei unseren Ermittlungen auf einen deiner ehemaligen Kollegen gestoßen sind. Vermutlich wirst du ihn nicht persönlich kennen, weil er wohl vor deiner Zeit im Referat SO32 gearbeitet hat.«

»Wie heißt er?«

»Siegfried Röder. Etwa zwanzig Jahre älter als wir beide.«

Auf der anderen Seite der Leitung wurde es still.

»Bist du noch da, Robert?«, fragte Paulsen.

»Ja. Wieso Ermittlungen? Liegt etwas gegen den Mann vor?«

»So weit sind wir noch nicht. Du weißt doch, wie das ist, man stochert im Nebel und versucht, nach und nach Klarheit zu bekommen. Kann sein, dass Röder etwas mit unserem neuen Fall zu tun hat, kann aber auch nicht sein.«

»Ich habe nie direkt mit ihm etwas zu tun gehabt. Aber ich habe so einiges von ihm gehört. Er ist, soweit ich weiß, zum Staatsschutz gewechselt und wurde dann irgendwann pensioniert. Du sagst ja selbst, dass er zwanzig Jahre älter ist als wir.«

Paulsen ahnte, dass sein alter Freund mehr wusste, als er im Moment preisgab. Er schwieg eine Weile, bevor er sich räusperte. »Du weißt noch mehr, oder?«

Robert stöhnte leise. »Ja, es gab hier und da Gerüchte. Aber wo gibt es die nicht? Willst du diesen Mist wirklich hören?«

»Ja. Wir haben nicht viel. Da kann alles helfen.«

»Was soll ich sagen? Der netteste Zeitgenosse war Röder wohl nicht und wenn die Gerüchte stimmen, waren einige in den oberen Etagen froh, als er endlich seinen Hut genommen hatte.«

»Seilschaften?«

»Ja, manche reden von ›alter Schule‹. Klingt nicht so schlimm wie ›korrupt‹ oder wie jemand, der sich nicht an die Vorschriften hält und dem unsere Gesetze ziemlich am Arsch vorbeigehen. Aber wie gesagt, das sind alles nur Gerüchte. Diese Dinge werden mit der Zeit aufgebauscht und was am Ende tatsächlich passiert ist, weiß niemand mehr.«

»Wie soll Röder denn damit durchgekommen sein? Er war immerhin Jahrzehnte im BKA.«

»Solche Typen kommen oder besser kamen damals wohl mit allem durch, solange sie Erfolge vorzuweisen hatten und jemand, wenn es dann doch mal schiefging, schützend die Hand über sie gehalten hat. Das kennst du doch auch, Paulsen. Diese Typen winden sich immer raus und sind so gut vernetzt, dass sie quasi einen Schutzengel haben.«

»Aber es klingt nicht danach, als wäre Röder freiwillig gegangen?«, warf Paulsen ein.

»Keine Ahnung. Davon habe ich nie etwas gehört.« Robert machte eine Pause. »Und dass das gleich klar ist: Von mir hast du das alles nicht. Wie gesagt, nur Gerüchte und die auch hinter vorgehaltener Hand und nach dem dritten Bier.«

»Alles gut, Robert. Deine Informationen tauchen nirgendwo auf. Und dein Name schon gar nicht. Sag mal, du weißt nicht zufällig, wo Röder untergekommen ist?«

»Nein. Und ich werde hier auch niemanden danach fragen. Alte Seilschaften haben es nun mal so an sich, dass niemand weiß, wer wie tief mit drinsteckt. Keine Chance, Paulsen. Und bevor du fragst, ich habe keinen Zugriff auf seine Personalakte. Und auch auf sonst nichts, was mit diesem Typ zu tun hat. Ich werde mir nicht die Finger verbrennen. Du weißt selbst, dass jeder Zugriff auf Daten registriert wird.«

»Jetzt reg dich ab, ich wollte dich nicht darum bitten«, sagte Paulsen. Er wunderte sich über Robert, der nie ängstlich gewesen war. »Du hast Röder nie wieder in Wiesbaden gesehen?«

»Paulsen, weißt du, wie groß der Laden hier ist? Da läuft man nicht mal eben jemandem über den Weg. Selbst wenn, ich weiß nicht mal, ob ich ihn wiedererkannt hätte. Ich bin Röder nur ein paarmal begegnet und auch das nur aus der Ferne.«

»Alles klar, Robert. Du hast mir schon einen kleinen Einblick verschafft. Danke dafür. Im Moment greifen wir nach jedem Strohhalm. Bei manchmal Jahrzehnte alten Fällen bleibt einem nichts anderes übrig, als im Dreck zu wühlen und darauf zu hoffen, die berühmte Nadel im Heuhaufen zu finden.«

»Verstehe. Nichts für ungut, dass ich gerade etwas zurückhaltend reagiert habe. Du kennst mich, Paulsen, ich würde dir helfen, wenn es irgend geht. Aber von der Sache lasse ich lieber die Finger.«

»Alles gut, Robert. Wir müssen uns mal wieder auf ein Bier oder zwei treffen. Bist du nicht mal hier im Norden unterwegs? Ruf mich einfach an. Ich bin flexibel.«

»Kann schon mal sein. Vielleicht auf dem Weg nach Hamburg.«

Sie unterhielten sich noch eine Weile, bevor Robert sich verabschiedete, da er an einem Meeting teilnehmen musste.

Einundzwanzig

Enna stand neben dem Einsatzwagen, der in einiger Entfernung zur Lagerhalle auf dem Gelände einer Spedition stand. Mit Einbruch der Dunkelheit hatten sich die SEK-Beamten auf den zuvor abgesprochenen Positionen eingefunden. Von diesem Transporter aus, in dem auch die Aufnahmen der sechs Kameras zu sehen waren, würde die Aktion koordiniert werden.

Enna sah in den dunklen Himmel. Am Nachmittag waren Regenwolken aufgezogen. Enna hoffte, dass die Prognose stimmte, nach der es erst in den frühen Morgenstunden regnen sollte. Sie sog die frische Nachtluft ein und sah auf die Uhr. Kurz vor Mitternacht. Sie nahm ihr Handy aus der Tasche, stellte es auf lautlos und schrieb Aaron eine Nachricht. Kurz darauf antwortete er und wünschte ihr viel Glück.

Zurück im Einsatzwagen setzte sie sich neben Jutta. »Irgendetwas passiert?«

Jutta Erichsen schüttelte den Kopf. An der Fahrzeugwand vor ihr standen sechs Monitore, je drei übereinander. Drei Kameras waren im Außenbereich angebracht, drei weitere innerhalb der Halle. »Ich glaube nicht, dass die Libanesen vor halb eins kommen. Wenn der Tipp zutrifft, ist das hier eine Routineangelegenheit für diese Leute.«

»Wie viele SEK-Kollegen sind jetzt im Einsatz?«

»Wir haben etwas aufstocken müssen. Insgesamt sind fünf Teams mit jeweils vier Kollegen in Position. Zwei draußen, drei in der Halle. Eigentlich müsste alles glattgehen. Aber du weißt selbst, wie kompliziert es werden kann. Schon gar, wenn geschossen werden sollte. Da wird es schnell unübersichtlich.«

»Wie lange kann sich die Drohne in der Luft halten?« Jutta hatte ihr auf der Fahrt ins Gewerbegebiet erzählt, dass die Kollegen kurz vor dem Termin eine Drohne weit über der Lagerhalle fliegen lassen würden, die mit einer speziellen Nachtsichtkamera ausgestattet war.

»Soweit ich weiß, über eine Stunde. Sie fliegt so hoch, dass man sie auf dem Boden nicht hören kann.« Jutta zeigte auf einen weiteren Bildschirm. »Hier sollte dann die Aufnahme zu sehen sein.«

Der SEK-Einsatzleiter trat an Juttas Seite. »Die Kollegen sind jetzt alle in Position.« Er drehte sich zu den beiden Beamten vor den Bildschirmen. »Es ist vollkommen ruhig. Auch in den Nachbargebäuden scheint sich niemand mehr aufzuhalten.«

»Spielt das Wetter mit?«, fragte Jutta Erichsen.

»Ich habe gerade noch mal die Daten abgerufen. Der Regen soll erst gegen vier Uhr einsetzen. Das sollte passen. Und selbst wenn es regnet, wir sind vorbereitet.«

»Dann bleibt uns nichts, als zu warten.«

Der Einsatzleiter nickte und setzte sich wieder zu den beiden Beamten vor den Bildschirmen.

»Wird schon«, sagte Jutta mit Blick auf Enna. »Es wäre nicht der erste und letzte Einsatz, bei dem wir umsonst warten.«

Enna lächelte. »Meine Schultern sind breit. Irgendjemand muss am Schluss die Schuld auf sich nehmen. Du kennst doch das Spiel.«

Jutta schaute sich um, ob die drei Kollegen sie hören konnten. »Es muss keiner wissen, weshalb du hinter Paunovic her bist. Mir macht eher Sorgen, was passiert, wenn alles so läuft, wie wir es geplant haben.« Sie machte eine kurze Pause. »Dir ist klar, dass wir ihn nicht nach dem Mord an deinen Eltern fragen können, ohne dass das jemand mitbekommt?«

»Ja, darüber zerbreche ich mir auch schon die ganze Zeit den Kopf.«

»Hast du eine Lösung?«

»Nein. Er wird sich kaum verplappern, wenn es um Mord geht. Vielleicht kannst du ihn …« Enna sah auf. »Du würdest ihn doch vernehmen, wenn er heute Nacht festgenommen wird?«

»Ja, ich habe mir bereits das Okay von oben geholt. Ich leite die Aktion. Warum?«

»Du könntest ihn auf seine Kölner Zeit ansprechen. Immerhin ist er da zu einer langjährigen Haftstrafe verurteilt worden. Ich will zumindest seine Reaktion sehen, wenn die Sprache darauf kommt.«

»Versprich dir nicht zu viel davon. Der Typ ist eiskalt. Emotionen sind für ihn ein Fremdwort.«

Enna trank den letzten Schluck Kaffee und stellte die Tasse zur Seite. Jutta war kurz zuvor aufgesprungen, als einer der Beamten vor den Monitoren die Hand hob. Enna folgte ihr.

»Ein Jeep. Grand Cherokee«, sagte der Beamte halblaut. »Er hält vor der Halle.« Er zeigte auf einen anderen Monitor, auf dem zu sehen war, wie ein Hallentor langsam nach oben glitt. Das Fahrzeug fuhr in die Halle, drehte und stellte sich in Fahrtrichtung auf. Kurz darauf öffnete sich die Fahrertür, ein Mann stieg aus, sah sich um, lief um den Wagen herum und hielt jemandem die Tür auf.

»Er trägt seine Waffe auf dem Rücken«, sagte der Einsatzleiter. »Das sieht nach einem Sturmgewehr aus.« Er gab einige Anweisungen über sein Funkgerät.

»Knapp zwanzig Minuten noch«, murmelte Jutta.

Der zweite Mann ging zur Rückseite des Jeeps und öffnete den Kofferraum, während der Fahrer des Wagens einen Gang durch die Halle unternahm und dabei in alle Ecken und Winkel schaute.

Der Einsatzleiter verfolgte seine Bewegungen über die Monitore und gab die aktuellen Positionen des Mannes durch. Als er wieder auf das Auto zuging, gab er Entwarnung.

»Jetzt wird er gleich das zweite Auto rufen«, sagte Jutta halblaut zu Enna.

Wenige Minuten später kam ein Porsche Cayenne in die Halle gefahren und stellte sich neben den Jeep. Auch hier stieg zuerst der Fahrer aus, sprach kurz mit dem Mann mit der Waffe und setzte sich dann zurück ins Auto.

»Wie lange noch?«, fragte Enna, die wie gebannt auf die Monitore starrte.

»In zehn Minuten sollte die Ware kommen.«

Der Einsatzleiter gab kurz darauf die Anweisung, die Drohne in die Luft zu schicken. Sie wurde aus einem Fahrzeug abseits des Gewerbegebiets gesteuert. Der bisher letzte schwarze Bildschirm leuchtete auf und die Kamera zeigte, wie die Drohne schnell nach oben flog und anschließend die Position über der Lagerhalle erreichte. Die Kamera wurde nachjustiert und umfasste jetzt den Bereich von etwa einhundert Metern rund um die Lagerhalle.

»Das dritte Auto kommt«, kündigte einer der Beamten vor den Bildschirmen an. Jetzt sah Enna die Scheinwerfer. Das Fahrzeug wurde vor der Halle angehalten und nach einigen Sekunden ins Gebäude gelenkt.

»Die Übergabe steht jetzt unmittelbar bevor«, teilte der SEK-Einsatzleiter per Funk mit. »Sobald ich das Zeichen gebe, erfolgt der Zugriff.«

Der neu angekommene Wagen, ein großer Van, hielt wenige Meter vor den beiden Fahrzeugen. Zwei Minuten blieb die Szene wie eingefroren, dann ging beim Porsche die Beifahrertür auf, ein Mann stieg aus und stellte sich vor das Auto. Kurz darauf öffneten sich drei Türen des Vans und drei Männer verließen das Fahrzeug. Einer von ihnen trat vor und reichte dem Mann aus dem Porsche die Hand. Beide schienen ein paar Worte zu wechseln, bevor sie jeweils ein Zeichen mit der Hand gaben und von jeder Seite ein Mann mit Koffer zwischen die Fahrzeuge trat. Nachdem der Austausch stattgefunden hatte, öffneten beide Seiten den jeweiligen Koffer.

»Zugriff!«, rief der Einsatzleiter. Im nächsten Augenblick stiegen nach einem Knall Rauchschwaden in der Halle empor, von allen Seiten stürmten die SEK-Beamten auf die sieben Männer zu. Schüsse, Schreie, ein weiterer lauter Knall.

»Da!«, rief Enna, die einen Schatten auf einem der Bildschirme gesehen hatte. »Einer von ihnen flieht.«

Der Einsatzleiter gab einen Befehl an die draußen positionierten Beamten. Enna sah hektisch zwischen den Bildschirmen hin und her, bis sie auf dem Drohnenbild am nördlichen Rand der Halle jemanden laufen sah. Sie stieß Jutta an und öffnete im gleichen Augenblick die Fahrzeugtür. Mit einem Sprung stand sie auf dem Asphalt, zog mit einer schnellen Bewegung ihre Waffe aus dem Holster und stürmte in die Richtung, in der sie den flüchtenden Mann vermutete.

Aus dem Augenwinkel hatte Enna wahrgenommen, dass Jutta ihr folgte. Sie verlangsamte ihr Tempo, bis ihre Hamburger Kollegin neben ihr auftauchte. Enna zeigte nach vorne. »Wenn er bei den Kollegen durchkommt, muss er gleich hier auftauchen.«

In diesem Augenblick hörte Enna eine Gewehrsalve ganz in ihrer Nähe. Sie stoppte mitten im Lauf und suchte Deckung hinter einem großen Abfallcontainer. Jutta hockte sich neben sie.

»Das muss hinter dem Zaun gewesen sein«, flüsterte Enna ihr zu.

Jutta nickte und griff nach ihrem Funkgerät. Sie gab die Position durch und bat um Unterstützung.

»Wir haben keine Chance gegen das Sturmgewehr«, stieß sie leise hervor. »Wir müssen ihn durchlassen, wenn keine …«

Enna hörte nicht mehr, was Jutta ihr sagen wollte. Sie war entlang des Containers weitergekrochen und schaute jetzt um die Ecke. Im nächsten Moment nahm sie einen Schatten wahr. Jemand stieg über den Zaun. Schritte näherten sich. Enna horchte und sprang in dem Augenblick auf, als die Person auf ihrer Höhe war. Beide fielen sie auf den harten Asphalt, etwas Metallisches prallte neben ihr auf den Boden, sie stürzte sich auf den liegenden Mann und hielt ihm die Waffe an den Kopf. Er funkelte sie wutentbrannt an und schien zum Schlag ausholen zu wollen, als Jutta neben ihr erschien, die Waffe im Anschlag. Sie schrie den Mann an und stieß mit dem Fuß das Gewehr zur Seite. Die Arme des Mannes, den Enna inzwischen als Milan Paunovic erkannt hatte, sanken zu Boden, während er Jutta stumm anstarrte.

Zweiundzwanzig

»Ist der Kollege schwer verletzt?«, fragte Enna auf der Rückfahrt zum Polizeipräsidium. Paunovic hatte auf das SEK-Team geschossen und einen der Beamten am Bein und am Arm getroffen. Seine Kollegen hatten sich um den Verletzten gekümmert, was Paunovic die Flucht ermöglicht hatte.

»Er hat viel Blut verloren, aber mein letzter Stand ist, dass er durchkommt. Und vorhin …« Jutta Erichsen brach ab und schüttelte mit verständnisloser Miene den Kopf.

»Nun leg schon los«, sagte Enna, als sie nicht weitersprach. Jutta hatte sich bisher jeglichen Kommentars zu Ennas eigenmächtigem Vorstoß enthalten, aber Enna ahnte, dass noch etwas kommen würde.

»Das war verdammt knapp. Das ist dir hoffentlich klar, Enna. Hätte Paunovic beim Sturz nicht die Waffe verloren, könntest du jetzt tot sein. Bei der Waffe und aus der Nähe hätte dich auch die Schutzweste nicht gerettet.«

»Ich habe nicht viel nachgedacht. Sorry. Ich hoffe, du bekommst jetzt keinen Ärger.«

Jutta lachte kurz auf. »Ärger? Wohl eher das Gegenteil. Darum geht es doch nicht, Enna. Das war Wahnsinn und das weißt du auch.«

»Ja, ja, ja!« Enna ließ das Seitenfenster herunter und atmete tief durch. »Ich wollte ihn einfach nicht entkommen lassen. Der wäre untergetaucht und ich hätte …« Es verschlug ihr die Sprache. Erst jetzt, nach Juttas kleiner Standpauke, wurde ihr langsam bewusst, wie unvorsichtig sie gewesen war und in welche Gefahr sie nicht nur sich selbst, sondern auch ihre Kollegin gebracht hatte. »Ich hätte es dem SEK-Kollegen überlassen sollen. Tut mir leid, Jutta.«

Jutta nickte und schwieg. Wenige Minuten später fuhren sie auf das Polizeipräsidium zu. Als sie vor Ennas Wagen hielten, sah Enna zu ihrer Kollegin hinüber. »Wann geht es mit den Vernehmungen los? Ich würde gerne zuhören.«

»Ich denke nicht, dass ich vor zehn Uhr hier bin. Du kannst gegen Mittag kommen. Dann schauen wir weiter.«

Enna nickte. »Ich komme um elf.« Sie öffnete die Tür, wandte sich aber noch einmal um. »Bis morgen, Jutta.«

»Bis morgen, Enna.«

Enna reckte sich und warf einen Blick auf die Uhr. Kurz nach neun. Sie hatte fast fünf Stunden geschlafen.

Die Tür des Hotelzimmers wurde leise geöffnet. Aaron schaute ins Zimmer. »Habe ich dich aufgeweckt?«

Enna richtete sich auf. »Nein. Alles gut.« Sie schob die Bettdecke zur Seite, stand auf und ging auf Aaron zu.

Er zog sie an sich und küsste sie. »Ist gestern alles gut verlaufen?«

Als Enna in der Nacht ins Hotelzimmer gekommen war, hatte Aaron bereits geschlafen. Erst als sie aus dem Bad kam, hatte er sie nach der Nacht gefragt. Enna hatte ihn vollkommen müde auf den Morgen vertröstet.

»Ja und nein. Ein SEK-Kollege ist angeschossen worden. Er ist aber außer Lebensgefahr.«

»Paunovic?«

Enna nickte. »Aber wir haben ihn.« Sie löste sich von Aaron. »Bekomme ich unten noch Frühstück?«

»Bis zehn. Wenn du dich beeilst, ist das kein Problem.«

Zwanzig Minuten später betraten sie den Frühstücksraum. Aaron bestellte zwei Latte macchiato, während Enna sich am Büfett bediente.

Sie setzte sich zu ihm an den Tisch. »Ich muss nachher noch zur Vernehmung.«

»Ja, natürlich. Darfst du denn dabei sein?«

»Zuhören vielleicht. Ich war ja immerhin Tippgeberin.«

Aaron nickte. »Ich warte hier auf dich. Was meinst du, wie lange es dauern wird?«

»Schwer zu sagen. Eventuell bin ich schnell zurück oder es dauert Stunden. Ich weiß es nicht.«

»Kein Problem. Ich habe noch zu tun. Am Dienstag ist der dritte Prozesstag.«

»Du hättest schon nach Oldenburg fahren sollen. Da wäre es ruhiger für dich gewesen.«

Aaron schüttelte den Kopf. »Ganz sicher nicht.«

Jutta empfing Enna wieder im Eingangsbereich des Präsidiums.

»Ist Paunovics Anwalt schon da?«, fragte Enna, als sie in Juttas Büro saßen.

»Nein, er will keinen. Das ist übrigens das Einzige, was er bisher gesagt hat. Ich fürchte, das wird auch so bleiben.«

»Wie lange hast du Zeit?«

Jutta lächelte. »Wir! Mein Chef hat eingewilligt, dass du bei der Vernehmung dabei sein kannst.«

»Danke.« Enna hatte nach der letzten Nacht nicht damit gerechnet, dass Jutta ihr so weit entgegenkommen würde. »Wann ist der Haftprüfungstermin?«

»Um sechzehn Uhr ist Paunovic dran. Die Kriminaltechnik hat bereits bestätigt, dass die Kugeln, die den Kollegen getroffen haben, aus Paunovics Waffe stammen. Es wird also eine kurze Sitzung beim Haftrichter.«

»Und sonst?«

»Wir haben zwei Millionen in Euro und Dollar sichergestellt. Und fast vierzig Kilo Kokain. Ein Riesenfang. Ich soll dir im Namen meines Chefs für den Tipp danken.«

»Und mein Alleingang heute Nacht?«

»Habe ich hingebogen. Schließlich habe ich Paunovic festgenommen. Du hast mir geholfen. Das Protokoll der Festnahme habe ich schon geschrieben. Das kannst du dann später noch unterschreiben.«

Enna atmete erleichtert auf. »Wie ist deine Strategie?«

»Ich bin erst mal verwundert, dass er keinen Anwalt haben will. Normalerweise sagen diese Typen nichts, bevor nicht jemand aus dem Dunstkreis der Organisation mit ihnen gesprochen hat.«

»Er hat Angst?«

Jutta zog die Augenbrauen zusammen. »Paunovic? Sicher nicht.«

»Das glaube ich aber schon«, sagte Enna.

Nach gut einer halben Stunde machten sich Jutta und Enna auf den Weg zum Vernehmungsraum, in dem Milan Paunovic bereits auf sie wartete. Er trug Handschellen und ein uniformierter Beamter stand an der Tür.

Jutta bat ihren Kollegen, Paunovic die Handschellen abzunehmen, und setzte sich anschließend an den Tisch. Enna folgte ihr.

Paunovic grinste. »Die beiden Amazonen. Sieh an. Das letzte Aufgebot der Staatsmacht?«

Jutta Erichsen reagierte nicht auf seine Provokation, schaltete das Aufnahmegerät an und belehrte Paunovic noch einmal über seine Rechte und den Grund der Vernehmung.

»Sie verzichten also ausdrücklich auf anwaltliche Vertretung?«

Paunovic nickte.

Jutta zeigte auf das Mikrofon. »Ich muss Sie bitten, es laut auszusprechen.«

Paunovic deutete ein Augenrollen an. »Ich will keinen Anwalt.«

In der nächsten halben Stunde befragte Jutta Milan Paunovic zu der Drogenübergabe in der vergangenen Nacht, seinen Auftraggebern und seiner Funktion. Nur auf wenige unverfängliche Fragen antwortete er, bei allen anderen verweigerte er die Aussage.

»Wer hat uns verpfiffen?«, fragte Paunovic unvermittelt.

»Was meinen Sie?«, schaltete sich Enna zum ersten Mal in die Befragung ein. Ihren Einsatz hatte sie zuvor mit Jutta abgesprochen.

»Ach, du darfst auch reden?« Paunovic hatte auch Jutta geduzt.

»Es gibt doch nur zwei Möglichkeiten. Entweder haben wir einen Kollegen in Ihre Organisation eingeschleust oder …«

Paunovic unterbrach sie mit seinem lauten Lachen. »Träum weiter, Mädel.«

»… oder jemand aus Ihrer Organisation hat uns einen Tipp gegeben. So viel darf ich verraten. Die Informationen bezogen sich ausdrücklich auf Ihre Truppe.«

Paunovic grinste breit. »Wer soll dir das denn glauben?«

»Auch das ist nicht schwer zu erraten, Herr Paunovic.« Enna sah ihn lächelnd an. »Sie sind doch ein intelligenter Mann. Wer wird jetzt was vermuten? Und wer wird wen womit beauftragen? Wenn ich das richtig sehe, sind Sie die einzige Schwachstelle im ganzen Gefüge. Es hat mich ohnehin gewundert, wie Sie es geschafft haben, bei den Libanesen zu punkten.« Sie machte eine kurze Pause und ließ das Gesagte auf ihn wirken. »Sie haben verstanden, was ich Ihnen gerade gesagt habe?«

»Bin ja nicht taub«, fuhr Paunovic Enna an. Er saß immer noch aufrecht und mit arrogantem Blick auf dem Stuhl, schien aber leicht verunsichert zu sein. »Das ist alles nur Gequatsche, Mädel. Wenn ihr nicht mehr habt, können wir hier …«

»Natürlich können wir das«, fiel Enna ihm ins Wort. »Ehrlich gesagt ist uns Ihr Schicksal vollkommen egal. Dafür sind wir nicht zuständig, sondern die Kollegen in den Haftanstalten. Wie die Verhältnisse dort sind, wissen Sie ja aus eigener Erfahrung.«

Milan Paunovic schwieg.

»Sie werden heute Nachmittag dem Haftrichter vorgeführt. Der Staatsanwalt ist sich sicher, dass Sie nicht nur wegen erwerbsmäßigen Drogenhandels, sondern auch wegen versuchten Mordes angeklagt werden. Sie wissen selbst, was das heißt.«

Paunovic zuckte mit den Schultern, schwieg aber weiter.

»Okay«, sagte Jutta und beugte sich vor, um das Aufnahmegerät auszustellen. »Spielen wir das doch mal durch. Ihr Chef war ja letzte Nacht nicht dabei. Aber sein Neffe. Da Ihr Chef keinen Sohn hat, gehe ich einmal davon aus, dass sein Neffe so eine Art Ersatzsohn ist. Liege ich da richtig?«

Paunovic saß mit versteinerter Miene vor ihnen und schwieg weiter.

»Ich werte das mal als Ja«, fuhr Jutta fort. »Wenn ich weiterhin richtig informiert bin, hat Familie in gewissen Kreisen einen extrem hohen Stellenwert.« Sie machte eine Pause und sah Paunovic auffordernd an. »Nicht wahr, Herr Paunovic?« Ohne auf seine Antwort zu warten, fuhr sie fort. »Dem Neffen drohen mindestens sechs Jahre Haft.« Jutta warf einen Blick zu Enna. »Was meinst du? Ist das zu wenig?«

Enna wiegte den Kopf hin und her. »Das hängt vom Richter ab. Immerhin sind gestern Nacht Kriegswaffen zum Einsatz gekommen. Acht Jahre könnten es schon werden. Im schlimmsten Fall auch zehn.«

»Ja, du hast recht. Es kommt auf den Richter an. Im Moment ist die Stimmung nicht so positiv gegenüber der Clan-Szene. Doch, zehn Jahre wären durchaus realistisch.« Jutta wandte sich wieder Paunovic zu. »Jetzt frage ich Sie: Wird in solchen Fällen nicht nach einem Schuldigen gesucht? Oder sind das nur üble Gerüchte?«

Wieder wartete Jutta auf Paunovics Reaktion, die wie zuvor ausblieb.

»Also, wenn ich jetzt eins und eins zusammenzähle, sieht es verdammt düster aus für Sie.« Jutta Erichsen aktivierte wieder das Aufnahmegerät.

»Herr Paunovic, möchten Sie Ihrer Aussage noch etwas hinzufügen? Ansonsten können wir an dieser Stelle die Vernehmung abschließen. Wir sehen uns dann beim Haftrichter wie…«

»Ich will einen Deal«, presste Paunovic hervor. »Zeugenschutz mit allem Drum und Dran.«

»Okay. Was liefern Sie uns dafür?«

»Verdammt, alles, was ich weiß.«

»Und was wissen Sie, was wir noch nicht wissen? Können Sie Beweise liefern, die den Hamza-Clan eindeutig belasten? Was ist mit Ihrem Chef, Aabid Hamza?«

»Ich weiß so einiges.«

»Aabid Hamza?«

»Das ist deine verfluchte Aufgabe, Hamza etwas nachzuweisen. Ich liefere die …«

»Stopp!«, fiel Jutta ihm ins Wort. »Sollten Sie mich oder meine Kollegin noch einmal duzen, ist dieses Gespräch beendet. Haben Sie mich verstanden?«

Paunovic nickte. Seinen Augen war anzusehen, wie schwer es ihm fiel nachzugeben. »Okay«, brummte er.

»Gut, dann schauen wir mal im Detail, was Sie wissen und bereit sind auszusagen.« In der nächsten Stunde gingen sie die Informationen durch, die Paunovic preisgeben wollte. An vielen Stellen zögerte er zunächst, schien sich dann aber immer dafür zu entscheiden, alles zu sagen. Wie Jutta und Enna bereits vermutet hatten, war sein Einblick in die Clan-Organisation begrenzt. Er schien nie bis in den inneren Kreis vorgedrungen zu sein.

»Viel ist das nicht«, fasste Jutta Erichsen zusammen. »Ob das den Staatsanwalt überzeugt, kann ich nicht versprechen. Haben Sie noch mehr?«

Während Jutta gesprochen hatte, hatte Enna eine Mappe aus ihrer Tasche gezogen, sie auf den Tisch gelegt und aufgeklappt. Obenauf hatte sie ein großes Foto ihres Vaters platziert, das verkehrt herum in der Mappe steckte. Jetzt schob sie die Mappe wie zufällig weiter in die Mitte des Tisches und wartete, bis Paunovics Blick darauf fiel. Schließlich holte sie eines der hinteren Blätter nach vorne und schrieb etwas darauf.

»Mehr?«, fragte Milan Paunovic, den das Foto von Ennas Vater verwirrt zu haben schien.

»Mehr Informationen für den Staatsanwalt«, wiederholte Jutta.

Milan Paunovic starrte Jutta verständnislos an. »Nein, ist das denn nicht genug?«

»Ich fürchte …« Jutta zuckte mit den Schultern und hob beide Hände. »Mehr wäre auf jeden Fall gut.«

»Vielleicht … das ist allerdings schon über zwanzig Jahre her. Ich weiß nicht, ob Sie das überhaupt noch wissen wollen.«

»Mord?«, fragte Enna, die bei Paunovics Worten die Luft angehalten hatte. »Handelt es sich um Mord?«

»Ja, oder eigentlich um einen Mordauftrag.«

»Das verjährt nicht. Um was geht es?« Enna hatte Mühe, ruhig zu bleiben und abzuwarten. Paunovic hatte beim Anblick des Fotos eindeutig reagiert. Was wusste er über die Morde?

»Mein Anwalt, das ist fast fünfundzwanzig Jahre her, Rothhardt hieß er …« Paunovic schaute zwischen Enna und Jutta hin und her, als erwartete er eine bestimmte Reaktion von ihnen.

»Was ist mit Ihrem damaligen Anwalt?«, übernahm jetzt Jutta.

»Er ist erschossen worden. Und seine Frau auch.« Er hob schützend die Hände hoch. »Nicht dass Sie jetzt meinen, ich wäre das gewesen.«

»Sondern?«

»Jemand wollte mich anheuern. Ich sollte das machen. Hunderttausend sollte ich dafür bekommen. Damals gab es aber noch keinen Euro. Trotzdem viel Geld.«

»Aber Sie haben den Auftrag nicht übernommen?«

»Ich bin doch kein Auftragsmörder. Ja, ich hatte einen Hass auf diesen Typen, das gebe ich offen zu. Er hat im Grunde genommen meinen Vater auf dem Gewissen, weil ich wegen ihm im Knast saß, als mein Vater mich gebraucht hätte.« Er hielt kurz inne. »Aber ich war's nicht. Verdammt, ich habe doch gleich gemerkt, dass da etwas oberfaul an der Sache war.

Hat man ja dann auch gesehen. Der Anwalt und auch noch seine Frau sind erschossen worden und kurz darauf stand schon fest, wer es war. Auch einer von den Mandanten des Herrn. Genau darum ging es. Hätte ich das gemacht, wäre ich dafür in den Knast gewandert. Dafür hätten die Typen schon gesorgt. Und geglaubt hätte mir niemand. Ich hätte ja ein fettes Motiv gehabt.«

Jutta hatte Enna einen Wink gegeben, dass sie sich zurückhalten sollte. Enna war klar, um was es ging. Sie war persönlich betroffen und normalerweise hätte Jutta die Vernehmung unterbrechen und in anderer Besetzung weitermachen müssen. Solange sich Enna zurückhielt, konnte Jutta später vorbringen, dass sie Paunovics Aussage nicht unterbrechen wollten.

»Wer wollte Sie beauftragen?«, fragte Jutta weiter.

Milan Paunovic lachte kurz auf. »Glauben Sie etwa, die haben sich mir vorgestellt oder ich hatte einen schriftlichen Auftrag mit Absender?«

»Wie ist die Person mit Ihnen in Verbindung getreten?«

»Ein Mittelsmann hat mich angesprochen. Aber der lebt schon lange nicht mehr. Dann habe ich mich mit jemandem getroffen.«

»Obwohl Sie den Auftrag gar nicht annehmen wollten?«

»Es war doch gar nicht klar, um was es geht. Ich habe da an was ganz anderes gedacht. Bodyguard für irgend so einen Geldgeier oder so. Das hab ich damals häufig gemacht. Aber dann kam der Typ mit dieser Scheiße an. Als wenn ich … ach, egal. Ich habe mir das angehört und dann dankend abgelehnt. Dann hat er sich halt einen anderen Doofen gesucht und ja auch gefunden.«

Enna hatte Mühe, sich zurückzuhalten. Alles in ihr sträubte sich, diesem Mann zu glauben. Einem brutalen Schläger und mutmaßlichen Mörder, der vorgab, ein vollkommen harmloser

Dienstleister zu sein. Vor wenigen Stunden war er noch bereit gewesen, sich seinen Weg freizuschießen, ohne Rücksicht auf Menschenleben. Er hätte, wäre ihm nicht die Waffe aus der Hand geschleudert worden, sie und Jutta erschossen, ohne mit der Wimper zu zucken. Jetzt sollte sie ihm diese Story abkaufen?

»Sie haben also den Mann, der Ihnen einen Mordauftrag geben wollte, getroffen?«, fragte Jutta weiter.

»Ja, aber nur kurz. Es war dunkel und der Mann ist nicht aus der Deckung gekommen. Wir haben uns in einem Abbruchhaus getroffen, er wartete bereits auf mich und hat alles so arrangiert, dass ich ihn kaum sehen konnte. Beschreiben kann ich den auf keinen Fall.«

Enna schob Jutta einen Zettel zu. Sie las und stellte die nächste Frage. »Würden Sie die Stimme wiedererkennen?«

»Nach so vielen Jahren? Wohl kaum. Es war ein Mann, von der Stimme her und so würde ich sagen Anfang oder Mitte vierzig. Ich meine, so wie er sich bewegt hat und auch, wie er sprach. Das erkennt man ja schon. Etwas affektiert, würde ich sagen. Halt so ein Anzugträger, der sich nie selbst die Finger schmutzig macht.«

»Wie groß war er?«

»So wie ich. Vielleicht etwas kleiner.« Er drückte grinsend den Rücken durch. »Ich bin knapp ein Meter neunzig.«

»Sie müssen doch das Gesicht gesehen haben«, fragte Jutta weiter. »Selbst wenn es dunkel war oder der Mann im Schatten stand.«

»Vielleicht wollte ich nicht mehr sehen, nachdem er mir gesagt hat, was er von mir will?«

»Und vielleicht kann ich mit Ihren Angaben nicht viel anfangen, weil sie so nicht stimmen können?«, sagte Jutta. »Sie müssen schon etwas mehr liefern. Was genau hat der Mann gesagt?«

Paunovic schien von Juttas Entgegnung nicht besonders beeindruckt zu sein. Enna vermutete, dass er ihr plötzliches Interesse an den weit über zwanzig Jahre zurückliegenden Morden durchblickt hatte. Auch dass Enna das Foto ihres Vaters so offen auf den Tisch gelegt hatte, musste Paunovic inzwischen richtig eingeordnet haben. Er schien sich jetzt sicher zu sein, dass er hoch pokern konnte.

»Nicht viel. Er ist gleich zur Sache gekommen und hat zehn Riesen als Anzahlung auf den Tisch gelegt, noch bevor ich überhaupt etwas gesagt hatte. Allein das hat mein Misstrauen geweckt. Es gab und gibt genügend Menschen, die den Auftrag allein für die Anzahlung erledigt hätten. Mir ist da klar geworden, dass mehr dahinterstecken musste. Wie gesagt, ich bin kein Auftragskiller und war es auch nie.«

»Und was passierte dann?«

»Ich habe abgelehnt, was sonst. Er hat mir gedroht und …«

»Gedroht? Womit?«

Paunovic zuckte mit den Schultern. »Das weiß ich nicht mehr genau. Irgendeine Sache, die ich damals am Laufen hatte. Nichts Großes.« Als Jutta zu ihrer nächsten Frage ansetzte, fuhr er schnell fort. »Ich würde es Ihnen ja sagen. Ist doch sowieso schon lange verjährt. Vermutlich habe ich gedealt oder irgendetwas transportiert. Keine Ahnung, woher der Typ das wusste.«

»Aber es stimmte, was er wusste?«

»Ja, muss wohl. Sonst hätte ich ihn doch ausgelacht.«

»Was Sie dann nicht taten?«

»Nein, ich bin ein vorsichtiger Mensch. Immer schon. Solche Typen sind gefährlicher als alle Albaner und Libanesen zusammen. Das habe ich gleich gespürt und mich freundlich verabschiedet. Ich habe nie wieder etwas von diesem Typen gehört. Warum auch, er hat ja wohl einen anderen Dummen gefunden, der den Job gemacht hat. Stand ja in allen Zeitungen, dass er Mandant von dem Anwalt war.«

»Sie hatten definitiv nie wieder Kontakt mit dem Mann?«

Paunovic schüttelte den Kopf. »Zum Glück nicht.«

Dreiundzwanzig

»Das klang alles durchaus glaubwürdig.«

Jutta Erichsen saß mit Enna im Nebenraum des Vernehmungszimmers, in dem sie sich die entscheidenden Passagen der Tonaufnahme noch einmal angehört hatten.

Enna schüttelte den Kopf. »Und wenn er nur nach etwas gesucht hat, mit dem er uns füttern kann? Er weiß doch nicht, dass Grothe in Revision gehen will. Für Paunovic ist das alles lange abgeschlossen. Vielleicht hat er den Auftrag doch angenommen und anschließend wurde alles Grothe in die Schuhe geschoben. Vielleicht war das von Anfang an der Plan.«

»Warum hätte Paunovic uns dann davon erzählen sollen? Enna, bitte, du bist persönlich involviert. Das ist nie gut und du weißt das.«

»Er hat das Foto von meinem Vater gesehen und da…«

»Das du ohne Absprache mit mir rausgeholt hast«, unterbrach Jutta sie. »Sei froh, wenn Paunovic das später nicht irgendwo ausplaudert.«

»Ja, sorry. Ich wollte eigentlich nur seine Reaktion testen. Wie sollte ich wissen, dass er uns diese Geschichte erzählt? Und was hättest du gesagt, wenn ich dich vorher gefragt hätte?«

»Lassen wir das«, sagte Jutta. »Ich kann Paunovics Aussage nicht lange unter Verschluss halten. Er will einen Deal und ich muss jetzt den Staatsanwalt informieren. Was dann aus der Information wird, dass der Mord an deinen Eltern mutmaßlich von jemandem in Auftrag gegeben wurde, weiß ich nicht. Vermutlich gibt der Staatsanwalt das an seinen Kollegen in Lüneburg weiter und dort wird entschieden, ob sie das weiterverfolgen.«

»Dann kann er den Bericht auch gleich in den Reißwolf stecken«, sagte Enna. »Ich glaube kaum, dass dort jemand Interesse daran haben wird.« Sie musste unwillkürlich an Marcus Holm, den Oberkommissar aus Winsen, denken. Sie hatte ihn am Tag zuvor angerufen und nach Neuigkeiten zu Ullrich Geers gefragt. Geers hatte sich bisher nicht bei der Polizei gemeldet oder war anderweitig aufgefunden worden.

»Enna?«, holte Jutta sie aus ihren Gedanken.

»Entschuldige. Ich musste gerade an den Freund meines Vaters denken.«

»Der, der verschwunden ist und in dessen Haus eingebrochen wurde?«

»Ja, eine ausgesprochen merkwürdige Angelegenheit. Ich gehe inzwischen fest davon aus, dass es etwas mit meinen Ermittlungen zu tun haben muss.«

Jutta Erichsen nickte, schwieg aber.

»Natürlich musst du Paunovics Aussagen jetzt weitergeben«, sagte Enna. »Vielleicht passiert ja doch etwas in Lüneburg.«

»Du schließt aus, dass der verurteilte Mörder deiner Eltern die Tat begangen hat? Vielleicht war er tatsächlich nur ein Werkzeug von …« Jutta schien nach den richtigen Worten zu suchen.

»Etwas viel Verschwörung, oder?«, kam Enna ihr zuvor.

»Mag sein. Ehrlich gesagt blicke ich nicht mehr so richtig durch.«

»Wem sagst du das.« Enna stand auf. »Ich werde mich auf den Weg machen. Hältst du mich auf dem Laufenden?«

Jutta stand jetzt neben ihr und öffnete ihre Arme. »Komm her und lass dich drücken.« Sie umarmte Enna. »Pass auf, dass du bei den Ermittlungen nicht unter die Räder kommst.«

Enna löste sich von ihr. »Ich versuche es. Und danke noch einmal für deine Hilfe.«

Jutta begleitete sie bis zum Eingangsportal des Präsidiums und versprach ihr noch einmal, sich sofort zu melden, wenn es Neuigkeiten gäbe.

»Holm«, meldete sich der Winsener Oberkommissar.

»Enna Andersen.« Enna saß im Auto neben Aaron, der darauf bestanden hatte zu fahren. »Ich hoffe, ich störe Sie nicht im Wochenende.«

»Ich habe Bereitschaft. Ansonsten wären Sie auch weiterverbunden worden.«

»Gibt es Neuigkeiten?«

»Nicht wirklich. Wenn Herr Geers sich gemeldet hätte oder wir ihn gefunden hätten, wüssten Sie bereits davon.«

»Haben Sie vielleicht ein Telefonverzeichnis im Haus gefunden? Es könnte doch sein, dass …«

»Kollegin! Ich bin auch nicht erst seit gestern dabei. Es ist alles gemacht worden, was in unseren Möglichkeiten liegt. Tut mir leid. Sie wissen selbst, dass uns im Moment die Hände gebunden sind.«

»Hat die Kriminaltechnik den Einbruch schon ausgewertet?«

»Einen vorläufigen Bericht habe ich. Es sind keine Spuren eines Kampfes gefunden worden. Alles deutet auf einen Einbruch hin, bei dem einiges aus dem Ruder gelaufen ist. Es gibt solche Fälle. Die Einbrecher finden nicht das, was sie erwartet haben, und verwüsten die ganze Wohnung oder wie in diesem Fall das ganze Haus. Das ist tragisch, aber wir haben keine Hinweise gefunden, dass Herr Geers während des Einbruchs im Haus war oder sogar entführt wurde.«

»Wie geht es weiter?«

»Der übliche Weg. Wir haben das Haus versiegelt. Die Vermisstenanzeige läuft. Am Montag werden wir in größerer Runde erörtern, wie wir weiter vorgehen.«

Wenn ihr denn überhaupt noch etwas macht, fügte Enna in Gedanken hinzu. »Danke, Kollege. Und entschuldigen Sie meine etwas schroffe Art.«

»Sie können sich wirklich auf mich verlassen. Sobald sich hier in Winsen etwas tut oder wir von Ullrich Geers’ Aufenthaltsort Kenntnis haben, erfahren Sie es.«

Enna bedankte sich und verabschiedete sich von ihrem Kollegen.

»Nichts Neues von dem Freund deines Vaters?«, fragte Aaron.

»Nein, er ist wie vom Erdboden verschwunden. Für eine Entführung sind keine Anzeichen gefunden worden.«

»Sind das alles Zufälle?«

»Daran kann ich nicht glauben.«

Sie schwiegen eine Weile. Schließlich räusperte sich Aaron. »Erzählst du mir jetzt, was bei der Vernehmung von Paunovic herausgekommen ist?«

Sie waren, gleich nachdem Enna ins Hotel zurückgekehrt war, aufgebrochen. Aaron schien zu dem Zeitpunkt gemerkt zu haben, dass Enna nicht über den Vormittag sprechen wollte, und hatte nicht weiter nachgefragt.

»Vielleicht war es doch Ronald Grothe«, sagte Enna, die aus dem Seitenfenster schaute.

»Paunovic scheidet also aus?«

Enna zuckte mit den Schultern. »Eigentlich nicht und dann doch wieder. Es ist kompliziert. Im Moment scheint mich alle Welt anzulügen.« Sie erzählte Aaron von Paunovics Aussage.

»Ist er glaubwürdig?«, fragte Aaron, als Enna ihren Bericht abgeschlossen hatte.

»Jutta sieht das zumindest so.«

»Und du?«

»Ja und nein. Warum sollte er uns das erzählen? Ich habe ihm zwar die Mappe so hingehalten, dass er das Foto sehen konnte, aber kann sich jemand, der in einer solchen Stresssituation wie einer Vernehmung sitzt, so schnell solch eine Geschichte ausdenken? Auf der anderen Seite hätte er nach jedem rettenden Strohhalm gegriffen. Milan Paunovic scheint mir erheblich intelligenter zu sein, als ich es für einen Mann mit seinem Tätigkeitsprofil vermutet hätte.«

Aaron schmunzelte. »Tätigkeitsprofil. Das hast du nett ausgedrückt. Aber ich verstehe, was du meinst. Beides könnte zutreffen. Er hat den Auftrag abgelehnt oder ihn doch angenommen.«

»Vielleicht hatte er Angst, dass wir mehr wissen. Er hat eine deutliche Reaktion gezeigt, als er das Foto von meinem Vater gesehen hat.«

»Deine Frage ist jetzt sicher, ob ich Ronald Grothe zutraue, dass er mich die ganze Zeit skrupellos für seine Zwecke eingespannt hat? Und das, obwohl er genau weiß, dass er zu Recht verurteilt wurde?«

»Und? Traust du es ihm zu?«

»Er hätte sich viele Jahre Haft ersparen können, wenn er gestanden hätte. Ob Auftragsmord oder aus eigenem Antrieb hätte am Strafmaß auch nichts geändert. Warum sollte er so viele Jahre seines Lebens verschenken, wenn er nicht die geringste Chance auf einen Freispruch hatte? Und ich kann dir versichern, dass selbst Ronald Grothe klar gewesen sein muss, dass er bei der Beweislage verurteilt wird.«

»Das beantwortet noch nicht meine Frage, Aaron.«

Aaron seufzte. »Ich weiß. Ganz ehrlich, wenn ich nicht davon überzeugt gewesen wäre, dass Ronald Grothe unschuldig verurteilt wurde, hätte ich das Mandat nicht übernommen beziehungsweise wieder abgegeben. Ich gebe zu, dass ich zu Anfang manches Mal gezweifelt habe, aber letztlich hat auch Grothe als Person mich überzeugt und nicht nur die Fakten, die schon für sich sprechen.«

»Also du befürchtest nicht, dass er dich und auch mich dafür benutzt, das Verfahren neu aufzurollen. Würde da nicht eine beträchtliche Summe an Schadensersatz herausspringen?«

»Das hängt von vielen Faktoren ab, wie hoch die Summe letztendlich sein würde. Bei Ronald Grothe könnte ich mir durchaus vorstellen, dass er Schadensersatz und einen Ausgleich des Vermögensschadens bis zu einer Million Euro bekommen könnte.«

»So viel?«

»Aber ich glaube nicht, dass für Grothe das Geld im Vordergrund steht. Er ist ein großes Risiko eingegangen, da er den Privatermittler bezahlen musste. Ich habe meine Honorarrechnungen zwar niedrig gehalten, aber es ist im Laufe der Zeit schon einiges zusammengekommen.«

Enna nickte nachdenklich. »Und wenn es keiner von beiden war? Paunovic hat abgelehnt, Grothe ist gar nicht gefragt worden, sondern war ein einfaches Opfer. Der Gedanke, jemanden anzuheuern, der ohnehin ein Motiv hätte, ist durchaus ein kluger Schachzug. Sollte er erwischt werden, würde ihm kaum jemand den Auftragsmord glauben. Sollte er nicht erwischt werden, wäre es noch besser. Vielleicht ist ja die Idee mit Grothe bereits nach der Ablehnung durch Paunovic aufgekommen. Quasi als Alternative. Letztendlich noch sicherer. Grothe hatte keine Verbindungen zum Auftraggeber, aber ein gutes Motiv. Warum nicht gleich seine DNA am Tatort platzieren? Sie war im System und würde ziemlich schnell identifiziert werden. Und genauso ist es ja dann gekommen.«

Aaron seufzte. »Das sind jetzt aber schon drei Varianten. Keine von ihnen ist überprüfbar. Zumindest sehe ich da keine Chancen.«

»Nicht unbedingt. Sollte Paunovic der Täter sein, wird er das Geld bekommen haben. Vielleicht gibt es Hinweise, dass er zu der fraglichen Zeit zu Geld gekommen ist.«

»Schwierig. Das ist lange her.«

»Ist bei Grothe seinerzeit Geld gefunden worden?«, fragte Enna unbeirrt weiter.

»Nein, davon steht nichts in den Akten.«

»Wie lange nach der Tat ist er festgenommen worden?«

»Etwa zwei Wochen danach.«

»Bedeutet, dass er das Geld sicher schon bekommen hätte.«

»Vielleicht war es gut versteckt?«, warf Aaron ein.

»Dann hätte er es jetzt in Euro umtauschen müssen. Das geht nur noch bei der Bundesbank und ab zwanzigtausend muss man sich ausweisen. Klar, er könnte kleinere Beträge umgetauscht haben. Hat er dir jemals Bargeld gegeben?«

»Nein. Die Rechnungen hat Ronald Grothe immer über sein Konto bei der Postbank bezahlt. Du weißt ja, dass er das Haus seiner Mutter geerbt hat. Erst nach dem Verkauf konnte er die Rechnungen begleichen. Das war aber zuvor so abgemacht.«

»Meinst du, er würde für ein Gespräch nach Oldenburg kommen?«

Aaron warf ihr einen erstaunten Blick zu und konzentrierte sich gleich wieder auf die Fahrbahn. »Wo willst du dich mit ihm treffen? Doch nicht bei dir zu Hause?«

Aaron hatte recht. Im Kommissariat konnten sie nicht mit ihm sprechen und bei ihr privat würde sie sicher nicht den verurteilten Mörder ihrer Eltern empfangen.

»Schwierig«, gab Enna zu.

»Wie wäre es mit einer Videokonferenz? So treffe ich mich mit ihm in aller Regel auch. Dir geht es doch darum, ihn während des Gesprächs beobachten zu können, oder?«

»Ja, das wäre eine Alternative. Und ich müsste nicht mit ihm in einem Raum sitzen. Allein wenn ich daran denke, fühle ich mich unbehaglich. Kannst du das mit ihm besprechen? Morgen Nachmittag wäre doch ein guter Termin.«

»Ich rufe ihn an, wenn wir gleich eine kurze Pause machen. Wir müssen ohnehin tanken.«

Enna seufzte. »Sorry, das wollte ich eigentlich schon in Hamburg machen.« Aus dem Augenwinkel sah Enna Aarons sorgenvollen Blick. »Ja, die Ermittlungen gehen mir sehr nahe. Ich pass schon auf, dass es mir nicht zu viel wird.« Sie fragte sich, was passieren musste, damit sie die Ermittlungen abbrechen würde. Würde sie noch mal die Chance bekommen, endgültig Klarheit über den Mord an ihren Eltern zu erlangen? Nach vierundzwanzig Jahren, die geprägt gewesen waren von den traumatischen Ereignissen in ihrer Kindheit, wollte sie endlich wissen, was tatsächlich passiert war. Wenn sie jetzt aufgab, würde sie sich das niemals verzeihen.

»Ich hätte dich da nicht mit reinziehen dürfen«, sagte Aaron.

Enna lächelte. »Dann hätten wir uns aber auch nicht getroffen. Wäre dir das lieber gewesen?«

Aaron schüttelte den Kopf. »Nein, ganz sicher nicht.«

Vierundzwanzig

Pia fischte ihr Handy aus der Tasche, sah aufs Display und nahm direkt das Gespräch an. »Paulsen, was gibt's am Samstagnachmittag so Wichtiges?«

»Keine Zeit?«

»Enna?«

»Ja. Ich habe bis vor ein paar Minuten mit ihr telefoniert. Sie ist aus Hamburg zurück. Paunovic ist in Haft und sie konnte ihn auch vernehmen.«

»Also voller Erfolg?«

»Nicht so ganz.« Paulsen gab ihr eine Kurzfassung der Ereignisse der letzten vierundzwanzig Stunden. »Viel weiter sind wir also nicht.«

»Im Gegenteil«, warf Pia ein. »Das macht die Ermittlungen ja noch komplizierter.«

»Genau meine Meinung. Ich habe Enna dazu gedrängt, dass wir uns morgen zusammensetzen. Neun Uhr zum zweiten Frühstück. Oder zum ersten, je nachdem wann du aufstehst.«

»Mit oder ohne Jens?«

»Das sollten wir selbst entscheiden, meinte Enna.«

»Jens gehört zum Team. Wenn wir ihn jetzt außen vor lassen, wird uns das irgendwann auf die Füße fallen.«

»Rufst du ihn an?«

»Klar. Wer bringt die Brötchen mit?«

»Alles geregelt. Also neun Uhr bei Enna zu Hause.«

»Bis dann, Paulsen.«

Pia wählte Jens' Nummer und erklärte ihm die Situation. Er sagte sofort zu und fragte, was er mitbringen solle.

»Nichts, außer deine Unterlagen und ein ausgeschlafenes Hirn.«

Jens lachte. »Den Spruch hätte ich jetzt eher von Paulsen erwartet.«

»Mag sein. Vielleicht werden wir uns mit der Zeit immer ähnlicher. Dann bis morgen, Jens.«

Kaum hatte Pia das Handy zur Seite gelegt, hörte sie, wie die Schlafzimmertür aufgemacht wurde. Sie stand auf und ging Alina entgegen.

»Geht es dir besser?«, fragte Pia. Alina hatte sich mit Kopfschmerzen hingelegt, nachdem sie zuvor zwei Tabletten genommen hatte.

Sie nickte. »Ja, ich habe etwas geschlafen. Die Schmerzen sind fast weg.«

Pia begleitete sie bis zum Esstisch, der im kleinen Küchenbereich stand. »Soll ich dir einen Kräutertee machen? Oder lieber Kaffee?«

»Tee ist gut.«

Pia goss Wasser in den Wasserkocher und wartete, bis sie das Wasser zu den Teebeuteln in die Kanne gießen konnte. Alina hatte in den letzten Wochen häufiger mit Kopfschmerzen zu tun. Pia machte sich Sorgen, war aber bisher mit ihrem Vorschlag, zum Arzt zu gehen, bei Alina auf taube Ohren gestoßen.

»Wie schlimm war es denn?«, fragte sie vorsichtig.

Alina zuckte mit den Schultern. Pia war klar, was das bedeutete. Alina hatte nicht nur gewöhnliche Kopfschmerzen gehabt, sondern einen regelrechten Migräneanfall. Sie konnte sich auch nicht vorstellen, dass ihre Freundin wieder schmerzfrei war. Ihrem Gesichtsausdruck nach hatten die Tabletten nicht ausreichend gewirkt.

»Meinst du nicht, dass du …« Pia brach ab.

Nach einer Weile nickte Alina. »Ja, ich mache am Montag einen Termin. Ich brauche stärkere Tabletten.«

»Zuerst musst du dich gründlich untersuchen lassen. Die Schmerzen können viele Ursachen haben.«

»Du weißt doch, dass meine Mutter auch Migräne hat. Das liegt in der Familie. Meine Oma hat sich ein Leben lang damit rumgequält.«

»Trotzdem.« Pia stand auf, holte die Teekanne und schenkte beiden ein, bevor sie sich wieder setzte. »Hol dir vom Hausarzt eine Überweisung zum Neurologen. Der checkt dich gründlich durch. Danach sehen wir weiter.«

Alina trank einen Schluck und lehnte sich auf dem Stuhl zurück. »Lass uns das morgen besprechen. Okay?«

Pia nickte. Sie zögerte, Alina von dem Treffen zum Frühstück bei Enna zu erzählen. Absagen konnte sie nicht. Sie wusste, dass Paulsen Enna zu der Besprechung hatte überreden müssen und es unter Umständen keine zweite geben würde.

Pia atmete tief durch. »Paulsen hat angerufen, als du geschlafen hast.«

»Oh, gibt es etwas Neues von Enna?«

»Ja. Wir wollen uns morgen um neun alle zum Frühstück bei ihr treffen. Ich überlege jetzt gerade, ob …«

»Da musst du natürlich hin.« Alina hatte sich zu ihr vorgebeugt und strich ihr jetzt liebevoll mit der Hand über die Wange. »Mach dir nicht so viele Sorgen um mich. Ich gehe am Montag zum Arzt. Versprochen.«

»Nicht nur für neue Tabletten?«

»Nein. Ich lasse mich untersuchen.«

Pia atmete erleichtert auf. »Gut. Was meinst du? Wollen wir noch einen kleinen Spaziergang an der Hunte machen? Und anschließend mache ich uns etwas zu essen. Auf was hast du Hunger?«

Pia stellte ihr Fahrrad vor Ennas Haus ab und klingelte. Enna öffnete ihr die Tür. »Hallo, Pia. Komm rein.«

Kurz zögerte Pia, dann trat sie einen Schritt vor und umarmte ihre Chefin. »Hallo, Enna. Wie geht es dir?«

»Durchwachsen. Die beiden Herren sind schon da. Der Kaffee steht auf dem Tisch und die Brötchen auch.« Enna schloss die Tür hinter Pia. Als Alina noch hier gewohnt hatte, war Pia regelmäßig zu Besuch gewesen. Sie hängte ihre Sommerjacke an die Garderobe und ging weiter zur Küche.

»Guten Morgen!« Sie nickte Paulsen und Jens zu, zog sich einen Stuhl vor und setzte sich zu ihnen.

Enna schenkte ihr Kaffee ein und fragte in die Runde, ob sie Eier kochen solle.

»Alles perfekt so«, sagte Jens und griff nach einem Brötchen.

Als auch Paulsen und Pia den Kopf schüttelten, setzte sich Enna zu ihnen. Sie aßen, tranken Kaffee und unterhielten sich über unverfängliche Themen, bis Paulsen sich schließlich laut räusperte. »Dann sollten wir vielleicht anfangen.« Er stand auf, ging hinaus und rollte kurz darauf die Flipchart des Kommissariats in die Küche. »Ich dachte, die könnte vielleicht hilfreich sein.«

»Danke, Paulsen. Vielleicht sollte ich erst mal kurz etwas zur Situation sagen.« Enna sah in die Runde. »Ihr wisst alle, eigentlich wollte ich euch in meine privaten Ermittlungen nicht mit reinziehen. Es ist anders gekommen und ich hoffe, dass keiner von euch deshalb Ärger bekommt. Sollte es tatsächlich Probleme geben, nehme ich alles auf meine Kappe.« Sie beugte sich leicht vor. »Kann ich mich darauf verlassen, dass ihr euch im Konfliktfall heraushaltet?«

»Das sehen wir dann«, sagte Paulsen. »Im Moment gibt es keinerlei Anzeichen dafür. Jetzt sollten wir uns auf den Fall konzentrieren. Das ist wichtiger.«

Enna schien zu zögern, nickte aber schließlich. »Gut, klären wir das nach meinem Bericht. Im Prinzip wisst ihr ja schon darüber Bescheid, was in den letzten Tagen passiert ist.« Enna fasste noch einmal die Ereignisse in Hamburg zusammen. »Der wichtigste Punkt ist aus meiner Sicht, dass Milan Paunovic ausgesagt hat, dass er als Auftragsmörder angeworben werden sollte. Das lässt vermuten, dass der Täter, sei es nun Ronald Grothe oder jemand anderes, auch für die Tat bezahlt wurde und insofern hier ein unaufgeklärter Fall vorliegt. Und das in unserem Verantwortungsgebiet. Wir alle wissen, dass ich nicht persönlich ermitteln darf, weil ich unmittelbar in den Fall involviert bin. Im Grunde genommen gilt das auch fürs Team.«

»Davon müssen wir leider ausgehen«, sagte Paulsen. »Also bleibt uns nichts anderes übrig, als so weiterzumachen wie bisher.«

Enna schüttelte den Kopf. »Genau hier liegt mein Problem. Je länger ihr beteiligt seid, desto größer ist die Gefahr, dass etwas nach außen dringt.«

»Das wiederum sehe ich anders«, sagte Paulsen.

»Wir sollten uns jetzt darüber nicht streiten«, mischte sich Pia ein. »Ich sehe da übrigens kein so großes Problem. Immerhin haben wir einen ungeklärten Fall in Lüneburg. Die Akten werden sicher morgen kommen und dann werden wir weitersehen.«

»Lieb von dir, Pia. Aber ich habe beschlossen, dass ich spätestens am nächsten Wochenende aus den Ermittlungen aussteige, wenn ich – oder eigentlich ja wir – keine relevanten Fortschritte gemacht habe.«

»Okay«, übernahm Paulsen wieder. »Belassen wir es dabei. Es ist letztendlich deine Entscheidung, Enna. Konzentrieren wir uns besser auf die Ermittlungen.«

Enna nickte, stand auf und trat vor die Flipchart. »Wo stehen wir? Im Moment gibt es mindestens zwei mutmaßliche Täter, von denen einer bereits für die Tat verurteilt wurde.« Sie klebte oben auf die Flipchart-Seite das Foto von Ronald Grothe. »Nummer eins. Ich habe ihn nach den neuen Informationen wieder in die Liste aufgenommen.« Sie klebte das zweite Foto neben Grothe. »Das ist Milan Paunovic. War es nur eine Finte von ihm, von dem Auftrag zu erzählen? Hat er ihn angenommen und ausgeführt?« Enna malte mit einem dicken Filzstift einen Rahmen neben den Fotos von Grothe und Paunovic und schrieb ein großes Fragezeichen hinein. »Und die Nummer drei: der große Unbekannte, der den Mord, mutmaßlich als Auftrag, begangen hat.«

Sie zeigte auf das erste Foto. »Grothes persönliches Motiv ist dünn, er hat zwar meinem Vater gedroht, was aber durchaus eine Kurzschlussreaktion gewesen sein kann. Er hat die Drohung nie wiederholt und die Tat fand erst drei Monate nach seiner Haftentlassung statt. Der neue Aspekt ist, dass er für den Mord bezahlt worden sein könnte. Dagegen spricht, dass er in den Vernehmungen nie von einem weiteren Mann gesprochen und ihn auch später nie erwähnt hat. Psychologisch ließe sich das durchaus erklären. Ein Auftragsmord ist moralisch gesehen um einige Grade verwerflicher als ein Mord aus persönlichen Motiven.«

»Warum sollte Grothe jetzt so viel Energie und Geld in die Wiederaufnahme stecken, wenn er schuldig ist?«, fragte Pia.

»Für die meisten in seiner Lage wäre die Entschädigungszahlung wohl Grund genug«, warf Enna ein. »Es gibt aber sicher noch andere Gründe.«

»Denke ich auch«, sagte Jens. »Vielleicht hat sich Grothe mit den Jahren eingeredet, dass er letztlich nicht schuldig ist. Unser Gehirn kann unglaubliche Kapriolen schlagen. Er hat einen Auftrag bekommen, den er«, Jens malte Anführungszeichen in die Luft, »nur ausgeführt hat. Am Anfang war die Scham zu groß, um die Schuld zuzugeben, und mit den Jahren verwandelte sie sich in die feste Überzeugung, dass er nicht der wirklich Verantwortliche ist, sondern jemand Außenstehendes. Vielleicht hat er auch irgendwann die ganze Tat verdrängt. Weit über zwanzig Jahre sind eine unglaublich lange Zeit.«

Pia nickte nachdenklich. Sie konnte Jens' Argumente gut nachvollziehen. Aber ein Blick auf Paulsen verriet ihr, dass er Jens' Theorie wenig abgewinnen konnte.

»Eine solche Tat kann man nicht vergessen«, sagte Paulsen. »Selbst wenn, es wäre für uns unerheblich.«

Enna trat näher an den Küchentisch. »Ich habe heute Nachmittag ein Gespräch mit Ronald Grothe. Eine Videokonferenz. Jens' Anregungen sind durchaus logisch. Vielleicht kann ich Grothe aus der Reserve locken. Dass er meint, durch gefälschte Beweise reingelegt worden zu sein, schließt ja nicht aus, dass er trotzdem der Täter ist. Vielleicht hat sein Auftraggeber beschlossen, dass es besser ist, wenn die Polizei nicht zu lange im Leben meines Vaters herumwühlt. Vielleicht waren sie der Wahrheit schon zu nahegekommen.«

Paulsen sah sie mit sorgenvoller Miene an. »Das willst du dir wirklich antun?«

»Ja, es gibt keinen anderen Weg. Besser als ein direktes Treffen. Am Laptop kann ich das Gespräch jederzeit abbrechen.«

»Wie du meinst«, murmelte Paulsen.

Pia wunderte sich über ihren Kollegen. Sie hatte ihn selten so mitfühlend erlebt. Ihm schien Enna mehr zu bedeuten, als sie bisher geahnt hatte.

Enna kehrte ihren Kollegen den Rücken zu und konzentrierte sich auf die Flipchart. »Wir haben also drei Verdächtige. Grothe, Paunovic und den großen Unbekannten. Bei allen gehe ich davon aus, dass es einen Mordauftrag gab.«

Enna drehte sich um. »Wer kommt hierfür infrage? Natürlich wieder die ganze Riege der Mandanten, die unzufrieden waren. Kontakte und das nötige Geld werden viele derjenigen gehabt haben, die mein Vater vertreten hat.«

»Also die Suche nach der berühmten Nadel«, warf Jens ein.

»Im Prinzip ja. Auch deshalb will ich die Ermittlungen zeitlich begrenzen und mich auf die Kanzlei konzentrieren. Hier scheinen mir bisher alle Fäden zusammenzulaufen.« Enna wandte sich wieder der Flipchart zu und schrieb in die Mitte der Seite unter die drei Verdächtigen »Kanzlei« in Großbuchstaben. Schließlich zog sie Striche von der oberen Reihe zur Kanzlei. »Ullrich Geers, der beste und langjährige Freund meines Vaters, ist verschwunden, nachdem ich mit ihm gesprochen habe. Zusätzlich ist seine Wohnung durchsucht worden. Ich gehe davon aus, dass beides miteinander in Verbindung steht. Die Kollegen in Winsen suchen ihn, aber bisher ist er wie vom Erdboden verschwunden.«

»Das schreit nach einem Zusammenhang«, warf Paulsen ein.

»Absolut. Ich mache mir schon Vorwürfe, in was ich den alten Herrn da reingezogen habe. Der Kollege vor Ort kümmert sich zwar um die Vermisstenanzeige, aber ihr wisst ja, wie das läuft. Letztendlich sind ihm auch die Hände gebunden.«

»Können wir was machen?«, fragte Pia.

»Ich habe schon hin und her überlegt, aber ich weiß zu wenig über Ullrich Geers, als dass ich euch Ansatzpunkte nennen könnte. Vor Ort können wir wohl kaum etwas ausrichten.«

»Ich könnte eine Suchanzeige in den sozialen Medien platzieren«, schlug Jens vor. »Vielleicht hat ihn ja jemand gesehen.

Ich behaupte einfach, er wäre mein Onkel. Natürlich würde ich nicht meinen Namen dafür nutzen.«

»Einen Versuch wäre es wert«, sagte Paulsen.

»Okay, aber bitte vorsichtig. Das darf nicht auf unsere Einheit zurückzuführen sein.« Enna schaute auf ihre Notizen. »Der Sohn des Kanzleigründers wurde unruhig, nachdem ich mich mit ihm getroffen habe, und kontaktierte unmittelbar danach Siegfried Röder, einen ehemaligen BKA-Beamten mit zweifelhaftem Ruf.«

Pia fragte sich zum wiederholten Mal, wieso Enna in diesem Punkt so sicher sein konnte. Sie wollte nicht nachfragen, weil es sich letztlich nur um eine illegale Abhöraktion gehandelt haben konnte. Auch Jens hatte am Freitag Fragen gestellt, die Pia aber mit dem Hinweis, dass sie Enna voll und ganz vertraue, vom Tisch gewischt hatte. Als Jens sich jetzt aufrichtete, um etwas zu sagen, schüttelte Pia mit Blick zu ihm fast unmerklich den Kopf. Jens schien zu verstehen und lehnte sich wieder zurück.

»Röder ist aktuell nicht mehr in Deutschland gemeldet. Wahrscheinlich ist sein Wohnsitz in Spanien oder einem anderen Land der EU. Wir wissen nicht, was er beruflich macht. Allerdings ist es ausgesprochen merkwürdig, dass er so schnell zu einem Treffen nach Hamburg gekommen ist, vermutlich per Flieger.«

Jens hob die Hand. »Ich habe ja von dir einige Seiten eines Dossiers bekommen und es inzwischen durchgearbeitet. Soll ich dazu kurz berichten?« Als Enna nickte, fuhr er fort. »Leider ist das Dokument nicht vollständig. Neben dem Titelblatt gibt es eine Inhaltsangabe und drei Seiten Text. Um es kurz zu machen: Ich kann es zwar nicht belegen, aber ich würde auf eine neue Software tippen, die Handydaten und Gespräche abhören kann, indem auf eine raffinierte Weise ein neuartiger Trojaner installiert wird. Gleich zu Beginn wird das Programm als Quantensprung bezeichnet und ihm hohe Verlässlichkeit attestiert.«

»Also doch«, murmelte Enna und sah in die Runde. »Ich war davon ausgegangen, dass das Papier nichts mit Siegfried Röder zu tun hat. Das war wohl falsch.«

»Also ist er noch im Geschäft«, sagte Paulsen. »Und noch interessanter für uns, als er ohnehin schon war.«

»Wir suchen morgen weiter, aber bisher ist nichts zu finden«, warf Pia ein. »Kann es sein, dass er seinen Namen geändert hat?«

Paulsen nickte. »Durchaus möglich.«

»Okay«, sagte Enna und wandte sich wieder zur Flipchart um. Unter »Kanzlei« schrieb sie die Namen von Hansen senior und junior sowie von Siegfried Röder und, mit etwas Abstand, Ullrich Geers. Darunter notierte sie »Prozess Koenig« und verband alle Angaben mit der Kanzlei. »Was ist passiert in dieser Kanzlei? Wie konnte die Kanzlei Ende der Dreißigerjahre so schnell wachsen, woher kamen die Geldmittel dafür, unter anderem für das Gebäude? Warum führte Hansen senior plötzlich die Kanzlei alleine? Ermittlungsansätze hierfür haben wir gefunden, aber sie basieren alle auf Vermutungen. Wir brauchen Klarheit über diese Zeit und ebenso über die Nachkriegsjahre.« Enna setzte sich wieder an den Tisch zu ihren Kollegen. »Ich bin mir inzwischen sicher, dass mein Vater ein Dossier besessen haben muss, das für die Kanzlei damals wie heute gefährlich war beziehungsweise ist. Welche Hintergründe hatte der Mandatswechsel beim Prozess Koenig? Womit wurde mein Vater dazu gezwungen, dem Wechsel zuzustimmen? Welche Rolle spielt Hansen junior und welche Siegfried Röder?«

Paulsen nickte. »Ich denke auch, dass wir hier noch einiges ausgraben müssen.« Er richtete sich an Pia. »Meinst du, diese ehemalige Auszubildende …«

»Julia Rosenbaum.«

»Genau die. Meinst du, sie wird uns noch mehr verraten? Hattest du nicht den Eindruck, dass sie etwas verschweigt?«

»Ja, definitiv. Ich weiß nur nicht, was es war. Eigentlich war sie sehr offen. Es könnte aber auch sein, dass sie mir nur die offizielle Geschichte aufgetischt hat, auf die sie sich mit Hansen junior geeinigt hat. Er soll nach der Trennung ausgesprochen großzügig gewesen sein und soll ihr sogar bei dem neuen Ausbildungsplatz geholfen haben. Im Nachhinein war ich doch sehr überrascht über seine Hilfsbereitschaft. Und alles, was ich bisher von ihm gehört habe, scheint auch nicht dazu zu passen.«

»Also können wir darauf hoffen, dass da noch etwas kommt?«, wiederholte Paulsen seine Frage.

»Von allein sicher nicht. Ich könnte natürlich noch einmal hinfahren, aber ich habe schon beim ersten Mal mehr verraten, als klug gewesen wäre.« Pia seufzte. »Ich lass mir was einfallen.«

»Ein Verhältnis zu einer Auszubildenden ist schon problematisch genug«, sagte Paulsen. »Sollte da noch mehr sein, wäre es durchaus vorteilhaft, davon zu wissen. Im richtigen Augenblick angebracht, könnte das Wunder bewirken.«

»Seit wann redest du so geschwollen?«, fragte Pia grinsend.

Paulsen deutete ein Augenrollen an. »Wer kümmert sich um die beiden Verdächtigen?«

»Das übernehme ich«, sagte Enna. »Für mich wäre es hilfreich, wenn ihr die Recherchearbeiten zur Kanzlei weiterführt und natürlich zu Siegfried Röder. Wenn ich bei den anderen Ermittlungen Hilfe brauche, melde ich mich.«

Sie gingen die einzelnen Aufgaben durch, verteilten sie und saßen noch eine Weile zusammen, bevor Paulsen sich als Erster verabschiedete. Jens schloss sich ihm an.

»Weißt du, was mit Paulsen los ist?«, fragte Pia, als sie Enna beim Tischabräumen half. »Geht es um diese Frau, die er vor einiger Zeit kennengelernt hat?«

Enna stellte die Tassen in die Spülmaschine und stapelte die Teller, die noch auf dem Tisch standen. »Hat er dir von ihr erzählt?«

»Nicht so wirklich. Du kennst doch Paulsen. Verschlossen wie eine Auster. Irgendwann bei einem Bier hat er sie mal erwähnt. Katja oder so.«

Enna räumte die Teller in die Spülmaschine. »Frag ihn selbst. Ich kann dir nur so viel sagen, dass er eine schwere Zeit durchmacht.«

Pia nickte. »Okay, gut zu wissen.«

Fünfundzwanzig

»Tarek Karam«, meldete sich der Hamburger Anwalt auf seinem Privathandy.

»Enna Andersen, guten Tag, Herr Karam.«

»Was kann ich für Sie tun?«

»Milan Paunovic ist heute in U-Haft genommen worden.« Jutta Erichsen hatte sie nach dem Haftprüfungstermin angerufen und ihr mitgeteilt, dass für alle Männer, die bei der Drogenübergabe festgenommen wurden, Untersuchungshaft angeordnet worden war.

»Ich habe davon gehört.«

»Er versucht, einen Deal mit der Staatsanwaltschaft auszuhandeln.«

Tarek Karam schwieg.

»Bisher ist noch nichts spruchreif«, fuhr Enna fort.

»Wie schätzen Sie seine Chancen ein?«

»Mindestens fünfzig Prozent für einen Deal.«

»Zeugenschutz und neue Identität?«

»Darauf würde es wohl hinauslaufen.«

Tarek Karam fragte nicht, warum Enna ihn über die Festnahme und den geplanten Deal informierte. Sein Verhalten deutete darauf hin, dass er der Informant gewesen war.

»Es tut mir leid, dass ich keine bessere Nachricht für Sie habe.«

»Wer ist der zuständige Staatsanwalt?«

Enna nannte ihm den Namen, den sie von Jutta erfahren hatte.

»Sind alle Beteiligten in Untersuchungshaft?«, fragte Tarek Karam weiter.

»Ja, sie verweigern alle die Aussage. Doch es handelt sich um eine beträchtliche Menge Drogen – und ein Beamter ist bei einem Schusswechsel schwer verletzt worden.«

»Ich werde sehen, was sich machen lässt. Vielen Dank für die Informationen, Frau Andersen.«

Enna wartete, ob Tarek Karam ihr erzählen würde, an was er dachte, aber es blieb still in der Leitung.

»Melden Sie sich, wenn ich Sie irgendwie unterstützen kann.«

»Danke, Frau Andersen. Ich wünsche Ihnen einen schönen Restsonntag.«

Enna verabschiedete sich und stand auf, um nach Aaron zu suchen. Sie fand ihn lesend im Wohnzimmer und setzte sich zu ihm aufs Sofa.

»Mit der ersten Runde bist du durch?«

Sie lehnte ihren Kopf an seine Schulter. »Ja, es war ganz gut, dass wir uns zusammengesetzt haben. Eine Woche noch, dann ist Schluss. Das habe ich jetzt den dreien gesagt. Und mit Tarek Karam habe ich auch noch kurz gesprochen.« Enna richtete sich auf und erzählte ihm von dem kurzen Gespräch.

»Was hat er vor?«

»Das weiß ich nicht.«

»Schon eine verrückte Welt, in der du da lebst«, sagte Aaron. Er schaute auf die Uhr. »Wir haben noch vier Stunden für uns, bevor du mit Ronald Grothe sprichst. Was machen wir?«

Nach einem Spaziergang in einem Waldgebiet nahe Oldenburg hatten Aaron und sie in der Innenstadt eine Kleinigkeit gegessen und waren dann zu Fuß zurück zum Haus gegangen.

Jetzt rückte Enna sich den Laptop zurecht, der vor ihr auf dem Küchentisch stand. In zehn Minuten würde sie die Verbindung zu dem verurteilten Mörder ihrer Eltern herstellen und ihn zum ersten Mal sehen. Sie kannte das Foto, das Aaron in seinen Akten hatte, kannte seinen Lebenslauf und seine Vorstrafen. Sie wusste, weshalb das direkte Gespräch notwendig war, wusste aber nicht, wie sie auf diesen Mann reagieren würde.

Aaron schaute in die Küche hinein. »Kommst du zurecht?«

»Ich glaube schon. Du hast mir ja alles erklärt. Wenn es nicht klappt, rufe ich dich.«

»Und sonst?«

Enna zuckte mit den Schultern. »Ich weiß es nicht genau. Drück mir die Daumen, dass alles gut geht. Das Gespräch könnte wichtig sein.«

»Wenn du merkst, dass …«

»Ich weiß«, unterbrach Enna ihn sanft. »Wir haben doch alles besprochen. Ich passe auf mich auf.«

Aaron nickte. »Ich bin dann im Wohnzimmer.« Er wandte sich ab und schloss leise die Tür.

Enna hatte sich dagegen entschieden, das Gespräch auf Video aufzunehmen, wollte es aber per Handytonaufnahme aufzeichnen, um es sich später noch einmal anzuhören. Sie legte jetzt das Handy neben den Laptop und wartete die letzten vier Minuten bis zum Start. Dann klickte sie auf das grüne Anrufsymbol.

Ronald Grothe saß an einem Tisch in einem hellen Raum. Er war gut zu erkennen. Enna brauchte eine kurze Schrecksekunde, bevor sie seinen Gruß erwidern konnte.

»Guten Tag. Mein Name ist Enna Andersen.«

Der Mann nickte und schwieg. Soweit Enna das dem Bildausschnitt nach beurteilen konnte, war Grothe ein kräftiger, großer Mann. Seine Haare waren kurz und nach hinten gekämmt und er war gründlich rasiert. Enna sah seinen Augen an, dass er in der Nacht schlecht geschlafen haben musste und sich unwohl zu fühlen schien.

»Für uns beide ist es sicher eine schwierige Situation, nach so vielen Jahren miteinander zu sprechen«, fuhr Enna fort. »Und uns heute hier zum ersten Mal zu sehen.«

Grothe nickte und räusperte sich leise. »Ja, das stimmt wohl.« Er beugte sich leicht vor, sodass sein Gesicht fast den ganzen Monitor einnahm, atmete einmal tief durch und sah direkt in die Kamera. »Ich möchte Ihnen dafür danken, dass Sie mir die Gelegenheit geben, persönlich mit Ihnen zu sprechen. Ich kann mir vorstellen, wie schwer das für Sie sein muss.«

Seine Worte klangen, als hätte er sie sich lange vorher zurechtgelegt und eingeübt. Einen Moment war Enna irritiert, ließ sich aber nicht davon abbringen, ins Gespräch einzusteigen.

»Ich will von Anfang an ehrlich zu Ihnen sein. Ich bin nicht überzeugt, dass Sie unschuldig sind. Auch deshalb möchte ich mir ein unmittelbares Bild von Ihnen machen.«

Ronald Grothe schluckte schwer.

»Ich finde es durchaus bemerkenswert, dass Sie all die vielen Jahre Ihre Unschuld beteuert haben, und das, obwohl Ihnen sicherlich einige Jahre Haft beziehungsweise Sicherheitsverwahrung erspart geblieben wären, wenn Sie gestanden hätten.«

Ronald Grothe nickte und schien erleichtert durchzuatmen.

»Ich kenne die Akten, soweit sie mir vorliegen. Auch von Ihrer Annahme, dass Ihnen die Beweise untergeschoben wurden, habe ich gelesen. Selbst wenn es so gewesen sein sollte, schließt das natürlich noch nicht aus, dass Sie zu Recht verurteilt wurden.«

»Ich habe Ihren Eltern nichts … getan«, sagte er mit leiser Stimme. »Ja, ich habe Ihrem Vater gedroht. Das war eine dumme Kurzschlussreaktion. Ich war wütend, als sich meine Verurteilung immer mehr abzeichnete. Dabei hätte ich froh sein sollen, dass Ihr Vater mich überhaupt verteidigt hat.«

Enna wusste, dass ihr Vater hin und wieder Mandate übernommen hatte, die sich finanziell nicht lohnten. Es handelte sich in diesen Fällen um Beschuldigte, die Anspruch auf einen Pflichtverteidiger hatten. Ronald Grothe war wegen einer Einbruchserie zu zwei Jahren Haft verurteilt worden. Nach eineinhalb Jahren wurde er auf Bewährung entlassen. Drei Monate später wurden Ennas Eltern ermordet.

»Sie sollen meinem Vater in der Haft mit dem Tod gedroht haben«, sagte Enna. »Das klingt nicht nach einer Kurzschlussreaktion.«

»Das hat Kruse erfunden, um Hafterleichterung rauszuschinden. Mit Kruse habe ich eine Weile eine Zelle geteilt. Keine schöne Zeit, das können Sie mir glauben. Er war ein ganz übler Kerl.«

Enna hatte Ronald Grothe genau beobachtet. Bisher gab es keine Anzeichen, dass er log. Er hatte nicht ununterbrochen den Blickkontakt gehalten, sondern zwischendurch kurz zur Seite geschaut, als versuchte er, sich zu erinnern. Seine Stimme war fest und klar. Auch hatte er, ohne zu zögern, geantwortet und seine Körperhaltung, soweit Enna sie auf dem Bildschirm erkennen konnte, war ihr zugewandt.

»Warum sollte Ihnen jemand etwas unterschieben? Lassen wir mal dahingestellt, wer dafür infrage käme, und konzentrieren wir uns auf das Motiv.«

»Das weiß ich nicht. Ich kann es mir nur zusammenreimen. Dieser Polizist, Michaelis hieß er, also der führte sich von Anfang an so auf, als wenn nur ich es getan haben könnte. Er war so verdammt sicher, dass er mir überhaupt keine Chance gegeben hat.«

Enna wiegte den Kopf hin und her. »Es gab unumstößliche Beweise, dass Sie im Haus meiner Eltern waren.« Bei den letzten Worten spürte Enna einen plötzlichen Schmerz in der Brust, als hätte sie jemand geschlagen.

»Das weiß ich alles. Damals war das noch nicht so bekannt, dass DNA auch bewusst an einem Tatort platziert werden kann.« Erneut klang es so, als hätte Grothe den Satz auswendig gelernt.

»Warum sollte jemand die Beweise manipulieren?«, wiederholte Enna ihre Frage, ohne auf Grothes Einwand einzugehen.

»Wenn ich das wüsste, würde ich es Ihnen sagen. Ich habe mir jahrelang darüber den Kopf zerbrochen. Aber ich bin zu keinem Ergebnis gekommen.«

»In den drei Monaten zwischen Ihrer ersten Haftentlassung und Ihrer Festnahme ...« Enna machte bewusst eine Pause und beobachtete Ronald Grothe genau. Er sah gespannt in die Kamera und schien auf die zweite Hälfte ihrer Frage zu warten. »... gab es in dieser Zeit etwas Ungewöhnliches in Ihrem Leben?«

»Ungewöhnliches? Was genau meinen Sie?« Grothe hatte zunächst die Augenbrauen zusammengezogen und im nächsten Augenblick direkt seine Frage gestellt.

»Hat Sie jemand angesprochen, den Sie nicht kannten?«

Grothe ließ sich etwas auf seinem Stuhl zurückfallen. »Das ist lange her. Wen ich damals getroffen habe und was ich genau gemacht habe, weiß ich doch heute nicht mehr. Warum fragen Sie das?«

Enna ging nicht auf seine Bemerkung ein. »Versuchen Sie sich doch bitte zu erinnern. Gab es Kontakte, die Sie merkwürdig fanden?«

Er hob die Schultern. »Wenn man rauskommt aus der Haft, auch wenn es nur eineinhalb Jahre waren, versucht man wohl, das eine oder andere nachzuholen. Ich habe sicher ein paar Tage mit meinen Kumpels gefeiert und einige Nächte durchgemacht. Genau kann ich Ihnen das nicht sagen.«

Enna schwieg eine Weile und schaute dabei direkt in die Kamera. Ronald Grothe wandte nach wenigen Sekunden den Blick ab, griff dann nach einem Glas und trank.

Enna entschloss sich, die letzte Frage zunächst zurückzustellen. »Wieso haben Sie sich nie auf die Angebote der Staatsanwaltschaft eingelassen, zu gestehen und dafür ein milderes Urteil zu bekommen?«

»Ich war unschuldig. Wieso sollte ich etwas gestehen, was ich nicht getan habe? Das war für mich damals unvorstellbar.« Anders als zuvor hatte Grothe sofort und ohne Umschweife geantwortet. Seine Stimme hatte natürlicher geklungen und er hatte sich beim Sprechen leicht vorgebeugt.

»Und wie würden Sie heute handeln, wenn Sie sich noch einmal entscheiden könnten?«

Ronald Grothe rieb sich mit der flachen Hand mehrfach über die Stirn. »Wahrscheinlich würde ich mich anders entscheiden. Aber ich konnte mir damals nicht vorstellen, dass ein Unschuldiger lebenslang ins Gefängnis kommt. Ich habe bis zuletzt gehofft, dass sich alles aufklärt. Aber das ist nicht passiert.«

»Sie hätten später noch gestehen können.«

»Nein, ich wollte nicht als Bittsteller daherkommen. Und mein damaliger Anwalt hat mir gesagt, dass ich meine Chance gehabt hätte und jetzt die Konsequenzen tragen müsse.«

»Sie haben inzwischen eine hohe Summe für den Privatermittler und auch für Ihren Anwalt zahlen müssen. Warum ist Ihnen eine Rehabilitierung so wichtig?«

»Ich habe sonst nichts mehr. Keine Familie, keine Freunde, nicht einmal Bekannte. Ich bin ein Mörder, der auch noch in Sicherheitsverwahrung war und nur durch einen Fehler in der Gesetzgebung herausgekommen ist. Also bin ich noch gefährlich. Selbst wenn ich meine Unschuld beweisen kann, wird sich nicht viel ändern.« Grothe hielt kurz inne und schien zu überlegen. »Ich weiß natürlich, dass es auch dann heißen wird, er hatte einen guten Anwalt und wollte nur eine hohe Entschädigung. Und dass ich ein Mörder bin und immer bleiben werde.« Ronald Grothe hob die Hände. »Aber zumindest habe ich dann alles getan, was ich konnte. Das habe ich meiner Mutter versprochen.« Seine Augen waren feucht geworden, er wandte das Gesicht von der Kamera ab und wischte sich mit der Hand die Tränen von den Wangen.

Enna wartete, bis Ronald Grothe wieder in die Kamera blickte. »Entschuldigung. Ich konnte meine sterbende Mutter nicht mehr sehen. Die Bearbeitung des Antrags hat zu lange gedauert. Als es ihr noch gut ging, hat sie mich besucht und da habe ich es ihr in die Hand versprochen. Sie war der Mensch, der am meisten unter der Situation zu leiden hatte. Ich saß in Haft und später in Verwahrung. Mir konnte niemand etwas anhaben. Aber meine Mutter war die Frau, die einen Mörder als Sohn hatte. Sie musste die ganze Zeit damit leben.«

Ronald Grothe sah in die Kamera und schien auf Ennas nächste Frage zu warten. Sie ließ sich Zeit, schenkte sich Tee aus der Kanne ein und trank einen Schluck. »Das sind ungewöhnliche Gründe.«

»Sie glauben mir nicht?« Seine Stimme klang gepresst und ein wenig empört. Jetzt strich er sich durch die Haare. Enna bemerkte, dass die Hand leicht zitterte.

»Ich maße mir nicht an, über Ihre Gefühle zu urteilen. Dabei gibt es in aller Regel kein Richtig oder Falsch. Mir geht es um Fakten, die nachvollziehbar und vor allem nachweisbar sind. Und da habe ich durchaus etwas gefunden, was gegen Ihre Unschuld spricht.«

Grothe senkte den Kopf und schwieg eine Weile. Schließlich sah er auf und fragte mit kaum hörbarer Stimme: »Sie wissen es, oder?« Er starrte in die Kamera, als wenn er Enna direkt in die Augen sehen wollte.

Enna blieb äußerlich ruhig. »Was weiß ich?«

Grothe antwortete nicht.

Enna beugte sich leicht vor. »Wenn Sie mir nicht die ganze Wahrheit sagen – und genau das Gefühl habe ich im Moment –, kann ich Ihnen nicht vertrauen.«

»Kann ich Ihnen denn vertrauen?«

»Diese Entscheidung kann ich Ihnen nicht abnehmen, die müssen Sie schon selbst fällen.«

Ronald Grothe senkte den Blick und schien zu überlegen. Enna beobachtete ihn aufmerksam. Ihr war inzwischen klar geworden, dass er ihr nicht die ganze Wahrheit gesagt hatte. Unter anderen Bedingungen hätte sie an dieser Stelle das Gespräch abgebrochen und es zu einem späteren Zeitpunkt ein weiteres Mal versucht. Jetzt ließ sie Grothe Zeit, um sich zu entscheiden.

Nach einer gefühlten Ewigkeit sah er auf. »Woher wissen Sie, dass mich jemand angesprochen hat und mir einen Mordauftrag geben wollte?«

Enna beschloss, dass es an der Zeit war, Grothe mehr von ihrem Wissen mitzuteilen. »Sie sind nicht die einzige Person, die angeworben werden sollte.« Sie hielt kurz inne. »Erzählen Sie mir, wie die Kontaktaufnahme vor sich ging.«

Ronald Grothe zögerte. Schließlich richtete er sich auf. »Ein Kumpel, also eigentlich kannte ich ihn kaum. Wie das so ist, ein Bekannter eines Bekannten, den ich nicht mal mit richtigem Namen kannte. Das war so ein schmieriger Typ, der überall herumschlich und hier und da einen Job erledigte, den sonst niemand haben wollte.«

»Wie lief das genau ab?«

»Der Typ sprach mich an und meinte, dass er einen Auftrag für mich hätte. Als ich dann nachfragte, kam raus, dass er nur der Bote war. Ich sollte zu einem bestimmten Ort kommen und würde da weitere Informationen bekommen.«

»Sind Sie hingegangen?«

»Ich war ziemlich klamm, das können Sie sich sicher vorstellen. Wenn man entlassen wird, liegen die Jobs nicht gerade auf der Straße. Was soll ich sagen, ich bin hin. Das Hinterzimmer einer Kneipe. Es war nur eine Lampe an und die strahlte mir direkt ins Gesicht. Da war ein Mann, ich konnte ihn kaum erkennen, aber es war eine männliche Stimme. Und er hat mir dann angeboten, dass ich …« Grothe schluckte schwer. »Sie wissen schon, was er von mir wollte. Zehntausend gleich, das Geld hatte er auch dabei, und später neunzig. Das war noch die alte Währung. Es war damals viel Geld.«

»Hat der Mann den Auftrag genauer beschrieben?«

»Die Informationen würde ich alle bekommen, hat er gesagt. Und auch eine Waffe, die ich dann später verschwinden lassen sollte.«

»Warum hat er Sie ausgewählt?«

»Warum wohl?«, sagte Ronald Grothe leise. »Er wusste, dass ich noch eine Rechnung mit …« Er brach ab. »Zwei Fliegen mit einer Klappe, hat er gemeint.«

»Was haben Sie gemacht?«

»Was schon? Ich wollte das nicht. Ich wollte nicht wieder in den Knast. Es war doch klar, dass der Verdacht gleich auf mich gefallen wäre.«

Enna beugte sich nach vorne und sah direkt in die Kamera. »Sie haben tatsächlich abgelehnt?«

Grothe atmete schwer. »Nicht so ganz. Ich habe gesagt, dass ich nicht genau wüsste, ob ich das machen will. Irgendwie musste ich doch aus dem Laden wieder rauskommen.«

Enna sah fragend in die Kamera, schwieg aber.

»Ja, gut. Ich habe das Geld genommen und dann … verdammt, ich weiß auch nicht, was in mich gefahren war. Ich habe das Geld genommen und gesagt, dass ich es mir überlege. Oder so ähnlich. Damit war der Mann zufrieden. Er wollte mich zwei Tage später wieder treffen. An einem anderen Ort, den er mir noch sagen wollte.«

»Sagen wollte? Wie sollte das passieren?«

»Weiß ich nicht. Wahrscheinlich wieder über diesen schmierigen Typ. Ich bin dann gegangen. Mit dem Geld.«

»Wie ging es weiter?«, fragte Enna.

»Gar nicht. Ich habe mich für ein paar Wochen verdrückt. Zu einem Kumpel nach München. Weit genug weg, damit er mich nicht findet. Geld genug hatte ich ja.«

»Wie lange waren Sie in München?«

»Ein paar Wochen. Genau weiß ich es nicht mehr. Es ging hoch her in der Zeit. Das Geld war am Schluss futsch und dann bin ich halt zurück in den Norden. Der Typ hat sich nie wieder bei mir gemeldet und sein Bote auch nicht.«

»Haben Sie noch Kontakt zu Ihrem Freund in München?«

Langsam schüttelte Ronald Grothe den Kopf. Er schien den Hintergrund von Ennas Frage verstanden zu haben.

»Wie ist sein Name? Und die Straße, in der er wohnte.«

»Rudi Fuchs. An die Straße kann ich mich nicht mehr erinnern.« Seine Stimme klang enttäuscht. »Sie glauben mir nicht.«

»Wie alt war Herr Fuchs seinerzeit?«

»Etwas älter als ich. Er müsste jetzt an die sechzig Jahre alt sein.«

»Noch einmal zu dem Mann, der Ihnen das Geld gab. Wie groß war er, wie klang seine Stimme? Wie schätzen Sie sein Alter ein? Konnten Sie sehen, wie er gekleidet war?«

»Wie gesagt, es war dunkel. Er war etwas kleiner als ich. Also wird er etwas über ein Meter fünfundachtzig gewesen sein. Es war sicher kein Arbeiter, nein, so hat er sich nicht ausgedrückt. Seine Stimme klang, als würde er immer Anweisungen geben, wenn Sie verstehen, was ich meine. Er hatte wohl einen Mantel an, einen dunklen. Und Lederschuhe, das konnte man hören beim Gehen. Mehr weiß ich wirklich nicht.«

»Warum sind Sie nach München geflohen?«, fragte Enna weiter.

»Ich hatte wohl Angst, dass er sein Geld zurückhaben wollte. Wer so etwas macht und plant, hat auch noch andere Kontakte. Ich weiß, das Geld anzunehmen war ziemlich dämlich von mir. Aber so war ich damals, jung und bescheuert. Was soll ich da groß herumreden? Ja, ich habe das Geld genommen und das sieht danach aus, als hätte ich auch … alles andere gemacht. Deshalb habe ich doch auch nie etwas davon der Polizei erzählt. Wer hätte mir geglaubt? Nicht mal mein Anwalt.«

Enna versuchte, jedes seiner Worte, die Gesichtsmimik und seine Bewegungen zu registrieren. Sie spürte, wie erschöpft sie war. Schon zu Beginn des Gesprächs hatten leichte Kopfschmerzen eingesetzt und wurden nun mit jeder Minute stärker. Ihre Konzentration war inzwischen auf einem Tiefpunkt. Sie sah ein, dass es keinen Sinn hatte, das Gespräch weiterzuführen. Nach ein paar weiteren unverfänglichen Fragen bedankte sie sich bei Ronald Grothe und beendete die Videoschaltung.

Sechsundzwanzig

»Guten Morgen«, sagte Paulsen mit Blick in Pias Büro. »Bist du schon lange da?«

»Hallo, Paulsen. Nein, eine halbe Stunde. Jens ist auch gerade gekommen. Hast du schon etwas von Enna gehört? Sie wollte doch gestern mit Grothe sprechen.«

»Nein, ich rufe sie später an. Gestern wollte ich sie in Ruhe lassen.«

»Ja, ihr geht das Ganze wohl sehr nahe.« Pia warf Paulsen einen fragenden Blick zu. »Und bei dir? Alles gut?«

Paulsen ging auf Pias Schreibtisch zu und setzte sich auf den davorstehenden Stuhl. »Wieso fragst du?«

Sie zuckte mit den Schultern. »Na ja, du siehst in der letzten Zeit ziemlich mitgenommen aus.«

»Ist das so?« Paulsen wunderte sich, dass Pia ihn ansprach. Hatte sie gestern mit Enna über ihn und Katja geredet? Nein, sagte er sich. Enna würde nichts weitergeben, da war er sich ganz sicher.

»Ja, sonst würde ich es nicht sagen.«

»Ich schlafe im Moment nicht gut«, wich Paulsen ihrer Frage aus.

»Nur das?«

»Wann ist es schon mal ›nur das‹?« Paulsen zog seine Jacke aus und hielt sie in der Hand. »Woran arbeitest du gerade?«

Pia sah ihn direkt an. »Jetzt lenk nicht ab. Wenn ich dir irgendwie helfen kann, egal was es ist, sag es einfach. Du kannst mich auch vollquatschen und ich verspreche, mich zurückzuhalten.«

Paulsen musste unwillkürlich lächeln. Ihm wurde warm ums Herz. Er mochte die junge Kollegin seit dem ersten Tag in Oldenburg. Zwar waren die Anfangsmonate nicht ganz konfliktfrei gewesen, aber das hatte sich mit der Zeit gelegt. »Danke, Pia. Das bedeutet mir viel.«

Er stand auf, nickte ihr zu und ging in sein Büro. Sah man ihm wirklich an, dass er Probleme hatte? Oder lag es daran, dass Katja und er am späten Nachmittag den ersten Termin bei der Beratungsstelle hatten? Er fragte sich, warum Katja ihn erst gestern Abend informiert hatte. Sie musste von dem Termin schon mindestens seit Freitag wissen. Dachte sie, dass er einen Rückzieher machen würde, und wollte die Bedenkzeit so kurz wie möglich halten?

Paulsen setzte sich hinter seinen Schreibtisch und fuhr seinen Rechner hoch. Hatte Katja recht mit ihrer Annahme? War für ihn die Beziehung eigentlich schon lange zu Ende? »Nein«, murmelte Paulsen. Vielleicht war es die Hoffnung auf ein gutes Ende, die ihm Sorgen bereitete. Die Hoffnung hatte sich in den wenigen Monaten ihrer Beziehung zu häufig als trügerisch erwiesen. Der Schmerz der vielen Abstürze steckte ihm tief in den Knochen und hatte ihn zermürbt. Wer springt schon gerne sehenden Auges in den Abgrund?

Liebte er Katja noch? Bei ihr hatte er die magischen drei Worte zum ersten Mal in seinem Leben in den Mund genommen. Ausgesprochen, leise und laut – und dabei gefühlt, was Liebe bedeuten konnte. Aber das waren Sekunden gewesen, manchmal Stunden, nie Wochen oder gar Monate. War das

Liebe? Auf diese kurzen Augenblicke zu hoffen, von ihnen zu zehren, bis sich die Momente wiederholten?

Er schob die Gedanken zur Seite und öffnete seinen Mailaccount.

Dirk Lager, der von Paulsen beauftragte Hamburger Privatermittler, meldete sich, nachdem Paulsen im Laufe des Vormittags zweimal vergeblich bei ihm auf den AB gesprochen hatte.

»Du hast angerufen?«

»Ja, ich warte. Hast du was für mich?«

»Wie man's nimmt. Was hatte ich dir schon erzählt?«

»Dass Hansen senior während der NS-Zeit Kontakte zur SS hatte.«

»Also noch nicht viel. Okay. Ich habe da einen uralten Kommunisten aufgetrieben. Achtundneunzig Jahre ist er. Der Wahnsinn, oder?«

»Komm zur Sache, Dirk.«

»Ja, ja. Er war damals als junger Mann hier in Hamburg im Untergrund aktiv. Gefährliche Zeiten, sage ich dir, und Hut ab für die wenigen, die den Mumm hatten, etwas zu unternehmen. Aber genug Geschichtsunterricht. Der alte Mann sitzt zwar im Rollstuhl und braucht fast den ganzen Tag Hilfe, aber im Kopf ist er vollkommen klar.«

»Bitte!« Paulsen musste sich Mühe geben, ruhig zu bleiben.

»Ist ja schon gut. Also, der alte Mann, sein Name ist übrigens Kurt Luetken, kannte Hansen senior. Nicht persönlich, aber durch seine Genossen. In den Anfangsjahren dieser schlimmen Zeit hat es ja noch Prozesse gegeben, bevor man Beschuldigte weggesperrt hat, und da hat Hansen zwei von Luetkens Genossen vertreten. Das hat sich aber als Griff ins Klo herausgestellt. Hansen hat die beiden erst richtig reingeritten. Sie bekamen zwei Jahre aufgebrummt und sind danach in ein Arbeitslager gekommen. Dass Hansen ab da nicht mehr so beliebt in der linken Szene war, brauch ich dir nicht zu erzählen. Irgendeine der Widerstandsgruppen wollte Hansen daraufhin wohl liquidieren, hat aber aufgegeben, weil er unter besonderem Schutz der SS stand. Weiter habe ich da nicht nachgefragt, Luetken wollte in der Angelegenheit nicht so richtig auspacken. Frag mich nicht, warum.«

»Hansen hatte also Polizeischutz?«

»Sozusagen. Ich sagte dir doch schon beim letzten Mal, dass er der Spezi von diesem SS-Typen war, der die Sondereinheit leitete. Schon vergessen?«

»Nein, natürlich nicht. Hansen senior hat seine Mandanten verraten. Okay, das war zu der Zeit sicher nichts Besonderes.«

»Ich war ja auch noch nicht fertig. An Hansen rangekommen sind die Genossen also nicht, aber sie haben Informationen gesammelt. Von daher weiß ich ja auch das mit dem Spezi. Nun gut, Kurt Luetken meinte, dass Hansen reihenweise Kollegen hingehängt hat. Quer durch die Bank. Bei einem war es die jüdische Frau, beim anderen das Parteibuch der KPD oder der SPD, beim nächsten diese Homoschiene. Einer nach dem anderen ist aus dem Verkehr gezogen worden. Schick, oder?«

»Ein ausgesprochen unangenehmer Zeitgenosse«, warf Paulsen ein.

»So könnte man es formulieren.« Dirk Lager machte eine kurze Pause. »Und bevor du wieder anfängst zu stänkern: Ich habe noch mehr.«

»Dann mal raus damit!«, forderte ihn Paulsen auf.

»Die Kommunisten haben eine Liste geführt. Da sollen alle Anwälte draufstehen, die Hansen denunziert hat. Kurt Luetken ist ja seit vielen Jahren im Altersheim, aber sein Enkel hat all seine Aufzeichnungen gut verwahrt. Ich bekomme die Liste in ein paar Tagen.«

»Gute Arbeit, Dirk.«

»Warte mit deinem Lob, bis ich fertig bin. Das Beste kommt noch. Kurt hat nämlich einen Freund, der ursprünglich mal sein Todfeind war. Dieser Hendrik Meisen war so eine Art Adjutant von dem SS-Schergen. Kurt hat ihn fünfzehn Jahre nach Kriegsende wiedergetroffen. Meisen hatte seine Ansichten radikal geändert und alles getan, um mitzuhelfen, die Bösen zu bestrafen.« Dirk Lager lachte kurz auf. »Vom Saulus zum Paulus. Sagt man das nicht so?«

»Was ist jetzt mit diesem ehemaligen SS-Mann?«

»Hendrik Meisen. Kurt Luetken meint sich zu erinnern, dass Meisen ihm einmal eine Geschichte zu dem schicken Haus erzählt hat, in dem die Anwaltskanzlei seit der Nazizeit haust. Das gehörte ursprünglich nicht Hansen, sondern seinem Partner, der es von seinen Eltern geerbt hatte. Alter Hamburger Geldadel, sagte Luetken. Und dann, mir nichts, dir nichts ist der Partner weg und das Häuschen wechselt seinen Besitzer. Wusstest du davon?«

»Ja, aber wir sind da noch nicht sehr weit.«

»Das habe ich mir schon gedacht. Das soll alles ratzfatz über Nacht passiert sein und am nächsten Tag waren alle Spuren wie durch ein Wunder verschwunden. Kein Partner mehr, das Haus gehörte Hansen und das Leben war schön. Niemand würde da was finden, sagte Luetken.«

»Gerüchte oder hat er Beweise dafür?«, bohrte Paulsen nach.

»Gute Frage, die ich natürlich auch sofort gestellt habe. Zwar nicht so brutal wie du jetzt, etwas feinfühliger, wie es halt meine Art ist.« Dirk Lager lachte. »Da bist du jetzt erstaunt, gib es zu.«

Paulsen musste unwillkürlich grinsen. Dirk Lager, wie er leibte und lebte. Selbst in solch einer Situation hatte er noch einen kessen Spruch auf Lager. Und das alles in dem typischen Hamburger Slang.

»Ja, das sind ganz neue Seiten an dir«, sagte Paulsen mit leicht amüsiertem Unterton.

»Das will ich meinen. Altersmilde nennt man das. Würde dir auch ganz gut stehen. Alles etwas gelassener angehen und sich nicht so schnell aus der Ruhe bringen lassen.« Dirk Lager hielt kurz inne. »Nun gut, über das Thema sprechen wir ein anderes Mal. Wo war ich stehen geblieben? Stimmt. Partner und Haus. Niemand würde Unterlagen finden, aber sein Freund Meisen habe sozusagen Buch geführt. Kurz und gut, er spricht mit ihm und sagt mir dann Bescheid.« Lager legte eine Kunstpause ein. »So, jetzt darfst du mich loben. Meinetwegen auch über den Klee.«

»Wenn du noch die beiden Unterlagen herschaffst, bist du auf ewig mein Held. Versprochen!«

Dirk Lager lachte. »Gut gebrüllt, Löwe. Du kannst dich auf mich verlassen. Ich melde mich bei dir.« Ohne weitere Verabschiedung beendete der Privatermittler das Gespräch.

Gegen Mittag saßen Pia, Jens und Paulsen in der Küche und aßen die bestellten Pizzas, bevor sie die Ergebnisse des Tages zusammenfassten.

Paulsen berichtete von seinen Gesprächen mit Dirk Lager und Enna. »Ich habe versucht, mehr über das Gebäude, in dem die Kanzlei untergebracht ist, zu erfahren. Aber ich bin, wie mein Informant in Hamburg schon vorausgesagt hatte, nicht weit gekommen. Selbst im Grundbucheintrag ist der vorherige Besitzer nicht zu finden.«

»Das kann in den Wirren des Krieges verloren gegangen sein«, warf Jens ein.

»Mag sein, trotzdem ist es merkwürdig. Ich habe dann recherchiert, was ein solch großes Haus heute in dieser Lage kosten würde.« Paulsen sah zwischen Pia und Jens hin und her. »Vorschläge?«

»Drei Millionen«, sagte Jens und Pia zuckte mit den Schultern.

»Sieben, selbst wenn innen noch einiges zu machen wäre. Das lässt sich natürlich nicht mit den Dreißigerjahren vergleichen, trotzdem wird es nicht für ein Butterbrot über den Ladentisch gegangen sein.«

»Juden durften ab einem bestimmten Zeitpunkt keine Gewerbebetriebe und keinen Grundbesitz mehr haben«, sagte Pia. »Wenn sie auswandern wollten, zu dem Zeitpunkt, als es noch halbwegs möglich war, mussten sie alles verkaufen und hohe Abgaben und Steuern bezahlen. Am Schluss blieb nur noch wenig übrig. Viel Eigentum ist auch zwangsversteigert worden oder gleich in staatlichen Besitz übergegangen. Aber letztlich war das ja alles gesetzlich geregelt und bei dem deutschen Wahn, alles bis ins Kleinste zu dokumentieren, sollte das zum Beispiel im Grundbuch entsprechend eingetragen sein.«

»Ist es aber nicht«, warf Paulsen ein.

»War Hansens Partner also kein Jude?«, fragte Jens. »Dann wird er aus anderen Gründen gezwungen worden sein, die Partnerschaft aufzugeben und das Gebäude Hansen zu übertragen.«

»Wir können nur hoffen, dass mein Informant noch etwas herausbekommt«, sagte Paulsen, der in seinem Bericht nur angedeutet hatte, dass Dirk Lager noch weitere Quellen hatte, die er bisher nicht erreichen konnte. »Bis dahin lassen wir das Thema ruhen.« Er wandte sich an Jens. »Wie sieht es bei dir aus?«

»Ich bin weiter auf der Suche nach Siegfried Röder, seiner Vergangenheit und den Jahren nach seiner frühzeitigen Pensionierung. Leider gibt es da nicht viel. Er scheint ein durch und durch vorsichtiger Mensch zu sein. Eigentlich findet man immer irgendwo etwas, wenn man lange genug im Netz gräbt. Aber bei diesem Menschen gibt es offensichtlich nichts. Seine

Ehe ist kinderlos geblieben. Fünf Jahre vor seiner Pensionierung hat er sich scheiden lassen. Seine Ex-Frau wohnt in Hessen in einer Kreisstadt. Kontakt habe ich nicht mit ihr aufgenommen.«

»Nein, zu gefährlich. Vielleicht steht sie noch mit ihm in Verbindung.«

»Okay, also ich bin nicht viel weiter«, schloss Jens seinen Kurzbericht ab.

»Und du?«, fragte Paulsen mit Blick auf Pia.

»Ich habe noch einmal mit der Professorin in Hamburg gesprochen. Das Gespräch war informativ, aber leider gab es wenig neue Fakten zur Kanzlei Hansen oder zu Hansen senior. Dann habe ich mich weiter mit Julia Rosenbaum beschäftigt. Sie hat einen privaten Facebook-Account und ist Admin einer Facebook-Gruppe. Auf Instagram ist sie auch aktiv.«

»Bringt uns das weiter?«, fragte Paulsen.

»Das weiß ich noch nicht. Aber ich habe mehr über sie erfahren. Sie scheint schwere Depressionen zu haben und geht ziemlich offen mit ihrer Krankheit um. Das ist Thema der Gruppe, mehr kann ich allerdings nicht sehen, aber ich habe mich dort unter einem anderen Namen angemeldet und muss warten, bis sie mich in die Gruppe aufnimmt. Das wird wahrscheinlich heute sein.«

»Depressionen? Du meinst, das hat mit der Zeit in der Hamburger Kanzlei zu tun?«

»Vielleicht. Ich habe aber noch etwas Weiteres gefunden. Sie ist Mitglied in einer Facebook-Gruppe, einer Art Selbsthilfegruppe für Frauen, die eine langjährige geheime Beziehung zu einem verheirateten Mann haben oder gehabt haben.«

Paulsen horchte auf. »Also hat sie doch noch Kontakt mit Hansen junior und hat ihn vermutlich über unsere Ermittlungen informiert?«

Pia schüttelte den Kopf. »Eine über fünfundzwanzigjährige geheime Beziehung? Eher nicht. Es gibt zwar tatsächlich Beziehungen dieser Art, die über Jahrzehnte laufen, die sind aber ausgesprochen selten. Sie zerbrechen häufig nach ein paar Jahren, weil der Druck für die Frauen zu groß wird.«

»Oder die Männer eine neue, jüngere Geliebte gefunden haben«, warf Jens ein.

»Mag sein, dass das auch vorkommt, aber in aller Regel sind das ganz normale Männer und ganz normale Frauen, die eine solche Beziehung eingehen. Keine reichen und unglaublich gut aussehenden Männer, die reihenweise Frauen bezirzen.«

»Okay, aber was hat das jetzt mit unseren Ermittlungen zu tun?«, fragte Paulsen.

»Erstens: Wenn Julia Rosenbaum länger mit Hansen junior liiert war, könnte sie erheblich mehr über die Abläufe in der Kanzlei wissen. Zweitens: Sie haben sich getrennt. Wer von wem ist im Grunde genommen erst mal egal. Die Leidtragende ist die Frau. Sie hatte zwei Leben zu meistern, in beiden musste sie auf vieles verzichten. Niemand durfte erfahren, warum sie keinen Freund oder Ehemann hatte. Weder konnte sie ihre Probleme oder auch die schönen Seiten der Beziehung mit jemandem teilen noch waren seine Freunde ihre Freunde – und ihre Freunde nicht seine. Kinder gibt es in solchen Beziehungen selten, meistens nur auf der Seite des Mannes, der damit gleichzeitig begründet, weshalb er seine Frau nicht verlassen kann.« Pia sah Paulsen und Jens an. »Julia muss Hansen hassen oder gehasst haben. Auch ihre depressiven Phasen deuten darauf hin, dass sie die Leidtragende in der Beziehung war. Sie war unglaublich jung, als sie Hansen kennengelernt hat, er ein Mann Ende vierzig. Sie stand in einem Abhängigkeitsverhältnis zu ihm, das er gnadenlos ausgenutzt hat. Ich könnte mir vorstellen, dass sie ihm etwas heimzahlen will.« Pia hob abwehrend die Hände. »Und ja, das ist weit hergeholt und extrem spekulativ.«

»Ja, das ist es«, murmelte Paulsen und fuhr deutlicher fort: »Aber was haben wir schon zu verlieren? Du willst sie noch einmal ansprechen?«

»Ja, aber ich weiß noch nicht, wie ich das anstellen soll.«

»Okay, ich würde vorschlagen, dass wir uns den Rest des Tages mit dem Lüneburg-Fall der getöteten Frau beschäftigen. Der Fall scheint interessanter zu sein, als ich zunächst vermutet habe. Wir brauchen auch ein Alibi für die Tage, die wir hier herumsitzen. Ab morgen gehen wir dann wieder an unsere eigentlichen Recherchen.«

Pia rollte mit den Augen. »Muss das sein?«

»Ja, ich bin im Moment für den Laden hier verantwortlich. Sollte es Probleme geben, sollten wir alle über den Fall Bescheid wissen und Antworten parat haben.«

Jens stimmte Paulsen nickend zu. »Vielleicht sollten wir gleich nach Parallelen zu Ennas Fall suchen, die wir im Konfliktfall zur Hand haben. Orte oder Personen, die in beiden Fällen relevant waren, und solche Sachen. Ich werde dann einfach heute etwas länger bleiben und die Zeit aufholen.«

»Wenn es denn sein muss«, murmelte Pia.

»Gute Idee«, sagte Paulsen. »Ich habe zwar am späten Nachmittag noch einen Termin, aber danach bin ich wieder hier im Büro.« Er stand auf. »Ein paar Überstunden sind wir Enna schuldig.«

Siebenundzwanzig

Enna hob die Hand und winkte ein letztes Mal dem abfahrenden Zug hinterher. Nach einem ausgiebigen zweiten Frühstück hatte Enna Aaron zum Bahnhof gebracht. Die nächsten zwei Prozesstage in München standen an. Aaron würde erst am Donnerstag zurück in Oldenburg sein.

Seufzend wandte sie sich ab. Seit sie am Morgen aufgewacht war, spürte sie eine Unruhe in sich, die sie nur mühsam vor Aaron hatte verbergen können. Das von ihr selbst gesetzte Ultimatum lief Minute um Minute ab und sie hatte bisher keinen Plan, wie sie weiterermitteln wollte.

Ronald Grothes Geständnis, dass auch er angeworben werden sollte und dass er sogar den Vorschuss angenommen hatte, war für sie der Tiefpunkt der letzten Tage gewesen. Wie glaubwürdig waren seine Beteuerungen, unschuldig zu sein, noch? Selbst seine angebliche Flucht nach München warf ein schlechtes Licht auf ihn. Warum hatte er das Geld angenommen? Er musste gewusst haben, dass der Mann das nicht einfach auf sich beruhen lassen würde.

Direkt nach ihrem Gespräch mit Grothe hatte Enna nach Rudi Fuchs gesucht, ihn aber nicht gefunden. Sie würde Paulsen bitten müssen, sich um Fuchs zu kümmern. Sie selbst wollte nach Hamburg zurück. Hier lag der Schlüssel zur Klärung der Tat.

Kurz hinter Bremen rief Paulsen Enna auf dem Handy an. Sie gab ihm einen kurzen Bericht über Grothes Befragung und Paulsen schien über die Entwicklung genauso erstaunt zu sein wie sie.

»War er es doch?«, fragte er. »Kann man sich so eine verrückte Geschichte ausdenken?«

»Zeitlich war der Anwerbeversuch vor dem von Paunovic. Zumindest wenn beide die Wahrheit gesagt haben. Wenn Grothe es nicht war, muss es einen Dritten geben. Der Auftraggeber könnte dann beschlossen haben, es Grothe in die Schuhe zu schieben, um den Fall schnell aus der Öffentlichkeit zu bekommen.«

»Möglich ist immer viel«, sagte Paulsen. »Ist es auch wahrscheinlich?«

»Ich zermartere mir schon seit gestern Nachmittag den Kopf, was das alles zu bedeuten hat, aber ich komme zu keinem Ergebnis. Kann ich euch die Aufgabe übertragen, nach Rudi Fuchs zu suchen? Ich habe ihn nicht gefunden. Vielleicht ist Rudi auch nur ein Spitzname und er hat einen ganz anderen Vornamen. Eventuell lebt er auch schon nicht mehr. Oder er wird anders geschrieben, als ich vermutet habe.«

»Kein Problem. Ist schon notiert.« Paulsen berichtete ihr von dem Gespräch mit Dirk Lager.

»Klingt nach einem Glücksfall oder er hat sich alles ausgedacht«, kommentierte Enna. »Kannst du ihm hundertprozentig vertrauen?«

»Ich lege meine Hand für ihn ins Feuer. Ob Kurt Luetken sich wirklich genau erinnert, ist natürlich eine ganz andere Frage. Die Ereignisse liegen weit über achtzig Jahre zurück.«

»Aber sie waren prägend«, warf Enna ein. »Es verdichten sich auf jeden Fall die Hinweise, dass es etwas zu verbergen gab. Ihr bleibt am Ball?«

»Natürlich. Das läuft. Und du bist wieder unterwegs?«

»Nach Hamburg. Ich habe es in Oldenburg nicht ausgehalten.«

»Verstehe ich. Sei vorsichtig. Ich melde mich.«

Kurz vor Hamburg bog Enna auf die A39 nach Winsen ab. Während der Fahrt war ihr schmerzlich bewusst geworden, wie sehr sie Elias vermisste. Jedes Mal wenn sie eine Familie mit Kindern überholte, versetzte es ihr einen kleinen Stich. Was machte sie hier auf der Autobahn, anstatt auf Mallorca am Strand zu liegen und mit ihrem Sohn Sandburgen zu bauen?

Als sie ihren VW Passat vor der Dienststelle von Marcus Holm parkte, ließ sich ihr schlechtes Gewissen gegenüber Ullrich Geers nicht mehr besänftigen. Hätte sie ahnen können, dass sie den alten Herrn mit ihren Recherchen in Gefahr bringen würde? Lebte er noch? Sie schluckte schwer und stieg aus dem Wagen aus.

Bei der Anmeldung wartete sie, bis Holm sie abholte und sie in sein Büro begleitete. »Sie hätten auch anrufen können«, sagte er, als sie sich an den Besprechungstisch gesetzt hatten.

»Ich war ohnehin auf dem Weg nach Hamburg. Gibt es Neuigkeiten?«

»Tut mir leid, aber wir wissen immer noch nicht, wo sich Herr Geers aufhält. Ich habe heute Nachmittag ein Gespräch mit dem Chef aus Lüneburg und dem zuständigen Staatsanwalt. Dann wird sich zeigen, wie es weitergeht.«

»Wir beide wissen das doch schon jetzt.«

Marcus Holm sah ihr direkt in die Augen. »Warum sind Sie wirklich hier? Doch nicht, um sich nach Neuigkeiten zu erkunden.«

»Ich würde mich gerne im Haus von Ullrich Geers umschauen.«

Holm stöhnte leise. »Das habe ich mir schon gedacht. Sie wissen sehr gut, dass das nicht geht.«

»Es muss niemand erfahren. Sollte ich etwas finden, entscheiden Sie, was damit passiert. Im besten Fall können Sie so Punkte sammeln.«

»Und wenn ich keine Punkte brauche?«

»Dann tun Sie es für sich selbst. Sie glauben doch auch nicht an einen Zufall. Der Einbruch und das Verschwinden von Herrn Geers hängen auf irgendeine Weise zusammen. Oder sehen Sie das anders?«

»Selbst wenn, ergibt das lange noch keinen Grund, Sie ins Haus zu lassen.«

»Doch. Ich könnte das Bindeglied zwischen beiden Vorkommnissen sein. Vielleicht finde ich etwas, was sonst niemand finden kann.«

Marcus Holm wiegte den Kopf hin und her. »Es gäbe auch eine andere Möglichkeit. Sie könnten mich aufklären über Ihre Erkenntnisse. Vielleicht reicht das schon.«

»Das ist keine Option und führt zu nichts. Glauben Sie mir.«

Marcus Holm zögerte lange, sah auf seine Uhr und ging anschließend zum Schreibtisch, um seinen Kalender durchzuschauen. Dann kam er zurück zum Tisch. »Wir fahren in getrennten Fahrzeugen. Sie warten eine Viertelstunde, bevor Sie zum Haus kommen. Die Tür ist auf. Passen Sie auf, dass Sie niemand sieht.«

Enna blieb einige Minuten im Auto sitzen, um die Straße zu beobachten. Als sie sicher war, dass sich in keinem der Häuser etwas tat und niemand auf dem Fußweg vor dem Haus unterwegs war, verließ sie ihr Fahrzeug und ging langsam bis zur Gartenpforte, öffnete sie und eilte zur Haustür.

Marcus Holm wartete in der Küche auf sie. »Wo wollen Sie suchen?«

»Im Arbeitszimmer und im Wohnzimmer.« Enna zeigte nach oben. »Gehen wir?«

Der Raum maß an die fünfzehn Quadratmeter. Neben einem großen Schreibtisch aus Eiche standen in Regalen unzählige Bücher. In einem geräumigen Aktenschrank stapelten sich Ordner und feste Pappkartons, in denen Geers Fotos und lose Blättersammlungen aufbewahrte.

»Was suchen wir?«, fragte Holm. »Oder wollen Sie das alles allein bewältigen?«

»Fotos, Briefe, Tagebücher und andere Aufzeichnungen. Wenn Sie mit den Büchern anfangen, würde ich mir den Schreibtisch vornehmen.«

Ohne zu antworten, ging der Oberkommissar auf die Regale zu, streifte sich Latexhandschuhe über und zog das erste Buch heraus. »Sie wissen schon, dass das die Kollegen der Kriminaltechnik schon gemacht haben?«

»Waren Sie dabei?«

Wieder erhielt Enna keine Antwort. Sie setzte sich hinter den Schreibtisch und ging zunächst alle Unterlagen durch, die auf der großen Schreibtischplatte lagen. Es handelte sich um Rechnungen, Schreiben von der Krankenkasse und dem Steuerberater sowie ausgeschnittene Zeitungsartikel. Keines der Dokumente war interessant. Sie öffnete die erste Schublade, fand die üblichen Utensilien wie Kugelschreiber, Bleistifte, Klammerhefter, Lineal und leere DIN-A4-Blätter. Neben einer Lesebrille lagen dort weitere persönliche Sachen, die für Ennas Ermittlungen keine Bedeutung hatten. In der zweiten Schublade fand Enna mehrere Kladden, die nur mit Jahreszahlen beschriftet waren. Sie griff nach einer und schlug sie auf. Nach den ersten

Seiten blätterte sie den Rest enttäuscht durch. Es handelte sich um Aufzeichnungen zum Garten mit genauen Angaben über die Pflanzen und Notizen zu ihrer Pflege und Blüte. Sie schaute die weiteren Kladden durch und legte sie sorgfältig zurück, bevor sie sich an die dritte und letzte Schublade machte. Hier lagen eine Pappschachtel und drei dickere Kladden. Jede Kladde war mit Jahreszahlen auf dem Umschlag gekennzeichnet: 1970–80, 1980–90, 1990–2000. Enna griff nach dem letzten Jahrzehnt und schlug es auf. Wie in einem Tagebuch waren hier unter jeweils einem Datum kurze Einträge vermerkt. Die Kladde endete in dem Jahr, als Ennas Eltern ermordet worden waren. Nach diesem Datum gab es keine Einträge mehr.

»Haben Sie etwas gefunden?«, fragte Marcus Holm.

»So eine Art Tagebücher. Sie enden aber direkt nach dem Tod meiner Eltern.«

Holm kam auf den Schreibtisch zu, griff nach einer der Kladden und blätterte sie durch. »Klingt alles sehr formal. Da scheint nichts Persönliches dabei zu sein.«

»Ich müsste sie mitnehmen, um das genau beurteilen zu können.«

Holm schüttelte den Kopf. »Sicher nicht. Schauen Sie es sich jetzt an, mehr geht nicht.«

Ohne zu antworten, begann Enna mit der zeitlich letzten Kladde und vertiefte sich in die Eintragungen. Ullrich Geers hatte kurze Bemerkungen über seine Fälle verfasst, wobei die Namen der Mandanten nur mit den Initialen gekennzeichnet waren. Arbeiten an seinem Haus hatte er ebenso notiert wie Besuche von Freunden und Bekannten. Hin und wieder fand sich eine Bemerkung zu Hansen junior, die auf ihr zerrüttetes Verhältnis hinwies. Aber selbst hier schien sich der Freund ihres Vaters zurückgehalten zu haben und blieb höflich und vermied Beleidigungen.

Marcus Holm war wieder zu den Büchern zurückgekehrt und nahm sich gerade die zweite Reihe vor. Enna blätterte weiter und suchte nach den Namen ihres Vaters oder ihrer Mutter, fand aber nur wenige Stellen.

Es würde Stunden dauern, alle Einträge der drei Kladden durchzusehen. Wenn Marcus Holm seine Meinung nicht änderte, konnte sie nur auf einen Zufallstreffer hoffen.

»Ich werde ein paar Seiten fotografieren«, sagte Enna in Holms Richtung. »Ist das in Ordnung?«

Holm verzog sein Gesicht und schien von ihrem Vorschlag nicht sehr begeistert zu sein. »Die tauchen aber nirgendwo offiziell auf. Ich würde alles abstreiten und Sie ständen als …«

»Kein Problem«, unterbrach Enna ihn. »Ich muss dem Staatsanwalt nichts liefern. Das sollen später andere machen.«

Sie zog ihr Handy aus der Tasche und fotografierte in der nächsten halben Stunde über hundert Seiten aus den drei Kladden. Anschließend legte sie die Hefte zurück und holte den Pappkarton hervor. Er enthielt unterschiedlich große Fotos, die übereinandergestapelt im Karton lagen. Enna griff mit beiden Händen hinein und legte die Aufnahmen auf den Schreibtisch. Anschließend schaute sie sich ein Foto nach dem anderen an und legte es zurück. Auf den meisten Bildern war Ullrich Geers zu sehen. Bei den ersten Aufnahmen war er drei oder vier, die letzten mussten vor weit über zehn Jahren gemacht worden sein. Die älteren waren in Schwarz-Weiß, ab den Siebzigerjahren in Farbe. Die, auf denen ihr Vater oder ihre Mutter zu sehen waren, sortierte sie aus und legte sie zur Seite. Anschließend fotografierte sie diese Aufnahmen und legte auch sie zurück in den Karton.

Als sie die letzten drei Fotos vor sich liegen hatte, trat Marcus Holm hinter sie. »Ihr Vater mit Ullrich Geers?«

Enna nickte. »Sie sehen sehr vertraut miteinander aus. Fast wie Brüder.« Ennas Vater hatte den Arm um den kleineren

Ullrich Geers gelegt, beide lachten in die Kamera. Enna datierte das Foto kurz nach ihrer Geburt, da im Hintergrund ein Kinderwagen stand, in dem sie vermutlich geschlafen hatte, während ihre Mutter fotografierte. Enna erkannte die Gegend wieder. Es handelte sich um einen Lüneburger Park, in dem sie in späteren Jahren häufig mit ihrem Vater spazieren gegangen war.

»Ja, durchaus«, sagte Marcus Holm. »Sie sind so ausgelassen.« Er zeigte auf den Kinderwagen. »Ist das Ihrer gewesen?«

»Ich denke schon. Ich kenne ihn von anderen Fotos aus der Zeit.«

»Ist es schwer für Sie? Ich meine, sich diese Fotos anzuschauen?«

»Es geht. Ich kenne ähnliche, auch wenn auf denen, die meine Mutter in die Alben eingeklebt hat, nur selten Ullrich Geers zu sehen war.«

»War Geers denn häufig bei Ihnen in Lüneburg?«

»Als Kind nimmt man das ja nicht so wahr. Auf jeden Fall häufiger als andere Bekannte oder Freunde. Es mag auch sein, dass die beiden hin und wieder etwas alleine unternommen haben. Ich glaube, ich erinnere mich an Fotos, die meinen Vater und Geers in einem Frankreich-Urlaub zeigen. Das muss aber weit vor meiner Geburt gewesen sein.«

Enna fotografierte die drei letzten Aufnahmen und verstaute den Karton wieder in der Schreibtischschublade.

»Ullrich Geers muss der Tod Ihrer Eltern ziemlich mitgenommen haben. Hat er deshalb sein Tagebuch – oder was immer das ist – nicht weitergeführt?«

»Vermutlich schon. Bei unserem Gespräch vor ein paar Tagen hat er nicht viel dazu gesagt oder sagen wollen.« Enna drehte sich zu Marcus Holm um. »Haben Sie etwas in den Büchern gefunden?«

»In manchen Büchern sind an der Seite Anmerkungen gemacht worden. Eigentlich ungewöhnlich, weil es sich um Belletristik handelt.«

»Was hat er geschrieben?«

Marcus Holm zuckte mit den Schultern. »Ich konnte weder alle lesen noch werde ich alle gefunden haben. Sie beziehen sich wohl auf den Text, mit dem Geers sich auseinandergesetzt hat. Manchmal ist es nicht einmal ein ganzer Satz, sondern nur drei, vier Wörter. Alles mit Bleistift notiert. Ich habe auch Stellen gefunden, wo radiert wurde. Er scheint die Texte zum Teil mehrfach gelesen zu haben. Nun gut, er ist ja auch schon eine Weile pensioniert und wird viel Zeit haben. Was sollte das auch mit seinem Verschwinden oder dem Tod Ihrer Eltern zu tun haben?«

»Sie kennen das doch. Es gibt Puzzleteile, die man erst fast am Schluss der Ermittlungen zuordnen kann.« Sie zeigte auf mehrere Zettel in seiner Hand. »Was ist das?«

»Auch Notizen. Sie scheinen aber nichts mit den Büchern zu tun zu haben, in denen ich sie gefunden habe.« Er reichte ihr die fünf quadratischen Notizzettel, die eng mit Bleistift beschrieben waren.

Enna legte sie auf den Tisch und fotografierte einen nach dem anderen ab. »Ich lese sie später.«

Holm nahm die Zettel und legte sie zurück in die Bücher, die er aufgeklappt auf dem Boden hingelegt hatte. »Ich bin dann durch. Es bleibt noch der Schrank.«

»… und das Wohnzimmer«, ergänzte Enna.

Achtundzwanzig

Am frühen Nachmittag checkte Enna im gleichen Hotel ein, in dem sie in der Woche zuvor übernachtet hatte. Nachdem sie ihre Reisetasche abgestellt hatte, machte sie sich auf den Weg zum Hamburger Polizeipräsidium.

Jutta Erichsen wartete bereits am Empfang. »Du kannst bald hier anfangen, so häufig wie du bei uns aufläufst.«

»Ach, ich fühle mich in Oldenburg ganz wohl. Und Elias auch.« Sie hatte auf dem Weg von Winsen nach Hamburg mit ihrem Sohn telefoniert. Er war immer noch begeistert von dem Hotel und dem Strand, aber Enna hörte an seiner Stimme, dass er sie vermisste. Am Schluss fragte er, ob sie noch viel arbeiten müsse und ob sie nicht bald herkommen könne. Enna hatte ihm versprochen, am Abend wieder anzurufen.

»Ja, eine kleinere Stadt hat viele Vorteile. Allein die Wege, die ich jeden Tag zurücklegen muss …« Jutta blieb stehen und schaute sich um. »Und dieser Koloss hier, in dem man sich jahrelang verlaufen kann.«

»Du solltest mich mal wieder in Oldenburg besuchen. Wir haben da eine Hundehütte allein für unsere Einheit.« Die Oldenburger Hundehütten waren Gebäude, die in Innenstadtnähe vor hundert bis hundertfünfzig Jahren errichtet und in den letzten Jahrzehnten liebevoll restauriert worden waren. Seitdem erstrahlten sie wieder in ihrem alten Glanz.

»Schick und übersichtlich. In meiner Oldenburger Zeit habe ich mal kurz in einem solchen Haus gewohnt. In einer WG. Gefühlt ist das mindestens ein Jahrhundert her.«

Enna schmunzelte. »Sind wir schon so alt?«

Jutta öffnete die Tür ihres Büros und ließ Enna den Vortritt.

»Möchtest du einen Kaffee? Wir haben hier eine ganz anständige Maschine. Immer noch Latte?«

Enna lächelte. »Gerne.«

Jutta verließ ihr Büro und kam kurze Zeit später mit zwei großen Kaffeebechern zurück. »Erzähl, warum bist du hier?«

Enna hatte sich entschlossen, Jutta ihre Ermittlungen offenzulegen. Sie berichtete von der Videoschaltung mit Ronald Grothe und seinem Geständnis, die Anzahlung für den Mord genommen und ausgegeben zu haben. Auch die Erkenntnisse von Dirk Lager, die ihr Paulsen weitergegeben hatte, sprach sie an.

»Gut und schön, Enna. Aber mit dem ganzen Fall haben das Hamburger LKA und somit auch ich nichts zu tun. Ich kann dir da nicht helfen, ich bin schon weit über meine Möglichkeiten hinausgegangen.«

»Ja, ich weiß. Ich greife im Moment nur nach jedem Strohhalm.«

»Verstehe ich ja alles, aber …« Jutta ließ den Satz unvollendet.

»Wir haben den Mann, mit dem Reinhardt Hansen sich getroffen hat, identifiziert. Es ist Siegfried Röder, ein ehemaliger BKA-Beamter.« Sie legte Jutta das einzige Foto vor, das ihre Oldenburger Kollegen bisher gefunden hatten. »Ist dir der schon mal über den Weg gelaufen?«

Jutta musterte das Foto. »Nein, kenne ich nicht. Was soll der mit dem Mord an deinen Eltern zu tun haben?«

»Ich stochere im Nebel. Hansen junior hat ihn direkt nach meinem Besuch angerufen. Dabei hat er mich erwähnt.«

»Erzähl mir lieber nicht, wie du an die Informationen gekommen bist.« Sie schloss kurz die Augen und sah dann wieder auf. »BKA, Anwaltskanzlei, der Mord. Willst du mir damit sagen, dass wir es hier mit einer Art Verschwörung zu tun haben?«

»Dass Paunovic sich den Auftrag nicht ausgedacht hat, ist spätestens klar, seitdem Ronald Grothe eine fast identische Geschichte erzählt hat. Ich zumindest habe da keinen Zweifel mehr. Da Grothe zuerst gefragt wurde und Paunovic später, könnte es durchaus sein, dass er den Auftrag doch angenommen hat. Das wäre schon relevant fürs LKA. Als Doppelmörder würde er wohl kaum einen Deal bekommen, oder?«

»Du willst noch mal mit ihm reden, stimmt's?«

»Wäre das möglich?«

»Nein. Letztlich seid ihr Oldenburger raus. Es war schon beim ersten Mal grenzwertig, dass du bei der Befragung beteiligt warst.«

»Dann befragst du ihn und ich höre zu und gebe dir per Handy Tipps. Wäre das möglich?« Als Jutta Erichsen zögerte, fügte Enna hinzu: »Du kannst doch nicht ignorieren, dass ihr gerade dabei seid, einem potenziellen Doppelmörder einen Deal anzubieten.«

»Ich muss mit dem Staatsanwalt sprechen. Er soll entscheiden. Kann ich die Sache mit Grothe erwähnen?«

Enna überlegte fieberhaft, wie sie reagieren sollte. Ohne die Information würde Jutta die Vernehmung nicht durchbekommen. Konnte sie die Informationen ohne Grothes Zustimmung weitergeben? Was hatte er zu verlieren? Er war bereits für die Taten verurteilt worden, ob mit Auftrag oder ohne, ihm konnte strafrechtlich nichts mehr passieren.

»Ich muss erst telefonieren.«

Jutta nickte. »Dann hole ich uns noch zwei Latte.« Sie stand auf und verließ den Raum.

Aaron nahm beim ersten Klingelton das Gespräch an. Enna erklärte ihm die Situation und fragte ihn nach seiner Meinung.

»Ich versuche, Ronald Grothe zu erreichen, und frage ihn, ob ich die Information weitergeben darf«, schlug Aaron vor. »Wenn sie von dir kommt, weiß der Staatsanwalt doch im gleichen Moment, dass du persönlich etwas damit zu tun hast.«

»Das ist eine gute Idee. Ich warte dann.«

»Bis gleich.«

Zwei Minuten später schaute Jutta ins Büro. »Fertig?«

»Ja, ich warte nur noch auf den Rückruf. Du kannst bleiben.«

Jutta trat ein und reichte Enna den Becher.

»Wie geht es eigentlich Elias? Ich habe lange nichts mehr von ihm gehört.«

Enna erzählte von ihrem Sohn und ihren letzten Telefonaten. »Er kommt fantastisch mit seiner Oma aus.«

»Stell ich mir trotzdem schwer vor. Du hier, dein Sohn fast zweitausend Kilometer entfernt.«

Elias' Frage fuhr Enna durch den Kopf. *Kommst du bald, Mama?* Warum hatte sie ihm nicht ehrlich geantwortet?

Enna blinzelte eine Träne weg. »Ja, ich habe es mir ehrlicherweise leichter vorgestellt. Bis jetzt war Elias immer nur kurz mit seiner Großmutter im Urlaub und das auch immer in erreichbarer Entfernung.«

»Entschuldige, ich wollte nicht …«

»Schon gut. Es ist nur … Elias hat mich heute gefragt, wann ich komme. Er weiß natürlich, dass das nicht geplant ist, aber wie Kinder halt sind.« Enna atmete tief durch. »Vielleicht fliege ich doch noch in der letzten Woche zu den beiden. Ich müsste nur …« Ennas Handy klingelte. Sie sah aufs Display und nahm das Gespräch direkt an. »Konntest du mit ihm sprechen?«

»Ja, wir können das so machen. Er ist einverstanden.«

»War es schwer?«

»Wir mussten etwas diskutieren, aber er sieht ein, dass das der beste Weg ist.«

»Ich melde mich später bei dir, Aaron.«

»Bis dann.«

Enna legte das Handy auf den Tisch. »Du kannst dich bei der Information auf Aaron Bernard berufen, den Anwalt von Ronald Grothe. Beide haben eingewilligt.«

Jutta nickte. »Okay. Ich telefoniere gleich mit dem Staatsanwalt.«

Enna saß in der Bar des Hotels und suchte im Internet nach einem Flug. Am kommenden Samstag um fünf Uhr morgens waren noch zwei Plätze frei. Sie zögerte einen Augenblick, suchte schließlich Aarons Daten heraus, die sie auf dem Laptop hinterlegt hatte, und buchte. Anschließend schrieb sie ihrer Schwiegermutter eine Nachricht mit der Bitte, nach einem Doppelzimmer im Hotel zu fragen.

Mit leicht zitternder Hand legte sie das Handy auf den Tisch. Die Entscheidung war richtig. Entweder gab es in den nächsten Tagen einen Durchbruch bei den Ermittlungen oder nicht. Im ersten Fall würde sie die Ergebnisse an die zuständige Polizeibehörde weiterleiten, im zweiten Fall die Ermittlungen beenden. Elias war wichtiger als die Vergangenheit. Und nach der Rückkehr würde sie zwei Wochen Überstunden abfeiern und sich mit Elias schöne Tage in Oldenburg machen.

Sie stand auf, ging zur Theke, bestellte sich einen schottischen Whisky und setzte sich zufrieden auf ihren Platz zurück.

Neunundzwanzig

»Wollen wir noch was … also vielleicht noch einen kurzen Spaziergang machen?«, fragte Katja, als sie sich von der Paartherapeutin verabschiedet hatten und auf den Ausgang zugingen.

Paulsen reagierte nicht. Zu sehr war er mit dem beschäftigt, was in der letzten Stunde passiert war.

Katja öffnete die Tür und wartete, bis Paulsen an ihr vorbeigegangen war, bevor sie ihm folgte. »Hast du noch Zeit?«

Paulsen blieb stehen und sah sie verständnislos an. »Zeit? Wofür?«

»Für einen Spaziergang. Wir können in den Schlossgarten gehen. Der ist doch noch auf, oder?«

Er zuckte mit den Schultern. »Weiß ich nicht.«

»Du hast also keine Zeit? Musst du noch arbeiten?«

»Nein …« Paulsen schüttelte sich leicht. »Vielleicht muss ich noch telefonieren. Spaziergang? Nein, lieber morgen oder so.« Er zeigte auf seinen Mercedes-Benz, der an der Straße parkte. »Ich fahr dann mal.«

Katja folgte ihm bis zum Auto. »War doch gut, oder? Das Gespräch, meine ich. Wenn wir …«

»Ja, doch. Alles gut.« Paulsen strich ihr über die Schulter. »Morgen? Vielleicht wieder am Nachmittag? Wir können uns an der Hunte treffen. Da gehst du doch gerne spazieren.«

Katja nickte. Sie schien eine andere Antwort erwartet zu haben. Jetzt lächelte sie matt. »Ja, ich melde mich morgen. Ist das okay?«

Paulsen erwiderte ihr Lächeln. »Ja, natürlich. Bis morgen dann.« Er stieg ins Auto und schloss die Augen. Als er sie wieder öffnete, sah er Katja, die den Fußweg entlangging. Sie drehte sich um, hob die Hand, als wolle sie ihm winken, und lächelte, bevor sie sich wieder abwandte und mit schnellen Schritten weiterging.

Die Gesprächsstunde bei der Paartherapeutin hatte mit der Klärung einiger Formalitäten angefangen. Die Frau war in Paulsens Alter und der Klang ihrer Stimme hatte ihm gefallen. Sie hatte ihn an etwas in seiner Vergangenheit erinnert. War es seine Grundschullehrerin oder die Nachbarin seiner Adoptiveltern, die hin und wieder ein paar Worte mit ihm gewechselt hatte?

Was ist Ihr Ziel?, hatte sie gefragt. Warum sind Sie hier? Katja hatte geantwortet, er hatte zugehört. Als er an der Reihe war, fehlten ihm die Worte. Wir wollen zusammenbleiben, aber es geht nicht, sagte er schließlich. Die Therapeutin wiederholte die Frage. Was wollen Sie?

Sie hatten eine Aufgabe bekommen. Zuhören. Über das sprechen, was vorher war. Paulsen wusste wenig über Katjas Vergangenheit, sie noch weniger über seine. Es war nie wichtig gewesen und er hatte den Eindruck gehabt, dass auch sie nicht darüber sprechen wollte.

Nein, er hatte nicht darüber sprechen wollen. Er hatte Katja nie gefragt und wenn sie sich nach seinen Eltern erkundigt hatte, nach dem Ort, wo er aufgewachsen war, war er ihr ausgewichen.

Eine Aufgabe. Hausaufgabe, hatte es die Therapeutin genannt. Wie früher in der Schule, nur freiwillig. Sie würden auf eine Reise gehen, eine Reise, von der zwar das Ziel bekannt sei, aber nicht der Weg dorthin.

Paulsen startete den Motor, setzte den Blinker und fuhr auf die Straße. Würden sie jemals das Ziel erreichen oder sich wieder verlaufen? War er bereit, sich auf einen unbekannten Weg einzulassen? *Das entscheide ich morgen,* sagte er sich. *Es gibt im Moment Wichtigeres zu tun.*

Pia zog Alina an sich und küsste sie zärtlich auf den Mund.

»Wie war dein Tag?«

»Ganz gut«, sagte Alina. »Aber anstrengend.«

»Wollen wir noch was kochen oder gehen wir irgendwohin?«

Alina seufzte. »Ich bin diesen Monat etwas knapp mit dem Geld. Elias ist doch mit seiner Oma im Urlaub. Da fehlt mir …«

»Ist doch egal«, unterbrach Pia sie sanft. »Wollen wir diese lästigen Geldgeschichten nicht ein für alle Mal beenden? Im Moment verdiene ich mehr, vielleicht ändert sich das irgendwann. Wir leben zusammen und deshalb ist es auch unser gemeinsames Geld.«

Alina zögerte kurz. »Okay, aber wir essen nur eine Kleinigkeit. Ich mach mich kurz frisch und dann können wir gleich gehen.«

Eine Viertelstunde später standen sie am Rande der Oldenburger Fußgängerzone, die die gesamte Altstadt umfasste.

»Tapas?«, fragte Pia. »Und ein schönes Glas spanischen Rotwein?«

Alina nickte und hakte sich bei Pia unter. Das kleine spanische Restaurant lag zehn Minuten Fußweg von ihnen entfernt. Mit etwas Glück bekamen sie noch einen Platz draußen. Die Sonne hatte den ganzen Tag geschienen und Pia schätzte, dass es noch weit über zwanzig Grad warm war.

»Ich habe heute mit meiner Mutter telefoniert«, sagte Alina, als sie die Hälfte des Weges zurückgelegt hatten.

Pia blieb stehen. »Sie hat dich angerufen?« Vier Wochen zuvor war Alina für ein paar Tage in Polen gewesen und hatte ihren Eltern erzählt, dass sie mit einer Frau zusammenlebte. Ihr Vater hatte wortlos die Wohnung verlassen, ihre Mutter hatte nur mit dem Kopf geschüttelt und über etwas Unverfängliches mit ihr gesprochen. Alina war am nächsten Tag wieder nach Oldenburg gefahren und hatte seitdem nichts mehr von ihren Eltern gehört.

»Ja. Zum Glück hatte ich gerade Pause.«

»Und?«

»Sie hat nach deinem Namen gefragt.« Alina seufzte. »Das ist schon mehr, als ich erwartet habe.«

»Und dein Vater?«

Alina lächelte traurig. »Er will nicht darüber reden, sagt meine Mutter. Ich soll ihm Zeit lassen.« Sie zog Pia weiter. »Du wusstest doch, dass es schwierig wird. Wer weiß, vielleicht können wir sie ja bald besuchen.«

»Bald?«

»Nächstes Jahr. Mein Vater braucht immer etwas länger, um sich zu beruhigen. Sie haben nicht damit gerechnet, dass ich eine Frau liebe.«

Pia schwieg. Ihre Eltern hatten zwar auch nicht gejubelt, als sie sich mit sechzehn geoutet hatte, hatten aber nie den Kontakt abgebrochen und auch keine Probleme damit gehabt, wenn Pia Freundinnen mitbrachte und ihnen vorstellte.

»Ich muss gerade daran denken, dass du mir einen Antrag gemacht hast und ich Ja gesagt habe. Was wird daraus?«

»Ich will dich immer noch heiraten. Dich und niemanden anders. Fändest du es nicht auch schön, wenn unser beider Eltern bei der Feier dabei wären?«

»Ja, natürlich.«

»Das wäre mein Traum. Und ich würde alles dafür tun, damit er wahr wird. Lass mir etwas Zeit mit meinen Eltern. Wenn sie erst den ersten Schritt gemacht haben, wird der nächste nicht mehr so schwer sein.«

Pia lächelte matt. »Meinst du wirklich?«

»Ja, ganz bestimmt. Und wir fahren zusammen zu ihnen nach Polen. Vielleicht ja schon zu Weihnachten.«

Pia schwieg.

»Ich wollte schon als Kind immer im Mai heiraten. Kannst du so lange warten? Mir zuliebe.«

Pia beugte sich zu Alina und küsste sie. »Ja, das kann ich«, flüsterte sie ihr ins Ohr.

Paulsen nahm das Gespräch nach einem Blick aufs Display an. »Hallo, Enna! Gut angekommen?«

»Darf ich dich noch stören?«

»Kein Problem. Ich mache gerade einen kleinen Spaziergang, aber hier ist weit und breit niemand, der mich hören könnte.«

Enna berichtete ihm von der Hausdurchsuchung bei Ullrich Geers und ihrem Gespräch mit Jutta Erichsen.

»Hast du die Aufzeichnungen schon durchgelesen?«

»Nein, ich habe sie im Copyshop ausgedruckt und jetzt bei mir.«

»Wo bist du?«, fragte Paulsen, der sich nicht vorstellen konnte, dass Enna untätig im Hotel herumsaß.

»Ich stehe vor Hansens Haus. Er ist vor einer halben Stunde gekommen. Mal sehen, was der Abend und die Nacht noch bringen. Und bei euch?«

»Pia und Jens haben sich am Nachmittag mit dem Fall in Lüneburg beschäftigt. Er ist gar nicht so uninteressant, wie ich zunächst dachte. Morgen geht es dann weiter mit deinen Recherchen.«

»Habt ihr Rudi Fuchs gefunden?«

»Ja, er lebt immer noch in München beziehungsweise in der Nähe in einer kleinen Ortschaft. Festnetz- oder Handynummer konnte ich nicht finden, deshalb habe ich die Kollegen vor Ort gebeten, bei ihm vorbeizufahren. Spätestens morgen Vormittag sollte ich seine Nummer haben und mit ihm sprechen können.«

»Danke, Paulsen. Das ist eine gute Nachricht. Um elf Uhr findet die Vernehmung von Milan Paunovic statt. Es wäre gut, wenn ich bis dahin wüsste, ob Grothe die Wahrheit gesagt hat.«

»Verstehe. Ich hänge mich da morgen gleich hinter. Und du, pass auf dich auf. Ich habe kein gutes Gefühl dabei, dass du da alleine sitzt und Hansen observierst.«

»Alles gut, Paulsen. Ich bin vorsichtig. Bis morgen.«

»Bis morgen, Enna.«

Dreissig

Enna hatte ihr Auto unweit von Reinhardt Hansens Privathaus geparkt, behielt die Eingangstür im Blick und studierte die kopierten Seiten. Sie las zum wiederholten Mal eine von Ullrich Geers' Notizen durch. Er hatte sie in der Zeit gemacht, in der Ennas Vater das Koenig-Mandat abgegeben hatte.

> Verstehe nicht, warum Albrecht das gemacht hat – er will nicht darüber sprechen – Junior scheint etwas damit zu tun zu haben – oder ist Albrecht krank – warum sollte er mir das nicht gesagt haben?

Es gab weitere Einträge, die sich offensichtlich auf den Koenig-Prozess bezogen. Ullrich Geers schien zumindest zu dem Zeitpunkt nichts über den Vorgang gewusst zu haben. Aber warum hatte ihr Vater seinem besten Freund und Anwaltskollegen die Gründe verschwiegen?

Enna blätterte weiter durch die ausgedruckten Seiten und fand einen Hinweis auf die Unterlagen, von denen Ullrich Geers gesprochen hatte.

> Albrecht ist etwas zugespielt worden – alte Dokumente zur Kanzlei aus den Dreißigerjahren – er ist vollkommen aufgebracht – warum lässt er die Vergangenheit nicht ruhen – Senior ist tot und warum sollten wir den Ast absägen, auf dem wir sitzen?

Wusste Ullrich Geers doch mehr darüber, als er ihr gesagt hatte? Der Eintrag ließ das vermuten. Warum hatte er ihr das verschwiegen, ja sogar das Gegenteil behauptet?

> Junior ignoriert mich – habe schon seit Tagen versucht, mit ihm zu sprechen – angeblich hat er Termine – Albrecht scheint ihn unter Druck zu setzen – es gibt wilde Gerüchte – warum spricht Albrecht nicht mit mir?

Das Datum des Eintrags lag vier Wochen vor dem Mord an Ennas Eltern. Ihr Vater musste sich kurz zuvor dazu entschlossen haben, Hansen junior mit seinen Informationen zu konfrontieren. Was hatte er für ein Ziel gehabt? Sollte die Kanzlei die Informationen selbst veröffentlichen und Wiedergutmachung anbieten? Viele Firmen und Betriebe hatten ihre Verstrickung in den Nationalsozialismus aufgearbeitet und sich dafür nicht nur entschuldigt, sondern auch in einen Fonds einbezahlt, der die Opfer oder deren Angehörige finanziell entschädigt hatte. Wäre dieser Schritt für die Kanzlei Hansen so verheerend gewesen, dass sie in ihrer Existenz bedroht gewesen wäre?

Ein Taxi überholte Ennas Wagen und hielt vor dem Haus von Reinhardt Hansen. Kurz darauf trat Hansen auf die Straße, öffnete die Hintertür des Fahrzeugs und stieg ein.

Enna wartete, bis das Taxi die ersten zwanzig Meter die Straße hinuntergefahren war, bevor sie ihm folgte. Sie fuhren quer durch die Stadt Richtung Altona. Vor einer Bar hielt das Taxi an. Enna fragte sich, ob Reinhardt Hansen aussteigen und hier einkehren wollte, aber keine der Autotüren öffnete sich. Enna, die kurz am Straßenrand stehen geblieben war, fuhr an dem Taxi vorbei, drehte eine Runde um den Block und fand kurz darauf einen Parkplatz in Sichtweite. Das Taxi hatte sich nicht bewegt, aber der Motor lief weiter. Entweder war Hansen bereits in die Bar gegangen und der Taxifahrer telefonierte mit der Zentrale, oder Hansen wartete auf jemanden. Im nächsten Augenblick öffnete sich die Holztür, ein Mann trat auf den Bürgersteig, schaute sich kurz um und ging auf das Taxi zu.

Enna hatte, nachdem sie ihr Auto geparkt hatte, die Kamera mit dem Teleobjektiv in die Hand genommen und schoss jetzt mehrere Fotos von dem Mann. Als sie die Kamera auf den Beifahrersitz legte, setzte sich das Taxi in Bewegung und fuhr weiter. Enna startete den Motor. Wenig später hielt es auf dem Parkplatz am Fischmarkt unmittelbar an der Elbe, die beiden Männer stiegen aus, das Taxi fuhr weiter. Enna stand dreißig bis vierzig Meter entfernt zwischen zwei größeren Fahrzeugen und wartete, bis Hansen und der unbekannte Mann Richtung Landungsbrücken gingen. Enna folgte ihnen in sicherem Abstand zu Fuß.

Die beiden schienen sich zu unterhalten, nach einer Weile blieben sie stehen, Hansen reichte dem Unbekannten einen kleinen Umschlag und erhielt dafür eine DIN-A4-Mappe, die er nach einem kurzen Blick auf den Inhalt in seinem Aktenkoffer verstaute. Glücklicherweise hatten die beiden unter einer Laterne haltgemacht, sodass es hell genug für eine Reihe von brauchbaren Fotos war.

Der Unbekannte nickte Hansen zu und lief weiter. Hansen sah ihm eine Weile hinterher und ging langsam wieder zurück. Enna schaffte es gerade noch, sich hinter einem parkenden Kleintransporter zu verstecken. Als Hansen auf ihrer Höhe war, schlich sie um das Fahrzeug herum und wartete mehrere Sekunden, bevor sie dem Unbekannten hinterherlief.

Der Mann ging eine Treppe hoch, überquerte kurz darauf die St. Pauli Hafenstraße und lief weiter Richtung Reeperbahn. Wenige Hundert Meter weiter betrat er eine Bar. Enna sah durch die großen Fenster, dass er sich an die Theke setzte und die Hand hob. Kurz darauf servierte ihm der Barkeeper einen Whiskey, was der Unbekannte mit einem Nicken quittierte.

Enna verstaute ihre Kamera in dem kleinen Rucksack, zögerte kurz, betrat dann aber die Bar, sah sich um und setzte sich schließlich zwei Meter von dem Unbekannten entfernt an die Theke.

»Was darf ich der Dame bringen?«, fragte der junge Mann mit einem schiefen Lächeln.

»Whiskey. Pur. Einen irischen bitte.« Enna zeigte auf die Flasche im Regal, aus der der Barkeeper zuvor dem Unbekannten eingeschenkt hatte.

»Kommt sofort.« Er drehte sich um und griff nach der Flasche.

Enna hatte aus dem Augenwinkel gesehen, dass der Unbekannte sie beobachtete und jetzt unverhohlen zu ihr hinübersah.

»Gute Wahl!«, sagte er und rückte zwei Hocker weiter zu ihr her.

»Hoffe ich doch«, sagte Enna, ohne ihn anzuschauen.

Der Barkeeper schob ihr das Glas zu, nickte und ging auf die andere Seite der Theke, wo sich kurz zuvor ein Mann hingesetzt hatte.

»Aus Hamburg?«, fragte der Unbekannte.

Enna wandte sich ihm zu und nickte. »Und du?«

Der Mann grinste breit. »Hört man das nicht?«

Enna antwortete nicht und trank einen kleinen Schluck Whiskey. Dann stellte sie das Glas wieder ab, griff nach ihrem Handy und tat so, als ob sie etwas kontrollierte.

Der Mann rückte einen weiteren Hocker näher zu Enna und saß jetzt direkt neben ihr. »Nicht so gesprächig?«

»Eigentlich wollte ich hier nur in Ruhe meinen Whiskey trinken.«

»Das war auch mein Plan.«

Enna wandte sich dem Mann zu. »Bist du häufiger hier?« Zum ersten Mal sah sie ihn offen an. Sie schätzte ihn auf Mitte vierzig, er hatte dunkle, zurückgekämmte Haare, einen Dreitagebart und seine Kleidung sah teuer aus. Alles in allem machte er nicht den Eindruck eines schmierigen Kleinkriminellen.

Er zuckte mit den Schultern. »Hin und wieder. Und du?«

»Zum ersten Mal. Bin spazieren gegangen.« Enna sah sich um. »Ist doch ganz nett hier.«

»Absolut. Und um diese Zeit noch ruhig.« Er hielt kurz inne. »Hattest du gerade Feierabend?« Er sah zu Ennas kleinem Rucksack, den sie vor sich auf den Boden gestellt hatte.

»Vor einer Stunde.«

»Spät. Wo arbeitest du?«

Enna zog ihre Augenbrauen zusammen. »So neugierig? Ich kenne nicht mal deinen Namen.«

Er hob entschuldigend die Arme. »Sorry. Sven. Und du?«

»Helena«, antwortete Enna, die spontan den Namen ihrer Mutter genannt hatte.

»Und?«

Enna grinste. »Doch neugierig? Was soll's. Ich bin im Sicherheitsdienst tätig. Sozusagen.«

Der Mann wich mit einer theatralischen Geste zurück. »Bulle?«

Enna rollte mit den Augen. »Hast du noch bessere Vorschläge?«

»Sorry«, sagte er ein zweites Mal. »Stehe etwas auf dem Kriegsfuß mit der Truppe.«

»Wer nicht«, murmelte Enna. »Ich beschütze Menschen, die zu viel Geld haben. Und Angst.«

»Sieh an. Deshalb die Knarre?«

Der Mann schien eine gute Beobachtungsgabe zu haben. Enna trug das Holster mit der Waffe eng am Körper und war überzeugt, dass nur wenige Menschen sie bemerken würden.

»Und du?« Enna hatte bereits bei der Observation die verdächtige Ausbeulung an seiner rechten Seite gesehen.

Sven lachte kurz auf. »Da habe ich dich wohl unterschätzt. Wie bist du unterwegs? Als Personenschutz der besonderen Art? Einzelkämpferin?«

Enna nickte. »Besser so. Und lukrativer. Mit der Zeit baut man sich einen Kundenstamm auf. Läuft ganz gut. Manchmal soll es halt eine Frau sein.«

Sven grinste. »Ja, manch einer von diesen reichen Typen mit Schmerbauch mag diese kernigen Burschen nicht in der Nähe seiner jungen Frau haben. Verständlich. Und? Bist du gut?«

»Stellst du immer so blöde Fragen?«

»Sorry, war nicht so gemeint. Ich sitze nicht häufig einer so schönen und gleichzeitig gefährlichen Frau gegenüber.«

Enna deutete ein Augenrollen an. »Ist das deine Masche?«

»Masche? Nein, ich bin ehrlich beeindruckt. Die meisten Tu… Damen sind doch nur mit sich selbst beschäftigt. Schminke, Klamotten und so weiter.« Er trank einen Schluck Whiskey. »Das Geschäft läuft also gut?«

»Drei, allerhöchstens vier Jahre noch. Dann ist Schluss. Ich wandere aus. Der Job geht langsam, aber sicher auf die Knochen.« Enna sah ihn direkt an. »Und was machst du?«

»Dies und das. Was so anliegt. Security, Problemlöser, Mann für alle Fälle. Such dir was aus.«

»Auch alleine?«

»Nein. Wir sind ein Team von Spezialisten. Ich bin der Boss sozusagen. Einer muss ja mit dem Kopf arbeiten und mit den Kunden umgehen können. Aber das kennst du ja sicher.«

»Definitiv. Es gibt zu viele Kollegen, die sich nicht benehmen können. Nur Muskeln reichen heute nicht mehr aus.«

Sven grinste. »Meine Rede. Aber bekomm das mal in die Köpfe rein.« Er musterte sie. »Vielleicht kann ich dich ja auch mal engagieren? Spezialauftrag sozusagen. Ich bezahle gut.«

»Eher nicht. Passt so für mich bestens. Ich liebe es übersichtlich – und wenn zu viele Köche am Herd stehen, kommt selten etwas Gutes dabei heraus.«

»Verstehe.« Er griff in die Tasche, holte eine Visitenkarte heraus und legte sie auf den Tisch. »Kann ja mal sein, dass du Hilfe brauchst. Oder doch einen gut bezahlten Spezialjob.«

Enna griff nach der Karte, auf der mittig eine Handynummer stand. »Kein Name?«

»Sven, schon vergessen?«

Enna steckte die Karte ein. »Nein.« Sie sah ihn von der Seite an. »Kann schon mal sein, dass ich in einer brenzligen Situation Unterstützung brauchen könnte. Zwei, drei Leute mit Muskeln. Die kann ich bei dir ordern?«

»Wenn du zahlst.«

»Wie schnell?«

»Meine Leute sind sehr schnell, wenn es sein muss. Ruf mich einfach an. Dann sehen wir weiter.«

»Klingt gut.« Enna schenkte ihm ein Lächeln. »Sven.«

Einunddreissig

Weit nach Mitternacht kehrte Enna in ihr Hotel zurück. Sie hatte sich noch eine Weile mit Sven – oder wie auch immer sein richtiger Name war – unterhalten, bevor sie sich mit einem Wangenkuss von ihm verabschiedet hatte. Er schien sich mehr von der Nacht versprochen zu haben, gab aber vor zu verstehen, dass Enna ins Bett wollte, da sie am nächsten Morgen bereits um fünf wieder auf den Beinen sein musste.

Jetzt lag sie frisch geduscht im Bett und ging die Ereignisse des Abends durch. Was hatte Sven Reinhardt Hansen übergeben? Konnte der mutmaßliche Tausch, Geld gegen Unterlagen, etwas mit dem Einbruch bei Ullrich Geers zu tun haben? Oder brachte sie inzwischen alles und jeden mit ihrem Fall in Verbindung? Sven würde sich kaum selbst die Hände schmutzig gemacht haben. Wie er ihr später noch einmal stolz erklärt hatte, war er der Kopf der Firma und andere holten für ihn die Kohlen aus dem Feuer. Enna konnte nur hoffen, dass die Handynummer sie auf seine Spur bringen würde. Sie schrieb Paulsen eine Nachricht und bat ihn, die Telefonnummer diskret zu überprüfen. Nur Sekunden später klingelte ihr Handy.

»Paulsen! Ich habe dich hoffentlich nicht geweckt?«

»Alles gut. Ich hab noch nicht geschlafen. Was ist das für eine Nummer?«

Enna berichtete ihm von der Observation und ihrem Gespräch mit Sven. »Es könnte sich um etwas vollkommen anderes handeln. Überprüfe die Nummer trotzdem. Reinhardt Hansen rückt immer weiter nach oben auf meiner Verdächtigenliste.«

»Verständlich. Ich kümmere mich morgen um die Handynummer. Ich melde mich dann auch wegen Rudi Fuchs.« Er machte eine kurze Pause. »Du solltest diesen Menschen nicht so nahe kommen. Dieser Sven kann durchaus gefährlich sein.«

»Ich weiß. Aber es war ein öffentlicher Ort und ich war vorsichtig. Er hat mich auch nicht verfolgt. Da bin ich mir hundertprozentig sicher.«

»Trotzdem.«

»Bis morgen, Paulsen.«

»Gute Nacht, Enna.«

Sie legte das Handy auf das Tischchen neben dem Bett und starrte an die Decke. Hatte sie überhaupt den Hauch einer Chance, den wahren Mörder ihrer Eltern zu finden? Im Moment sah es nicht danach aus.

Gegen acht Uhr saß Enna an dem Schreibtisch in ihrem Hotelzimmer und ging die weiteren Notizen in Ullrich Geers' Kladde durch.

Sie war früh aufgestanden, hatte im Hotel gefrühstückt und anschließend Elias und ihre Schwiegermutter per Videocall angerufen. Beiden ging es gut und sie hatten ihr von ihren Plänen für den kommenden Tag berichtet. Als Enna Elias von dem gebuchten Flug erzählt hatte, hatte er vor Freude aufgeschrien und war, wie Enna auf dem Display verfolgen konnte, im Zimmer herumgetanzt.

Enna konzentrierte sich weiter auf Ullrich Geers' Kladden. Nur wenige der Notizen beschäftigten sich mit seinen eigenen

Problemen und sie waren so kryptisch formuliert, dass Enna Schwierigkeiten hatte, sie zu interpretieren:

> Albrecht konnte sich nie entscheiden, welchen Weg er nehmen wollte. Es immer allen recht zu machen führt zum genauen Gegenteil.
>
> Er hat schon seit fast zwei Monaten nicht mehr mit mir gesprochen. Ich weiß nicht, was ich noch machen soll.
>
> Albrecht liebt seine kleine Tochter über alles. Das kann ich verstehen. Wie gerne hätte ich auch Kinder gehabt.
>
> Wir haben uns heute über unseren Frankreich-Urlaub unterhalten. Vor genau zehn Jahren sind wir mit dem geliehenen VW-Bus aufgebrochen. Paris, Marseille, die Provence und die Bretagne. Sechs Wochen.
>
> Die Kanzlei Fischer hat mir ein Angebot gemacht. Aber will ich wirklich nach München? Gibt es dort einen Neuanfang für mich?
>
> Ich verzweifle an dieser Welt. Manchmal denke ich, der Erde wäre besser gedient gewesen, wenn unsere Spezies frühzeitig ausgestorben wäre.

Bin heute schon nach zwei Stunden wieder nach Hause gefahren. Ich konnte keinen klaren Gedanken mehr fassen.

Junior hat jeglichen moralischen Kompass verloren. Wer soll ihn noch stoppen? Albrecht hat mir zugestimmt.

Enna las viele der Einträge drei- oder viermal, fand aber keinen Zugang dazu. Ullrich Geers schien wahllos Gefühle und Ereignisse aufgeschrieben zu haben, die kein einheitliches Bild ergaben. Einzig vermutete Enna bei dem Freund ihres Vaters starke Stimmungsschwankungen oder depressive Schübe, die sie aber weder mit ihren Eltern in Verbindung bringen konnte noch mit deren Tod.

Enna legte die Ausdrucke wieder zusammen und schob sie in den Umschlag. Um die Notizzettel aus den Büchern wollte sie sich nach der Vernehmung von Milan Paunovic kümmern, auch wenn sie sich nicht viel davon versprach.

Jutta Erichsen führte sie in einen Raum neben dem Vernehmungszimmer. An der Wand hingen ein großer und ein kleinerer Monitor, zwei Meter davor stand ein Tisch mit mehreren Stühlen. Jutta griff nach einer Fernbedienung und schaltete die Monitore an. Auf dem kleinen Bildschirm erschien Milan Paunovic, der auf seine Vernehmung wartete.

»Der Lautsprecher ist im Bildschirm integriert. Du kannst ihn hier lauter und leiser stellen.« Sie zeigte auf ein Headset. »Am einfachsten ist es, wenn du dir das Teil aufsetzt. Du kannst dann direkt ins Mikro sprechen. Ich setz mir gleich den Knopf ins Ohr.«

»Perfekt!« Enna zog einen der Stühle vor und legte das Headset an.

»Du kommst auf gar keinen Fall ins Vernehmungszimmer. Kann ich mich darauf verlassen?«

Enna nickte. »Selbstverständlich.« Sie wandte sich Jutta zu. »Wie hoch ist denn die Wahrscheinlichkeit, dass Paunovic ins Zeugenschutzprogramm kommt?«

»Hoch. Der Staatsanwalt will den Clan zerschlagen und braucht dafür einen Kronzeugen. Was er nicht gebrauchen kann, ist der Verdacht, dass Paunovic einen Auftragsmord ausgeführt hat. Auch wenn es schon über zwanzig Jahre her ist. Genau darum geht es jetzt gleich. Um nicht mehr und auch nicht weniger.«

»Ich habe es verstanden, Jutta. Niemand erfährt, dass ich die Vernehmung mitverfolgt und Paunovic eventuell indirekt Fragen gestellt habe.«

Jutta nickte. »Okay. Bleib bitte hier, bis ich dich abhole.«

»Du kannst dich auf mich verlassen, Jutta.«

Enna sah auf dem kleinen Monitor, wie sich Jutta Erichsen mit einem jüngeren Kollegen an den Tisch setzte. Nach der Belehrung und der wiederholten Frage, ob Paunovic einen Anwalt hinzuziehen wolle, begann die eigentliche Vernehmung.

»Der Staatsanwalt, den Sie ja in unserer letzten Sitzung kennengelernt haben, prüft gerade, ob eine Vereinbarung inklusive Zeugenschutzprogramm für Sie infrage kommt.«

Milan Paunovic beugte sich leicht vor. »Wie stehen meine Chancen?«

»Das wird sich zeigen«, wich Jutta seiner Frage aus. »Sie haben uns bei Ihrer ersten Vernehmung erzählt, dass Sie vor etwa vierundzwanzig Jahren für einen Mordauftrag angeworben werden sollten.«

»Das ist richtig.«

»Sind Ihnen inzwischen noch weitere Details zu dem damaligen Treffen mit dem Auftraggeber eingefallen?«

Milan Paunovic schüttelte verärgert den Kopf. »Worum geht es hier eigentlich? Ich habe doch eindeutig gesagt, dass ich mit der ganzen Sache nichts zu tun hatte. Glauben Sie mir etwa nicht?«

»Sie wissen, wie der Hase läuft«, sagte Jutta, die bei Paunovics kleinem Ausbruch vollkommen ruhig geblieben war. »Ich kann nicht in meinen Bericht reinschreiben, dass ich Ihnen glaube. Ich muss Fakten nennen, beweisbare Fakten.«

»Das Ganze ist ein Vierteljahrhundert her. Wollen Sie mich verscheißern? Seien Sie froh, dass ich überhaupt noch an diesen Blödsinn gedacht habe und …«

»Blödsinn?«, fiel Jutta Erichsen ihm ins Wort. »Zwei Menschen sind brutal ermordet worden und das ist für Sie Blödsinn?«

Paunovic wich leicht zurück. »Nein, natürlich nicht. So meinte ich das nicht.«

Enna wusste, dass Jutta Paunovic aus der Reserve locken und ihn verunsichern wollte, bevor sie zu den entscheidenden Fragen kam. »Das wäre ansonsten auch keine gute Ausgangslage für eine Vereinbarung.« Sie fixierte ihn. »Also? Was können Sie mir noch sagen zu dem Mann, der Sie beauftragen wollte, einen Doppelmord zu begehen?«

»Doppelmord. Davon war nie die Rede. Es ging nur um diesen Anwalt. Dass die Frau auch erschossen wurde, muss ein Kollateralschaden gewesen sein. Alles andere hat mir der Typ freigestellt. Es sollte nur schnell gehen.«

»Sie haben also schon über die Details des Auftrags gesprochen?«, schob Jutta sofort die nächste Frage nach.

»Unsinn! Was wollen Sie mir da gerade andichten? Das hat dieser Typ erklärt, bevor ich überhaupt reagieren konnte.«

»Hat er Ihnen eine Waffe angeboten?«

»Mag sein, ich erinnere mich nicht mehr so genau«, wich Paunovic Jutta aus. »Ich weiß auch nicht, was das al…«

»Das lassen Sie mal meine Sorge sein, Herr Paunovic«, fiel Jutta ihm wieder ins Wort. Sie musste in dieser Phase der Vernehmung aufpassen, dass Paunovic nicht in die Offensive ging und sie alle Fäden in der Hand behielt. »Zurück zur Waffe. Sie können also nicht ausschließen, dass der Mann Ihnen eine Waffe angeboten hat?«

Milan Paunovic zuckte mit den Schultern. »Keine Ahnung.«

»Gut, gehen wir einmal davon aus, dass es so war. Haben Sie die Waffe gesehen? Was für ein Modell war es? Sie kennen sich doch mit Schusswaffen aus.«

»Ich sagte doch, dass … Verdammter Mist, ich habe keine Waffe gesehen. Er hat was auf den Tisch gelegt und das klang nach Metall. Vielleicht war es seine eigene Waffe und er wollte mich einschüchtern. Was weiß ich.«

»Sie haben die Waffe also doch gesehen?«

Paunovic hob wieder die Schultern. »Kann sein. War ein älteres Modell, glaube ich. Revolver. Ich glaube, aus dem Osten. Von den Russen, die haben doch ihre Knarren damals für ein Butterbrot verscheuert.«

»Das hilft uns doch schon weiter«, sagte Jutta jetzt freundlicher. »Also hat es sich vermutlich um eine Makarow gehandelt?«

»Könnte sein. So genau habe ich sie auch wieder nicht gesehen.«

Enna räusperte sich leise. »Also hat er sie gesehen«, sagte sie ins Mikrofon.

»Sie kennen diesen Typ Waffe also?«, fragte Jutta.

»Mag sein, dass ich schon mal irgendwo so ein Teil gesehen habe.« Er grinste. »Im Internet oder so.«

»Sie haben die Waffe also nicht an sich genommen?«

»Nein, was soll …«

»Aber Sie haben sie von Weitem erkannt, obwohl es dunkel war? Der Mann saß doch nach Ihren Angaben so verdeckt, dass Sie ihn nicht erkennen konnten.«

Paunovic schwieg.

»Sie müssen sich schon entscheiden.« Jutta beugte sich weit vor. »Herr Paunovic, schauen Sie mich an. Wenn Sie die Waffe gesehen haben, können Sie mir auch den Mann beschreiben. Oder wollen Sie es nicht?«

»Können Sie jemanden beschreiben, den Sie vor so vielen Jahren gesehen haben? Wohl kaum.«

»Wenn ich jeden Tag solche Angebote bekäme, vielleicht nicht. Aber ich gehe einmal davon aus, dass das selbst bei Ihnen nicht der Fall war.«

»Der Fall? Was la… sagen Sie da?«

»Das Angebot, jemanden zu ermorden, war doch durchaus etwas Besonderes, oder?«

»Ja, natürlich. Und?«

»Also sollten Sie sich auch noch an etwas mehr erinnern können. Könnten Sie ihn beispielsweise identifizieren, wenn ich Ihnen Fotos zeigen würde?«

»Was soll der Quatsch? Der sieht doch heute ganz anders aus als vor vierundzwanzig Jahren. Das ist jetzt ein alter Mann.«

Enna bog ihr Mikro nach vorne. »Also hat er ihn doch besser gesehen, als er bisher zugegeben hat.«

Jutta ließ sich Zeit mit ihrer Reaktion. Sie musterte Paunovic lange, tippte mit dem Finger rhythmisch auf die Tischplatte und schüttelte schließlich den Kopf. »Sie sagen nicht die Wahrheit, Herr Paunovic. Sie erkennen die Waffe, aber wissen nicht, wie der Mann ausgesehen hat. Das wirkt jetzt so, als wenn Sie bewusst etwas verschweigen würden. Wollen Sie nicht, dass wir den Mann finden? Könnte er Sie belasten? Haben Sie doch den Auftrag angenommen?«

Milan Paunovic sprang auf, sein Stuhl kippte nach hinten und schlug mit einem lauten Knall auf den Boden auf.

Juttas Kollege, ein kräftiger junger Mann, stand fast im gleichen Augenblick vor Paunovic. Jutta war sitzen geblieben und zeigte jetzt auf den am Boden liegenden Stuhl. »Setzen Sie sich!«

Paunovic hob langsam den Stuhl wieder auf und stand eine Weile vor dem Tisch, bevor er wieder Platz nahm.

»Wir wissen von einem zweiten Angebot der gleichen Art«, sagte Jutta. »Das Problem ist nur, dass dieses zeitlich vor Ihrem Angebot lag. Wenn Sie also tatsächlich abgelehnt haben, käme nur noch der große Unbekannte infrage.«

Milan Paunovic starrte Jutta an. Langsam schien er zu verstehen, auf was die Vernehmung hinauslief. »Aber …« Er brach ab und atmete schwer.

»Haben Sie Dr. Albrecht Rothhardt und seine Frau Helena erschossen?«

Paunovic schüttelte langsam den Kopf. »Nein.«

»Können Sie mir den Mann beschreiben? Fangen wir mit seinem Alter an.«

Enna hörte, wie eine Tür geöffnet wurde. Im nächsten Augenblick kam jemand ins Bild und beugte sich zu Jutta Erichsen, um ihr etwas zuzuflüstern. Jutta nickte, stand auf und verließ den Vernehmungsraum.

Zweiunddreissig

Pia saß in ihrem Auto und suchte fieberhaft nach einer Strategie für das Gespräch mit Julia Rosenbaum. Von ihrem Standort konnte sie die Eingangstür des Mietshauses beobachten, in dem die ehemalige Geliebte von Reinhardt Hansen wohnte. Sie war vor einer halben Stunde nach Hause gekommen und hatte seitdem das Gebäude nicht wieder verlassen.

Pia ging in Gedanken noch einmal ihre erste Befragung durch. Julia Rosenbaum hatte sich von Anfang an nicht täuschen lassen und direkt nach dem wirklichen Grund von Pias Anliegen gefragt. Wenn Pia jetzt wieder vor ihrer Tür stehen würde, brauchte sie einen plausiblen Grund, der Julia Rosenbaum überzeugen konnte. Aber es gab keinen. Letztlich ging es immer noch um die geheime Beziehung, die die damalige Auszubildende zu ihrem Chef gehabt hatte.

Pia stöhnte. Sollte sie einfach die Wahrheit sagen? Dass sie auf der Suche nach Informationen war, mit denen Hansen junior unter Druck zu setzen war? Nein, das wäre zu gefährlich. Schon beim letzten Mal war sie ein großes Risiko eingegangen. Sie konnte nicht wissen, ob Julia Rosenbaum noch Kontakt zu Hansen hatte und ob sie ihn über den Besuch einer Polizistin vom LKA informieren würde. Auf der anderen Seite ging Pia davon aus, dass die Trennung der beiden nicht konfliktfrei gewesen war. Hatte Hansen die Beziehung beendet und gleichzeitig dafür gesorgt, dass Julia aus der Kanzlei und sogar aus der Stadt verschwand? Wie würde sie heute dazu stehen?

Es half nichts. Pia beschloss, ein weiteres Mal das Risiko einzugehen und sich so nah wie möglich an die Wahrheit zu halten. Sie öffnete seufzend die Fahrertür und machte sich auf den Weg zu Julia Rosenbaum.

»Ja bitte?«

»Pia Sims vom LKA. Es geht noch einma…« Im selben Augenblick brummte es und Pia drückte mit der Schulter gegen die Glastür. War das jetzt ein gutes Zeichen oder wollte Julia Rosenbaum nur keine Zeugen, wenn sie ihr eine Absage erteilte?

Als Pia aus dem Fahrstuhl trat, wartete Julia Rosenbaum bereits in der geöffneten Tür. Pia ging auf sie zu und reichte ihr die Hand. »Haben Sie noch ein paar Minuten für mich?«

Julia nickte und trat zur Seite.

»Sie wissen ja, wo die Küche ist. Möchten Sie auch eine Tasse Tee? Ich habe ihn gerade frisch aufgesetzt.«

»Gerne«, antwortete Pia und betrat die Küche.

Julia Rosenbaum holte eine zweite Tasse aus dem Schrank und schenkte Pia Tee ein. »Setzen Sie sich doch.«

Pia zog einen Stuhl vor und nahm Platz. »Danke für den Tee.« Sie trank einen Schluck und stellte die Tasse wieder ab. »Sie fragen sich sicher, warum ich noch einmal komme.«

Julia Rosenbaum lächelte. »Nein, ich wusste, dass Sie wiederkommen. Mir war gleich klar, dass Sie nicht so schnell aufgeben.«

Pia schluckte. Wieder hatte sie diese Frau unterschätzt. Was sollte sie fragen, ohne Gefahr zu laufen, dass Julia Rosenbaum ihre wirklichen Motive erkannte?

»Sie haben herausgefunden, dass ich eine längere Beziehung zu Reinhardt Hansen hatte«, nahm Julia ihr die Entscheidung ab.

Pia nickte und schwieg.

»Ich weiß auch nicht, warum ich Ihnen zwar gesagt habe, dass Reinhardt Hansen und ich eine Beziehung – oder wie immer man das bezeichnen will – hatten, sie aber heruntergespielt habe. Das war wohl ein Reflex aus vergangenen Tagen. Als Sie gegangen sind, habe ich mich geschämt, nicht den Mut gehabt zu haben.« Julia Rosenbaum hielt kurz inne. »Fünf Jahre, zwei Monate und sieben Tage.«

»Das ist eine lange Zeit.«

»Nein, viel länger noch. Die meiste Zeit habe ich gewartet. Auf ihn, auf uns, auf unser gemeinsames Leben, das er mir versprochen hatte.«

»Sie haben sich von ihm getrennt?«, fragte Pia mit zurückhaltender Stimme.

»Kann man sich trennen, wenn man nie richtig zusammen war? Nein, es ist keine wirkliche Trennung, aber der Schmerz ist der gleiche. Bis ich verstanden hatte, dass er mich missbraucht für eine Illusion, mein Leben reduziert hat auf die wenigen gemeinsamen Stunden, dass er mir nicht nur diese fünf Jahre geraubt hat, sondern ein halbes Leben – bis ich das verstanden hatte, habe ich unzählige Tränen vergossen, mich selbst gehasst, bin gegen die Wand gelaufen und fast gestorben. Erst als ich ganz unten lag, habe ich langsam erkannt, was aus mir geworden ist. Ja, ich bin freiwillig mit ihm zusammen gewesen … und ja, ich verfluche dieses Wort. Ich war nicht mit ihm zusammen, ich war allein, mutterseelenallein. Wissen Sie, wie lang so ein Wochenende sein kann, wenn Sie auf Montagabend warten, sich ausmalen, wie es sein wird, was er sagen wird, was man selbst sagen wird, was man fühlen wird?«

»Nein, das kann ich mir nicht vorstellen«, sagte Pia leise.

Sie saßen eine Weile schweigend am Tisch, bis Julia Rosenbaum aufstand und neuen Tee aufsetzte.

»Aber das alles wollten Sie sicher nicht von mir hören«, sagte Julia, als sie sich mit der vollen Kanne zurück an den Tisch setzte.

»Ich habe Zeit und kann zuhören.«

»Das ist gut und wichtig. Behalten Sie diese Fähigkeit.« Sie hielt inne, sah Pia direkt an. »Ich weiß nicht, warum Albrecht Rothhardt ermordet wurde. Reinhardt Hansen hat nie mit mir über seinen Tod und den seiner Frau gesprochen. Ich habe ihn gefragt, aber er hat nur gesagt, dass ich mir darüber keine Gedanken machen solle.«

Pia nickte und wartete eine Weile, bevor sie die nächste Frage stellte. »Herr Rothhardt hat Unterlagen zugespielt bekommen, die sich mit dem Vater von Herrn Hansen, dem Kanzleigründer, beschäftigten. Es ging vermutlich um die NS-Zeit und seine Verbindungen zu den Nationalsozialisten. Ist Ihnen …«

»Ja, ich weiß davon«, kam Julia Rosenbaum ihr ein weiteres Mal zuvor.

»Sie wissen davon?«, fragte Pia erstaunt.

»Nicht von den Unterlagen oder was auch immer es war. Sondern von der Verstrickung von Alexander Hansen.«

»Woher haben Sie die Informationen?«

»Das ist eine lange Geschichte.« Sie nahm die Teetasse in beide Hände, trank aber nicht und setzte sie wieder ab. »Ich habe bereits während der Schulzeit ein Praktikum in der Kanzlei gemacht und habe für den Bericht nach historischen Daten gesucht. Herr Rothhardt war übrigens damals so eine Art Betreuer für mich und hat mich bei meiner Recherche unterstützt. Ich bin dann schnell darauf gestoßen, dass das Gebäude ursprünglich nicht Alexander Hansen gehört hat, sondern jemand anderem.« Sie lächelte. »Ich habe schon immer Geheimnisse geliebt und war damals ziemlich neugierig. Mein Lehrer am Gymnasium hat mich dabei unterstützt und mir einen Kontakt vermittelt. Das war ein Mann, der im Widerstand gegen die Nazis gewesen war. Ich glaube, ich weiß sogar noch seinen Namen. Luetke mit ue. Oder … nein, Luetken. Der Vorname ist mir entfallen. Er hat mir erzählt, dass Alexander Hansen viele Anwaltskollegen verraten hat. Juden und auch Kommunisten oder Sozialdemokraten. Und er wusste auch, dass mit dem Kanzleigebäude etwas nicht stimmte. Er wollte jemanden danach fragen, aber ich habe das dann nicht weiterverfolgt, als mein Praktikum zu Ende war.«

»Wissen Sie, wem das Gebäude gehört hat?«

»Nein, den Namen kenne ich nicht. Ich habe damals vermutet, dass der zweite Gründer der Kanzlei ein Jude war, der dann das Gebäude für wenig Geld abgeben musste. Wie gesagt, nachdem das Praktikum beendet war, habe ich mich nicht mehr darum gekümmert. Meinen Sie denn, dass das etwas mit der Ermordung von Herrn Rothhardt zu tun haben könnte? Alexander Hansen war doch zu dem Zeitpunkt schon lange verstorben.«

»Wir verfolgen viele Spuren. Am Anfang kann man nicht wissen, ob sie wichtig sind. Herr Rothhardt hat Sie als Praktikantin betreut? War er auch an den Recherchen interessiert?«

»Zunächst nicht, aber als ich mit den ersten Ergebnissen kam, hat er genau zugehört. Er hat versucht, distanziert, oder soll ich sagen neutral, darauf zu reagieren, aber ich habe bemerkt, wie es in ihm brodelte. Er hat sich auch den Namen von Herrn Luetken und seine Telefonnummer aufgeschrieben. Aber später haben wir uns darüber nicht mehr unterhalten.«

Pia entspannte sich leicht. War ihr Riecher, dass Julia Rosenbaum wichtige Informationen haben könnte, doch richtig gewesen. Sie schien eine Verbindung zwischen den Ereignissen in den Dreißigerjahren und Ennas Vater gefunden zu haben.

»Ich hatte Sie bei unserem letzten Gespräch nach dem Verfahren gegen Dr. Lars Koenig gefragt.«

Julia Rosenbaum nickte.

»Können Sie mir dazu noch mehr erzählen?«

»Ja, ich weiß, dass ich ausweichend geantwortet habe. Auch so ein Reflex, Reinhardt immer noch in Schutz nehmen zu wollen. Dabei wäre es gar nicht nötig gewesen. Sollte es bei der Sache zu Unregelmäßigkeiten gekommen sein, ist ohnehin alles verjährt.«

»Das ist richtig«, bestätigte Pia.

»Reinhardt hat ganz sicher Einfluss auf die Entscheidung von Albrecht Rothhardt genommen. Ich weiß nicht, wie es abgelaufen ist, aber ich weiß, wie nervös er damals war und wie abweisend, als ich ihn darauf angesprochen habe. Ich glaube auch, dass das Verhältnis zwischen den beiden Männern ab dem Zeitpunkt vollkommen zerrüttet war. Reinhardt hat nur hin und wieder eine Bemerkung gemacht, die mich jedes Mal zusammenzucken ließ.«

»Aber Sie wissen nichts Genaues?«

»Nein, bei Kanzleiangelegenheiten war Reinhardt immer sehr zurückhaltend. Selbst mir gegenüber.«

»Ich hatte bei unserem ersten Gespräch nach Herrn Hansens Reaktion auf die Morde gefragt. Auch da wichen Sie etwas aus.«

»Ich weiß. Um es gleich klarzustellen, ich glaube nicht, dass Reinhardt Hansen direkt etwas mit den Morden zu tun hat.«

»Aber?«

Julia Rosenbaum zuckte mit den Schultern. »So entsetzt er war, er war auch erleichtert. Ich schäme mich dafür, ihn damals nicht darauf angesprochen zu haben. Ja, Reinhardt war entsetzt, vollkommen außer sich. Ein Mord, sogar zwei, die in Zusammenhang mit der Kanzlei stehen konnten. Er hat natürlich Angst gehabt, dass die Kanzlei Schaden nehmen würde. Aber da war noch mehr. Eine Abscheu gegen diese Gewalt, gegen ein solch brutales Verbrechen. Er hat darunter gelitten, so sehr, dass ich Angst hatte, er würde daran zerbrechen.«

Pia wartete eine Weile, ob Julia Rosenbaum weitersprechen würde, und hakte dann nach. »Aber er war auch erleichtert.«

»Ja. Er sagte, jetzt sei es vorbei. Er war selbst erschrocken über seine Worte, das sehe ich noch vor mir, als wäre es erst gestern gewesen.«

»Vorbei? Was war vorbei?«

»Das weiß ich nicht. Aber in den Monaten vor dem Mord ging es Reinhardt nicht gut. Wir haben uns seltener getroffen – und wenn doch, war er schlecht gelaunt und abwesend. Ich weiß aber nicht, warum. Und ich muss ehrlich zugeben, dass ich erleichtert war, als Reinhardt Monate nach den Morden wieder so gewesen ist wie zuvor. Ich habe nicht weiter nachgefragt. Es war mir nicht wichtig genug. Und als es das war, schwieg Reinhardt. Ich hätte eher fragen müssen. Damit lebe ich jetzt schon seit so vielen Jahren. Ich hatte es verdrängt, bis Sie zu mir kamen.«

Dreiunddreissig

Enna starrte Jutta Erichsen fassungslos an. »Abgebrochen? Warum? Du warst kurz davor, Paunovic zu knacken.«

Jutta schüttelte den Kopf. »Das glaube ich zwar nicht, aber …« Sie schluckte. »Es gibt einen ernst zu nehmenden Zeugen, der Paunovic mit dem Verschwinden von Nael Karam in Verbindung bringt.«

»In Verbindung bringt? Was soll das denn heißen?«

Jutta zögerte. »Das muss aber unter uns bleiben. Versprichst du mir das?«

»Ja, jetzt sag schon.«

»Der Zeuge hat gesehen, wie Paunovic Nael Karam erschossen hat. Er hat direkt mit dem Staatsanwalt gesprochen und ist bereit, seine Aussage unter Eid zu wiederholen.«

Enna ließ sich auf den Stuhl fallen. Noch vor zwanzig Minuten hatte sie geglaubt, dass Jutta Paunovic so unter Druck gesetzt hatte, dass sich seine Aussage zum Mordauftrag, den er angeblich nie angenommen haben wollte, als falsch herausgestellt hätte. Und jetzt schien die Aufklärung von Paunovics Anteil an den Morden ihrer Eltern in weite Ferne gerückt zu sein. Sie vermutete, dass Tarek Karam nach ihrem Anruf den Zeugen überzeugt hatte, sich an die Staatsanwaltschaft zu wenden. Hätte sie zu einem späteren Zeitpunkt angerufen, wäre die Vernehmung vermutlich nicht unterbrochen worden.

Jutta hatte ihre Reaktion beobachtet. »Du weißt wieder einmal mehr?«

»Nicht wirklich. Dumm gelaufen, würde ich sagen. War er es jetzt oder war er es nicht?«

»Schwer zu sagen. Paunovic ist nicht dumm. Ihm ist klar, dass eine Kronzeugenregelung für ihn der einzige Weg ist oder vielleicht auch war. Hätte er uns dann mit der Nase auf den Mord an deinen Eltern gestoßen? War es nicht absehbar, dass wir da genau hinschauen?«

»Das werde ich jetzt wohl nicht mehr erfahren.«

»Ich glaube nicht, dass er es war. Vergiss diesen Typ. Der war auch vor vierundzwanzig Jahren schon so clever, dass er nicht auf das Angebot reingefallen ist.«

»Er hat dich angelogen. Erst wollte er die Waffe nicht gesehen haben, dann wusste er sogar den Typ. Nach allem, was ich bisher von Paunovic gehört habe, bedeutet ihm ein Menschenleben nichts. Glaubst du wirklich, dass das damals anders gewesen ist?«

»Bringt uns das jetzt weiter, Enna? Nein.« Sie schaute auf ihre Armbanduhr. »Ich muss in zehn Minuten beim Staatsanwalt sein. Das wird länger dauern. Du kennst das Spiel. Wir müssen den Zeugen befragen, seine Angabe überprüfen und anschließend ist Paunovic dran.«

Enna stand auf und griff nach ihrer Tasche und der Jacke. »Rufst du mich gleich an, wenn es Neuigkeiten gibt?«

Jutta nickte. »Natürlich.«

Als Enna im Wagen vor dem Polizeipräsidium saß, klingelte ihr Handy. Nach einem Blick aufs Display nahm sie das Gespräch an. »Paulsen, ich hatte deinen Anruf vor der Vernehmung erwartet.«

»Sorry, ich weiß. Hast du meine Nachricht nicht bekommen?«

»Warte!« Sie öffnete den Messenger und las Paulsens Nachricht, die erst zehn Minuten zuvor zu ihr durchgestellt worden war. »Gerade gekommen. Es gab wohl Probleme mit dem Empfang.« Paulsen hatte geschrieben, dass er Rudi Fuchs erreicht hatte.

»Ich hätte anrufen sollen. Aber gut, Herr Fuchs heißt mit Vornamen Rudolf und lebt inzwischen in der Nähe von Rosenheim. Er war ganz gesprächig und konnte sich sogar an Grothes Besuch erinnern. Sie hätten drei Nächte durchgesoffen und alle Welt dazu eingeladen. Am vierten Tag war der Vorschuss so weit dezimiert, dass er wohl nur noch für die Rückfahrt reichte – die Herr Grothe dann auch angetreten hat.«

»Grothe war also nur vier Tage in München? Legen wir zwei für Hin- und Rückfahrt drauf, dann sind wir bei einer Woche?«

»Fuchs war da sehr sicher in seiner Aussage. Ob er die Wahrheit gesagt hat, kann ich nicht beurteilen.«

»Wusste Fuchs, woher Grothe das Geld hatte?«

»Dass es eine Anzahlung war, hat Grothe ihm verraten. Um was es sich genau gehandelt hat, angeblich nicht. Ich habe da natürlich nachgehakt, aber entweder hat er mich angelogen oder seine Erinnerung daran ist lange futsch.«

»Der Prozess gegen Ronald Grothe war seinerzeit bundesweit in den Medien. Das muss selbst ein Rudi Fuchs mitbekommen haben. Hat er sich nie gefragt, ob die Anzahlung etwas mit den Morden zu tun hatte?« Enna hatte es nicht geschafft, ihre gereizte Stimmung zu unterdrücken. Sie ärgerte sich über sich selbst und wollte sich gerade entschuldigen, als Paulsen antwortete.

»Er hat gemauert. Ich war schon froh, dass er sich an die genaue Anzahl der Tage erinnern konnte.« Paulsen stöhnte leise. »Ja, ich hätte wohl weiter nachbohren sollen.«

»Nicht zu ändern. Und entschuldige meinen Ton gerade. Die Vernehmung von Paunovic war nicht so erfolgreich.« Enna berichtete ihm von den letzten zwei Stunden im Polizeipräsidium.

»Das ist ärgerlich«, sagte Paulsen. »Verdammt ärgerlich. Du bist sozusagen kein Stück weitergekommen. Weder Grothe noch Paunovic lassen sich ausschließen. Nach der Fuchs-Aussage ist Grothe auch wieder voll im Spiel.«

»Du sagst es. Hast du etwas über den Mann von gestern Nacht herausgefunden?«

»Zumindest da gibt es gute Nachrichten. Der Telefonanschluss läuft über die Firma Pietzsch Security und Sicherheitstechnik. Geschäftsführer ist Sven Pietzsch. Ich schicke dir ein Foto von ihm. Kannst du es dir anschauen?«

Enna wechselte in den Messenger und öffnete die Nachricht mit dem Foto. »Ja, das ist er. Hast du weitere Informationen?«

»Ja, ich habe etwas rumtelefoniert und ein paar alte Kontakte in Hamburg und Umgebung aktiviert. Keiner kennt Pietzsch persönlich, aber trotzdem konnte ich einiges erfahren. Offiziell übernehmen die Pietzsch-Leute die Bewachung von Objekten und Veranstaltungen. Außerdem sind sie im Personenschutz unterwegs und installieren Überwachungstechnik.«

»Und inoffiziell?«, fragte Enna.

»Pietzsch übernimmt sensible Aufträge, sagen meine Kontakte. Sprich, er oder besser seine Leute machen die Drecksarbeit für die, die dafür bezahlen. Mir wurde mehrfach geraten, lieber einen großen Bogen um Pietzsch zu machen.«

»Passt gut ins Bild. Zählen Einbrüche auch zum Tätigkeitsprofil der Firma?«

»Auch davon war die Rede. Ich habe genau diese Frage gestellt. Du denkst an den Einbruch bei dem Freund deines Vaters?«

»Wenn es kein unglaublicher Zufall war, dass gerade jetzt dort eingebrochen wurde, muss es einen Auftraggeber gegeben haben und auch ein Motiv. Entweder sollte Ullrich Geers nur eingeschüchtert werden oder er ist gleichzeitig von den Einbrechern entführt worden oder sie haben etwas Bestimmtes in seinem Haus gesucht. Wobei die zwei letzten Annahmen durchaus beide zutreffen können.«

»Und was willst du jetzt machen?«, fragte Paulsen. »Doch nicht das, was ich gerade denke?«

»Keine Angst, ich marschiere nicht direkt in Pietzschs Firma rein.«

»Sondern?«

»Weiß ich noch nicht, Paulsen. Ich muss mir einen Plan zurechtlegen. Hat Pia noch etwas von der Frau in Delmenhorst erfahren?«

»Sie ist zu ihr gefahren. Aber ich weiß noch nichts.«

»Okay, Paulsen. Und danke für deinen Einsatz. Ich melde mich dann bei dir oder du dich bei mir.«

Als Enna den Motor starten wollte, klingelte ihr Handy zum zweiten Mal. Ohne aufs Display zu schauen, nahm sie das Gespräch in der Annahme an, dass Paulsen etwas vergessen hatte. »Gibt es noch was, Paulsen?«

»Pia hier. Hallo, Enna. Hast du kurz Zeit?«

»Ja, ich sitze gerade im Auto vor dem Hamburger Präsidium.«

»Ich habe lange mit Julia Rosenbaum gesprochen.« Pia berichtete ihr detailliert von dem Gespräch.

»So langsam, aber sicher werden die einzelnen Puzzlestücke zu einem Bild«, sagte Enna. »Wirklich gute Arbeit, Pia. Meinst du, sie würde auch offiziell aussagen?«

»Das habe ich mich auch schon gefragt. Es kommt sicher darauf an, um was für eine Anklage es geht. Wenn Hansen junior etwas mit dem Tod deiner Eltern zu tun hat, gehe ich davon aus, dass sie aussagen wird.«

»Danke dir, Pia. Paulsen hat auch wichtige Infos. Aber die hörst du dir dann besser aus erster Quelle an.«

Enna verabschiedete sich von Pia und fuhr zurück ins Hotel. Im Zimmer ergänzte sie ihre Aufzeichnungen und überlegte, welchen Schritt sie als Nächstes machen sollte. Kurt Luetken und Hendrik Meisen, der Widerstandskämpfer und der Ex-SS-Mann, rückten immer mehr in den Fokus. Julia Rosenbaum schien den ersten Kontakt mit Luetken im Zusammenhang mit ihren Recherchen zur Kanzlei gehabt zu haben. Sie hatte ihre Nachforschungen an Ennas Vater weitergegeben, der sich interessiert gezeigt hatte. Spielte der ominöse Erwerb des Kanzleigebäudes eine zentrale Rolle in der gesamten Geschichte? Hatte ihr Vater Informationen von Luetken oder Meisen bekommen, die eine Bedrohung für die Kanzlei darstellten? Lag hier der Schlüssel zur Aufklärung der Morde? Sie griff nach dem Handy und sprach ein weiteres Mal mit Paulsen.

Vierunddreissig

Paulsen legte das Handy zurück auf den Schreibtisch. Er hatte gerade zum zweiten Mal mit Enna telefoniert. Sie hatte nachgefragt, ob Dirk Lager neue Informationen von Luetken und Meisen bekommen hatte. Paulsen stand auf und drehte einige Runden durch sein Büro. Dirk Lager hatte zwar die ersten beiden Nachfragen mit viel Gelassenheit hingenommen, würde über seinen erneuten Anruf aber nicht sonderlich erfreut sein.

Paulsen griff seufzend nach seinem Handy und suchte in den Kontakten Lagers Nummer. Wider Erwarten nahm er nach dem ersten Klingelton das Gespräch an.

»Junge, du sitzt ja wohl wirklich auf heißen Kohlen. Gut Ding will Weile haben, hat dir das deine Mutter nicht beigebracht?«

»Ich hatte keine, schon vergessen?« Paulsen war bei verschiedenen Pflegeeltern aufgewachsen und wurde erst als Jugendlicher von einem Paar adoptiert.

»Ach, komm schon. Das ist doch nur so ein Spruch.«

»Hast du was für mich?«

»Rat mal, was ich hier gerade mache. Ja, schon klar, du hast keine Zeit für Spielchen. Also gut. Ich schreibe gerade deine Rechnung. Und warum mache ich das? Genau! Arbeit beendet. Ich habe die Liste von Kurt Luetken und der alte Herr hat auch mit seinem Freund gesprochen. Du erinnerst dich? Der ehemalige SS-Mann.«

»Was hat er gesagt?«

»Er hat die Unterlagen noch. Und kann sich auch gut an alles erinnern. Aber er will erst mit dir oder wem auch immer sprechen, bevor er was rausgibt. Na, was sagst du?«

Paulsen atmete erleichtert auf. »Klasse Arbeit, Dirk. Wirklich, du hast was gut bei mir.«

»Ich werde gleich rot, Junge. Lob genug für heute. Ich schreibe jetzt diese E-Mail zu Ende und schicke sie dir. Da steht alles drin, was du brauchst.« Er hielt kurz inne. »Eine Sache musst du mir noch versprechen.«

»Ja, rück raus damit.«

»Wenn du in den nächsten Wochen Zeit hast, setzt du dich in deine Karre und fährst nach Hamburg. Wir treffen uns in der alten Kneipe und trinken ein schickes Holsten zusammen.«

Dirk Lagers Stimme hatte sich verändert. Sie klang jetzt ernsthafter, fast verletzlich. Paulsen räusperte sich leise. »Dirk, was ist los? Du hast mir was verheimlicht, oder?«

Dirk Lager lachte kurz auf. »Einmal Bulle, immer Bulle.« Er wurde ernst. »Ja, der verdammte Krebs ist zurück. Die haben mich schon operiert und diese Scheißchemo habe ich auch hinter mir. Das ist jetzt schon ein paar Monate her. Ob es jetzt wirklich vorbei ist, konnte mir keiner sagen. Vielleicht wollten sie es auch nicht. Ich werde jetzt jeden Monat durchgecheckt. Unangenehme Sache, ständig wartet man auf die verdammten Ergebnisse.«

Paulsen schluckte schwer. Er machte sich Vorwürfe, dass er bei seinen Telefongesprächen nicht genauer hingehört hatte.

»Dirk, was machst du für Sachen! Warum hast du nichts gesagt?«

»Mitleid ist nicht so mein Ding, weißt du doch. Wäre aber trotzdem schön, wenn du vorbeischauen könntest.«

»Sei ehrlich, wie schlimm ist es?«

»Junge, mach dir keinen Kopf. Das wird schon. So, und jetzt mache ich diese verflixte Mail fertig, damit du weiterkommst.«

»Ein paar Tage wird es dauern, bis ich hier wegkomme«, sagte Paulsen. »Ich melde mich. Ganz sicher.«

Paulsen atmete tief durch, als er das Handy zur Seite gelegt hatte. Ihm war klar, dass Dirk Lager seine Krankheit nie auch nur erwähnt hätte, wenn es nicht wirklich ernst um ihn stehen würde. Spätestens Anfang der nächsten Woche würde er nach Hamburg fahren und sich zwei Tage Zeit nehmen, um etwas mit seinem alten Freund zu unternehmen.

Er öffnete den Laptop und startete den Mailaccount. Er hatte keine drei Minuten gewartet, als die Nachricht von Dirk Lager aufpoppte. Er öffnete sie und las den Text. Der Privatermittler hatte ganze Arbeit geleistet. Neben einem ausführlichen Protokoll der Gespräche, die er mit Kurt Luetken geführt hatte, gab es weitere Informationen zu der fraglichen Zeit und den Umständen. Die Liste der Anwälte, die Hansen senior bei der Gestapo denunziert hatte, umfasste fünfundfünfzig Namen. Hinter vielen stand ein Todesdatum in den Dreißigerjahren oder Anfang der Vierziger. Nur wenige von ihnen schienen die NS-Zeit überlebt zu haben.

Paulsen griff nach seinem Handy und suchte nach der Kurzwahltaste für Ennas Anschluss.

»Hast du etwas erreicht?«, fragte Enna direkt.

»Ja, ich glaube, das könnte uns richtig weit bringen in den Ermittlungen.« Er berichtete Enna von dem Gespräch und schickte währenddessen die E-Mail an sie weiter.

»Die Liste ist schon der reinste Horror. Du findest in der Nachricht von Dirk Lager auch die Kontaktdaten von Hendrik Meisen. Er möchte mit jemandem von uns sprechen, bevor er seine Informationen weitergibt.«

»Das ist mehr als verständlich. Ich habe gerade die Mail geöffnet. Dein Riecher mit deinem Bekannten war goldrichtig. Respekt, Paulsen.«

»Freund, Dirk ist einer meiner besten Freunde«, korrigierte Paulsen Enna.

»Grüß ihn von mir, wenn du wieder mit ihm sprichst.«

Paulsen spürte einen Stich in der Herzgegend. Ihm war inzwischen klar, dass der Besuch in Hamburg kein leichter Gang sein würde. Er war es Dirk schuldig und würde bleiben, so lange er konnte.

»Bist du noch dran?«, fragte Enna.

»Sorry, ich war in Gedanken. Sprichst du heute noch mit Meisen? Er lebt in einem Seniorenheim in Harburg.«

»Ja, ich fahre gleich los, sobald ich die Mail gründlich gelesen habe. Nochmals danke, Paulsen. Ich melde mich bei dir.«

Paulsen nickte und wartete, bis Enna die Leitung unterbrochen hatte. Er stand auf, ging über den Flur in die Küche und setzte Kaffee auf. Als er sich eine Tasse einschenkte, klopfte Pia an den Rahmen der geöffneten Tür. »Hast du auch noch eine Tasse für mich?«

»Zurück aus Bremen? Enna hat mir schon kurz erzählt, was du erreicht hast. Gratulation!«

Pia kam auf ihn zu, zog ihre Jacke aus und griff nach der Tasse, die Paulsen ihr inzwischen eingegossen hatte. »Das war Glück. Mehr nicht.«

»Soll ich da jetzt wirklich drauf antworten?« Paulsen trank einen Schluck Kaffee.

»Nein, und danke fürs Lob. Ich hoffe nur, dass ich Enna damit ein wenig geholfen habe.« Sie musterte Paulsen über den Tassenrand hinweg. »Und bei dir? Alles in Ordnung?«

»Mehr oder weniger«, sagte Paulsen und spürte, dass sein Lächeln misslungen war.

»Weniger?«

»Es geht gerade etwas holprig bei mir zu. Aber es ist vielleicht Licht am Ende des Tunnels zu sehen.«

Pia zog die Augenbrauen zusammen. »Was ist mit dir los? Sonst redest du doch nicht so um den heißen Brei herum und sagst einfach, was Sache ist.«

Paulsen stellte seine Tasse in die Spüle. »Ein anderes Mal, Pia. Du meinst es gut mit mir, aber im Moment …«

»Okay. Du weißt, wo du mich findest.«

»Ja.« Er machte einen Schritt auf die Tür zu und wandte sich wieder zu Pia. »Ich fliege noch heute nach München. Ich muss unter vier Augen mit Rudi Fuchs sprechen. Morgen Mittag bin ich wieder da. Enna muss davon nichts mitbekommen.«

»Echt? Ist Rudi Fuchs so wichtig?«

»Ja, seine Aussage könnte sogar ausgesprochen wichtig sein. Aber über Telefon ist dem nicht beizukommen.«

»Und wenn Enna fragt?«

»Ich bin über Handy erreichbar und du weißt nicht, wo ich genau bin. Wenn sie uns vor Ort braucht, müsstest du allerdings fahren.«

Pia nickte. »Geht in Ordnung, Paulsen. Guten Flug.«

Paulsen fuhr direkt am Flughafen ins Parkhaus und suchte sich einen Platz. Nach einem Blick auf die Uhr griff er nach hinten auf die Rückbank zu seiner kleinen Reisetasche und stieg aus. Mit schnellen Schritten eilte er aus dem Parkhaus zum Check-in. Kurz darauf stand er in der Schlange vor dem Schalter, an dem gerade sein Flug aufgerufen worden war.

Als er auf seinem Sitz im Flugzeug saß, griff er nach seinem Handy und wählte Katjas Nummer.

»Jan! Du willst doch nicht etwa unseren Spaziergang absagen?«

»Tut mir leid. Ich sitze im Flieger nach München. Das war eine ganz kurzfristige Entscheidung. Morgen Mittag bin ich wieder zurück.«

Katja schwieg.

»Es hat wirklich nichts mit uns zu tun«, fuhr Paulsen fort. »Ich kann meine Chefin jetzt nicht im Stich lassen. Die Zeugenaussage könnte entscheidend sein.«

»Und mich kannst du im Stich lassen?«

Paulsen klammerte sich mit der linken Hand am Sitz fest. »Katja, wir wollten spazieren gehen und uns unterhalten. Das können wir auch morgen oder übermorgen.«

»Oder gar nicht«, fauchte Katja.

Als Paulsen antworten wollte, hörte er, dass die Verbindung unterbrochen war. Er legte den Kopf in den Nacken und atmete tief durch. Mit Katjas Reaktion hatte er nicht gerechnet. Hätte er den München-Trip um einen Tag verschieben sollen? Jetzt war es zu spät dafür. Katja würde sich beruhigen und sie würden sich morgen treffen und miteinander reden. Es würde ohnehin nicht das letzte Treffen sein. Seine Arbeit ging heute vor, Enna ging vor. Alles andere musste warten.

Fünfunddreissig

Das Seniorenheim lag im Süden des Hamburger Stadtteils Harburg, eingebettet in eine grüne Landschaft mit Bäumen, Sträuchern und kleinen künstlichen Wasserläufen. Enna stellte ihr Fahrzeug auf dem Besucherparkplatz ab und ging auf das Haupthaus zu. An der Information fragte sie nach Hendrik Meisen. Die junge Frau am Infotresen telefonierte und reichte Enna den Telefonhörer.

»Hendrik Meisen.« Die tiefe männliche Stimme klang zurückhaltend, war aber gut zu verstehen. »Sind Sie von der Polizei aus Oldenburg?«

»Guten Tag, Herr Meisen. Enna Andersen, LKA Oldenburg. Herr Lager hatte mit Ihnen gesprochen und Sie hatten um einen persönlichen Kontakt gebeten.«

»Das ist richtig. Könnten Sie den Telefonhörer bitte zurückgeben?«

Enna reichte der jungen Frau den Hörer, sie sprach kurz mit Hendrik Meisen, legte auf und beschrieb Enna den Weg.

Hendrik Meisen lebte trotz seines hohen Alters im eigenen Apartment der Anlage. Er öffnete auf Ennas Klingeln die Tür und bat sie herein.

»Ich habe lange auf Sie gewartet«, sagte Hendrik Meisen und führte Enna zu einem Tisch in der Nähe einer kleinen Teeküche. »Darf ich Ihnen eine Tasse Tee anbieten?«

»Gerne.«

Der alte Herr setzte Wasser auf, füllte Teeblätter in ein Sieb, goss das Wasser in die Kanne und bat Enna, zwei Tassen aus einem Schrank zu holen. Schließlich schenkte er ein und reichte Enna Zucker und Teesahne.

»Darf ich Ihren Ausweis sehen, Frau Andersen?«

»Selbstverständlich.« Enna schob den Ausweis über den Tisch, Meisen nahm ihn in die Hand und ließ sich Zeit, bevor er ihn wieder Enna reichte und lächelte. »Danke. Heutzutage muss man ja vorsichtig sein.«

Enna nippte an dem Tee. »Mein Kollege Jan Paulsen hat mir von Ihnen und Herrn Luetken erzählt, von Ihrer gemeinsamen Geschichte und Ihrer späteren Freundschaft.«

Hendrik Meisen nickte mit nachdenklicher Miene. »Ja, es war eine schwere Zeit damals und ich stand auf der falschen Seite. Ich habe es Kurt immer hoch angerechnet, dass er den Schritt auf mich zu gemacht hat und wir trotz meiner dunklen Vergangenheit Freunde werden konnten.« Er hielt kurz inne. »Aber deshalb sind Sie heute nicht zu mir gekommen. Es geht um die Kanzlei Hansen, habe ich recht?«

»Ja, und bevor Sie fortfahren, muss ich noch ein kleines Geständnis machen, Herr Meisen. Ich bin Polizistin, wie Sie auf meinem Ausweis gesehen haben, aber im Moment bin ich privat hier. Mein Vater war lange Jahre in der Kanzlei Hansen tätig und wurde vor über vierundzwanzig Jahren zusammen mit meiner Mutter ermordet. Ich bin auf der Suche nach den wahren Tätern.«

»Sie sind die Tochter von Albrecht Rothhardt?«

Enna verbarg ihr Erstaunen, so gut sie konnte, und nickte.

»Darf ich Ihren Personalausweis sehen?«

Enna griff in ihre Tasche und holte ihr Portemonnaie hervor. Sie zog den Ausweis heraus und reichte ihn Meisen. Er warf einen kurzen Blick auf die Vorderseite, auf der Ennas Geburtsname vermerkt war, und gab den Ausweis zurück.

»Ich sagte vorhin, dass ich schon lange auf Sie warte. Damit meinte ich nicht Sie als Person, sondern jemanden, der sich um die Geschichte der Kanzlei Hansen und die vielen Opfer Gedanken gemacht hat. Dass die Tochter von Albrecht nach so vielen Jahren zu mir kommt, damit habe ich allerdings nicht gerechnet.«

»Sie kannten meinen Vater persönlich?«, fragte Enna.

»Ja, wir haben uns drei- oder viermal getroffen. Damals hatte ich noch ein eigenes kleines Haus in Groß Flottbek. Es waren lange Gespräche und bei seinem letzten Besuch habe ich ihm die Unterlagen übergeben.«

Hendrik Meisen stand auf, ging zu einem Bücherregal und zog dort einen dünnen Ordner aus einem Stapel heraus. Zurück am Tisch reichte er Enna die Unterlagen.

»Ich habe mir seinerzeit Kopien von den Originalen gemacht. Ich vermute, dass Sie auf der Suche nach dem Ordner sind?«

»Ja, das ist richtig, Herr Meisen.«

»Im Grunde genommen geht es um Verrat und Diebstahl. Alexander Hansen hat seinem Partner Guenther Gehring gedroht, ihn bei dem unsäglichen Gestapo-Sonderkommando anzuzeigen, und ihm keine Wahl gelassen, ihm das heutige Kanzleigebäude zu übertragen und die Kanzlei zu verlassen.«

»Es finden sich aber keine offiziellen Unterlagen dazu«, warf Enna ein.

»Das ist richtig. Alexander Hansen hat sich letztendlich doch dazu entschlossen, keine Spuren zu hinterlassen und seinen alten Studienfreund ins offene Messer laufen zu lassen. Nachdem seine Forderungen erfüllt waren, hat er eine Art

Vereinbarung mit meinem damaligen Vorgesetzten getroffen. Ich war als Adjutant dafür zuständig, die konkreten Maßnahmen umzusetzen. Guenther Gehring wurde verhaftet und zu sieben Jahren verurteilt. Er starb im KZ Dachau.«

»War Herr Gehring jüdischen Glaubens?«

»Nein, darum ging es in diesem Fall nicht. Herr Gehring war homosexuell. Der Paragraf 175 wurde nach seiner Verschärfung in Hamburg zunächst nur zögernd angewendet. Zu diesem Zweck wurden – übrigens in vielen großen deutschen Städten – Gestapo-Sonderkommandos aufgebaut, die dann ein hartes Vorgehen gegen Homosexuelle durchpeitschten. Alexander Hansen hat sich das zunutze gemacht, um seinen Partner aus der Kanzlei zu entfernen und sich das Haus einzuverleiben. Guenther Gehring ist nicht nur das Leben genommen worden, sondern er wurde vollständig aus allen staatlichen Dokumenten entfernt. Er hat sozusagen nie existiert.«

»Wie konnte Hansen seinen Partner mit der Homosexualität so unter Druck setzen? Brauchte er nicht Beweise oder Zeugen?«

»Alexander Hansen hatte einen siebzehnjährigen jungen Mann aufgetan, der angeblich von Guenther Gehring zum Sex gezwungen worden war. Das hat das Strafmaß erheblich in die Höhe getrieben und die Überführung ins KZ wahrscheinlicher gemacht. Wie es dann ja auch gekommen ist.«

Enna starrte den alten Herrn fassungslos an. »Wäre das bekannt geworden und auch noch beweisbar gewesen, hätte das das Ende der Kanzlei bedeutet.«

Hendrik Meisen nickte. »Davon kann man ausgehen. In den Neunzigerjahren war die Sensibilität für das Thema zwar noch nicht so hoch wie heute, aber es handelt sich hier ja nicht nur um eine normale, zur damaligen Zeit hunderttausendfach vorgekommene Denunziation, sondern um eine bewusste Falschaussage, die letztlich zum Tode von Guenther Gehring geführt hat. Hinzu kommt, dass es sich hier nicht um einen

Einzelfall gehandelt hat. Mein Freund Kurt Luetken hat eine lange Liste von Anwälten, die von Alexander Hansen denunziert wurden und von denen ebenfalls ein Großteil ums Leben gekommen ist.«

»Die Liste habe ich bereits bekommen«, sagte Enna, die immer noch nicht fassen konnte, was sie in den letzten Minuten gehört hatte. Sie nahm die Mappe in die Hand. »Und diese Unterlagen haben Sie meinem Vater zur Verfügung gestellt?«

»Ja. Die Dokumente waren überwiegend Originale, zu einem kleineren Teil waren es Fotos. Zusätzlich finden Sie dort meine Aussage. Ich habe die Fotokopie ein weiteres Mal unterschrieben, falls die Echtheit der Aussage angezweifelt werden sollte oder ich zu dem Zeitpunkt nicht mehr unter den Lebenden weilen sollte.«

»Hat mein Vater Ihnen gesagt, was er mit den Dokumenten machen wollte?«

»Nein, dazu weiß ich nichts. Aber ich hatte einen ausgesprochen guten Eindruck von Ihrem Vater. Ihm schien es sehr ernst mit der Angelegenheit zu sein. Herr Alexander Hansen war zu dem Zeitpunkt ja bereits nicht mehr am Leben. Ohnehin waren die Straftaten alle bereits verjährt, wenn sie überhaupt jemals als solche anerkannt worden wären. Sie wissen sicher, wie lange sich unsere Rechtsprechung schwer damit getan hat, den Paragrafen 175 endgültig aus dem Strafgesetzbuch zu tilgen.«

Enna nickte. »Darf ich fragen, warum Sie nicht früher mit den Daten an die Öffentlichkeit gegangen sind?«

»Sie dürfen. Im Grunde genommen hat es damit zu tun, wie lange die Verfolgung von homosexuellen Männern nach der NS-Zeit weiterging. Ich habe damals keine Chance gesehen, dass Guenther Gehring rehabilitiert wird. Wie viele Männer haben über Jahrzehnte genau darauf gewartet?« Hendrik Meisen schien kurz zu zögern, bevor er weitersprach. »Und vergessen Sie nicht meine eigene Vergangenheit. Ich habe mich schuldig gemacht und mit Recht hätte man mit dem Finger auf mich gezeigt und gefragt, warum gerade ich diese Vorkommnisse an die Öffentlichkeit bringe.«

»Haben Sie den Tod meiner Eltern nicht mit den Unterlagen in Verbindung gebracht? In den Akten der Lüneburger Polizei habe ich Ihren Namen nicht gefunden.«

»Der letzte Besuch Ihres Vaters war fast zwei Monate vor diesen schrecklichen Morden. Ich war zu der Zeit nicht in Deutschland, sondern in Spanien. Ein Freund hatte mich eingeladen, für längere Zeit bei ihm zu wohnen. Ich bin erst ein halbes Jahr später wieder zurück in Hamburg gewesen und habe erst dann etwas von dem Prozess mitbekommen. Nach allem, was ich in Erfahrung bringen konnte, hatte der Mörder andere Motive. Ich habe mich dann entschieden, nicht zur Polizei zu gehen.« Hendrik Meisen senkte den Kopf. »War es ein Fehler? Hätten die Polizisten auf meine Unterlagen reagiert?«

»Vermutlich nicht«, sagte Enna. »Es hätte nichts geändert.«

»Aber Sie denken trotzdem, dass meine Unterlagen … also …« Hendrik Meisen warf Enna einen fragenden Blick zu.

»Alexander Hansens Machenschaften in der NS-Zeit spielen sicher eine Rolle. Ich weiß nur noch nicht, welche.«

Hendrik Meisen nickte nachdenklich. »Es tut mir so unendlich leid, was Ihren Eltern passiert ist. Ich hoffe, ich kann Ihnen helfen bei der Aufklärung der Hintergründe. Sie gehen doch davon aus, dass der verurteilte Mann auch der Täter ist?«

»Auch das weiß ich noch nicht. Es könnte auch ein Komplott gegeben haben, um von den wahren Tätern abzulenken.«

Sechsunddreissig

Enna ließ sich in den Sitz fallen, schloss die Tür und startete den Motor. Sie hatte noch über eine halbe Stunde mit Hendrik Meisen gesprochen, der ihr noch einige Hintergrundinformationen zu dem Hamburger Gestapo-Sonderkommando und der SS-Abteilung gegeben hatte. Als sie bemerkte, wie erschöpft der alte Herr war, hatte sie sich verabschiedet.

Auch an Enna war das Gespräch nicht spurlos vorbeigegangen. Sie war müde, aber gleichzeitig voller Tatendrang. Hatte sie endlich die entscheidenden Puzzleteile gefunden, die Verbindung zwischen den bisher lose nebeneinanderstehenden Ereignissen? Auch wenn es kaum vorstellbar war, dass ihr Vater wegen der Unterlagen, die jetzt als Kopie auf dem Beifahrersitz lagen, ermordet worden war, mussten die Dokumente eine wichtige Rolle spielen.

Der Blick in den Rückspiegel riss Enna aus ihren Gedanken. Der weiße VW Golf, der ihr in etwa zwanzig Meter Entfernung folgte, war ihr bereits auf dem Hinweg aufgefallen. Sie erinnerte sich an die Zahlenkombination auf dem Nummernschild, die identisch war mit den Anfangszahlen ihres Geburtsdatums.

Sie verringerte die Geschwindigkeit, der Golf ebenfalls. Als sie einen freien Parkplatz bemerkte, setzte sie den Blinker und hielt an. Der Golf fuhr an ihr vorbei. Im Auto saßen zwei Männer mittleren Alters, die ihren Blick beide nach vorne gewandt hielten.

Enna tat so, als würde sie Hendrik Meisens Unterlagen durchsehen, und warf immer wieder einen kurzen Blick in den Rückspiegel. Aber kein Fahrzeug hatte hinter ihr gehalten. Standen sie außerhalb ihres Sichtfeldes?

Und wenn sie dich doch observieren? Wer sind sie? Die Pietzsch-Leute? Das war unwahrscheinlich. Wäre sie in den letzten Tagen verfolgt worden, hätte sie es bemerkt. Und Sven Pietzsch hätte Fotos von ihr gehabt und sie in der Bar wiedererkannt.

Aus einem Impuls heraus fotografierte Enna die einundzwanzig Seiten der Meisen-Mappe ab und schickte sie mit einer kurzen Erklärung an Paulsen.

Nachdem Enna weitere fünf Minuten die Straße beobachtet hatte, setzte sie ihren Weg fort, fuhr einige Schleifen und war sich nach einer anstrengenden halben Stunde Fahrt sicher, dass sie von einem Škoda Octavia verfolgt wurde. Sie fuhr auf den Parkplatz eines Baumarkts, stieg aus und ging auf den Eingang zu. Aus dem Augenwinkel sah sie einen weißen Golf, drehte sich ruckartig um und konnte gerade noch das hintere Nummernschild lesen.

Hastig betrat sie den Markt, suchte sich eine ruhige Ecke und rief Jutta Erichsen an.

»Bist du absolut sicher, Enna?«

»So sicher, wie man in einer solchen Situation sein kann. Zuerst der weiße Golf, dann der Škoda. Und jetzt taucht der Golf wieder hier auf dem Parkplatz auf. Es sind die gleichen Männer im Auto, die mir vorher schon aufgefallen sind. Wie sicher wärst du?«

»Okay. Du bleibst jetzt ungefähr eine halbe Stunde im Baumarkt. Kauf etwas oder lass dich ewig beraten. Gibt es nicht auch ein Café?«

»Das schaffe ich schon. Und dann?«

»Sobald ich mit meinen Kollegen vor Ort bin, fährst du los. Ich schreibe dir rechtzeitig eine Nachricht. Wir fahren mit zwei Fahrzeugen hinterher und sehen, was passiert.«

»Ich habe beide Kennzeichen.« Enna gab sie ihr durch. »Kannst du schon mal überprüfen, auf wen die Fahrzeuge gemeldet sind?«

»Mache ich. Bis gleich, Enna.«

Enna ließ sich in der Farbenabteilung ausgiebig beraten und kaufte schließlich einige Pinsel und eine Abdeckplane, bevor sie sich ins Café setzte und dort auf Jutta Erichsens Anruf wartete. Sie hatte in der letzten halben Stunde bewusst darauf verzichtet, sich nach potenziellen Verfolgern umzuschauen, um die Männer, sollten sie sich im Baumarkt aufhalten, nicht auf ihr Wissen aufmerksam zu machen. Als endlich ihr Handy Juttas Nachricht ankündigte, trank sie den Kaffee aus, stellte die Tasse auf dem dafür bereitstehenden Wagen ab und verließ den Markt.

Im Auto rief sie Jutta über die Freisprechanlage an. »Wie gehen wir vor?«

»Der weiße Golf steht vier Reihen hinter dir. Gehst du davon aus, dass sie dich nur observieren?«

Enna hatte sich genau über diese Frage im Baumarkt den Kopf zerbrochen. Welches Ziel hatte die Observation? Oder waren die Männer hinter ihr her? Wer immer sie beauftragt hatte, musste wissen, dass Enna die Unterlagen suchte, die ihr Vater vor vierundzwanzig Jahren gegen die Kanzlei einsetzen wollte. Waren sie wirklich so wichtig, dass sie einen Einbruch oder gar einen Überfall rechtfertigen würden? Die Papiere mochten die Schuld von Alexander Hansen beweisen, aber unabhängig von der Verjährungsfrist wurde gegen Verstorbene kein Verfahren mehr eröffnet. Es ging allenfalls um eine historische Schuld, mit der niemand in der Kanzlei persönlich in Verbindung gebracht werden konnte. Oder dachte Enna zu kurz? Ging es um mehr? Um den Mordauftrag an ihren Eltern? Wer hatte ihren Vater zum Schweigen bringen wollen und warum? Enna konnte sich schwer vorstellen, dass Hansen junior im Mittelpunkt einer Verschwörung stehen würde. Also blieb im Moment nur der mysteriöse Siegfried Röder, der ehemalige BKA-Beamte, der vermutlich seit vielen Jahren in Spanien lebte.

»Sie wollen etwas von mir«, sagte Enna. »Es geht um Unterlagen, die ich heute von jemandem bekommen habe. Sie stehen im Zusammenhang mit dem Tod meiner Eltern.«

»Was schlägst du vor?«

»Was bringt uns eine Personalfeststellung? Die Männer wissen wahrscheinlich nicht einmal, wer sie beauftragt hat. Bisher haben sie sich noch nichts zuschulden kommen lassen.«

»Beide Fahrzeuge, der Golf wie der Octavia, sind übrigens Mietfahrzeuge.«

»Ich gehe davon aus, dass sie bei mir ins Hotelzimmer einbrechen werden«, sagte Enna. »Ich fahre jetzt dorthin und lasse meine Tasche im Zimmer liegen. Anschließend verlasse ich das Hotel und gehe im Restaurant essen, während ihr im Zimmer auf die Männer wartet.«

»Vorausgesetzt, sie haben es auf diese Unterlagen und nicht auf dich abgesehen. Ich bleibe bei dir im Restaurant als Unterstützung. Wie kommen wir in dein Zimmer?«

»Ich lasse deine Leute rein. Sie müssen nur aufpassen, dass sie von niemandem gesehen werden.«

Enna parkte ihren Wagen in der Tiefgarage des Hotels, stieg aus und ging direkt zum Fahrstuhl. Während der Fahrt hatten sich die beiden verdächtigen Fahrzeuge weiter zurückfallen lassen als zuvor. Jutta hatte Enna aber über Handy informiert, dass sie weiter verfolgt wurde.

Im dritten Stock stieg sie aus, lief zu der nicht weit entfernten Tür ihres Hotelzimmers und schloss sie mit der Zimmerkarte auf. Kurz darauf schrieb sie Jutta eine Nachricht, dass sie angekommen sei.

Wenig später klopfte es an der Tür, nach einem Blick durch den Türspion ließ Enna Juttas Kollegen ins Zimmer.

Enna reichte Jutta auf der Toilette des Restaurants die Unterlagen. Sie hatte sich zuvor per Messenger mit ihr dort verabredet.

»Ich habe sie schon mit dem Handy fotografiert und nach Oldenburg geschickt.«

»Und warum läufst du mit der Mappe offen im Restaurant herum? Die Typen brauchen doch nur eins und eins zusammenzuzählen und …«

Enna zog eine zweite, fast identische Mappe unter ihrem Pullover hervor. »Deshalb. Sie sollen ruhig denken, dass ich sie bei mir habe.«

Jutta schüttelte ärgerlich den Kopf. »Dir sind zwei der Männer gefolgt. Sie sitzen ganz rechts am Fenster. Die beiden sehen nicht gerade harmlos aus und ich bin mir fast sicher, dass sie eine Waffe mit sich führen. Verdammt, du spielst wieder einmal mit dem Feuer.«

Enna hob ihre Mappe. »Jetzt muss ich damit zurück. Kannst du deine Mappe von einem Streifenwagen abholen lassen?«

»Und die sollen hier reinmarschieren, oder was?«, fragte Jutta mit hörbar genervter Stimme.

»Jutta, jetzt lass gut sein. Du lässt sie in der Straße nebenan halten und gehst eine rauchen. Dann kommst du wieder. Es passiert schon nichts in der Zwischenzeit.« Als Jutta nickte, fuhr Enna fort. »Ich muss etwas Druck in den Kessel bekommen. Du kennst das doch. Du nimmst gleich ihre Personalien auf und sie verabschieden sich mit einem Grinsen. Dann sind wir keinen Schritt weiter.«

»Wir?«

»Du, meinte ich natürlich.« Enna legte Jutta eine Hand auf die Schulter. »Ich gehe jetzt wieder rein. Ist das in Ordnung?«

»Ja. Was bleibt uns anderes übrig?«

Enna klemmte die Mappe, die sie im Baumarkt gekauft hatte, unter den Arm und verließ die Toilette. Im Vorbeigehen warf sie einen kurzen Blick auf die am Fenster sitzenden Männer, die so taten, als ob sie die Speisekarte studierten.

Enna setzte sich und legte die falsche Mappe auf den Tisch, bestellte sich einen Salat und trank dazu Wasser. Jutta verließ, wie verabredet, nach einer Weile das Restaurant, kam kurz darauf zurück und setzte sich wieder an ihren Tisch im hinteren Teil des Restaurants. Auch sie hatte sich eine Kleinigkeit zu essen bestellt.

Enna konnte von ihrem Platz beobachten, dass die Männer Bier tranken und Steak mit Pommes frites aßen.

Als Enna ihren Teller zur Seite schob, poppte eine Nachricht von Jutta auf ihrem Handy auf. Sie hatte Enna die Information weitergeleitet, dass zwei Männer in Ennas Hotelzimmer eingebrochen seien und beide dabei festgenommen worden waren.

Draußen begann es bereits zu dämmern, aber es würde noch weit über eine Stunde dauern, bis es dunkel war. Enna schrieb Jutta, dass sie bezahlen und aufbrechen würde, und wartete dann, bis Jutta als Erste das Restaurant verlassen hatte.

Langsam schlenderte Enna die Straße entlang, betrachtete die Auslagen in den Schaufenstern, sah immer wieder aufs Handy, als erwarte sie einen Anruf, und bog schließlich in eine ruhigere Seitenstraße ein, deren Verlauf sie sich im Restaurant auf dem Handy angeschaut hatte. Die beiden Männer folgten ihr in großem Abstand.

Als Enna sich bückte, um die Schleife an ihren Schuhen neu zu binden, sah sie aus dem Augenwinkel, dass die Männer sich getrennt hatten. Sie lächelte in sich hinein. Genau so hatte sie es geplant. Einer von ihnen war geradeaus gegangen, um Enna über einen kleinen Umweg zu überholen und später an der nächsten Kreuzung auf sie zu warten. Beim Aufstehen öffnete sie mit einem schnellen Griff den Verschluss an ihrem Holster und ging weiter.

Etwa vierzig Meter vor der Kreuzung blieb Enna stehen, sah sich um und ging denselben Weg, den sie gerade gekommen war, zurück. Der Mann, der sie verfolgt hatte, blieb abrupt stehen und schien für einen Augenblick erstarrt zu sein. Enna hörte weit entfernt Schritte und vermutete, dass der zweite Mann zu einem Sprint angesetzt hatte. Sie beschleunigte ihren Gang und erreichte wenige Sekunden später ihren immer noch auf der Stelle stehenden Verfolger.

Ennas Plan schien aufzugehen. Der Mann vor ihr musste sich innerhalb weniger Sekunden entscheiden, ob er angreifen oder sie passieren lassen sollte. Kurz bevor sie ihn erreichte, griff der Mann nach seiner Waffe und wollte sie gerade auf Enna richten, als sie ihm mit einem schnellen Handkantenschlag die Waffe aus der Hand schlug. Im nächsten Augenblick trat sie mit dem Fuß gegen sein rechtes Bein, der Mann verlor das Gleichgewicht und stürzte zu Boden. Sie drehte ihn mit einem

Griff auf den Bauch, bog den Arm nach hinten und legte ihm Handschellen an.

Während ihrer Auseinandersetzung mit dem Verfolger war Jutta zu ihr aufgerückt, stand jetzt mit gezogener Waffe vor Enna und sah dem zweiten Mann, der außer Atem wenige Meter vor ihnen haltgemacht hatte, in die Augen. »Auf die Knie!«, schrie sie. Langsam sackte der Mann nach unten und hob schließlich beide Arme.

Siebenunddreissig

Paulsen lief am Franz-Josef-Strauß-Flughafen in München direkt zur Autovermietung, wo er zuvor ein Fahrzeug gebucht hatte. Eine halbe Stunde nach der Landung verließ er in einem Škoda Fabia die Tiefgarage und fädelte sich Richtung Erding ein. Er hatte sich für die Strecke über die Bundesstraße entschieden, mit der er München weitläufig umfahren konnte.

Rudi Fuchs lebte in Schechen, einem kleinen Ort zehn Kilometer nördlich von Rosenheim. Er bekam, wie er Paulsen am Telefon erklärt hatte, eine kleine Rente, die er mit Gelegenheitsjobs aufstockte. Paulsen hatte sich nicht angekündigt und hoffte, dass er Fuchs heute zu Hause antreffen würde. Während des Fluges hatte er sich eine Strategie überlegt, war aber nicht sicher, ob er damit Fuchs zum Reden bringen konnte.

Das Mietshaus mit sechs Parteien hatte schon bessere Tage gesehen. Der Vorgarten war ungepflegt, die Fenster zum Teil blind, die Eingangstür war mehrfach geflickt worden, ohne auf die Optik zu achten. Paulsen parkte am Straßenrand und suchte den Namen von Fuchs auf einer der sechs Klingeln. In diesem Augenblick wurde die Tür von innen geöffnet, eine junge Frau trat mit einem Kleinkind auf dem Arm nach draußen. Paulsen hielt ihr die Tür auf und verzichtete aufs Klingeln. Im dritten

Stock fand er die Initialen R. F. auf einem Zettel an der Tür. Er klingelte.

Als Paulsen gerade an die Tür klopfen wollte, hörte er Schritte aus der Wohnung. Die Tür wurde einen Spaltbreit geöffnet.

»Ich kaufe nichts.«

Paulsen hielt ihm seinen Polizeiausweis hin. »Wir hatten telefoniert, Herr Fuchs. Es ging dabei um Ronald Grothe und einige ihrer gemeinsamen Tage vor etwa vierundzwanzig Jahren.«

»Sie? Wie sind Sie so schnell hergekommen?«

»Mit dem Flugzeug über München. Darf ich kurz reinkommen, Herr Fuchs? Es ist wirklich wichtig.«

»Ich habe nicht aufgeräumt. Kommen Sie ein anderes Mal wieder.«

»Herr Fuchs. Ich bin durch ganz Deutschland geflogen, um mit Ihnen persönlich zu sprechen. Glauben Sie mir, ich wohne auch alleine und bin auch kein Putzteufel.«

»Wir haben alles besprochen. Lassen Sie mich in …«

»Herr Fuchs, wollen Sie wirklich, dass ich Sie von den bayerischen Kollegen abholen lasse und in der Rosenheimer Polizeiinspektion vernehme? Darauf läuft es letztlich hinaus. Ich wollte Ihnen entgegenkommen und bin deshalb allein zu Ihnen gekommen. Wir unterhalten uns nett und in spätestens einer Stunde bin ich wieder verschwunden. Versprochen!«

»Sagen alle und am Schluss ist man der Depp.«

Paulsen zog sein Handy aus der Tasche. »Gut, dann telefoniere ich mal mit den Kolle…«

Rudi Fuchs öffnete die Tür. »Komm schon rein.«

Paulsen ließ das Handy wieder in die Tasche gleiten und folgte dem Mann in eine Küche, die entgegen seinen Erwartungen halbwegs sauber aussah und wo nur das schmutzige Geschirr vom Tag neben der Spüle stand.

Paulsen zog einen Stuhl vor, nahm Platz und deutete Fuchs an, sich zu ihm zu setzen.

»Ich bleibe lieber stehen«, murmelte er.

»Es könnte aber ein paar Minuten dauern«, sagte Paulsen, der kurz davor war, den Mann anzublaffen.

Widerwillig ließ sich Fuchs auf den zweiten Stuhl fallen und sah ihn mürrisch an. »Was willst du denn noch?«

In den nächsten Minuten ging Paulsen mit Rudi Fuchs noch einmal seine telefonische Aussage durch und näherte sich langsam dem eigentlichen Thema, wegen dem er den weiten Weg auf sich genommen hatte.

»Du weißt ja, dass dein alter Freund für zwei Morde verurteilt wurde und lange Jahre im Knast saß.« Paulsen war, nachdem ihn Fuchs geduzt hatte, auch zum Du übergegangen. »Die Sache ist also ein für alle Mal gegessen. Es geht auch nicht um Ronald, sondern darum, ob er für die Tat beauftragt wurde.«

»Wen interessiert denn so was noch?«

»Deinen Freund zum Beispiel. Was meinst du, warum er so schnell im Bau war? Seine Auftraggeber haben ihn gelinkt, was sonst. Sie wollten von vornherein, dass Ronald für die Morde in den Knast geht.«

»Aha. Echt jetzt? Das ist ja krass.«

»Und die Typen laufen die ganze Zeit noch frei rum. Um die geht es hier, nicht um deinen alten Freund.«

»Ach, alter Freund. Wir waren Kumpels, mehr nicht. Gefeiert haben wir zusammen. Freunde sind was anderes.« Rudi Fuchs sah Paulsen misstrauisch an. »Und was willst du jetzt von mir? Frag doch Grothe.«

»Das ist es ja, er erinnert sich nicht mehr genau. Deshalb bin ich hier. Was hat er dir damals erzählt? Wie sah der Mann aus, der ihm den Auftrag gegeben hat? Wann wollte er ihn noch einmal treffen?«

»Irgendein Schnösel, hat Grothe gesagt. Mit Anzug und so. So ein untersetzter Typ mit Bauch, der seinen Arsch nie hochkriegt und immer andere die Drecksarbeit machen lässt. So einer war das, der Grothe den Auftrag gegeben hat.«

»So hat Ronald ihn beschrieben?«, fragte Paulsen.

»Er wollte doch diesen bescheuerten Auftrag gar nicht. Er brauchte aber die Kohle, war doch noch nicht lange aus dem Knast. Dieser Anwalt hatte ihn ja da reingerissen. Auch so ein Anzugarsch. Wollte einen auf sozial machen und hat Grothe verteidigt, der große Anwalt, aber dann hatte er wohl doch keine Lust mehr und hat ihn mehr oder weniger in die Scheiße reingeritten. Grothe war ganz schön sauer auf ihn. Deshalb hat er doch auch das Geld genommen. Zwei Fliegen mit einer Klappe, hat er gemeint. Viel mehr haben wir da auch nicht drüber geredet. Es war Party angesagt. Mann, und was für eine. Die werde ich nie vergessen.«

»Dein Freund war ja ganz schön spendabel.«

»Das kannste laut sagen. Er hat mit der Kohle nur so um sich geworfen. Alle waren eingeladen.«

»Ich hätte das Geld doch gespart. Er war doch knapp bei Kasse oder was hast du gerade gesagt?«

Rudi Fuchs grinste breit. »Sollte doch noch genug kommen. Er wollte einfach mal so richtig auf den Putz hauen. Den großen Macker rauslassen. Muss auch mal sein. War eine geile Zeit damals. Und Grothe war gut drauf. Das sag ich dir.«

»Musste Grothe zurück, weil der Mann sich wieder mit ihm treffen wollte?«

»Keine Ahnung, glaube schon. Ich habe ja versucht, ihm das auszureden. Beinahe habe ich es auch geschafft, dachte ich zumindest, aber dann ist er doch zurück. Er müsse nach seiner Mutter gucken, hat er gesagt, aber ich hab ihm das nicht abgenommen. Bleib hier, habe ich ihm gesagt, lass den bescheuerten Auftrag sausen, es gibt andere. Er hatte es dann ja eigentlich auch eingesehen. Aber dann …« Fuchs hob beide Arme und zuckte mit den Schultern. »Hat der Idiot sich wohl anders entschieden. Mord ist doch Bockmist. Da sitzt du ewig ein und mit Pech wanderst du danach noch in den anderen Bau. Wie heißt das noch?«

»Sicherheitsverwahrung.«

»Ja, genau. Auftragsmörder mögen die Richter doch überhaupt nicht.«

»Grothe ist also zurück, um sich den Rest des Geldes zu holen?«

»Sieht doch so aus, oder? Was fragst du die ganze Zeit danach? Es geht doch um diesen Scheißkerl, der ihm das alles eingebrockt hat.«

»Genau, darum geht es«, sagte Paulsen eilig. »Wie hat er ihn nun beschrieben? Denk nach, es könnte wirklich wichtig sein für deinen alten Kumpel.«

Pia nahm sich den nächsten Namen der Luetken-Liste vor. Sie hatte inzwischen fünfzehn Personen identifiziert. Sie alle waren in den Dreißiger- und Vierzigerjahren von der Gestapo verhaftet worden, alle waren als Juristen tätig gewesen. Sie fragte sich, ob sie die restlichen Namen der Liste auch noch recherchieren sollte oder ob die bisherigen Ergebnisse reichten, um die Echtheit des Dokuments zu bestätigen. Ihr Blick glitt über die weiteren Namen und blieb an einem Namen hängen. Hubertus Müller, Hamburger Anwalt mit eigener Kanzlei. Sie gab den Namen in die Datenbank ein, fand ihn und glich das Todesdatum mit dem aus der Liste ab. Als sie den Laptop gerade schließen wollte, stutzte sie. Müller war in Schabernack geboren. Ihr kam der urige Ortsname bekannt vor. Sie suchte nach ihm im Internet. Er lag im Westerwald, fünfzig Kilometer entfernt von Bonn. Jetzt fiel es ihr wieder ein. Alina hatte davon gesprochen. War nicht Ennas Oma in dem kleinen Ort aufgewachsen? Sie griff nach dem Handy.

»Nur ganz kurz, Alina. Hast du mir einmal von dem Ort Schabernack erzählt?«

»Ja, ein lustiger Name, oder? Ennas Oma ist da geboren. Sie hat es mir einmal erzählt. Warum fragst du?«

»Weißt du zufällig, welchen Namen Ennas Großmutter hatte?«

»So einen ganz normalen deutschen Namen. Ja, jetzt weiß ich's wieder. Auf Polnisch heißt es Młynarz. Das sind die, die früher das Mehl hergestellt haben.«

»Meinst du Müller?«

»Ja, genau. Jetzt weiß ich es wieder: Berta Müller. Hilft dir das?«

»Sehr, danke, Alina. Ich melde mich dann später. Lange bleibe ich nicht mehr im Büro.«

Pia durchsuchte hastig die Daten der Familie Müller aus Schabernack. Nach einer gefühlten Ewigkeit war sie sich sicher. Hubertus Müller war Ennas Großonkel mütterlicherseits.

Mit leicht zitternden Händen suchte sie die Nummer der Professorin aus Hamburg in ihren Notizen und wählte sie.

»Guten Abend, Frau Dr. Röpke. Pia Sims aus Oldenburg. Darf ich Sie noch stören?«

»Die Dame vom LKA?«

»Ja, ich hatte Sie wegen Hintergrundinformationen über Anwaltskanzleien während der Hamburger NS-Zeit angerufen.«

»Ich erinnere mich. Haben Sie noch Fragen?«

»Ich bin auf einen Hubertus Müller gestoßen, einen Anwalt aus Hamburg, der 1939 verhaftet wurde. Ist Ihnen der Name bekannt?«

»Ja, er war einer der tragischen Fälle, die ich dokumentieren konnte. Hubertus Müller war homosexuell und ist anonym bei dem Gestapo-Sonderkommando denunziert worden.

Daraufhin ist er in der Wohnung seines Partners festgenommen und zu zwei Jahren Haft verurteilt worden. Er hat dann nach wenigen Monaten Suizid begangen.«

»Was ist aus seiner Kanzlei geworden?«

»Sie wurde von der Gestapo abgewickelt. Das war vermutlich auch für Herrn Müller der letzte Tropfen, der das Fass zum Überlaufen gebracht hat. Seine berufliche Existenz war ein für alle Mal zerstört. Selbst nach seiner Entlassung, wenn es denn dazu gekommen wäre, hätte er nie wieder als Anwalt arbeiten können. Das war die übliche Praxis.«

»Vielen Dank, Frau Dr. Röpke. Sie haben mir sehr weitergeholfen.«

»Gerne doch. Melden Sie sich, wenn Sie noch weitere Informationen brauchen.«

Pia überprüfte noch einmal hektisch die Daten. Alles stimmte. Hatte Ennas Vater gewusst, wer Hubertus Müller war? Sie wählte Ennas Nummer, der AB sprang an.

»Enna, ruf mich doch bitte zurück. Es könnte sein, dass ich etwas Wichtiges gefunden habe.«

Ihr nächster Anruf galt Paulsen. Auch bei ihm meldete sich der AB. Sie bat ihn ebenfalls um Rückruf, räumte ihre Unterlagen zusammen und verließ das Büro.

Achtunddreissig

»Keine Ausweise oder Reisepässe. Kein Führerschein oder sonst etwas«, sagte Jutta Erichsen zu Enna, als sie zwei Stunden nach der Festnahme der zwei Männer und ihrer beiden Komplizen im Polizeipräsidium zusammensaßen. »Sie weigern sich, mit uns zu sprechen. Morgen werden alle dem Haftrichter vorgeführt. Sie werden, solange ihre Identität nicht feststeht, ganz sicher in U-Haft kommen.«

»Und ich bin kein Stück weiter. Wer hat diese Leute beauftragt und womit?« Enna hatte Jutta inzwischen in alle Einzelheiten ihrer Ermittlungen und die ihres Teams eingeweiht.

»Das sehe ich nicht so. Ich habe mit dem Staatsanwalt gesprochen. Das LKA übernimmt den Fall und sucht nach dem Auftraggeber für den Mord an deinen Eltern. Das war es doch, was du wolltest, oder?«

Enna sah sie erstaunt an. »Also werden die Ermittlungen offiziell wieder aufgerollt?« War das die Wende? Hatte sie erreicht, dass die Ermittlungen wieder aufgenommen wurden, oder war das nur ein Strohfeuer?

»Ja, ich leite die SoKo und du«, Jutta tippte mit dem Finger auf Ennas Arm, »du bist lediglich Zeugin und im Fall des Einbruchs und des Überfalls Geschädigte. Du hältst dich also absolut zurück. Keine Alleingänge mehr auf eigene Faust. Kann ich mich darauf verlassen?«

Enna wiegte den Kopf hin und her. »Das Einzige, was ich dir versprechen kann, ist, dass ich mich in deine Ermittlungen nicht einmische.«

Jutta Erichsen rollte mit den Augen. »Enna, wenn wir jetzt Fehler machen, waren deine Bemühungen umsonst. Du bist hier nicht als Polizistin und ich bin schon bisher ein viel zu großes Risiko eingegangen.«

»Ich verstehe das alles und ich würde an deiner Stelle genauso reagieren. Und du? Was würdest du an meiner Stelle machen?«

Jutta stöhnte und fragte nach Sekunden des Schweigens: »Was hast du vor?«

»Reinhardt Hansen und die Kanzlei bilden den Dreh- und Angelpunkt des ganzen Falls. Gleichzeitig halte ich Hansen für das schwächste Glied. Er hat Angst und letztlich kein Rückgrat. Wenn wir ihn unter Druck setzen, wird er reden.«

»Ach, so einfach ist das. Ich dachte, er sei Strafverteidiger. Da wird er doch wohl seine Rechte kennen und jeden Kniff, uns auszubooten. Und ihn sollen wir jetzt mal kurz unter Druck setzen?«

Enna zuckte mit den Schultern. »Du hast recht. Das war nicht sehr durchdacht. Ich schlage vor, wir schlafen jetzt erst mal und sehen morgen früh weiter.«

»Du willst doch nicht in dieses Hotel zurück?«

»Eigentlich schon …«

»Auf gar keinen Fall. Wir haben ein Gästezimmer. Wir holen jetzt deine Sachen und dann fahren wir zu mir.« Jutta sah sie streng an. »Keine Widerrede. Die ertrage ich jetzt nicht mehr.«

Enna ließ sich aufs Bett fallen. Die letzten Stunden hatten Kraft gekostet. Das ständige Ausloten, wie weit sie sich vorwagen konnte, ohne Jutta Probleme zu bereiten und die gesamten Ermittlungen zu gefährden. Dass Jutta jetzt die SoKo leitete, die sich mit dem gesamten Komplex von alten und neuen Fällen beschäftigte, war auf der einen Seite ein großer Gewinn, auf der anderen Seite würde es ihre Handlungsfähigkeit erheblich einschränken. Es konnte Wochen, wenn nicht Monate dauern, bevor verwertbare Ergebnisse auf dem Tisch lagen. Die Wahrscheinlichkeit, dass bis dahin die Ermittlungen eingestellt würden, war groß.

Enna hatte Jutta gebeten, das Seniorenheim zu informieren, dass Hendrik Meisen möglicherweise in Gefahr war und sich deshalb hin und wieder ein Streifenwagen dort sehen lassen würde. Laut Internet hatte die Einrichtung über zweihundert Bewohner. Sollten Ennas Verfolger noch Zeit gehabt haben, von ihrem Besuch dort zu berichten, hoffte Enna, dass niemand den Zusammenhang mit Hendrik Meisen herstellen konnte.

Enna setzte sich aufrecht im Bett hin. Sie war zu aufgedreht, um sofort schlafen zu können, und zu müde, um noch einen klaren Gedanken fassen zu können. Morgen würde sie Jutta einen Plan präsentieren müssen, um nicht vollends aus den Ermittlungen ausgeschlossen zu werden. Sie griff nach dem Handy, um sich den Wecker zu stellen, und sah erst jetzt, dass mehrere Anrufe eingegangen und zwei Nachrichten auf den AB gesprochen worden waren. Sie hörte sie ab und rief gleich darauf Pia an.

»Kann ich dich noch stören?«

»Ich war noch wach. Du bist noch in Hamburg?«

»Ja, es ist einiges passiert, aber lass uns das morgen besprechen. Was hast du?«

»Ich bin die Liste von Kurt Luetken durchgegangen. Ein Drittel der dort aufgeführten Personen habe ich recherchiert. Die Liste scheint echt zu sein.«

»Gut zu wissen. Und gab es noch mehr?«

»Vielleicht. Kennst du einen Hubertus Müller?«, fragte Pia.

»So spontan glaube ich nicht. Wer ist das?«

»Nach meinen Recherchen sollte das dein Großonkel mütterlicherseits sein.«

»Meine Mutter war eine geborene Müller, aber der Name kommt ja häufig vor.«

»Hubertus Müller ist in Schabernack geboren. Seine Eltern waren Elfriede und Johann Müller.«

»Das sind tatsächlich meine Urgroßeltern. Und sie kommen auch aus Schabernack. Woher …«

»Du hast Alina einmal von dem Ort erzählt. Hubertus Müller war einer der Anwälte, die von Hansen senior denunziert worden sind.«

Enna erinnerte sich daran, dass ihre Mutter von einem Onkel Hubert gesprochen hatte, der früh gestorben war. Ihr Vater konnte ihn zwar nicht gekannt haben, aber hatte sicher von seiner Existenz gewusst. War dieser Mann das Bindeglied und der Grund, weshalb ihr Vater die Angelegenheit mit dieser Energie verfolgt hatte?

»Meine Mutter hatte einen Onkel Hubert. Das muss der Mann gewesen sein. War er Kommunist oder Sozialdemokrat?«

»Das weiß ich nicht. Festgenommen wurde er wegen seiner Homosexualität. Zwei Jahre Haft, seine Kanzlei wurde geschlossen und er hat dann Suizid begangen.«

»Davon wusste ich nichts. Meine Mutter wahrscheinlich auch nicht. Vielleicht hat sie es erst durch die Recherchen meines Vaters erfahren.«

»Genau das habe ich mir auch schon gedacht«, sagte Pia.

»Das muss ich erst mal verdauen«, sagte Enna. »Sozusagen ein Familiengeheimnis. Danke, Pia. Das war mehr als gute Arbeit.«

Nachdem sie sich von Pia verabschiedet hatte, schrieb sie Paulsen eine Nachricht und fragte, ob sie ihn noch stören könne. Als keine Reaktion von ihm kam, schaltete Enna das Licht aus und legte sich schlafen.

Nach vier Stunden Schlaf stand Enna auf, schlich sich in Juttas Bad und wusch sich die Müdigkeit aus den Augen, bevor sie sich in die Küche setzte und ihre Notizen durchging. Jutta hatte ihr im Polizeipräsidium eine Kopie der Unterlagen von Hendrik Meisen gegeben, die sie jetzt überflog. Der alte Herr hatte nicht übertrieben. Die Dokumente belegten eindeutig den Fall Guenther Gehring, den ehemaligen Partner von Alexander Hansen. Sie legte die Akte zur Seite und ging noch einmal die Einträge aus Ullrich Geers' Kladde durch. Als letzten Ausdruck fand sie die Notizzettel, die Marcus Holm, der Oberkommissar aus Winsen, in Ullrich Geers' Büchern entdeckt hatte.

Einer schien sich auf das Buch zu beziehen, der andere Zettel, ein mit Schreibmaschine getippter Text, der vermutlich auf seine jetzige Größe zugeschnitten worden war, schien ein Auszug aus einem Brief zu sein. Es gab weder eine Anrede noch einen direkten Hinweis auf den Verfasser.

> Es gibt für uns kein Leben im Leben. Wir haben beide nur das eine und müssen uns entscheiden, in welches wir gehören oder gehören wollen. Es mag dir so erscheinen, als wenn ich feige wäre, als wenn ich vor mir weglaufen und aufgeben würde. Aber das ist nicht so. Ich habe ein Leben und eine

> Verantwortung meinen Lieben gegenüber. Die bin ich bewusst eingegangen und ich würde mir selbst nicht mehr ins Gesicht sehen können, wenn ich sie verlassen würde. Einzig und allein, um nach etwas zu suchen, was vielleicht nur in meiner Vorstellung existiert. Verzeih mir, wenn ich dich verletzt habe und wenn du unter meinen Zweifeln gelitten hast, aber ich kann nicht anders.

Enna las den Text mehrfach durch, ohne einen Bezug zum Mord an ihren Eltern zu finden. Hatte Ullrich Geers hier aus einem Roman zitiert? Sie legte das Blatt wieder zurück in den Stapel und schlug ihr Notizbuch auf. Mit dem Onkel ihrer Mutter hatte Pia ein mögliches persönliches Motiv ihres Vaters entdeckt, die Machenschaften von Hansen senior zu enthüllen. Vorausgesetzt, ihr Vater hatte erkannt, um wen es sich bei dem Namen auf der Liste gehandelt hatte. Oder hatte ihre Mutter die Liste durchgesehen und ihn darauf aufmerksam gemacht? Hatte diese Information ihren Vater dazu bewogen, die Kanzlei bloßzustellen?

Enna überflog ihre Aufzeichnungen und suchte verzweifelt nach einem Hinweis, den sie überlesen oder dem sie nicht genügend Aufmerksamkeit geschenkt hatte. Nach einer Weile schlug sie ihr Notizbuch zu und stand auf. Was hatte sie übersehen? Wo war der rote Faden, der sich durch die ganze Geschichte zog?

Hinter ihr wurde die Tür geöffnet. Da Juttas Mann für ein paar Tage auf Geschäftsreise war, konnte es nur sie selbst sein. Enna wandte sich ihr zu. »Hallo, Jutta. Auch schon auf?«

Jutta trat an den Tisch. »Es ist gleich acht Uhr.« Sie zog einen Stuhl vor und setzte sich zu Enna. »Ich hatte gerade einen Anruf von einem Kollegen, der etwas für mich überprüft hat. Milan

Paunovic hat, nachdem er von den neuen Verdachtsmomenten und den Zeugen gehört hat, ein Alibi für die Mordnacht deiner Eltern geliefert. Ich habe es überprüfen lassen. Wir müssen wohl davon ausgehen, dass er mit dem Mord nichts zu tun hat.«

»Alibi, nach so langer Zeit?«

»Er war in der Nacht an einem Einbruch in Bremen beteiligt. Die Schließfächer einer Bank wurden geöffnet. Große Sache, sie sind über einen Tunnel in die Bank gekommen. Seinerzeit sind zwei Männer dafür verurteilt worden. Es gab aber Spuren einer weiteren Person, die nicht identifiziert werden konnte.«

»Das hat doch sicher Wochen gedauert, bis der Tunnel gegraben war, oder? Woher weißt du, dass Paunovic über…«

»Enna, das haben wir natürlich überprüft. Er konnte die Bank und alle Umstände so genau beschreiben, dass schon allein deshalb kaum mehr Zweifel bestand. Es ist damals noch ein Teilfingerabdruck gefunden worden, der nicht für eine Identifizierung ausreichte.«

»Wo?«

»An einem zurückgelassenen Werkzeug in der Bank. Ich habe es jetzt mit Paunovics Abdrücken vergleichen lassen und die Wahrscheinlichkeit ist hoch, dass es sein Fingerabdruck ist.«

Ennas Handy klingelte. Nach einem Blick aufs Display nahm sie das Gespräch an. »Paulsen! Ich habe dich gestern nicht mehr erreicht. Ist es sehr dringend?«

»Hallo, Enna, ich bin gerade auf dem Rückweg zum Münchener Flughafen. Ich habe gestern Abend mit Rudi Fuchs gesprochen.«

»Davon ha…«

»Ja, ich nehme es auf meine Kappe. Genauen Bericht bekommst du noch, aber zusammengefasst: Ich gehe jetzt nicht mehr zwingend davon aus, dass Grothe den Auftrag abgelehnt hat.«

Enna schwieg. Auch wenn Paulsen es vorsichtig formuliert hatte, wusste sie, dass die Suche nach dem Mörder ihrer Eltern beendet war. Paunovic war raus aus dem Spiel, Grothes Angaben waren falsch. Wie wahrscheinlich war es da noch, dass es eine dritte Person gab, die den Auftrag bekommen hatte?

»Bist du noch in der Leitung?«, fragte Paulsen.

»Ja, ich nehme an, du bist dir sehr sicher?«

»Was soll ich sagen? Ich weiß ja … egal. Ja, ich bin mir sicher.«

»Danke, Paulsen. Und guten Flug. Ich melde mich bei dir.«

Enna starrte auf das Handy. War es das gewesen? Nein, ohne den Auftrag hätte Ronald Grothe ihre Eltern nicht erschossen. Ohne die Waffe, die der Unbekannte ihm überlassen hatte, wäre es nie zu dem Mord gekommen. Der wahre Täter lief noch frei herum.

»Wer war das?«, fragte Jutta.

»Paulsen. Es sieht so aus, als ob Ronald Grothe zu Recht verurteilt wurde.«

Jutta nickte. »Verstehe.«

Enna stand auf. »Kann ich noch duschen? Haben wir noch die Zeit?«

Jutta schenkte Enna Kaffee ein. Während Enna unter der Dusche gestanden hatte, hatte Jutta das Frühstück vorbereitet.

»Du fährst gleich zurück nach Oldenburg?«, fragte Jutta.

»Ich denke schon. Im Moment ist mein Kopf leer und mein Akku auch. Vielleicht ist es am besten, wenn ich hier abbreche und dir alles überlasse.«

»Ich sehe im Moment auch keine Chance, schnell zu einem Ergebnis zu kommen.«

Enna zuckte mit den Schultern. »Hansen vorladen. Er weiß was, er ist in die ganze Angelegenheit verstrickt.«

»Und du meinst, er erzählt mir mal eben alles?« Jutta schüttelte den Kopf. »Warum auch nicht? Es steht ja nicht viel für ihn auf dem Spiel.«

Enna atmete tief durch und schloss für einen Moment die Augen. »Ich weiß, wir haben nicht viel. Er wird mit einem Kollegen kommen und selbst schweigen. Wir haben nichts.«

»Fast nichts«, korrigierte Jutta sie.

Neununddreissig

Enna hatte gerade den Elbtunnel passiert, als ein Anruf von Marcus Holm einging. Sie nahm ihn über die Freisprechanlage an.

»Moin, Kollege!«, begrüßte ihn Enna. »Mit Ihrem Anruf habe ich jetzt gar nicht gerechnet.«

»Sind Sie noch in Hamburg oder Umgebung?«

»Sozusagen. Ich bin gerade durch den Elbtunnel auf dem Weg nach Oldenburg. Wieso fragen Sie?«

»Ullrich Geers ist wiederaufgetaucht.«

»Tatsächlich?«, rief Enna, die im gleichen Moment hellwach war.

»Ja, er stand hier bei uns vor der Tür und hat nach dem zuständigen Beamten gefragt. Was wiederum ich war.«

»Wo war Herr Geers?«

»Er sagt, dass er einen Freund besucht hat. Spontan und ohne jemandem etwas davon zu sagen. Wenn Sie mich fragen, war das kein Besuch, sondern eher eine Art Flucht. Nun gut, ich wollte Sie nur informieren, da ich vermute, dass Sie mit ihm sprechen wollen.«

Enna sah die Beschilderung zur A7 und entschloss sich spontan, auf die A7 Richtung Winsen zu fahren.

»Ist Herr Geers jetzt zu Hause in Winsen?«, fragte sie.

»Ja, ein Streifenwagen fährt ihn gerade zurück. Vermutlich ist er schon da. Sie fahren zu ihm?«

»Ja, in zwanzig Minuten bin ich dort.«

»Sagen Sie mir Bescheid, was das Gespräch erbracht hat?«

»Ich melde mich bei Ihnen. Und vielen Dank für die Information.«

Enna gab die Adresse von Ullrich Geers ins Navi ein. Im ersten Augenblick, als von dem alten Herrn die Rede war, hatte sie sich auf das Schlimmste vorbereitet. Sie war froh, dass der Freund ihres Vaters nicht im Haus war, als eingebrochen wurde. Ihr kam ein Gedanke, sie wählte Holms Nummer und hatte ihn im nächsten Augenblick in der Leitung.

»Haben Sie etwas vergessen?«, fragte er.

»Sozusagen. Sind eigentlich noch weitere Spuren der Einbrecher gefunden worden? Fingerabdrücke, DNA, Schuhabdrücke?«

»Die Kriminaltechnik hat tatsächlich zwei Fingerabdrücke gefunden. Der Abgleich ergab allerdings keinen Treffer. Ob es sich hier um einen Besucher handelt, lässt sich im Moment noch nicht sagen. Geers meinte, es wäre längere Zeit niemand mehr bei ihm gewesen. Sie einmal ausgenommen.«

»Können Sie die Abdrücke zum LKA nach Hamburg schicken? Jutta Erichsen.« Enna gab ihm die Telefonnummer durch. »Sagen Sie ihr einen schönen Gruß und bitten Sie sie, die Abdrücke mit den vier Männern abzugleichen. Sie wird wissen, was ich meine.«

»Kann ich gleich machen.«

»Danke, Kollege. Ich melde mich dann bei Ihnen.«

Ullrich Geers öffnete Enna die Tür. »Hallo, Enna.«

»Darf ich reinkommen?«, fragte Enna.

Ullrich blieb stehen und zögerte. »Du hast sicher viele Fragen.«

»Ich glaube schon. Vor allem hoffe ich auf Antworten.«

»Ich weiß.« Er wandte sich leicht ab, als wolle er die Tür schließen. Schließlich drehte er sich wieder zu Enna um. »Mein Haus ist ziemlich durcheinander. Aber das weißt du ja schon.«

Enna nickte und schwieg.

»Wollen wir vielleicht einen Spaziergang machen? Es gibt hier ganz in der Nähe einen kleinen See. Ein Baggersee, aber sehr schön gelegen. Ich fahre dort häufig hin, um Vögel zu beobachten.«

»Wenn du es gerne möchtest.«

»Ich hole meine Jacke und komme gleich zu dir.« Ullrich Geers schloss die Tür. Es dauerte Minuten, bevor er sie wieder öffnete und hinaustrat. »Entschuldige. Wollen wir jetzt fahren?«

Ullrich Geers lotste Enna aus der Stadt hinaus. Nachdem sie die nahe Autobahn unterquert hatten, bogen sie kurz darauf in einen Feldweg, an dessen Ende sie das Auto abstellten und ausstiegen.

»Wir haben Glück«, sagte der alte Herr. »Man hört heute die Autobahn nicht so. Der Wind weht aus der richtigen Richtung.«

Sie liefen über einen engen Weg zum See, blieben eine Weile stehen und schauten aufs Wasser.

»Warum bist du damals aus der Kanzlei ausgeschieden?«, fragte Enna in die entstandene Stille hinein.

»Die Erinnerungen an Albrecht waren überall. Die Kanzlei stand für unsere gemeinsame Zeit.«

»Dein Ausscheiden hatte nichts direkt mit dem Mord an meinen Eltern zu tun?«

Es dauerte eine Weile, bevor Ullrich Geers antwortete. »Doch. Auch wenn der Täter schnell gefunden war, war ich mir nicht sicher, dass nicht mehr dahintersteckte. Aber das weißt du vermutlich inzwischen besser als ich.« Er zeigte den Weg entlang. »Dort können wir um den See herumgehen.«

»Was ist passiert, nachdem ich bei dir war?«, fragte Enna.

»Ich hatte endlich den Mut, etwas zu tun, was ich schon lange hätte tun sollen.«

Ullrich Geers ging einen schmalen Weg voran, Enna folgte ihm. Als sie wieder nebeneinandergehen konnten, sah sie ihn fragend an.

»Ich habe den Junior angerufen und mit ihm gesprochen.«

»Reinhardt Hansen?«

Ullrich Geers nickte. »Ich habe ihn gefragt, warum Albrecht damals das Mandat abgegeben hat. Du weißt, wovon ich spreche.«

»Der Prozess gegen Lars Koenig.«

»Er hat gelacht. Laut gelacht und gefragt, ob ich das immer noch nicht wüsste. Dann hat er einfach aufgelegt. Als wäre ich ein lästiger Praktikant, der ihm seine wertvolle Zeit raubt.«

»Was hat er gemeint?«

Ullrich Geers blieb stehen. Zwischen den Bäumen und Büschen hatten sie jetzt einen guten Blick auf den See. Er zeigte auf das andere Ufer. »Dort hinten gibt es einen Unterstand, von dem man wunderbar die Vögel beobachten kann. Frühmorgens oder auch am Abend. Ich komme immer mit dem Fahrrad. Weit ist es ja nicht von meinem Haus.«

»Warum hat Hansen gelacht?«

»Er hat mich ausgelacht. Für meine Naivität, meine Begriffsstutzigkeit.« Ullrich Geers sah in den Himmel. »Ein schöner Tag heute.«

Enna atmete tief durch. Nur mit Mühe blieb sie ruhig. Warum redete dieser Mann nicht endlich, sagte, was er wusste? Sie war kurz davor, ihn anzuschreien.

»Junior hat Albrecht erpresst«, sagte er leise. »Wegen uns, wegen Albrecht und mir.«

»Wie meinst du das?«

Ullrich Geers senkte den Kopf und stieß mit dem Fuß einen kleinen Stein zur Seite. Schließlich sah er Enna direkt in die Augen. »Dein Vater und ich waren ein Paar.«

»Ein …« Enna schluckte schwer. Ein Paar? Ihr Vater hatte eine Beziehung zu seinem Freund gehabt? Eine Affäre? Der Zettel im Buch. *Es gibt für uns kein Leben im Leben.* Alles ergab schlagartig einen Sinn. Nicht der Onkel ihrer Mutter hatte den entscheidenden Ausschlag gegeben. Als ihr Vater von Alexander Hansens dunkler Vergangenheit und dem Verrat an Guenther Gehring erfahren hatte, gab es für ihn kein Halten mehr. Wenige Monate zuvor hatte Reinhardt Hansen ihn erpresst, das Mandat abzugeben. Zwei Seiten einer Medaille. Vater und Sohn.

»Wir waren die besten Freunde im Studium. Albrecht wusste natürlich, dass ich schwul bin. Es war kein Thema zwischen uns. Aber eines Tages … was soll ich sagen. Ich hatte immer Gefühle für ihn. Bei Albrecht war das wohl anders. Ihm fiel es schwer, sich seine Neigungen einzugestehen. Ich habe das gespürt und ihn nie unter Druck gesetzt.«

»Ihr seid zu der Zeit … ein Paar geworden?«

Ullrich Geers nickte. »Ja, so könnte man es sagen. Albrecht hat das wohl mehr als eine Art Übergangsphase angesehen. Es gab auch Pausen, in denen er etwas mit Frauen hatte. Ein ständiges Hin und Her, das ich irgendwann nicht mehr ausgehalten habe. Das war gegen Ende unseres Studiums. Wir sind dann getrennte Wege gegangen. Ich nach Berlin, er nach Lüneburg. Hier hat er ja auch deine Mutter kennengelernt.« Ullrich Geers deutete auf den Weg. »Lass uns doch weitergehen.«

»Und später? Warum bist du nach Hamburg gewechselt?«

Ullrich Geers zuckte mit den Schultern. »Ein Angebot der Kanzlei. Die Nähe zu Albrecht. Und der Norden lag mir schon immer näher.« Er stöhnte leise. »Vielleicht war es der größte Fehler meines Lebens.«

»Papa und du seid wieder zusammengekommen?«, fragte Enna.

»Wir haben uns getroffen. Nicht oft, aber über einige Jahre. Bis Albrecht …« Ullrich Geers blieb stehen. »Ja, bis er endgültig Schluss gemacht hat. Wir haben eine Weile nicht mehr miteinander gesprochen, uns nur hin und wieder in der Kanzlei gesehen. Nach einem halben Jahr hat es keiner von uns beiden mehr ausgehalten. Wir haben unseren Frieden gemacht und sind Freunde geblieben.«

Sie gingen schweigend weiter, umrundeten den See, kamen an der Aussichtsplattform vorbei und standen eine Weile aufs Wasser schauend nebeneinander.

Enna fühlte sich müde und ausgelaugt. Ihr Vater hatte über viele Jahre eine Art Doppelleben geführt. Fühlte sie sich betrogen? Nein, es war sein Leben gewesen und sie konnte sich vorstellen, wie schwierig es für ihn gewesen sein musste, zwischen der Familie und seinem Freund hin- und hergerissen zu sein. Hatte ihre Mutter von der Affäre gewusst?

»Hat Mama es geahnt oder gar gewusst?«

Ullrich Geers schüttelte den Kopf. »Nein, das glaube ich nicht. Wir waren sehr vorsichtig. Albrecht wollte es so.«

»Du vermutest, dass Papa von Reinhardt Hansen erpresst wurde? Woher sollte er von eurer … Beziehung gewusst haben?«

»Albrecht hat mit mir nicht darüber gesprochen. Wahrscheinlich weil er wusste, wie ich darauf reagieren würde.«

»Du hättest ihm abgeraten, das Mandat abzugeben?«

»Natürlich. Man darf sich nicht erpressbar machen. Wie konnte er Hansen nur so viel Macht über sich geben? Was wäre als Nächstes gekommen?«

»Papa wollte sich wehren.«

Ullrich Geers sah auf. »Ja?«

Enna erzählte ihm von den Dokumenten und von Alexander Hansens Verstrickungen im Nationalsozialismus.

»Ich gehe inzwischen davon aus, dass er von Reinhardt Hansen die Rückgabe seiner Anwaltszulassung gefordert hat. Zumindest sollte die Öffentlichkeit informiert und ein finanzieller Ausgleich für die Opfer beziehungsweise ihre Angehörigen gezahlt werden.«

Ullrich hatte mit wachsendem Erstaunen zugehört. Jetzt nickte er nachdenklich. »Beides wäre wohl das Ende der Kanzlei gewesen.«

Vierzig

»Mit oder ohne deine Hilfe. Ich werde es auf jeden Fall machen«, sagte Enna, die vor Jutta Erichsens Schreibtisch saß und ihr ihren Plan erläutert hatte.

Nachdem sie Ullrich Geers zurück zu seinem Haus gefahren hatte, war sie direkt zum Hamburger Polizeipräsidium gefahren. Auf der Fahrt hatte Marcus Holm sie angerufen und ihr mitgeteilt, dass der Fingerabdruck, der in Ullrich Geers' Haus gefunden worden war, einem der vier Männer in Untersuchungshaft zugeordnet werden konnte.

»Die Männer, die mich überfallen wollten beziehungsweise ins Hotelzimmer eingebrochen sind, waren auch bei Ullrich Geers. Er ist der beste Freund meines Vaters gewesen und wird bezeugen, dass Hansen meinen Vater unter Druck gesetzt hat, damit er das Mandat beim Prozess gegen Dr. Lars Koenig abgibt. Das wiederum muss etwas mit Siegfried Röder, dem mysteriösen BKA-Mann, zu tun haben.«

»Und du meinst, du bekommst von Reinhardt Hansen jetzt ein verwertbares Geständnis, wenn du bei ihm in die Kanzlei marschierst und …«

»Ja, ich bin sicher, dass er redet. Ich habe die Dokumente, die mein Vater damals gegen ihn verwenden wollte, ich habe die Liste der Anwälte, die Hansens Vater denunziert hat, was viele von ihnen das Leben gekostet hat. Ich habe die Fotos, die ihn mit Röder zeigen und bei der Übergabe mit Pietzsch. Wir haben die Aussagen von Grothe und Paunovic, dass es einen Auftrag für die Morde gab. Und noch einiges mehr. Das alles hat mit Hansen zu tun, da bin ich mir sicher.« Enna legte eine kurze Pause ein und holte tief Luft. »Du besorgst einen richterlichen Beschluss und zeichnest das Gespräch dann auf. Wo siehst du da ein Problem? Sollte ich es nicht schaffen, vergessen wir die ganze Sache und ich ziehe mich ein für alle Mal aus den Ermittlungen zurück.«

»Und wie soll ich das allein beim Staatsanwalt durchbekommen?«

»Wir setzen uns jetzt hin und tragen die Ergebnisse aus allen Quellen zusammen, bewerten sie, schreiben alles auf und schlagen die Aktion vor. Damit gehst du zum Staatsanwalt, überzeugst ihn und er wiederum den Richter.«

Jutta saß minutenlang schweigend auf ihrem Stuhl, bevor sie aufstand und die Flipchart mitten ins Büro zog. Sie griff nach einem Filzstift und sah Enna auffordernd an. »Dann mal los. Welche Punkte sind wichtig?«

Am Nachmittag ging Enna mit ihrem Oldenburger Team per Videochat noch einmal alle Ermittlungsergebnisse durch, die sie in den letzten zwei Wochen erarbeitet hatten. Nach etwa einer Stunde bedankte sich Enna bei ihren Kollegen für die Unterstützung und wollte sich gerade verabschieden, als Pia die Hand hob.

»Du gehst jetzt davon aus, dass Ronald Grothe der Täter ist?«, fragte sie. »Ist der große Unbekannte aus dem Rennen?«

»Gute Frage, die ich vielleicht nie beantwortet bekomme. Dass es ein Auftragsmord war, steht inzwischen für mich fest. Ronald Grothe hat von Anfang an verschwiegen, dass er für den Mord angeworben wurde und auch noch die Anzahlung genommen hat. Paulsen hat mit Rudi Fuchs gesprochen, zu dem Grothe damals mit der Anzahlung gefahren ist. Hast du schon …?«

»Nein«, sagte Paulsen. »Ich bin noch nicht dazu gekommen, die Kollegen darüber zu informieren.«

»Ich mache es mal kurz, Grothe hatte nicht vor, den Auftrag abzulehnen. Da er bereits für die Tat verurteilt wurde, wird es diesbezüglich sicher keine offiziellen Ermittlungen mehr geben.«

Pia nickte. »Du konzentrierst dich also auf die Auftraggeber?«

»Ja. Über diesen Weg lässt sich vielleicht auch einfach klären, wer geschossen hat.« Enna wandte sich kurz von der Kamera ab. So häufig wie in den letzten Tagen hatte sie ihr ganzes Leben nicht über diese für sie entscheidenden Minuten gesprochen, in denen ihre Eltern brutal ermordet worden waren. Trotzdem kamen ihr die Worte jedes Mal nur schwer über die Lippen. Sie setzte sich wieder in den Bereich der Laptopkamera. »Drückt mir die Daumen, dass der Richter die Aktion genehmigt und ich morgen die Nerven behalte.«

Enna setzte sich aufrecht im Bett hin. Jutta hatte darauf bestanden, dass sie auch die zweite Nacht bei ihr im Gästezimmer schlief. Die vier Männer waren zwar weiter in Untersuchungshaft, da sie sich immer noch weigerten, ihre Identität preiszugeben, aber die Gefahr, dass Enna ein zweites Mal zum Ziel wurde, war dadurch nicht aus der Welt.

Das Gespräch mit Aaron am frühen Abend hatte länger als normal gedauert. Enna hatte ihm von den Neuigkeiten berichtet und von ihrem Plan, Reinhardt Hansen in der Kanzlei aufzusuchen. Der Staatsanwalt hatte inzwischen zugestimmt und würde am frühen Vormittag des nächsten Tages mit dem Richter sprechen. Nach dem Beschluss würde Enna, mit der entsprechenden Technik ausgestattet, am Nachmittag ihren letzten

Einsatz haben. Pia hatte unter falschem Namen in der Kanzlei angerufen und für fünfzehn Uhr einen Termin bei Reinhardt Hansen bekommen. Ennas Plan war, eine Viertelstunde früher dort aufzutauchen.

Aaron hatte ihr erzählt, dass er ein zweites Mal bei seinem Kollegen Jasper Kollbau angerufen hatte, um mit ihm über den Koenig-Prozess zu sprechen. Kollbau hatte inzwischen aus eigenem Antrieb seine damaligen Aufzeichnungen durchgesehen, sich einen Teil der Akten kommen lassen und einige Ungereimtheiten entdeckt. Der zuständige Oberstaatsanwalt, dem Kollbau zugearbeitet hatte, hatte ihn nicht über offenbar stattgefundene Gespräche mit dem BKA informiert. Die Protokolle, die Jasper Kollbau in den Akten fand, waren unverhältnismäßig kurz gehalten und deuteten nur an, welche Strategie beide Seiten anstrebten, um Lars Koenig zu einer umfangreichen Zeugenaussage zu bewegen. Aaron hatte seinen Kollegen nach Siegfried Röder gefragt und erfahren, dass Röder in den Protokollen als Gesprächsteilnehmer auftauchte.

Enna stand auf und öffnete das Fenster. Frische Nachtluft strömte ins Zimmer, ein leises Rauschen der fernen Hauptstraße drang zu ihr herüber. Sie schloss die Augen und stellte sich vor, sie befände sich mit Elias am Strand auf Mallorca und beobachtete ihn dabei, wie er mit Aaron eine Sandburg baute. Das leise Meeresrauschen und der leichte Windzug fühlten sich so echt an, dass Enna die Augen aufriss und in die Dunkelheit starrte. Der nächste Tag würde die Entscheidung bringen. Wenn es ihr nicht gelang, Reinhardt Hansen zum Sprechen zu bringen, war für sie das Ende ihrer Ermittlungen erreicht.

Ihre Schwiegermutter hatte für Aaron und sie ein Zimmer im gleichen Hotel bekommen, der Flug war gebucht, Aaron hatte seine Termine verlegt, Ennas Kollegen wussten Bescheid. Es gab kein Zurück mehr.

Sie schloss das Fenster und kroch unter die noch warme Decke.

»Ich gehe jetzt rein«, sagte Enna. »Kann man mich gut hören?«

»Die Verbindung ist perfekt«, antwortete ihr Jutta Erichsen über Handy. Sie saß mit zwei weiteren Beamten in einem Transporter in der Nebenstraße. »Und bitte denk daran, dass alles aufgezeichnet wird.«

»Das haben wir doch besprochen, Jutta.« Enna öffnete die Fahrzeugtür und lief auf die Kanzlei zu. In der Hand hielt sie die Mappe mit kopierten Unterlagen, den Fotos und weiterem Beweismaterial. Vor der Tür des Kanzleigebäudes blieb sie stehen, atmete einmal tief durch und griff nach der Klinke.

»Haben Sie einen Termin, Frau ...«

»Andersen. Nein, ich habe keinen Termin, aber Sie können davon ausgehen, dass Herr Hansen mich empfängt.«

Die junge Frau zeigte auf eine Stuhlreihe. »Nehmen Sie doch bitte Platz.«

Enna nickte und wandte sich ab. Die Empfangsdame stand auf und ging den Gang entlang. Kurz darauf kam sie wieder auf Enna zu. »Tut mir leid, Herr Hansen hat leider Termine. In den nächsten Wochen sieht es auch schlecht aus. Vielleicht geben Sie mir einfach Ihre Telefonnummer und wir melden uns bei Ihnen.«

Enna stand auf und zog die Liste mit den fünfundfünfzig Hamburger Juristen aus der Tasche. »Könnten Sie das bitte Herrn Hansen geben. Ich denke, er wird mich empfangen, wenn er einen Blick darauf geworfen hat.«

Die junge Frau zögerte. »Herr Hansen war sehr deutlich. Er bittet Sie, die Kanzlei zu verlassen.«

Enna sah sie direkt an. »Glauben Sie mir, er wird seine Meinung ändern, wenn er das hier sieht.« Sie hielt ihr die Liste entgegen. »Sollte er dann immer noch wollen, dass ich die Kanzlei verlasse, sind Sie mich los.«

»Es tut mir leid, aber Herr Ha…«

Enna trat einen Schritt vor und drückte ihr die Mappe in die Hand. »Jetzt gehen Sie schon. Sie wollen doch Ihren Job behalten, oder?« Ihre Stimme hatte einen bedrohlichen Klang angenommen.

Die junge Frau, die jetzt die Liste in der Hand hielt, starrte Enna an, als habe sie sie mit dem Tode bedroht. »Ich …« Sie brach ab, drehte sich abrupt um und lief zurück zu Hansens Büro.

Ein Telefon klingelte in einem der Büros, jemand nahm ab. Eine Tür wurde geöffnet und wieder geschlossen. Die Sonne, die sich den Vormittag über hinter dichten Wolken versteckt hatte, schien direkt durch eines der Fenster in den Empfangsbereich. Enna schaute auf die Uhr. Wie lange war die Frau jetzt bei Hansen? War das ein gutes Zeichen? Sie trat einen Schritt vor und blickte den Flur entlang, als die junge Frau aus Hansens Büro kam und mit versteinerter Miene auf sie zulief.

»Herr Hansen hat kurz Zeit für Sie. Sein nächster Termin ist allerdings in wenigen Minuten.«

»Das ist kein Problem.«

Die Frau nickte. »Dann kommen Sie bitte mit.«

Reinhardt Hansen stand mitten im Büro, er hielt Ennas Liste in der Hand. Als seine Mitarbeiterin die Tür hinter sich zugemacht hatte, trat Hansen einen Schritt vor und reichte Enna das Papier. »Was soll der Schmierkram? Das sind uralte Geschichten, die niemanden mehr interessieren. Ganz davon abgesehen ist das eine Fälschung.«

»Wollen wir uns nicht erst einmal setzen?«

»Ich habe in ein paar Minuten einen Termin.«

Enna sah auf ihre Armbanduhr. »Frau von Hagenbach sagt gerade das Gespräch ab.«

»Woher …« Hansen schluckte. »Das waren Sie?«

In diesem Augenblick klingelte Hansens Telefon. Er drehte sich zum Schreibtisch um und riss den Hörer vom Apparat. »Ja!«, bellte er und knallte den Hörer wieder auf. »Was erlauben Sie sich eigentlich?«, fuhr er Enna an. »Diese lächerliche Liste von Personen, die angeblich von meinem Vater …«

»Ich habe noch mehr«, sagte Enna ruhig. »Wollen wir uns setzen?«

Widerwillig zeigte Hansen auf den Besprechungstisch und wartete, bis Enna am Tisch saß, bevor er sich zu ihr setzte.

»Und?«, blaffte er sie an.

Enna öffnete langsam ihre Tasche und zog eins von den Fotos heraus, die sie von Hansen und Röder geschossen hatte. Sie legte es Hansen vor. »Erinnern Sie sich?«

Hansen beugte sich vor und warf einen Blick auf die Aufnahme. Sichtlich geschockt schreckte er leicht zurück. »Wer hat das gemacht?«, fragte er mit heiserer Stimme.

»Das Foto, auf dem Sie und Herr Röder zu sehen sind? Das habe ich gemacht. Wie lange kennen Sie Herrn Röder bereits?«

Hansen räusperte sich. »Das geht Sie einen feuchten Kehricht an.«

Enna zog das nächste Foto aus der Tasche, das Hansen zusammen mit Sven Pietzsch zeigte. Sie schob es über den Tisch. »Was geben Sie da gerade Herrn Pietzsch? Und was bekommen Sie dafür?« Sie zeigte auf die Liste der Anwälte, die in den Dreißiger- und Vierzigerjahren von der Gestapo verhaftet worden waren. »Ging es um diese Liste, die bei Herrn Geers geklaut wurde?« Ullrich Geers hatte Enna auf der Rückfahrt vom See nach Winsen erzählt, dass er die Liste von Ennas Vater bekommen hatte und dass sie ihm bei dem Einbruch gestohlen worden war.

»Reden Sie keinen Unfug. Ich kann mich treffen, mit wem ich will.« Er zeigte auf das Foto. »Das war eine Recherche für einen Mandanten, die die Firma Pietzsch für die Kanzlei übernommen hatte.«

Enna zog Hendrik Meisens Unterlagen aus der Tasche. Nur den Namen Meisen hatte sie auf der Zeugenaussage geschwärzt. Hansen griff nach der Mappe und blätterte sie durch.

»Hat Ihr Vater Ihnen von seinem Ex-Partner Guenther Gehring erzählt?«, fragte Enna. »Oder haben Sie von ihm erst erfahren, als mein Vater Ihnen vor fast fünfundzwanzig Jahren diese Unterlagen vorgelegt hat?«

Hansen klappte die Mappe zu und stieß sie von sich. »Sie wissen gar nichts. Und noch weniger können Sie irgendetwas beweisen.«

Enna lächelte kalt. »Sind Sie sich da so sicher? Ich habe Zeugenaussagen, die eindeutig einen Mordauftrag an meinen Eltern beweisen. Es wird zu einer Gegenüberstellung kommen. Werden die Männer Sie erkennen? Oder haben Sie sich in den letzten zwanzig Jahren äußerlich so sehr verändert, dass es schwierig wird? Wenn ich die Fotos betrachte, die ich von Ihnen aus der damaligen Zeit gefunden habe, denke ich, es wird kein Problem sein.«

Hansen schwieg. Er schien inzwischen begriffen zu haben, dass Enna nicht bluffte. Seine Gesichtsfarbe war um einige Nuancen blasser geworden, die rechte Hand zitterte leicht und er atmete stoßweise.

»Mir geht es nicht um Ihren Vater und sein verachtenswertes Verhalten. Auch ist es mir egal, wie Ihre Familie an das Gebäude hier gelangt ist. Da sollen sich andere drum kümmern. Mir geht es einzig und allein um die Auftraggeber für den Mord an meinen Eltern.«

»Damit habe ich nichts zu tun«, stieß Hansen hervor.

»Gut, fangen wir weiter vorne an. Sie haben meinen Vater erpresst, damit er das Mandat Koenig abgibt. In wessen Auftrag ist das passiert? Ich gehe doch einmal davon aus, dass es nicht Ihre eigene Idee war.«

»Ihr Vater hatte gesundheitli…«

»Das ist Unsinn und das wissen Sie«, fiel Enna ihm scharf ins Wort. »Sie werden sich entscheiden müssen, auf welcher Seite Sie stehen. Und zwar jetzt, bevor ich Sie wieder verlasse.«

Reinhardt Hansen stöhnte leise auf. »Ich habe mit all dem, was immer es auch ist, nichts zu tun.«

Enna stand auf und sammelte die Fotos und Unterlagen wieder ein. »Wie Sie meinen. Dann kann ich Ihnen nur noch dazu raten, sich einen Ihrer besten Kollegen zu suchen, der Sie bei dem, was in den nächsten Wochen und Monaten auf Sie zukommt, unterstützt und vor Gericht verteidigt.« Enna packte ihre Sachen und schaute sich noch einmal in Hansens Büro um. »Das hier wird auch bald Geschichte sein.«

Sie nickte ihm zu. »Ich finde allein hinaus. Bleiben Sie ruhig sitzen, Herr Hansen.« Sie wandte sich ab und ging auf die Tür zu, öffnete sie und trat auf den Flur.

»Warten Sie«, rief Hansen. »Kommen Sie zurück.«

Enna drehte sich zu ihm um und sah ihn fragend an.

»Bitte!«, fügte er hinzu.

Enna ging zurück zum Tisch und setzte sich wieder zu ihm.

»Haben Sie den Mordauftrag gegeben?«, fragte sie.

Er warf ihr einen empörten Blick zu. »Ich bitte Sie, ich habe damit nichts zu tun.«

»So weit waren wir doch schon, Herr Hansen. Sie haben etwas damit zu tun, direkt oder indirekt. Dann frage ich noch einmal: Warum hat mein Vater das Mandat Koenig niedergelegt?«

Reinhardt Hansen zögerte. »Ja, ich habe ihn dazu gedrängt. Dieser Herr Röder hat mich dazu gezwungen.«

»Wie?«

»Ihr Dossier. Er hatte etwas Ähnliches. Ob es genau das war, weiß ich nicht. Er hat nur davon gesprochen, dass er Beweise hat, dass das Kanzleigebäude nicht … nun gut, also nicht rechtmäßig von meinem Vater erworben wurde.«

»Womit haben Sie meinen Vater erpresst?«

Wieder antwortete Hansen nicht gleich. »Das wissen Sie doch längst.«

»Ich will es aber von Ihnen hören. Womit?«

»Er und Geers, sie waren nicht nur befreundet. Sie hatten etwas miteinander.«

»Ullrich Geers und mein Vater hatten eine geheime Beziehung und Sie haben meinen Vater damit erpresst. Ist das richtig?«

»Erpresst ist nicht das richtige Wort. Ich habe ihn gedrängt. Es war ja auch in seinem Sinne. Die Kanzlei hätte ansonsten Schaden genommen. Ich habe Ihren Vater überzeugt, dass das der richtige Weg ist.«

»Warum sollte er das Mandat abgeben?«

»Was weiß ich. Fragen Sie Röder.«

»Warum?«, wiederholte Enna ihre Frage.

»Koenig sollte unter Druck gesetzt werden. Aber nicht mal das hat geklappt.« Er hob entschuldigend die Hände. »Ich hatte nichts damit zu tun. Das war das, was Röder mir erzählt hat. Mehr weiß ich nicht.«

»Mein Vater hat Ihnen die Unterlagen, die ich Ihnen heute gezeigt habe, vorgelegt. Ist das richtig?«

Hansen nickte.

»Was waren die Forderungen meines Vaters?«

»Ich sollte eine Aussage machen, dass Röder mich erpresst hat, Ihren Vater unter Druck zu setzen.«

»Und die Machenschaften Ihres Vaters?«

»Es ging um das Gebäude. Die Kanzlei sollte der Familie von Herrn Gehring eine Entschädigung zahlen.«

»Wollte mein Vater die ganze Geschichte veröffentlichen?«

Reinhardt Hansen schüttelte den Kopf. »Nein, wenn Röder der Prozess gemacht und die Entschädigung gezahlt würde, wollte er die Sache auf sich beruhen lassen.«

»Sie haben Röder informiert?«, fragte Enna.

»Was blieb mir anderes übrig? Ihr Vater hat ein Ultimatum von sechs Wochen gestellt. Ich musste irgendetwas machen. Dass es dann so weit kommt, konnte ich doch nicht wissen.«

»Hat Siegfried Röder Ihnen gegenüber zugegeben, dass er den Mord an meinen Eltern in Auftrag gegeben hat?«

»Nein, nicht direkt. Er sagte nur, er würde sich darum kümmern und ich sollte ruhig bleiben. Mehr weiß ich nicht.«

»Haben Sie Sven Pietzsch beauftragt, die Unterlagen zu besorgen?«

»Nein. Röder hat mir gesagt, ich solle mich mit ihm treffen und ihn bezahlen.«

»Wie viel?«

»Zwanzigtausend.«

»Was haben Sie dafür bekommen?«

»Die Liste.«

»Ich brauche die Telefonnummer von Röder. Schreiben Sie sie mir bitte auf. Wissen Sie, wo er in Spanien lebt?«

»Nein, das weiß ich nicht. Ich habe nur die Nummer.«

Hansen schien vollkommen erschöpft zu sein. In den letzten Minuten hatte er leise und stockend gesprochen. Jetzt sah er Enna an. »Können wir uns nicht irgendwie untereinander einigen?«

»Nein, das können wir nicht. Sie werden mit dem Hamburger LKA zusammenarbeiten müssen. Ich gebe alles weiter und die Kollegen werden sich mit Ihnen in Verbindung setzen. Und bevor Sie darüber nachdenken, alles abzustreiten, was wir heute hier besprochen haben …« Enna zog das Mikrofon aus ihrem Kragen heraus. »Es ist alles aufgezeichnet worden. Mit richterlicher Genehmigung.« Sie drückte auf einen kleinen Knopf am Gerät und schaltete es damit aus. »So, jetzt sind wir unter uns.«

»Das LKA ist schon …« Hansen schluckte schwer.

»Ja, ich kann Ihnen nur raten, kooperativ zu sein, wenn Sie mit einem blauen Auge aus der ganzen Sache herauskommen wollen.«

Hansen nickte.

»Mir ist klar, dass das, was Sie meinem Vater angetan haben, verjährt ist und strafrechtlich nicht mehr verfolgt wird. Sollten Sie nicht den Mordauftrag gegeben haben, sind Sie zumindest moralisch mitschuldig. Ich verachte Sie zutiefst. Ich werde das nicht vergessen. Nie. Sie haben mir mein Leben genommen, die Zeit mit meinen Eltern, mein Zuhause, meine Freunde, meine Zuversicht. Und wofür das Ganze? Um ein Trugbild aufrechtzuerhalten. Das Erbe Ihres großen Vaters, aufgebaut auf dem Blut seiner Kollegen.«

Enna stand auf. »Ich finde alleine hinaus. Bleiben Sie ruhig sitzen und denken Sie noch einmal über alles nach. Vielleicht finden Sie eine Lösung, die ein wenig Gerechtigkeit zurückbringt in das ganze Unheil, das Sie und Ihr Vater über so viele Menschen gebracht haben.«

Enna griff nach ihrer Tasche, wandte sich abrupt um und lief aus dem Büro und der Kanzlei.

Einundvierzig

»Dieses Türkis des Wassers. Ich kann mich gar nicht daran sattsehen«, sagte Enna, die am Strand neben Aaron lag. Sie waren jetzt seit vier Tagen auf Mallorca und hatten noch drei volle Tage vor sich. Enna war direkt nach der Aktion in der Kanzlei nach Oldenburg gefahren und hatte Aaron noch auf der Fahrt gebeten, den Flug vorzuverlegen. Am nächsten Vormittag waren sie von Bremen aus auf die spanische Insel geflogen.

Aaron richtete sich leicht auf und sah auf das ruhige Wasser des Mittelmeers. »Ja, absolut faszinierend. Ich würde gerne länger hierbleiben.«

Enna winkte Elias zu, der mit seiner Großmutter zum Wasser gegangen war. »Ich auch. Ginge das denn bei dir überhaupt?«

Aaron zuckte mit den Schultern. »Ein oder zwei Wochen ließe sich sicher einrichten. Ich müsste ein paar Termine umlegen und vielleicht das eine oder andere Gespräch von hier aus führen, aber sonst …«

»Sollen wir wirklich versuchen, ein Hotelzimmer zu finden? Elias würde sich bestimmt wahnsinnig freuen.«

»Ich hatte da eine andere Idee. Ein Freund von mir hat ein Haus hier ganz in der Nähe. Ich habe ihn gestern angerufen.

Wenn wir wollen, könnten wir da unterkommen. Er selbst ist erst in einem Monat mit seiner Familie hier auf der Insel.«

Enna beugte sich zu ihm hinüber und stieß ihn spielerisch in die Seite. »Du hast das alles geplant. Wann wolltest du mir das sagen?«

Aaron schmunzelte. »Na jetzt.«

Sie zog ihn zu sich und küsste ihn zärtlich auf den Mund. »Das wäre fantastisch«, flüsterte sie ihm ins Ohr. »Ein ganzes Haus für uns.«

»Mit Pool und allem Drum und Dran. Der Verwalter wohnt in der Nähe und hat auch einen Schlüssel.« Er zeigte auf sein Handy, das neben ihm im Schatten lag. »Ich brauche nur noch das Okay zu geben.«

»Ob wir die Flüge umbuchen können?«

»Und wenn nicht, buchen wir neue. Wo ist das Problem?«

»Es kostet einiges.«

»Und wenn ich euch einlade?«

Enna wiegte den Kopf hin und her. »Eigentlich wäre es mir lieber, wenn wir …«

»Okay, dann darf ich aber auch dafür Miete bezahlen, dass ich bei euch wohne.«

Enna seufzte. »Eins zu null für dich. Stellen wir das hintan und regeln das später.« Sie sah zu Elias. »Soll ich ihm schon erzählen, dass wir bleiben?«

»Warum nicht? Zwei Wochen?«

Enna nickte. »Zwei lange Wochen.«

Aaron schenkte Enna ein Glas Weißwein ein. Sie saßen auf dem Balkon ihres Hotelzimmers mit Blick aufs Wasser. Elias schlief inzwischen, Ennas Schwiegermutter hatte sich für einen Abendspaziergang verabschiedet.

Enna hob das Glas. »Auf was trinken wir?«

»Auf uns. Elias, du und ich. Auf die nächsten Jahre, Jahrzehnte. Auf alles, was du möchtest.«

»Dann auf uns drei und die nächsten zwei Wochen.« Die Flüge waren umgebucht, Aarons Freund hatte den Verwalter informiert, dass in zwei Tagen Freunde von ihm ins Haus ziehen würden. Elias hatte einen Freudentanz aufgeführt, als er von der Verlängerung erfahren hatte.

Sie stießen an und tranken einen Schluck.

»Du hast vorhin noch mit deiner Freundin in Hamburg telefoniert?«, fragte Aaron.

Enna nickte. »Ich habe ihr gesagt, dass ich noch zwei weitere Wochen bleibe.«

»Und? Wie ist der Stand der Ermittlungen?« Er lächelte. »Du hast doch gefragt, oder?«

»Ich brauchte gar nicht fragen. Sie hat es mir so erzählt.« Enna trank einen weiteren Schluck von dem herb-fruchtigen Wein von der Insel. »Hansen hat ausgesagt. Letztlich wohl das, was er mir schon gesagt hat. Jutta kann sich vorstellen, dass er noch tiefer verstrickt ist, hat ihn aber erst mal im Glauben gelassen, dass sie ihm seine Version abkauft.«

»Ein Anfang.«

»Auf jeden Fall. Die vier Männer, die in Untersuchungshaft sitzen, haben jetzt geredet und ihre Identität preisgegeben. Sie arbeiten für Sven Pietzsch. Die beiden Einbrüche bei Ullrich Geers und in mein Hotelzimmer haben sie zugegeben und die Auseinandersetzung mit Jutta und mir haben sie als Notwehr bezeichnet.«

»Kommen sie damit durch?«

»Das weiß ich nicht und es ist mir letztlich auch egal. Wichtig ist, dass sie reden und Jutta an Pietzsch und darüber an Röder rankommt. Sie wird das schon machen. Der Haftprüfungstermin für die vier ist am Montag nächster Woche.«

»Und Hansen ist auf freiem Fuß?«

»Ja, natürlich. Alles, was er zugegeben hat, ist lange verjährt oder wird ihm allenfalls Schwierigkeiten mit der Anwaltskammer einbringen. Sollte da mehr sein, wird Jutta es schon herausbekommen.«

»Und dieser Ex-BKA-Mann? Kommt deine Freundin überhaupt an ihn ran? Er lebt doch hier irgendwo in Spanien. Hatte ich das richtig verstanden?«

»Das wird Zeit brauchen. Wenn alles gut geht, gibt es irgendwann einen internationalen Haftbefehl und einen Auslieferungsantrag an die spanischen Behörden. Aber so weit ist es noch lange nicht.«

»Du klingst sehr distanziert«, sagte Aaron. »Ist das jetzt ein gutes oder schlechtes Zeichen?«

»Ein gutes! Ein sehr gutes sogar. Ich habe damit abgeschlossen. Mehr oder weniger.«

»Und Reinhardt Hansen? War's das?«

Enna seufzte. »Frag nicht. Ich weiß noch nicht, was ich mache. Jetzt ist erst mal Urlaub angesagt. Und danach sehe ich weiter.«

»Ja, das klingt gut. Nur noch eins. Ronald Grothe hat mich gestern angerufen und gefragt, wie du vorangekommen bist.«

Enna schloss die Augen. »Ich werde nicht noch einmal mit ihm sprechen. Was du machst, ist deine Sache. Ich halte mich da raus.«

Aaron hob das Glas ein weiteres Mal. »Auf unseren Zusatzurlaub.«

Enna stieß mit ihm an, beugte sich anschließend vor und küsste Aaron. »Und auf den Mann, der die Idee dazu hatte und in den ich schrecklich verliebt bin.«

Aaron zog sie an sich. »Ich liebe dich!«

Vier Wochen nach ihrem Urlaub fuhr Enna ein weiteres Mal Richtung Hamburg. Vier Tage zuvor hatte sie ein langes Telefongespräch mit Ullrich Geers geführt. Sie hatte mehrmals kurz unterbrechen müssen, um ihre Tränen zu trocknen und tief durchzuatmen. Nach fast eineinhalb Stunden war Enna so erschöpft gewesen, dass sie abbrechen musste. Für den heutigen Tag hatten sie sich in Winsen verabredet, um anschließend gemeinsam zum Grab ihrer Eltern zu fahren.

Als Enna auf die Haustür zuging, öffnete Ullrich Geers ihr die Tür. Er hatte bereits seinen Mantel angezogen und hielt einen Hut in der Hand. Sie begrüßten sich mit einer herzlichen Umarmung.

»Fahren wir?«, fragte der alte Herr.

Als Enna nickte, schloss er die Tür ab und hakte sich bei ihr unter. »Ich bin bereit.«

Enna schaltete den Motor aus. Sie waren soeben auf einem der Parkplätze des Lüneburger Waldfriedhofs angekommen.

»Wie häufig warst du hier?«, fragte Enna.

»Nur einmal. Zur Beerdigung. Ich konnte nicht. Nicht alleine.«

»Aber jetzt geht es?«

Ullrich Geers nickte. »Ich glaube schon.«

Enna stieg aus und öffnete dem alten Herrn die Tür. Langsam gingen sie durch das Tor auf das großzügig angelegte Friedhofsgelände, das eher einem Park mit vielen Bäumen als einem traditionellen Friedhof glich.

»Ich lasse das Grab von einem Gärtner pflegen«, sagte Enna. »Ich hoffe, dass er es gut macht.«

»Du warst auch schon länger nicht mehr hier?«

»Seit drei oder vier Jahren nicht mehr. Nachdem mein Mann bei einem Unfall ums Leben gekommen ist, meide ich noch mehr diese Orte.«

Ullrich Geers lächelte matt. »Dann sind wir ja schon zwei.«

Gemächlichen Schrittes gingen sie über den breiten Weg, blieben hin und wieder stehen und schauten sich um.

»Ich hatte ganz vergessen, was für ein schöner Ort das hier ist«, sagte Ullrich Geers. »Vielleicht sollte ich mich erkundigen, ob ich hier ein Grab bekommen kann.«

»Soll ich das für dich machen?«, fragte Enna.

»Das wäre wunderbar. Vielleicht kann ich ja irgendwo in der Nähe von Albrecht und Helena ein kleines Plätzchen bekommen.«

»Es werden immer wieder Grabstätten frei. Ich erkundige mich.«

»Das ist lieb von dir.«

Enna zeigte auf einen engeren Weg, der vom Hauptweg abging. »Hier müssen wir rein. Weit ist es nicht mehr.«

Schweigend gingen sie nebeneinanderher, bis Ullrich Geers stehen blieb und Enna entsetzt ansah. »Ich habe gar keine Blumen dabei. Wir müs…«

»Nein«, unterbrach Enna ihn sanft. »Papa fand Schnittblumen auf Gräbern immer ganz schrecklich. Ich habe nie welche dabeigehabt.«

»Ja, du hast recht. Ich erinnere mich.« Er schluckte und schüttelte schließlich kaum merklich den Kopf. »Wie konnte ich das vergessen?«

»Wir mussten weiterleben. Ich und auch du. Wir hatten ein Recht darauf, das ein oder andere zu vergessen oder nicht immer präsent zu haben. Das heißt doch nicht, dass wir Papa und Mama vergessen haben.«

Enna kam es vor, als würden sie sich Schritt für Schritt vortasten. Sie hielten noch zweimal an, sahen sich um und gingen weiter.

»Dort hinten ist es«, sagte Enna, als das Grab in Sicht kam.

»Das mit dem weißen Grabstein?«

Enna nickte. »Ja.«

Ullrich Geers schien jetzt noch langsamer zu gehen. Enna warf alle paar Meter einen Blick zu ihm. Er schien angespannt zu sein, wirkte aber ansonsten so, als würde er den Gang zum Grab seiner großen Liebe gut überstehen.

Schweigend gingen sie die letzten Schritte, Enna stützte den Freund ihres Vaters und blieb mit ihm zusammen vor dem Grab stehen. Eine gefühlte Ewigkeit blickten sie auf die blühenden Stauden, die das Grab schmückten.

»Ich habe Albrecht geliebt«, flüsterte Ullrich Geers. »Ich hätte alles für ihn getan. Alles. Er war mein Leben. Er ist mein Leben.«

Enna liefen die Tränen über beide Wangen. »Ich bin mir sicher, dass Papa dich auch geliebt hat.«

Aus dem Augenwinkel sah sie, dass Ullrich Geers sanft lächelte und nach einer Weile fast unmerklich nickte.

Epilog

Drei Monate nach Ennas Ermittlungen in Hamburg wurde ein internationaler Haftbefehl für Siegfried Röder ausgestellt. Ronald Grothe und Milan Paunovic hatten Röder auf Fotos als den Mann identifiziert, der ihnen den Auftrag zum Mord an Ennas Vater gegeben hatte.

Nachdem Aaron Bernard sein Mandat für die Vertretung von Ronald Grothe niedergelegt hatte, gab Grothe einige Wochen später bei einer Befragung des Hamburger LKA zu, Ennas Eltern erschossen zu haben. Er gab an, die Waffe in einem Wäldchen nahe Lüneburg vergraben zu haben. Spezialkräfte der Kriminaltechnik suchten daraufhin den Bereich mit Metalldetektoren ab und fanden die Pistole in einem Plastikkasten. Im späteren Prozess gegen Siegfried Röder spielte die Waffe eine wichtige Rolle, da nachgewiesen werden konnte, dass sie aus der Asservatenkammer des BKA stammte, zu der Röder Zutritt hatte.

Siegfried Röder wurde ein Dreivierteljahr nach dem Fund in Spanien verhaftet, nach Deutschland ausgeliefert und dort zu zwölf Jahren Haft verurteilt. Röder schwieg während des gesamten Prozesses. Der Staatsanwalt mutmaßte in seinem Plädoyer, dass Siegfried Röder hatte verhindern wollen, dass Ennas Vater sein Wissen um Röders Machenschaften rund um den Koenig-Prozess an die Behörden weitergeben würde. Zu dieser Zeit lief bereits eine interne Ermittlung gegen Siegfried Röder, jede weitere Beschuldigung hätte unweigerlich zu einer Suspendierung und weiteren Untersuchungen innerhalb des Bundeskriminalamts geführt.

Milan Paunovic wurde wegen des Mordes an Nael Karam zu vierzehn Jahren Haft mit anschließender Sicherheitsverwahrung verurteilt.

Reinhardt Hansen konnte nicht nachgewiesen werden, dass er an der Ermordung von Ennas Eltern beteiligt gewesen war. Enna hatte nach ihrem Urlaub die Erben von Guenther Gehring ausfindig gemacht, überließ ihnen die Unterlagen von Hendrik Meisen und vermittelte einen Kontakt zu dem alten Herrn. Nachdem der Anwalt der Familie Gehring Klage gegen Reinhardt Hansen eingereicht hatte, kam es im Vorfeld des Prozesses zu einem Vergleich. Reinhardt Hansen zahlte der Familie von Guenther Gehring eine Summe im Millionenbereich. Schon zuvor war Hansen aus der Kanzlei ausgeschieden.

Ein Hamburger Magazin erfuhr von der juristischen Auseinandersetzung und veröffentlichte mehrere Artikel zum Fall Alexander Friedrich Hansen und zum Paragrafen 175, die bundesweit Aufsehen erregten.

FSC
www.fsc.org
MIX
Papier | Fördert
gute Waldnutzung
FSC® C083411

Zeitfracht Medien GmbH
Ferdinand-Jühlke-Straße 7
99095 Erfurt, Deutschland
produktsicherheit@kolibri360.de

Druck:
CPI Druckdienstleistungen GmbH
im Auftrag der
Zeitfracht Medien GmbH
Ein Unternehmen der Zeitfracht - Gruppe
Ferdinand-Jühlke-Str. 7
99095 Erfurt